Marele Day
Die Bräute des Himmels

SERIE PIPER

Zu diesem Buch

Wer ist dieser junge Mann, der sich auf die einsame Insel, in das halb verfallene Kloster verirrt und das Leben von Iphigenia, Margarita und Carla plötzlich auf den Kopf stellt? Die drei schon ein wenig verwilderten Nonnen lebten bis zu diesem Tag vergessen, aber glücklich in ihrem einsamen Kloster. Der junge Pater Ignatius jedoch hat einen ganz und gar weltlichen Auftrag. Um seiner Kirche finanziell wieder auf die Sprünge zu helfen, soll er erkunden, ob sich das Kloster nicht in eine gewinnbringende Ferienanlage verwandeln ließe. Gefahr ist im Verzug, und die drei patenten Nonnen schreiten weiblich, mutig und voller Lebenslust zur Tat: Sie nehmen den jungen Pater erst einmal in Gefangenschaft und kommen dabei auf völlig unchristliche Gedanken. – Komisch und erotisch, philosophisch und spannend entführt uns dieser ganz und gar ungewöhnliche Roman in eine idyllisch-surreale Welt, in der keineswegs alles so ist, wie man es erwartet.

Marele Day, aufgewachsen in Sydney, hat viele Jahre in Italien, Frankreich und Irland gelebt, bevor sie nach Australien zurückkehrte. Sie ist eine der wichtigsten Krimiautorinnen ihres Landes, deren Werke in mehrere Sprachen übersetzt wurden.

Marele Day

Die Bräute des Himmels

Roman

Aus dem Englischen von
Uta Goridis

Piper München Zürich

Von Marele Day liegt in der Serie Piper außerdem vor:
Leben und Verbrechen des Harry Lavender (3159)

Ungekürzte Taschenbuchausgabe
Oktober 1999 (SP 2931)
März 2002

Titel der australischen Originalausgabe:
»Lambs of God«, Allen & Unwin, Sidney 1997

Umschlag: Büro Hamburg
Isabel Bünermann, Meike Teubner
Foto Umschlagvorderseite: David Seidner
(»Betty Lago, Azzedina Alaia«, 1986;
International Center of Photography)
Satz: Uhl + Massopust, Aalen
Druck und Bindung: Clausen & Bosse, Leck
Printed in Germany ISBN 3-492-23542-5

www.piper.de

Es war weich. Weich und seidig wie das Ohr einer Maus. Eher ein zitterndes, weiches, kleines Tier als ein Salbeizweig. Schwester Iphigenia zerrieb noch einmal die Blätter, etwas fester dieses Mal, damit die ätherischen Öle sich entfalten konnten, dann ließ sie den Salbei in die Teekanne fallen. Sie schnupperte kurz an ihren Fingern und wischte sie am Vorderteil ihrer Wollweste ab. Mit Formfragen hielten sich die Nonnen schon längst nicht mehr auf.

Schwester Iphigenia saß im Kreuzgang, in einem Helldunkel aus gleißendem Licht und tiefem Schatten. Wäre ihr Blick nach oben gewandert, hätte sie die Deckenrippen gesehen, die sich wie das Skelett eines riesigen Dinosauriers über ihr wölbten. Aber Schwester Iphigenia war anderweitig beschäftigt. Sie wachte über das Feuer im Hof, paßte den Dampfstrahl aus dem Teekessel ab. Im Hintergrund war das Schaben Schwester Margaritas zu hören, die den Zelebrationstisch schrubbte. Bald würden beide, sie und Schwester Carla, ihre Arbeit niederlegen und zu ihr in den Hof kommen. Heute war Tag der Haarschur.

All das erklärte jedoch nicht Iphigenias plötzliche Wachsamkeit. Jenseits von Salbeiduft und der starken Ausdünstung ihres eigenen Körpers, des kalten, aschigen Geruchs nach Stein und des allgegenwärtigen Geruchs nach dem Wollfett der Schafe nahm ihre Nase eine ungewohnte Witterung auf. Sie war aber so schwach und so weit entfernt, daß sie kaum mehr als ein Flüstern war. Eine winzige, aber immer wiederkehrende Irritation. Mal war sie da, mal war sie weg, da und wieder weg. Wie das Inhalieren und Exhalieren beim Atmen.

Der Kessel zischte und spuckte Wasser auf die Kohlen. Schwester Iphigenia hievte ihr Gewicht von der Bank hoch. Sie ging auf den Hof, nahm den schweren Kessel vom Feuer und goß kochendes Wasser über die Blätter in der Kanne. Der frische, antiseptische Salbeigeruch war angenehm, und er schien tatsächlich auch Insekten und anderes Ungeziefer fernzuhalten.

Am Tag der Haarschur wuschen sie sich gegenseitig das Haar und schnitten es. Danach zupften sie die Büschel sauber aus, kämmten und spannen sie genau wie Schafwolle. Am Wolltag kamen dann die Schafe dran. Um mit gutem Beispiel voranzugehen, nahmen sich die Schwestern die eigene Matte zuerst vor.

Die Tiere konnten ungehindert herumwandern. Ihr Blöken ertönte auf den Feldern, im Kreuzgang, in der Klosterkapelle und stieg wie eine Hymne der Schafe an ihren Schöpfer empor. Wie am rituellen Tag der Schafschur sammelten die Nonnen auch das restliche Jahr über Wolle. Büschel, die im Gestrüpp, an dem Standbild der Heiligen Jungfrau oder in Mauerritzen hängengeblieben waren, wenn die Schafe sich daran vorbeidrängten.

Sie wanderten über das ganze Anwesen, streunten aber nie. Im Sommer gab es so viel würziges Gras, daß sie auch im Winter gut versorgt waren. Vor den Schwestern nahmen sie nie Reißaus. Die Herde der Nonnen und die der Schafe waren schon so lange zusammen, daß die Schafe, falls sie überhaupt in der Lage waren, sich darüber Gedanken zu machen, diese als ihresgleichen und nicht als ihre Hirten betrachteten. Am Wolltag ließen sie sich auch willig scheren, erst die eine Seite, dann die andere, bis auf dem Boden Berge von Vlies wallten, dessen fetthaltige, äußere

Schichten die feinen, weichen Haare in der Nähe der Haut schützten.

Gelegentlich durchbrach ein Bock diese Routine und machte sich selbständig. Bis die Nonnen ihn fanden und schlachteten, um ihn auf den Tisch zu bringen. Ein Bock reichte für eine Herde. Einer mehr, und es gab Ärger.

Das Schrubben brach ab. Schwester Iphigenia hörte den Eimer klappern und das Wasser in den Abfluß gurgeln. Dann trat Schwester Margarita in die pralle Sonne, die rosaroten Hände noch tropfnaß und das Gesicht von dem gottgefälligen Werk gerötet.

Iphigenia hatte witternd die Nase erhoben.

»Was?« fragte Schwester Margarita, während sie sich die Hände an ihrem Wollrock abtrocknete. Er war einmal ein richtiger Hit gewesen, einer ihrer ersten Versuche, gefärbte Wolle zu verarbeiten. Sie hatten Brennesseln aufgekocht und die Wolle so lange in dem Sud ziehen lassen, bis sie ein sattes Grün annahm. Dann hatten sie eine Landschaft gestrickt. Nesselgrünes Gras und dazwischen die weißen Wollpünktchen der Schafe. Das war, bevor sie sich an komplexere Themen gewagt hatten. Das Gras in der Landschaft war zu einem stumpfen Olivgrün verblichen, und Schwester Margarita hatte angefangen, sie als Rock zu tragen. Vorne war der Stoff durch das viele Hinknien schon ziemlich durchgescheuert und wies auch ein paar Löcher auf, die gelegentlich einen Blick auf ihre kurzen, stämmigen Beine freigaben.

»Geruch ohne Namen. Weit weg.«

Schwester Margarita schnupperte, sog schlückchenweise die Luft ein und verharrte dann regungslos auf ihrem Platz, um die Geruchsmoleküle in ihre Nasenhöhlen driften zu lassen. Sie roch Talg, Spuren von Blut, Pollen, das Aroma des Salbeitees, der im Hof aufgebrüht worden war, den durchdringenden Geruch nach Schafen. All diese Gerüche hatten Namen. Sie schüttelte den Kopf.

Daß sie ihn nicht identifizieren konnte, bedeutete aber nicht, daß es ihn nicht gab. Ihre Nase litt an Myopie. Solange eine Brise sie nicht heranwehte, existierten für Schwester Margarita keine fernen Gerüche.

»Essig, Birne, Leder«, soufflierte Iphigenia.

»Schafe haben eine Flasche umgeworfen?« schlug Schwester Margarita vor.

Der Geruchsanalyse wurde durch das Erscheinen Schwester Carlas ein Ende bereitet. Sie war jünger als die beiden anderen, und ihr zottiges, wolliges Haar war noch schwarz und glänzend. Zweige, Blätter und andere Partikel steckten darin. Sie schüttete einen Korb voller Haare auf den Tisch, Haare, die das Jahr über von den Bürsten der Schwestern gesammelt worden waren. Einen ganzen Korb voll. In dem Haar ruhte eine Schere, die drei schimmernde Blutstropfen nicht ganz verdecken konnte.

Schwester Iphigenia blickte sie scharf an. »Unfall«, erklärte Schwester Carla, Iphigenias Blick ausweichend.

»Macht nichts«, tröstete Schwester Margarita. »Gibt ein schönes Rotbraun.«

Die drei Nonnen hatten sich im Hof versammelt. Im Hof waren sie dem Herrn näher. Vier Mauern und der unendlich weite Baldachin des Himmels. Außerdem wußte man in der Kapelle nie, wann einem wieder ein Teil des Dachs auf den Kopf fallen würde.

Dieses Jahr war Margarita als erste an der Reihe. Sie beugte sich über den Waschtrog und ließ sich von den Schwestern das Haar mit dem lauwarmen Salbeitee reinigen, während ihr die Worte, die sie jedes Jahr an diesem Tag murmelten, in die Ohren tropften. Anschließend wurde sie auf einen Stuhl plaziert, wo sie dann mit Händen in dem blaßgrünen Schoß dasaß und wartete. Um die Haare aufzufangen, breitete Schwester Iphigenia ein Laken um sie herum aus, während Schwester Carla sich mit der Schere näherte.

Schwester Margarita lauschte auf das scharfe, entschlossene Schnippschnapp. Wenn sie das Geräusch der geschliffenen Schere so dicht an ihrem Ohr hörte, mußte sie immer an ihre erste Schur denken. An jenem Tag hatte es noch andere Novizinnen gegeben, die sich stumme Blicke zuwarfen, ohne je ein Wort fallenzulassen, voll banger Erwartung und von dem Wunsch beseelt, Tapferkeit zu beweisen. Margarita erinnerte sich an den Teppich von Haaren, der danach den Boden bedeckte. Bescheidenes Braun, lohfarbenes Rot so buschig wie ein Fuchsschwanz, Schwarz, das wie das Gefieder eines Raben schimmerte. Und ihr eigenes, so licht und golden wie ein Heiligenschein.

Schwester Iphigenia beobachtete, wie die grauen Büschel auf das Bettuch fielen. Er war stärker geworden, dieser Geruch in der Ferne, und ebbte auch nicht mehr ab. Schwester Carla war in ihre Arbeit vertieft, Schwester Margarita hielt die Augen geschlossen. Iphigenia bewegte ihre Nase und ging einen Katalog von Gerüchen durch, um diesen einen zu bestimmen. Essig, Birne, Leder. Und noch etwas, was nach Hefe roch, aber nicht wie die Hefe von Brot oder Wein. Ihre Nase verharrte in der Schwebe, brachte die einzelnen Bestandteile zusammen. Sie hatte ihn identifiziert. Es war ein Geruch, den sie kannte, aber beinahe vergessen hatte. Es war der Geruch eines Mannes.

Schwester Carla lag versteckt im hohen Gras. Sie hatte praktisch den ganzen verschlafenen Nachmittag hier verbracht, Rock geschürzt, Bauch in der Sonne. Als Kind hatte sie das auch getan, sich auf den Boden gelegt und in den Himmel geschaut. Vielleicht nur ein einziges Mal, vielleicht aber auch öfters, und ihr Gedächtnis hatte der Einfachheit halber all diese Male zu einem einzigen gebündelt. In Erinnerung geblieben war ihr, wie die Blätter Muster in den Himmel schnitten und wie ein Windhauch die Blätter bewegte und der Sonne mehr Platz verschaffte, so daß sich ihre Augen mit einem Flimmern erfüllten, das sich immer weiter ausbreitete und alle anderen Einzelheiten des Bildes verblassen ließ. Wie das Kind dalag, was es anhatte, daran konnte sie sich nicht mehr erinnern, nur an das Muster der Blätter und die plötzliche Intensität der Sonne. Bestimmt hatte das Kind nicht diesen runden Bauch gehabt mit dem gekräuselten Haar weiter unten. Carla schloß die Augen. Wenn sie ihren Bauch sah, dachte sie an eine mit Grasbüscheln umwachsene Sanddüne.

Was war das, dieser Schatten, der plötzlich an ihr vorbeiglitt? Hatte sie es endlich geschafft, Jesus herunterzuholen? Ein fallendes Blatt? Ihre Lider zuckten und öffneten sich. Eine Spinne. Die gerade ihr Netz spann. Sie hing in der Luft, in ihrer Bewegung erstarrt. Carla ging mit dem Kopf ein klein wenig zur Seite und sah den Glanz der Sonne auf einem einzigen Seidenfaden. Dem senkrechten. Carla suchte weiter oben nach dem Brückenfaden. Sie fand die Stelle, die ihr am wahrscheinlichsten erschien, zwei Zweige, die sich einander zuneigten, aber der Faden, falls es überhaupt einen gab, war nicht zu sehen. Die Spinne befand sich jetzt direkt über Carla und preßte Seide aus ihrem eigenen dicken Hinterleib. Sie setzte ihre Reise auf dem senkrechten Faden fort, nach einem Anker Ausschau haltend.

Carla spürte es kaum, als die Spinne ihren Faden in Carlas klebrigen Haarbüscheln verankerte. Sie bewegte den Kopf noch etwas weiter zur Seite und sah das große Y, das die ersten drei Fäden bildeten. Die Spinne machte weiter, spann neue Fäden, ging zum Mittelpunkt zurück, und bald war der Rahmen fertig. Er schimmerte in der leichten Brise, ein in allen Farben des Regenbogens irisierendes Gebilde. Vorsichtig schob Carla den Kopf vor und hauchte ihren eigenen leichten Atem auf das Netz. Die Spinne schien überhaupt nichts zu bemerken. Ohne sich stören zu lassen, verfertigte sie in der Mitte eine kleine Spirale, um die Streben zu befestigen, und spann eine vorläufige Spirale bis zu den äußeren Rändern des Netzes. Dann kehrte sie in die Mitte zurück, entfernte das vorläufige Netz und ersetzte es durch das klebrige. Die Spinne verschwand und ließ Carla an ihrem Netz vertäut zurück.

Komisch, daß die Spinne sich diesen verschlafenen Nachmittag dazu ausgesucht hatte. Gewöhnlich spannen sie ihre Netze nachts. Carla ließ ihre Finger an ihrem Bauch hinunterwandern und schlug mit einem scharfen Lufthieb den Ankerfaden durch. Das Netz schwebte frei in der Luft. Geschwächt, aber nicht zerstört. Sie zog den Rock herunter und versperrte den letzten Sonnenstrahlen den Zugang zu ihrem Körper. Zeit für die Vesper. Sie stand auf und machte sich auf den Rückweg.

Das Abendessen war abgeräumt, die Reste eingebuddelt. Auf dem Tisch lagen Wolle und Haare, der Ertrag vom letzten Jahr, sauber gewaschen, gesponnen, gefärbt und gekämmt. Die neue Ernte lag in einem Korb in Erwartung derselben Prozedur. Schwester Margarita fragte sich manchmal, ob es nicht einfacher wäre, wenn sie das Haar direkt von den Köpfen verstrickten. Sie könnten die Nadeln ewig an ihrem Platz lassen und immer wieder eine Reihe stricken, wenn das Haar lang genug war. Die Schmerzen, die man beim Schlafen auf den Nadeln aushalten mußte, wären ein Sühneopfer für die Sünden der Welt.

Sie waren dabei, ihre Arbeit wieder in Angriff zu nehmen. Das Strickmuster war auf dem Tisch ausgebreitet, und vor jeder Nonne lag das Teil, an dem sie arbeitete, daneben eine Reihe von Nadeln, deren Spitzen in einem Wollballen steckten.

Carla griff nach einem Strang roter Wolle von der Größe einer Ratte. Sie war nicht wirklich rot, auch wenn sie sie so bezeichneten. Sie hatten sie zusammen mit roter Bete gekocht und zu ihrer Überraschung ein leuchtendes Orangerot erhalten. Doch kam es immer noch näher an Rot heran als die in Blut gefärbte Wolle.

Carla, die genau wußte, daß Iphigenia sie wieder mit einem ihrer Blicke bedachte, nahm den Strang hoch, drehte ihn um und untersuchte ein nicht sichtbares Detail. Sie ließ sich Zeit, unendlich viel Zeit. Doch gerade als Iphigenia einen Mundvoll Luft holte, um sie zu tadeln, legte Carla den Strang wieder zurück und legte die Hände fromm am Tischrand übereinander. Iphigenia ließ die nutzlose Luft entweichen. Mit geschlossenen Augen hoben die Schwestern an:

»Pallas hörte den Ruhm der Mäonerin, jener Arachne,
Daß sie ihr selbst nicht weiche mit künstlicher

Wollbereitung.
Nicht durch den Adel des Ortes noch der Herkunft
war sie gepriesen,
Sondern durch Kunst. Ihr Vater, der Kolophonier Idmon,
Pflegt in phokaischen Purpur die trinkende Wolle
zu tauchen.
Tot war die Mutter bereits, auch sie aus niedrigem
Volke.«

So spannen sie die Geschichte weiter, die damit endete, daß Arachne in eine Spinne verwandelt wurde. Über ihren zum Gebet gefalteten Händen und der Arbeit, die sie erwartete, reihten sie die Worte aneinander. Arachne und Athene, ein Singsang, den sie benutzten, um beim Strikken den richtigen Rhythmus zu finden. Das Grundmuster der Geschichte war tief in ihr Gedächtnis eingegraben, jedes einzelne Wort beschwor das Ganze. Trotzdem genossen sie es, die Worte auszusprechen, eines nach dem andern, denn sie erinnerten sie daran, daß das Ganze aus Tausenden und Abertausenden Maschen bestand.

Es kam ihnen nicht nur auf die Bedeutung der Worte an, es waren auch der Rhythmus und der Reim. Das tröstliche Wissen, daß sie am Ende jeder Zeile das Echo der vorangegangenen erwartete. Und die quälende Vorahnung der Zeile, die sich anschließen würde. In weniger als zehn Zeilen hatten die Nonnen zu stricken angefangen, und ihre Stimmen verloren sich, während ihre Hände den Rhythmus aufnahmen.

Zur Feier der Haarschur erwartete sie ein dicker Kuchen – sandige Hirse, bei kleiner Hitze so lange gekocht, bis sie eine feste Pampe bildete, und mit Lavendelblüten parfümiert. Während sie sich über den Kuchen hermachten, genehmigten sie sich eine kleine Unterhaltung.

»Agnes Paul hat einen dicken Bauch«, verkündete Margarita.

»Frühjahr«, sagte Iphigenie.

»Vater John«, grinste Carla.

Obwohl die Agnes-Schwestern ihren eigenen Geschäften nachgingen und dabei ihren eigenen, unergründlichen Wegen folgten, hatten sie doch alle Namen, die Namen früherer Mitschwestern, die der Herr zu sich gerufen hatte. Das Kloster war so riesig, daß die Vorstellung, die Seelen der Verstorbenen würden als Schafe zu ihnen zurückkehren, den Nonnen das Gefühl gab, zahlreicher zu sein. Merkwürdigerweise nahmen die Schafe, soweit Schafe überhaupt individuelle Merkmale aufwiesen, die Eigenschaften der Schwestern an, deren Namen sie trugen.

Während jedes Mutterschaf seinen eigenen Namen hatte, hieß der Bock stets nur Vater John. Einen Priester namens Vater John hatte es in ihrer Gemeinschaft nie gegeben, es war einfach nur ein Name, der ihnen passend erschien. Es hatte aber eine ganze Reihe von Beichtvätern gegeben, und einmal war sogar der Bischof zu Besuch gekommen. Aber das war lange her.

Die Schafe schliefen irgendwo, lagen da, wo sie gestanden hatten, als die Nacht sie auf ihr Lager drückte. Ab und zu hörten die Frauen ein Schnauben, das sich wie rasselnde, nasse Gummiringe anhörte. Schafsträume von anderen Leben, von wilden Herden, die auf sonnendurchglühten Ebenen zusammengetrieben wurden, von Felsvorsprüngen, auf denen sie wie Ziegen standen und das Land beherrschten.

»Vater John«, wiederholte Margarita. Sie bewunderte seine prachtvollen Hörner, die sie an aufgerollte Seile erinnerten. Doch manchmal sah sie auch ein anderes Geschöpf aus den sanften, braunen Augen blicken, eine wildere Kreatur trieb da ihr Unwesen, und sie war froh, daß der weiche, wollige Körper sie nicht herausließ.

»Margarita«, sagte Iphigenia sanft, aber bestimmt.

Margarita schluckte den letzten Bissen von der Kuchenpampe hinunter und erhob sich. Das schwere, irdene Geschirr auf dem Tisch schepperte. Ihre Füße waren fest mit dem Boden verwurzelt, ihre Hände ruhten übereinandergelegt auf der Wölbung ihres Bauchs. Sie war mit sich und der Welt zufrieden.

»*Die Schöne und das Tier*«, kündigte sie an. Und am Abend der Haarschur erzählte Schwester Margarita dann folgende Geschichte:

»Es war einmal ein Kaufmann. Als seine Frau an der Schwindsucht starb, hing er sein ganzes Herz an seine hübsche, junge Tochter. Der Kaufmann erwartete die Ankunft eines Schiffes und hatte seiner Tochter versprochen, sie könne haben, was sie wolle, Gold aus Westindien, einen Ballen Seide, seltenen Safran. Aber das Mädchen wollte nur eine einzige weiße Rose. Er ging zum Hafen und wartete. Doch leider kam ein heftiger Sturm auf, und das Schiff kenterte.

Auf dem Nachhauseweg verirrte er sich. Er stapfte durch den Schnee und stand plötzlich vor den Pforten eines großen Hauses. Sie öffneten sich, noch bevor er anklopfen konnte. Ein mit verschneiten Büschen gesäumter Weg führte ihn zu einer großen Tür. Auch sie öffnete sich ganz von selbst, und eine unsichtbare Kraft schob ihn hinein.

Er fand ein prasselndes Feuer zum Aufwärmen vor, ein paar Scheiben Fleisch auf einem goldenen Teller und eine wunderschöne, mit Rotwein gefüllte Karaffe aus Kristallglas. Er nahm diese Gastfreundschaft in Anspruch und fühlte sich auch gleich viel besser, dann verließ er das Haus. Als er den Weg zurückging, bemerkte er, daß die Büsche voll weißer Rosen waren. Und das mitten im Winter! Merkwürdig! Er hatte zwar kein Mitbringsel für die Schöne, doch konnte er ihr jetzt zumindest den einen Wunsch erfüllen. Er pflückte einen Bund prächtiger, weißer Rosen und stach sich dabei an einem Dorn. Drei Tropfen Blut fielen auf den jungfräulichen Schnee.

Plötzlich kam ein gräßliches Tier aus dem Nichts hervorgesprungen, ein Tier, das ein karmesinrotes Dinnerjacket trug. ›Undankbarer‹, bellte das Tier. ›Meine geliebten Rosen zu stehlen!‹ Er leckte das Blut auf dem Schnee auf.

Der Kaufmann erschrak. ›Tut mir leid, Sir‹, hob er an.

›Ich bin das Tier und will auch so genannt werden.‹

›Tut mir leid, Tier, sie sind für meine Tochter, meine über alles geliebte Schöne.‹

›Schick sie hierher, und ich werde dir nichts tun.‹

Und so zog die Schöne bei dem Tier ein. Sie trug den Hochzeitsring ihrer Mutter. ›Nimm ihn, mein liebes Kind, mögen der Herr und seine himmlischen Heerscharen dich beschützen‹, hatte ihre Mutter vor einem Jahr auf ihrem Totenbett gesagt. Die Schöne hatte anfangs schreckliche Angst, obwohl das Tier ihr nie zu nahe kam. Es versorgte sie mit Essen und Kleidung, wenn es aber seinen Kopf in ihren Schoß legen wollte, hielt sie den Ring hoch, und es wich zurück.

Die Schöne lebte vier Monate dort, es mangelte ihr an nichts, und der Ring ihrer Mutter beschützte sie. Sie ging in seinem Garten spazieren, in dem viele bunte Blumen blühten, und nach dem ersten Schneefall fingen auch die Rosen wieder an zu knospen. Es war beinahe ein Jahr her, daß ihr Vater sie weggegeben hatte, und in all den Monaten hatte sie nichts von ihm gehört. Als Weihnachten kam, war der Tisch mit den köstlichsten Delikatessen beladen, aber die Schöne war zu traurig, um auch nur einen Bissen davon zu kosten.

Das Tier schaufelte gerade mit seinen Tatzen einen Pudding in sich hinein, als es plötzlich innehielt und schnupperte. Die Tür ging auf, und ihr Vater kam herein! Die Schöne warf sich in seine Arme. Ihre Freude, ihn wiederzusehen, war so groß, daß sie die riesige Truhe, die er hinter sich herzog, überhaupt nicht bemerkte.

›Guten Abend, Tier‹, sagte er. Er war von strahlender Gesundheit, hatte volle, rote Wangen und trug einen langen, pelzbesetzten Mantel, der ihn vor der Kälte schützte. ›Ich habe hart gearbeitet‹, sagte er. Er öffnete die Truhe, und die Schöne und das Tier sahen Gold aus Westindien, Ballen von reiner Seide, seltenen Safran und Tausende anderer Schätze. ›Ich habe mir gedacht, daß dein unglückseliges Aussehen dich vielleicht daran hindert, die Welt zu bereisen‹, sagte ihr Vater zu dem Tier, ›deshalb habe ich die Welt zu dir gebracht.‹

Der Kaufmann freute sich, als er sah, wie fasziniert das Tier von all den golden funkelnden Dingen in der Truhe war. Er schob die Truhe zu ihm hin. Das Tier nahm eine Tatze voll Juwelen, strich mit seinen Klauen über die Seide. ›Es gehört dir‹, sagte der Kaufmann. ›Wenn du mir die Schöne zurückgibst.‹

Das Tier stellte sich auf seine Hinterbeine, zog sein Dinnerjacket glatt und zeigte dem Mann Zähne und Klauen. ›Du hast auch drei Tropfen von meinem Blut‹, sagte der Kaufmann. Auf dieses Blut setzte der Mann seine Hoffnung. Der Kopf des Tieres rollte zur Seite und kreiste, wie man einen Brandyschwenker kreisen läßt, um das Aroma freizusetzen. Dann senkte es langsam den Kopf, und der Kaufmann sah, daß das Tier mit dem Vorschlag einverstanden war.

Als das Tier den Kopf wieder hob, passierte etwas Merkwürdiges. Seine Augen wurden schmal, die Haare fielen ihm vom Gesicht und von den Händen, und seine beiden vorderen Extremitäten verwandelten sich in Arme. Es hatte eine menschliche Gestalt angenommen und sich in einen jungen Mann verwandelt. Er bemerkte, daß die Schöne eigentlich noch ein Kind war, also viel zu jung, um sein Leben zu teilen. Er schüttelte dem Kaufmann die Hand, und die Schöne ging mit ihrem Vater nach Hause. Und wenn sie nicht gestorben sind, dann leben sie noch heute.«

Das war Margaritas Version von *Die Schöne und das Tier*. Es gab noch eine andere, aber die gefiel ihr nicht. Sie fügte also an einer Stelle ein paar Maschen hinzu, um an anderen ein paar fallen zu lassen. Sie veränderte auch ihre Stimme, während sie erzählte. Bei den Worten des Tiers brummte sie, den Kaufmann ließ sie zuerst vor Angst stottern und dann vor Zuversicht strahlen, als er mit der Truhe zurückkam. Und sie verharrte auch nicht in der Position, die sie eingenommen hatte, als sie den Titel der Geschichte ankündigte. Sie wich einen Schritt zurück, als das Tier sich auf die Hinterbeine stellte, machte eine Bewegung mit den Händen, um anzudeuten, wie riesig die Schatztruhe war. Ein paarmal mußte sie sich am Bein kratzen.

Iphigenias Nase ragte wieder witternd in die Luft.

»Was?« fragte Margarita.

Iphigenia zuckte zusammen, als sie bemerkte, daß die Geschichte zu Ende war. »Bett«, sagte sie.

In sehr kalten Winternächten legten sich alle gemeinsam schlafen und kuschelten sich wie die Schafe aneinander, um sich gegenseitig mit ihren Körpern zu wärmen. Und waren die Nächte wirklich klirrend kalt, dann legten sie sich sogar zu den Schafen. Doch jetzt war Frühling, und jede lag in ihrer eigenen Zelle auf einer schmalen Bettstatt. Den Rücken hatten sie sich mit Schaffellen abgepolstert, doch die Gerüche und die Ausscheidungen waren ihre eigenen. Besonders Margarita hörte ihren Körper ächzen, wenn sie sich auf den Boden legte, und wenn sie aufstand, war es noch schlimmer. Das Gewicht der Jahre lastete auf ihr, es war, als hätte ihr Körper bereits seine letzte Ruhestatt erkannt und es sich dort bequem gemacht.

Margarita legte sich also nicht neben ihr Bett, um den Herrn um Vergebung zu bitten für das, was sie im Begriff war zu tun, sondern blieb einfach auf ihrem Bett liegen. Sie hatte schon so oft um Vergebung gebeten und erwartete eigentlich nicht mehr, von einem Blitzstrahl getroffen zu werden, trotzdem tat sie es noch. Danach holte sie das Haar heraus.

Das geflochtene, tote Haar aus ihrer Jungmädchenzeit schimmerte immer noch hell und golden, während das angeblich lebendige Haar auf ihrem Kopf grau und borstig geworden war. Sie hatte es die ganzen Jahre über aufbewahrt, das Haar, das man ihr abgeschnitten hatte, als sie in die Gemeinschaft aufgenommen wurde. Sie hatte es sich geschnappt und diesen Teil davon behalten. Sie klammerte sich an ihn wie an einen Rettungsring, es war der einzige Faden, der sie mit ihrer Kindheit verband.

Sie streichelte seine seidige Glätte, modelte den Zopf immer wieder um. Heute nacht, in der Nacht der Schafschur, würde sie kühn sein. Sie würde ihn bis zum nächsten Morgen behalten. Sie rollte den Zopf zusammen, setzte sich das goldene Haar auf den Kopf, trug es wie eine Krone.

Die Geschichte war ja gut gelaufen, auch wenn gegen Ende, als Iphigenias Nase sich in die Luft reckte, Margarita sich doch fragte, ob ihr vielleicht etwas nicht gepaßt habe.

Sie nahm ein Buch zur Hand. Es klappte immer an derselben Stelle auf, bei der strickenden Madonna, der Schwarzweißabbildung einer Altarfigur. Der Druck war dunkel und düster, aber es gab auch ein paar weiße Linien, den Heiligenschein von Unserer Lieben Frau, die Strickereien ihres Gewands, die Locken eines Zuschauers, den Kragen und den Heiligenschein des Jesuskindes – den stellte sich Margarita goldfarben vor. Die Heilige Jungfrau strickte nicht eine Reihe nach der andern, wie es die

Nonnen an diesem Abend getan hatten; in ihrer Arbeit, die bis zum Kragen gediehen war, hingen vier Nadeln.

Das Jesuskind hatte ein aufgeschlagenes Buch vor sich liegen und stützte das Kinn in die Hand. Es blickte zu dem Meßdiener hoch, der ein Holzkreuz trug, das ihn um einiges überragte. Ob die Heilige Jungfrau auf ihr Strickzeug oder auf das Jesuskind blickte, war schwer zu sagen, denn beide waren auf dem Bild in einer Ebene dargestellt. Der Wollknäuel, dessen Faden zu den Nadeln lief, befand sich in einem geflochtenen Körbchen. Die Heiligenscheine der Madonna und des Jesuskindes waren reich verziert und wiesen kunstvolle Muster an den Rändern auf, ähnlich wie die Stehkrägen oder Kopfbedeckungen mittelalterlicher Frauen. Margarita wußte, daß der Künstler sie hinzugefügt hatte. Die Heiligenscheine der Madonna und des Jesuskindes waren einfach nur Lichtkreise, die keines Schmuckes bedurften.

Sie blies die Kerze aus, ließ das Buch zufallen und schlief auf dem goldenen Zopf ihrer Jungmädchenzeit, den Talggeruch der gelöschten Kerze einatmend.

Eier und Schmalz, Butter und Salz. Majestätischer Zeus, Neptun mit seinem großen Dreizack – die Götter in ihrer ganzen Herrlichkeit. Die Motive in Athenas Webereien. Und in Arachnes? Zucker und Mehl, Safran macht den Kuchen gel. Die Götter in ihrer Tiernatur – Leda unter dem Schwan, Neptun, der Stier, der die aeolische Maid entführt. Während Carla an dem Gewand arbeitete, schwammen Wörter und Bilder wie goldgefleckte Fische vorbei.

Ihr Sündenrock bestand aus vielen Dingen, aus Wolle, Haaren, der Seide von Spinnetzen, die sie sorgfältig gesponnen und so lange zwischen ihren Fingern gerollt hatte, bis ihre Klebrigkeit keine Falle mehr für sie war. Aber er fing andere Dinge ein. Er besaß dieselbe spitzenähnliche

Beschaffenheit wie die Spinnennetze, bei deren Zustandekommen sie zugeschaut hatte, und war mit ganz feinen Nadeln gestrickt, die kaum dicker waren als eine einzelne, feine Haarsträhne. Inzwischen war er so lang, daß sie ihn sich über den Kopf ziehen und bis zu den Knöcheln fallen lassen konnte. Er war ihr Gehäuse, ihre Tarnung. Sie konnte den Rock wie einen Umhang anziehen und verschwinden. Niemand würde sie darin finden, es war eine Welt, die sie sich selbst erschaffen hatte. In das Gewebe waren Blütenblätter gewirkt, Gräser, Schmetterlingsflügel, Narben und Wunden, die ihr zugefügt worden waren, Wolkenfetzen, Engelsflügel, bunte Glasstückchen, die aus den Fenstern des Klosters herausgebrochen waren.

Das Kloster war die einzige Welt, die Carla kannte. Das Gelände war groß genug, um darin herumzutollen, alles war da – Essen, ein Dach überm Kopf, Gesellschaft, die Schwestern, die Schafe, der mit dem Licht des Herrn erfüllte Hof. Es fehlte nichts, außer daß sie eben nur hier und nicht anderswo war.

Eine Rüge von Schwester Iphigenia, eine Ermahnung wegen einer von Carlas vielen kleinen Sünden, hatten sie den Sündenrock anfangen lassen. Statt die kleinen Sünden abzuwaschen, um Vergebung zu bitten und die Sünden nach der Absolution aus ihrem Leben zu verbannen, fing Carla an, sie zu sammeln und eigenhändig in dieses Gewand einzustricken, das zu ihrem Sündenrock wurde. Und während er immer länger wurde, wob sie nicht nur ihre kleinen Sünden hinein, sondern alles, worauf sie gerade Lust hatte. Er war ein Turm, in den sie sich einschloß, ein Gewand, das sie wie eine Braut trug, ihr Schloß und ihr Königsmantel, das Netz, das sie spann und wieder zerstörte, der Faden aus dem festen Ball in ihrem Bauch; und er füllte ihre Zelle aus, wenn sie ihn nachts herausnahm, um ihn zu bewundern und daran zu arbeiten. Ihr *opus magnum*.

Auf dem Bett lag das Haar, auf das heute morgen ihr Blut getropft war. Es hatte bereits einen hübschen, rostroten Ton angenommen. Da es ein Teil der Ausbeute vom letzten Jahr war, konnte sie nicht mehr sagen, wem es gehört hatte. Sie hoffte, es stammte von Iphigenia.

Margarita würde nichts sagen, wenn sie das blutige Haar nicht mehr in dem Korb entdeckte. Wahrscheinlich würde sie denken, die Farbe sei ausgeblichen oder es hätte überhaupt nichts dergleichen gegeben und sie leide an Einbildungen. Margarita würde nie auf die Idee kommen, in Carlas Zelle nachzuschauen. Iphigenia schon, wenn ihr danach war. Aber sie würde nie und nimmer die Stelle finden, an der Carla ihr geheimes Netz versteckte. Iphigenia wäre eher zuzutrauen, daß sie Carla einen mißbilligenden Blick zuwerfen oder sie direkt fragen würde. Sollte sie sie tatsächlich fragen, so würde Carla sie einfach nur verständnislos anschauen, oder sie würde sagen, es wäre eines der Schafe gewesen. Carla spürte die ersten Spasmen eines Lachanfalls in sich hochsteigen. Eines der Schafe. Ein Schaf, das Nonnenhaar sammelte. Nachdem die Nonnen all die Jahre hindurch die Wolle von den Schafen gesammelt hatten.

Carla saß auf ihrem Bett und schüttelte sich vor Lachen, während sie unter sich das Bett ächzen und stöhnen hörte. Sie biß sich auf die Lippe und sagte sich – ähnlich wie Iphigenia es tun würde –, daß dies überhaupt nicht zum Lachen sei. Sie stand auf, schon etwas beherrschter, als hinge ihr Leben davon ab, nicht zu lachen. Sie küßte das Blut auf dem Haar und verarbeitete die Strähne in das Gewand. Eine zusammengeschluderte Sache war das, aber sie konnte ja jede Nacht wieder daran arbeiten. Sie warf einen kurzen, bewundernden Blick darauf, faltete das Gewand zu einem Dreieck, das nicht größer war als ihre Hand, und versteckte es. Dann konnte sie sich nicht mehr zurückhalten – Kaskaden von Gelächter schlugen gegen die Wände und prallten von den Steinen wieder ab, Kaskaden, die schließlich zu hilflosem Gegacker erstarben, der einzige Laut in der Nacht. Dann erstarb das Gelächter, und in der Stille ertönte der Antwortschrei einer einsamen Nachtschwalbe, die glaubte, ihresgleichen gefunden zu haben.

Auch Iphigenia hörte es, und zwar nicht zum ersten Mal. Gewöhnlich grunzte sie einfach nur und drehte sich auf die andere Seite, um weiterzuschlafen. Heute abend aber war sie noch wach, ohne sich für das, was durch ihre Ohren in ihr Bewußtsein drang, zu interessieren. Sie lag auf dem Rücken und sog nur ganz sachte die Luft ein. Sie nahm keine kräftigen Züge, sondern nippte nur und versuchte sich ein Bild zu machen. Er war ruhiger geworden, dieser Geruch, den sie den ganzen Tag über immer wieder wahrgenommen hatte. Einmal war ein ganzer Schwall gekommen; es waren die Geruchsschwaden eines gehetzten Tieres, die saure Ausdünstung der Angst, die seinen Körper verkrampften.

Sie erinnerte sich noch genau an den Zeitpunkt, als es passiert war. Es war während Margaritas Geschichte. Als das Tier sich auf seine Hinterbeine stellte und dem Mann Zähne und Klauen zeigte. Zuerst dachte Iphigenia, sie hätte sich den Geruch vielleicht eingebildet oder daß es das Tier in der Geschichte war. Aber sie hatte die Geschichte schon so oft gehört und nie das Tier gerochen. Dieser Geruch war wirklich vorhanden, er existierte in ihrer Nase, nicht in ihrer Phantasie.

Es war eindeutig der heftige, senfartige Geruch eines Mannes. Ein an Stiefelwichse, Metall, Haaröl und Petroleum erinnernder Geruch, all diese Komponenten konnte sie erkennen. Als sie einen ganzen Schwall davon abbekam, verwandelte er sich in Gestank. Er hatte Angst, schwitzte. Der Geruch kam holterdiepolter, der Mann stolperte, bewegte sich im Kreis. Bis der Kaufmann und das Tier sich die Hände schüttelten, hielt sich der Geruch, dann verflüchtigte er sich. Aber sie streckte immer noch die Nase in die Luft, wartete auf mehr. Sie prüfte alle Räume des Klosters, die Felder und den Weg bis zu dem Dickicht. Er war in dem salzigen Beigeschmack der Luft, immer noch weit weg, aber doch schon in ihrem Umfeld.

Iphigenia riß im Dunkel ihrer Zelle die Augen auf; ihr war bewußt geworden, daß sie nicht nur an einen Geruch dachte. Sie hatte ihn mit einem Körper verbunden und nannte ihn »er«. Ein anderer Geruch stieg ihr in die Nase, eine Mischung aus Erwartungsfreude, Unruhe, Mißtrauen. Die Ausdünstung ihres eigenen Körpers, wenn sie einen Sturm herannahen spürte.

Sie zwang sich, ruhiger zu atmen, schloß die Augen und konzentrierte sich. Die gleichmäßige Ausdünstung eines ruhenden Tieres. Er schlief. Sie lag mit wachsamer Nase in ihrem Bett. Vielleicht würde er weggeblasen, vielleicht würde er sich stabilisieren oder sich verlieren, bevor er hier ankam. Sie sah ihre Nase als Mittelpunkt eines riesigen Kreises, eines Wahrnehmungsfeldes. Und von diesem Mittelpunkt aus bestimmte sie die Entfernung, in der sich der Mann und sein Geruch befanden. Sie würde später noch einmal nachprüfen, ob sich etwas verändert hatte. Vielleicht war er am Morgen schon weg, und sie brauchte die andern nicht zu beunruhigen. Sie steckte die Nase in das beruhigende Wollfett der Decken, näselte ein Gebet in ihre Jacke und versuchte einzuschlafen. Es wäre nicht die erste Bürde, die Iphigenia allein trug.

Lamm schlachten. Eucharistie.«

Schwester Iphigenia gab die Order gleich nach der Matutin bekannt.

Margarita war bestürzt. »Aber ... doch erst nach dem Tag der Schur. Macht die Schafe scheu.«

Iphigenia zeigte ihre breiten, gelben Zähne. »Kurzes Gedächtnis. Agnes Paul erwartet Nachwuchs. Andere auch. Lämmer genug. Also bitte, Margarita.«

Für Iphigenia war das kein Problem, sie konnte ihre Anweisungen geben, aber Margarita mußte sie ausführen. Es gehörte zu ihren Pflichten. Sie war als Laienschwester und ohne Mitgift eingetreten. Die Schafe vertrauten der fügsamen Margarita, sie konnte sie in die Kapelle locken und dann, ritsch, ratsch. Man muß sich einen Finger vorstellen, der einem eine schnurgerade Linie über den Hals zieht, von links nach rechts.

»Flasche Wein?« schlug Margarita als Alternative vor. Wein war für die Eucharistiefeier bestens geeignet.

»Heute abend. Mit dem Braten.«

Wein und Braten. »Haben wir Sonntag?«

Meistens ernährten sich die Nonnen von Gemüse, doch ab und zu genehmigten sie sich auch eine leckere Hammelkeule oder Lammkoteletts. Die Schafe aßen das Gras und die Nonnen die Schafe. Lebewesen aßen nun einmal andere Lebewesen, um am Leben zu bleiben. Sonne, Luft, Regen und Erde wurden von einfacheren Lebensformen absorbiert und in Nahrung für komplexere umgewandelt. Alles war Nahrung für etwas anderes und wurde Teil der Kreatur, die es aufgenommen hatte. Gott in seiner Weisheit hatte die Welt so eingerichtet.

Was das Materielle betraf, so hatten die Nonnen stets sehr bescheiden gelebt. Wenn etwas ausging oder schwierig herzustellen war, strichen die Nonnen es einfach von der Liste ihrer Bedürfnisse. Sie hatten Lammfleisch, Milch, Blut und Wolle; sie hatten Gemüse, Kräuter und

Obst, Talg. Sie hatten eine Bibliothek mit Büchern. Sie trugen Kleider auf dem Leib, hatten ihre einfachen Freuden.

Schwester Margarita hatte ihre Aufgabe in Angriff genommen. Carla und Iphigenia saßen im Hof und starrten vor sich hin. Durch ihre Ohren driftete das einschmeichelnde Mähmäh Schwester Margaritas, die ein ahnungsloses Lamm auf die Schlachtbank lockte. Carla wirkte zwar etwas zappelig, aber Iphigenia war sich sicher, daß sie den Geruch nicht bemerkt hatte. Er war inzwischen sehr viel stärker und näher und kam in Wellen, so regelmäßig wie das Ein- und Ausatmen.

Zuerst hörten sie das Kratzen und Scharren seiner unruhigen kleinen Füße auf dem Boden der Kapelle, dann sein Blöken nach der Mutter. Iphigenia atmete tief ein, als sie seine Angst und gleich darauf den warmen mineralischen Geruch seines Bluts einsog. Sie und Carla sprachen die feierlichen Worte des Schlachtungszeremoniells, sie dankten ihrer Schwester für ihren Besuch und erklärten ihr, daß sie jetzt den Lämmchenkörper verlassen könne, den sie ehren und an sich nehmen würden. Dann wünschten sie der Seele Gottes Segen und eine gute Reise.

Früher waren alle anwesend bei der Schlachtung eines Lammes, bei der Trennung des Kopfes vom Körper, durch die die Seele befreit wurde. Aber je mehr Schwestern zuschauten, desto ängstlicher wurde das Lamm, auch wenn sie ihre Gebete sprachen. Aus Respekt für die kleine Kreatur wandten sie bei dem eigentlichen Akt des Tötens den Blick ab und ließen sie mit Schwester Margarita allein. Außerdem, je weniger Angst das Lamm hatte, desto zarter war das Fleisch.

Nach getaner Arbeit trat Margarita in das helle Licht der Sonne. Auf ihrer Wollschürze und ihren Ärmeln war Blut. Den Kadaver hochzustemmen und an den Haken zu hängen war sehr anstrengend gewesen. Sie verscheuchte eine Fliege und verschmierte sich die Wange mit dem Blut des Lammes. Iphigenia und Carla lächelten ihr zu, als sie auftauchte; es war das aufmunternde, lobende Lächeln, das Erwachsene Kindern zukommen lassen, wenn sie besonders tapfer gewesen sind.

Margaritas gewöhnlich zufriedener Gesichtsausdruck war einem Stirnrunzeln gewichen. Iphigenia und Carla waren fein heraus, sie mußten nicht die Spuren ihrer Tat beseitigen. Aber sie würden sie in den Stunden danach mit großem Respekt behandeln, das war zumindest etwas. Doch der Verrat an Agnes Teresa und den andern in der Herde war damit nicht aus der Welt geschafft. Die Schafe hatten sie als eine der Ihren akzeptiert, und sie verriet sie wie Judas. Jahr für Jahr. Zumindest lehrte es sie Demut, mit dieser ständigen Schuld zu leben, dachte sie, während sie sich die Hände am Trog abschrubbte. Saß man hingegen nur im Hof und beglückwünschte sich, beim Schlachten nicht dabeigewesen zu sein, ja nicht einmal zugeschaut zu haben, erlag man leicht der Versuchung des Stolzes.

Sie betraten das kühle Helldunkel der Kapelle. Iphigenia hielt das Brot in ihren vom Blut nicht befleckten Händen. Sie bekreuzigten sich vor dem Lamm, das über dem Zelebrationstisch hing und mit einem feinen Tuch umwickelt war, damit das Blut abfließen konnte, ohne von geflügelten Insekten und anderen Formen des Lebens gestört zu werden, die zusammen mit frischen Kadavern auftraten.

So viel Blut von einem einzigen, kleinen Lamm. Iphigenia brach ein Stück Brot ab und teilte es in drei ungefähr gleich große Teile. Margarita zündete die Kerzen an, und Carla goß das Blut aus dem Kelch in ihre Becher. Das Blut war noch warm. Lecker. Sie hätte am liebsten den Finger hineingetaucht und ihn abgeleckt, aber dann würde sie sich um ihre ganze Vorfreude bringen.

»Wer mein Fleisch ißt und mein Blut trinkt, hat ewiges

Leben, und ich werde ihn auferwecken am Jüngsten Tag. Denn mein Fleisch ist wahrhaft eine Speise, und mein Blut wahrhaft ein Trank. Wer mein Fleisch ißt und mein Blut trinkt, bleibt in mir und ich in ihm.«

Sie sprachen diese Worte im Chor, ohne daß es ein wahrnehmbares Anfangs- oder Endzeichen gegeben hatte. Sie knieten, die Köpfe dem Stück Himmel in dem kaputten Dach zugewandt, dem ewigen Leben um sie herum.

Carlas Speichel befeuchtete das trockene Brot auf ihrer Zunge. Sie hatte den Blick auf das mit dem Blut gefüllte Gefäß in ihren Händen gesenkt. Es gab Tage, an denen auch ihr Bauch mit Blut gefüllt war. Ein hellroter Strom mit Klumpen, die wie rohe Leber aussahen. In dem dunklen Spiegel des Blutes sah sie in der Mitte des Gefäßes ihr eigenes Auge. Ihr Blick schien das Auge zu durchdringen, bis sie auf eine Spiegelung ihres geheimen Ichs stieß. Obwohl Iphigenia und Margarita die Tage mit den Blutungen hinter sich hatten, hielten auch sie kurz inne, bevor sie tranken, und sahen ihr Auge in dem Becher. Carla führte das Gefäß an ihre Lippen, vorsichtig, damit die Oberfläche ruhig blieb und ihr Blick nicht wegglitt. Ihr Auge starrte sie die ganze Zeit an, bis sie den Becher kippte und ihr Spiegelbild sich in dem Geschmack warmen Bluts auflöste.

Herrlich. Den ganzen Nachmittag frei und zum Abendessen Braten. Carla lag im Gras und blickte in den Himmel, dieses Mal durch das Netz der Spinne. Es war immer noch da und wie Carlas Sündenrock mit Juwelen behangenen, in den Kettfäden und dem Einschuß hängenden Insekten geschmückt. Die Spinne war jedoch nirgends zu sehen. Eine kleine Gasblase stieg aus ihrem Magen hoch und entwich durch ihren Mund. Sie schmatzte mit den Lippen, genoß den Nachgeschmack der Eucharistiefeier.

Sie fühlte sich angenehm satt nach dem morgendlichen Blutopfer.

Carla mochte Blut. Sie mochte seinen Geschmack, seinen Geruch und seine Farbe. Sie mochte die Tröpfchen auf den Händen und Füßen des Gekreuzigten, die Krone aus Blutstropfen, die von seiner Dornenkrone hing. Es war so schwer, beim Färben diesen Rotton zu finden, so schwer, ein richtiges Rot zu erreichen. Sogar in der Bibel fing das Rot an zu verblassen. In der Kinderbibel, die sie immer wieder hervorgeholt hatte und deren Bilder von dem Blut der Märtyrer und Heiligen nur so troffen. Die römischen Soldaten hatten Schilder und Schwerter und Helme mit prächtigen Federbüschen, in denen rote Federn steckten. Auch Athena hatte einen Schild, ein Schwert und einen Helm, alles aus purem Gold.

Carla fühlte sich zu träge und zu wohlig, um über Bilder in Büchern nachzudenken. Die Nachmittagssonne spielte auf ihrem Bauch, ihre Strahlen drangen unter ihre Haut. So hatte die Jungfrau Maria den Sohn Gottes empfangen. Es ging durch sie hindurch wie das Licht der Sonne durch ein Fenster. Ohne auch nur einen Finger zu bewegen, ohne auch nur ein bißchen nachzuhelfen, rührte sich ihr Körper. Carla spürte, wie ihr die Wärme in die Wangen stieg, ihre eigene Wärme, und sah orangefarbenes Licht durch die dünnen Membrane ihrer Lider dringen. Es war, als hätten sich unter ihrer Haut ganze Kolonien von Knospen angesiedelt, die nur darauf warteten, von den neckenden Fingern der Sonne gestreichelt zu werden. »Laß mich die Glückseligkeit Deiner brennenden Liebe spüren, laß mich Deine Dienerin sein, lehre mich, Dich zu lieben und Dir zu dienen, Herzallerliebster Jesus, damit Deine Liebe allein meine Freude, mein Denken und Verlangen sei.«

Carla wartete auf die Antwort Gottes. Sie konnte das Zwitschern der Vögel hören und das Geräusch, das sie im Baldachin der Blätter hervorriefen, wenn sie ihren Tätigkeiten nachgingen. Eine Flaumfeder kam heruntergesegelt, driftete an dem Netz vorbei und landete auf ihrem Bauch. Frühjahr. Neue Lämmer, Vogelkinder. Alles brach auf.

In die vertrauten Geräusche des sonnigen Nachmittags mischte sich ein anderes. Das Geräusch eines Tiers, das sich durch das Unterholz einen Weg bahnte. Scharren, Kratzen, das Schnalzen der Zweige. Wahrscheinlich Agnes Teresa auf der Suche nach ihrem Lamm; vielleicht roch sie sein Blut in Carlas ausgestoßenem Atem. Carla schloß den Mund, um den Geruch nicht herauszulassen.

Das Tier kam herausgeprescht. »Verdammt!« Carla setzte sich mit einem Ruck auf. »Verdammt, verdammt, verdammt«, wiederholte die Stimme mit unterdrückter Wut.

Carla drehte sich herum und spähte durch die Grashalme. Es war eine Kreatur mit vier Beinen, die den Kopf hin- und herbewegte. Vor ihren Augen richtete das Wesen sich auf. Auf zwei Beine. Das reinste Wunder! Es war von Kopf bis Fuß in Schwarz gekleidet und hatte einen weißen Kragenstreifen um den Hals. Auf seiner Wange befand sich ein blutiger Kratzer. Es wischte ihn weg und blickte auf den roten Schmierer, als hätte es noch nie Blut gesehen. Carla verharrte regungslos im Gras wie ein Stein, trotz des lauten Glockenläutens in ihrem Kopf. Das Wesen wischte sich die Hand ab und nahm ein zusammengefaltetes Blatt Papier aus seiner Tasche. Um Genaueres erkennen zu können, war Carla zu weit weg. Es blickte auf das Papier, dann schaute es sich um, als versuchte es, seinen Standort zu bestimmen. Und dann setzte es sich wieder in Bewegung und ging in die Richtung der früheren Klostertore, die inzwischen völlig überwuchert waren. Carla ließ sich zurückfallen und zerstörte dabei das Netz der Spinne, doch sie bemerkte nicht einmal die klebrige Substanz, die sich um ihren Kopf wickelte. Sie sprang auf die Beine und rannte und rannte und rannte.

Obwohl sie die jüngste und kräftigste von den dreien war, rang Carla verzweifelt nach Atem, als sie in den Hof stürmte, wo Margarita und Iphigenia das Fleisch zerlegten. Margarita hielt abrupt in ihrer Bewegung inne, als hätte sie eine Erscheinung: das Beil in der Luft, bereit, auf die Rippen herunterzusausen und sie zu Koteletts zu zerhacken, die Augen weit aufgerissen, verstört durch diesen Anblick, der sich ihr bot.

Carlas Mund stand offen, sie wollte sprechen, aber ihre Lungen sogen zu gierig die Luft ein, pumpten sie wie ein Blasebalg ein und aus, so daß nichts für ihre Stimmbänder übrigblieb und keine Worte entstehen konnten. Margarita legte das Beil weg und lief zu Carla.

»Was, Kind?«

Carla drückte eine Hand gegen ihre Brust und gestikulierte wild mit der anderen. »Va ... Va ... Vater John«, stieß sie hervor.

»Mit den Hörnern in den Dornen?« fragte Margarita besorgt.

Sie schüttelte heftig den Kopf, immer noch nach Atem ringend. »In Schwarz. Mit Weiß ...« Sie fuhr sich in Kragenweite mit Daumen und Zeigefinger um den Hals.

Schwester Iphigenia blickte hoch. »Ein Mann«, sagte sie und ließ ihr Beil auf den knochigen Teil der Lammkeule fallen. »Ein Priester.«

Die andern beiden schauten sie fragend an. Sie hätte genausogut eine Giraffe sagen können, so außergewöhnlich schien es. Und noch außergewöhnlicher war die Tatsache, daß Iphigenia keinerlei Überraschung zeigte, als hätte sie damit gerechnet.

»Das ist ein Kloster. Völlig normal, daß ein Priester kommt.«

So normal war es wiederum auch nicht, denn seit Jahren hatten sie keinen Besuch gehabt, welcher Art auch immer.

»Hast du's gewußt? Ist ein... ein Brief gekommen?« fragte Margarita. Ein Brief nach all dieser Zeit war eine merkwürdige Vorstellung. Noch merkwürdiger war, daß einer ankommen konnte, ohne daß sie etwas davon erfahren hatten. Aber eine merkwürdige Sache ließ sich sicherlich nur durch eine andere merkwürdige Sache erklären.

»Kein Brief«, sagte Iphigenia. »Unser Gast soll Fleisch, Bratkartoffeln, Käse zu essen bekommen.«

»Brennesseln, Rüben«, sagte Margarita, die nicht ins Hintertreffen geraten wollte gegenüber Carla, die ihn als erste gesehen hatte, und gegenüber Iphigenia, die etwas gewußt haben mußte.

»Nonnennahrung. Priester pflegen gut zu essen.« Iphigenia wandte sich Carla zu. »Wo?«

Carla erklärte es ihr. Es war bei der Außenmauer gewesen, obwohl diese von dem Gestrüpp und einer im Lauf der Jahre alles überwuchernden Vegetation völlig verdeckt war.

»Und dann?«

Carla erklärte, in welche Richtung er gegangen war, und erzählte Iphigenia von dem Papier, das er studiert hatte.

»Hmm«, sinnierte Iphigenia. »Karte. Er sucht nach dem Weg.«

Auch der Weg war inzwischen von Gestrüpp überwachsen. »Vielleicht findet er uns nicht«, meinte Margarita, die sich nicht sicher war, ob sie gefunden werden wollte.

»Verstecken?« schlug Carla vor, als wäre es ein Spiel.

»Wir werden unsere Vorbereitungen treffen. Dann warten wir ab.«

Vielleicht war es der Geruch des Bratens gewesen, der den Mann in den Hof führte, denn er tauchte lange vor Einbruch der Dämmerung dort auf. Sie erwarteten ihn. Sie saßen Rücken an Rücken, aber jede blickte in eine andere Richtung, damit sie ihn ja nicht verpaßten. Carla sah ihn zuerst – er blieb hin und wieder stehen, wischte sich die Stirn, lockerte den zu engen, scheuernden Kragen, wedelte kleine Insekten weg, die versuchten, seinen Schweiß aufzusaugen.

Sie beobachteten, wie die Kapelle und das Kloster in sein Blickfeld kamen, wie erstaunt er reagierte, als er die Rauchfeder des Feuers wie einen Flaschengeist aufsteigen sah. Sein Zögern und dann sein rascher, energischer Schritt.

Er kam von Westen und betrat erschöpft den Kreuzgang. Er blickte sich um, betrachtete die Mauern, das Dach, die Bögen. Das Blöken der Schafe stieg in der Stille empor. Er war auf der Hut, abwartend. Agnes Teresa tauchte aus der Kapelle auf und trabte in den Hof. Sie steckte die Schnauze in Schwester Margaritas Rock, roch ihr Lamm auf Margaritas Körper. Der Geruch der Keule, die im Ofen gebraten wurde, schien sie nicht zu interessieren.

Als er sich anschickte, den Kreuzgang entlangzugehen, wandten die drei Nonnen ihm ihre Gesichter zu. Eine Vielfalt von Gerüchen entströmte ihm. Eine beißende Komposition aus Azeton, Petroleum, stark parfümiertem Tabak, schalem, fleischigem Schweiß, Urintropfen, saurem Apfel, einer Spur von Weihrauch. Winzige Pfeile von Unruhe in einer wogenden, elementaren Stickigkeit. Iphigenia war überwältigt von dieser Explosion von Gerüchen.

Sie erhoben sich, als er aus dem Helldunkel in die Sonne trat. Er war jung, dünn. Ganz in Schwarz gekleidet, wie Carla berichtet hatte. Auf seinen Schuhen waren noch Flecken von glänzender Schuhwichse, obwohl sie viel

Schlamm und Dreck abbekommen hatten. Sein Gesicht und seine Hände waren zerkratzt, seine Hosen an den Knien zerrissen, wiesen aber trotz allem vorne noch eine scharfe Bügelfalte auf.

»Vater John, nehme ich an?«

»Eigentlich Vater Ignatius. Und Sie ...?« Seine Stimme verlor sich.

»Schwester Iphigenia. Und Schwester Margarita und Schwester Carla.«

Er starrte sie ungläubig an. »Schwestern! Das habe ich nicht erwartet. Es hörte sich jedenfalls so an, als sei das Grundstück unbewohnt. Teufel auch, es war schon wahnsinnig schwer, es überhaupt zu finden.«

Ein winziges Stocken im Atemrhythmus der Nonnen. Teufel. Seit Jahren war dieses Wort nicht mehr im Kloster ausgesprochen worden.

»Tasse Tee?« bot ihm Iphigenia an. Der Atem der Nonnen ging wieder gleichmäßig.

»Ja, doch, das wäre wunderbar. Im Wagen habe ich eine Flasche Mineralwasser, aber ich habe nicht dran gedacht, sie mitzunehmen. Ich erwartete nicht ...«

»Im Wagen?« fragte Carla.

»Ja, im Wagen. Leider ist er steckengeblieben. Ich konnte niemanden anrufen, weil die Batterie von meinem Funktelefon leer ist.« Aus seiner Hosentasche zog er ein schwarzes Viereck mit mehreren Zahlenreihen darauf. Er schüttelte eine kurze Antenne heraus und führte den Nonnen vor, daß sich mit dem Gerät nichts mehr anfangen ließ.

Ein Telefon. Es sah nicht danach aus.

»Wo ist die Schnur?«

»Schnurlos«, sagte er. Er streckte ihnen die offenen Hände entgegen und schwenkte sie wie ein Zauberkünstler, der seinem Publikum beweisen will, daß er sich keiner Tricks bedient. »Läuft mit Batterie. Muß aber erst aufgeladen werden. Ich hätte eine Ersatzbatterie mitnehmen sollen, für alle Fälle«, plapperte er weiter. »Haben Sie eine Steckdose? Strom?«

Die Sonne war unter den Horizont gefallen, und vor den Klostermauern verdichtete sich die Nacht. Als hätte sie ein unsichtbarer Hirte gerufen, drängte der Rest der Schafe in den Hof, hie und da vernahm man ein Blöken, und der Geruch von Wollfett erfüllte die Luft.

»Haben Sie eine Herde?« fragte Iphigenia.

»Herde?« Er verstand nicht gleich, dann dämmerte es ihm. »Nein«, sagte er. »Ich bin kein Gemeindepriester, ich bin der Sekretär des Bischofs.« Er lächelte bedeutungsschwanger.

Iphigenia wurde der Unterhaltung müde, des Zuhörens wie des Sprechens. Ihre Zunge schien schwer und unförmig in ihrem Mund zu liegen, als wäre sie all diese Verrenkungen nicht mehr gewohnt. Eine Geschichte zu erzählen war etwas anderes. Als fände man das Ende eines Fadens, als entdeckte man, wie er gewickelt war, und mußte nur daran ziehen. Sie fragte sich, ob sie sich nicht doch besser versteckt hätten.

»Vesper«, kündigte Iphigenia an, um die Unterhaltung zu beenden. »Vater John?«

»Ignatius. Vater Ignatius«, verbesserte er sie. »Ich kann Sie in die Vesper mitnehmen.«

Gesenkten Hauptes ging der Priester zur Kapelle, was seine Vertrautheit mit dem Grundriß der Klosteranlage verriet.

Ein, zwei verwirrte Schafe folgten ihm, aber die Nonnen blieben, wo sie waren, die Augen niedergeschlagen, während ihre Brust sich beim Ein- und Ausatmen des Heiligen Geistes hob und senkte.

»Ähm«, räusperte er sich. »Die Kapelle?«

Seelenruhig öffneten sie die Augen. Ohne ein weiteres Wort der Erklärung standen die drei auf und betraten die Kapelle.

Die letzten Strahlen der untergehenden Sonne drangen durch die Ritzen, die Fenster. Die warmen Rottöne, die sie einhüllten, vermittelten den Eindruck, sie befänden sich im Innern eines großen, wohlwollenden Tieres. Der blutverschmierte Zelebrationstisch verstärkte diesen Effekt. Der Priester, der sich anschickte, sie in die Vesper einzuführen, legte die Hand auf den Tisch und bemerkte eine purpurrote, klebrige Substanz.

»Wein?« vermutete er.

»Das Blut unseres Herrn Jesus Christus, durch das wir das ewige Leben empfangen«, sagte Schwester Iphigenia.

Schwester Margarita hatte irgendwie das Gefühl, Iphigenia habe zu viel gesagt, konnte es aber nicht begründen. Die Worte schienen den Priester jedoch zu besänftigen. Er faltete seine blutverklebten Hände zum Gebet und fing an zu singen. Er hob die Augen nicht bis zu dem Haken über dem Zelebrationstisch, an dem noch vor ein paar Stunden das Lamm gehangen hatte. In der Tat, ein sehr ungewöhnlicher Tag, sinnierte Margarita, und er war noch nicht vorbei.

»Warum ist er hier?« flüsterte Margarita, als sie das Abendessen richteten.

Iphigenia inspizierte den Tisch. Ein Teller, ein Becher, ein Messer für jeden. Und eine Gabel. Reichte das? Die Priester hatten gewöhnlich das Mittagessen oder den Tee mit der Äbtissin eingenommen, waren aber nie bis zum Abendessen geblieben. Iphigenia sah einen mit blauem Samt ausgeschlagenen Besteckkasten vor sich, in dem schimmernde Gabeln lagen. Die Gabeln auf dem Tisch hatten sie hinten in einer Schublade gefunden, zusammengebündelt. Sie blieben angelaufen, obwohl die Nonnen sie so heftig gegen ihre Wollschürzen rieben. »Er wird es uns schon sagen. Oder wir finden es selbst heraus. Das Fleisch zuerst auf seinen Teller.«

Er hatte sich das klebrige Zeug vom Gesicht und den Händen abgewaschen und die Haare glattgestrichen. Und nun saß er am Tisch und wartete, daß das Essen aufgetragen würde.

Nach dem, was er hinter sich hatte, war Ignatius auf alles gefaßt. Der Anblick der Rauchsäule hatte ihn mit Erleichterung und gleichzeitig einer bösen Vorahnung erfüllt. Er wußte, daß er sich bereits zu weit von seinem Auto entfernt hatte, um vor Einbruch der Dunkelheit dorthin zurückzukehren, aber wen würde er an der Feuerstelle, von der der Rauch hochstieg, vorfinden? Zigeuner? Jäger? Er hatte schnell einen Psalm angestimmt und war durch den »Stecken und Stab« des Herrn getröstet weitergegangen. Jedenfalls hatte er nicht mit drei alten Frauen in einer merkwürdigen Tracht aus wollenen Lumpen gerechnet. Zuerst hatte er sie für Zigeunerinnen gehalten, die im Kloster kampierten, und sich gefragt, ob auch Männer in der Nähe waren, ihre Söhne oder Brüder, die einem Fremden gegenüber vielleicht mißtrauischer reagierten als sie. Jetzt saß er an ihrem Tisch, doch die Situation war ihm nicht ganz geheuer. Die Stimmung konnte jederzeit umschlagen. Er kam sich vor wie ein Missionar im tiefsten, schwärzesten Afrika.

Sie waren völlig verlottert, praktisch Wilde. Ihre Zähne waren gelb, ihre Haut zerfurcht und lederartig. Sie trugen keine Schuhe. Alles an ihnen ließ vermuten, daß sie der Natur ihren freien Lauf ließen. Abgesehen von ihrem kurzgeschorenen Haar, das ihnen ein merkwürdiges mönchisches Aussehen verlieh.

Sie brachten das Essen auf den Tisch. Die eine mit den dunkel funkelnden Augen und dem schwarzen Haar setzte sich ihm gegenüber. Carla. Sie war jünger als die andern beiden; ungeniert und voller Erwartungsfreude sah sie ihn an. Die Große, Iphigenia, die ihn als erste begrüßt hatte, zuckte nervös mit der Nase. Ihre Augen waren vom grauen Star befallen. Die kleinste von den dreien, Margarita, hatte kräftige Arme und ein Doppelkinn.

Der Geruch des Lammbratens und der Bratkartoffeln erinnerte Ignatius wieder daran, wie hungrig er war. Seit dem gestrigen Frühstück hatte er keine anständige Mahlzeit zu sich genommen. Er hatte zwar einen Apfel aus dem Auto mitgenommen, aber das ließ sich kaum als eine Mahlzeit bezeichnen.

Sie senkten die Köpfe zum Tischgebet, und ihr Geflüster vermischte sich mit seiner dröhnenden Stimme. Carla schnappte sich ein Stück Fleisch und nahm ein paar kräftige Bissen, wobei ihr der Saft und das Bratenfett an der Hand herunterliefen und in ihrem Wollärmel verschwanden. Margarita nahm sich eine Kartoffel; die Schwielen an ihren Fingern bildeten ein so dickes Polster, daß sie die Hitze überhaupt nicht spürte. Iphigenia spießte mit ihrem Messer ein Stück von dem eingelegten Käse auf und schob es sich in den Mund.

Trotz seines Hungers zwang sich Ignatius zu einem zivilisierten Tempo. Er schnitt sich ein kleines Stückchen Kartoffel und ein kleines Stückchen Fleisch ab, schob sie auf die Zacken seiner Gabel und führte sie zum Mund. Die mit dem Stück Fleisch schaute gebannt zu. Er hielt inne, das Kinn nach unten gezogen, die Zähne innerhalb seines geschlossenen Mundes auseinander. Befangen, da er ihren Blick auf sich fühlte.

Carla nahm ihre Gabel und imitierte seine Bewegungen. Als sie die Gabel im Mund hatte, biß sie darauf. Sie verzog das Gesicht, schleuderte die Gabel auf den Boden und bediente sich wieder ihrer Hände.

Ignatius fing wieder an zu kauen. Er versuchte, eine Unterhaltung in Gang zu bringen, aber all seine Bemühungen brachten ihm nur ein paar Grunzlaute ein. Sie waren wie Schweine an einem Freßtrog; sie rissen sich die Stücke mit den Zähnen ab und schlangen sie, beinahe ohne zu kauen, hinunter, als wäre diejenige, die als erste ihren Teller leer hatte, Siegerin.

Siegerin war dann die, die sich bereits als Wortführerin hervorgetan hatte. Schwester Iphigenia. Sie schob ihren Teller in die Mitte des Tischs und nahm den Teekessel vom Feuer. Sie warf ein paar Blätter in die Kanne und goß das dampfende Wasser darüber. Carla leckte sich die Hand ab und beäugte ihn durch die Spitzen ihrer Finger. Margarita nagte an der Keule.

Die Teekanne schien eine Art Signalwirkung zu haben. Die Teller wurden abgetragen, auch seiner, obwohl noch ein gutes Stück fettes Fleisch darauf lag, das er sich bis zum Schluß aufgehoben hatte. Ein Tee von der Farbe eines stehenden Gewässers wurde in dicke Keramiktassen gegossen. Schmutzige Hände wurden an schmutzigen Schürzen abgewischt, und Strickkörbchen wurden herausgeholt. Eine streckte ihm einen fettigen Wollknäuel und zwei Nadeln hin.

»Stricken, Vater John?«

Vater Ignatius, brüllte er innerlich. Wie oft mußte er es ihnen noch sagen? »Nein danke«, sagte er höflich, als hätten sie ihm einen Keks angeboten.

»Geschichte?«

»Eine Geschichte?« wiederholte er.

»Sie kennen doch bestimmt ein paar Geschichten«, insistierte Schwester Iphigenia.

»Ich bin an der Reihe«, erinnerte Carla ihre Mitschwestern.

»Wir haben einen Gast«, wies Iphigenia sie sanft zurecht.

»Nein, nein, fangen Sie ruhig an, Ladies first«, sagte er, wobei ihm das Wort »Ladies« beinahe im Hals steckenblieb. »Sie können mir zeigen, wie's geht.«

Die Frauen legten ihre Hände auf die Tischkante und murmelten etwas, was er für ein Gebet hielt. Er senkte den

Kopf, jedoch ohne ein Gebet auf den Lippen, die Augen halb offen, um zu sehen, was als nächstes passieren würde.

Carla erhob sich. *»Heiderose«*, kündigte sie an.

»Es waren einmal ein König und eine Königin, die schon viele Jahre verheiratet waren. Schließlich wurde ihnen eine Tochter geboren, die sie Heiderose nannten.«

Er sah zu, wie die Frauen ihr Strickzeug in die Hand nahmen, die Wolle um ihre Finger wickelten und mit Nadeln durch die Maschen fuhren. »Bei ihrer Taufe sollte ein großes Fest stattfinden. In dem Königreich gab es dreizehn weise Frauen, aber der König und die Königin hatten nur zwölf goldene Teller und beschlossen deshalb, die dreizehnte nicht einzuladen. Aber sie kam trotzdem. Ungeladen«, fügte Carla mit unheilschwangerer Stimme hinzu.

Er lehnte sich in seinem Stuhl zurück und trank in kleinen Schlückchen seinen Tee, den er angenehm aromatisch fand. Er kannte die Geschichte, doch unter einem anderen Namen – *Dornröschen*. Und es waren keine weisen Frauen, es waren gute Feen. Während er über diese Details nachdachte, entspannte er sich und ließ sich von dem Rhythmus tragen.

»Auf dem Fest überreichte jede der weisen Frauen ihr Geschenk für die kleine Prinzessin. Als die dreizehnte weise Frau aus dem Schatten trat, ging ein Schaudern durch die Gesellschaft. ›Mein Geschenk ist das allergrößte‹, sagte sie, und ihre Stimme knisterte wie ein Blitz. ›An ihrem dreizehnten Geburtstag wird sich das Kind mit einer Spindel stechen und sterben.‹ Den Gästen, angeführt vom König, entrang sich ein hohler Seufzer.«

Carla erzählte, wie der König jede Spindel und jeden Gegenstand, mit dem man sich stechen könnte, einsammeln ließ. Als Carla das Mädchen auf den Dachboden hochwandern ließ, in dem sich die alte Frau und die verhängnisvolle Spindel befanden, hatte Ignatius das deutliche Gefühl, daß sie etwas ausgelassen hatte, aber er war von der Geschichte so gefesselt, daß er sie nicht unterbrechen wollte. Das verlotterte Frauenzimmer, das vor ihm stand und das eben noch nur einsilbige Grunzlaute von sich gegeben hatte, hatte sich in eine redegewandte, routinierte Geschichtenerzählerin verwandelt. Die Strickerinnen strickten indes eifrig weiter; gelegentlich, wenn sie eine Reihe fertig hatten, blickten sie hoch oder zogen neue Wolle heran.

»Irgend etwas bekümmerte Heiderose an dem Tag, an dem sie sich aufmachte, einen Teil des Schlosses zu erkunden, den sie noch nie erkundet hatte. Sie ging die Treppe bis zur letzten Stufe hoch und stand vor einer alten Holztür. Sie streckte die Hand aus, um die Klinke zu drücken, aber noch bevor sie sie berührte, sprang die Tür auf. ›Herein‹, sagte die Stimme einer alten Frau, die an einem Spinnrad saß. Das neugierige Mädchen trat ein, und kaum hatte sie die Schwelle überschritten, bemerkte sie, daß sie blutete. Sie wunderte sich, denn sie hatte nichts angefaßt, und das Blut tropfte auch nicht von ihrer Hand. Sie betrat das Zimmer, und die Tür schloß sich für immer hinter ihr. Die dreizehnte Fee – denn sie war es, die dort den Lebensfaden spann – erklärte dem zur Frau gewordenen Mädchen das Geheimnis eines Körpers, der ohne eine Wunde blutete. Und wenn sie nicht gestorben ist, lebt sie noch glücklich weiter.« Carla setzte sich, zufrieden mit sich und ihren Talenten.

Wäre sie nicht völlig in ihrer Geschichte aufgegangen, hätte sie sein nervöses Hin- und Herrutschen bemerkt.

»Nein, nein«, protestierte er, »sie sticht sich mit der Spindel in den Finger und fällt in einen hundertjährigen Schlaf, aus dem sie der Kuß eines hübschen Prinzen weckt.«

Sie schauten ihn verblüfft an.

Margarita legte ihr Strickzeug nieder und fuchtelte mit einer Nadel in seine Richtung. »Haben Sie schon mal eine

Spindel gesehen? Sie ist nicht spitzer als diese Stricknadel. Selbst der Teufel hätte seine liebe Not, damit jemanden zum Bluten zu bringen!«

Einen Augenblick lang dachte er, sie wolle ihn mit ihrer Stricknadel erstechen, aber Margarita verstummte wieder, ihre Heftigkeit hatte ihr selbst die Sprache verschlagen.

»Sie haben zweifellos recht«, räumte er ein, »was echte Spindeln betrifft. Doch die in der Geschichte ist nur symbolisch.«

Carla verfolgte aufgeregt das Hin und Her und wartete gespannt, was als nächstes passieren würde.

Er fand, es war höchste Zeit, energisch zu werden und diese Leute aufzuklären. Es mochte zwar nur ein Kindermärchen sein, aber wenn sie selbst diesen Kinderkram nicht kapierten, was konnte man dann noch erwarten?

Er stand auf und schob den Stuhl mit seinen kräftigen Waden zurück. »Dornröschen«, sagte er nachdrücklich, um ihnen klarzumachen, daß das der richtige Name war, »Dornröschen stach sich mit einer Spindel in den Finger und schlief danach hundert Jahre. Der Prinz kämpft sich durch die Hecke, findet die Prinzessin in ihrem Schloß und küßt sie ins Leben zurück. Daraufhin heiraten sie und leben glücklich bis an ihr Lebensende. Ende der Geschichte.«

Margaritas Kiefer fiel herunter, die Worte jedoch kamen aus Iphigenias Mund. »Gewiß, Vater«, sagte Iphigenia, »Sie haben natürlich recht.«

Natürlich hatte er recht, das brauchten ihm Leute wie sie nicht erst zu bestätigen. Die Macht der Geschichte stand hinter ihm, Abertausende von Jahren. Dennoch hatte er, bevor er sich wieder hinsetzte, das Gefühl, unter ihm würde sich etwas bewegen, ein Gefühl, das er als Kind am Strand gehabt hatte, wenn die Ebbe das Wasser mit sich nahm.

Margarita lag stocksteif da und klammerte sich am Bettrand fest. Der Raum drehte sich, und sie hatte das Gefühl, sich inmitten einer stürmischen, dunklen See auf einem kleinen Floß zu befinden. Die Finsternis umbrauste sie, dröhnte in ihren Ohren. Ihr Herz flatterte in ihrer Brust wie ein gefangener Vogel. Ihr ganzes Sein versuchte mit dieser Lawine von Ereignissen fertig zu werden, deren Schatten wie dunkle, linkische Engel im Raum herumflatterten. Ungehindert, überdimensional, grotesk.

Da flitzte der Priester vorbei, horizontal, schwarz und weiß wie eine Abbildung in einem Buch; seine Hose mit einer messerscharfen Falte, sein Kragen leuchtend wie ein heruntergerutschter Heiligenschein. Das Lamm hing am Haken, sein Blut tropfte auf den Zeremonientisch, Agnes Teresa stieß mit dem Mann zusammen, blökte nach ihrem Lämmchen. Und aus dem offenen Mund des Mannes kam in Lettern, die glänzten wie Krummsäbel, das Wort »Teufel«.

Alles übrige konnte noch so gräßlich sein, dies war das Allerschlimmste. In ihrem ganzen Nonnendasein hatte Margarita dieses Wort nicht ein einziges Mal in den Mund genommen. Es war ein Wort, das sie aus ihrem Vokabular verbannt hatte. Und plötzlich war es wieder da, schlüpfte über die Schwelle ihrer Lippen wie ein Dieb aus einem Haus. Etwas aus früherer Zeit hatte sich heute abend in Margarita losgerissen, hatte sich unabhängig gemacht und flatterte um sie herum.

Margarita schloß die Augen, aber die umherflatternden Gestalten waren immer noch da. Sie ließ eine Hand zu ihrem Kruzifix hochkriechen und drückte es wie einen Brustharnisch an sich. »Legt die Waffenrüstung Gottes an, auf daß ihr standhalten könnt gegen die Ränke des Teufels. In alledem ergreift das Schild des Glaubens, mit dem ihr alle feurigen Pfeile des Bösen löschen könnt. Und auch für mich, daß mir das rechte Wort gegeben werde, so oft ich meinen Mund auftue, um mit ›Freimut‹ das Geheimnis der Heilsbotschaft zu verkünden.« Aber es war Margarita, die kühn den Mund aufgetan hatte: ». . . selbst der Teufel hätte seine liebe Not, damit jemanden zum Bluten zu bringen.« Als ob der Teufel jemals seine liebe Not gehabt hatte. Nein. Der Teufel machte es sich leicht. Seine liebe Not hatte nur der liebe Gott.

Wem hatte Margarita gedient, als sie heute das Lamm schlachtete? Sie hatte es zum Ruhm des Allerhöchsten getötet, doch hatte sie dabei den Tod einer Seiner Kreaturen in Kauf genommen. Sie sah das Auge des Lämmchens vor sich, seinen Blick, als sie es festhielt, um ihm die Kehle aufzuschlitzen. Das kleine Auge, das Gott an die Seite gesetzt hatte, damit es sehen konnte, was sich von hinten heranschlich. Lämmer waren immer nur Beute. Raubtiere hatten die Augen vorne, damit sie das, was sie jagten, erspähen konnten. Auch Margaritas Augen waren vorn. Sie teilte ihre Herkunft mit Wölfen, Füchsen und Tigern, starken, muskulösen Kreaturen, und doch identifizierte sich Margarita eher mit den Schafen. Und eines Tages würde sie auch eines werden, eine Agnes-Schwester.

Sie mochte all die Wolle um sich, mochte ihre tägliche Routine. Für neue Dinge, neue Menschen hatte sie keinen Platz, auch nicht für einen Priester. Der Kopf tat ihr weh, und in ihrem Mund war ein saurer Geschmack. Vielleicht war der Wein in der Flasche sauer geworden, weil sie so selten welchen tranken.

Die herumfliegenden Wesen verblaßten mit der Nacht, als die ersten dünnen Ranken des Tages durch das hohe Fenster in Margaritas Zelle krochen. Das Kruzifix unter ihrer Hand strahlte Wärme aus, die in ihr Herz drang und sie beruhigte. Er war nichts weiter als eine vorübergehende Störung. Er würde bald wieder gehen. Die Stille würde sich über dem Besucher schließen, und sein Name würde nie mehr erwähnt werden.

Wie aufregend doch alles war! Noch nie hatte es so etwas gegeben, in ihrem ganzen Leben nicht! Kein Schaf, keine Nonne, kein Vogel, keine Spinne. Und auch kein Heiliger, keine Statue. Ein Mann aus Fleisch und Blut! Seine Zähne waren weiß, er war dünn wie eine Lakritzstange, seine Haut war so zart wie die Haut Jesu, nicht faltig und verschrumpelt wie die von Margarita und Iphigenia. Er war jung. Und jung hatte Carla schon seit einer Ewigkeit nicht mehr gesehen.

Auf den ersten Blick hätte man ihn für einen Vierbeiner halten können. Nach zweimaligem Blinzeln hatte sich die Kreatur der Erde in einen Mann verwandelt und ging aufrecht auf zwei Beinen, studierte ein Papier und kam auf sie zu. »Jahwe Gott pflanzte einen Garten in Eden im Osten und setzte dahinein den Menschen, den er gebildet hatte.«

Daß es kein Schaf sein konnte, hatte sie sofort erkannt. Schon eher ein Hund, ein magerer, schwarzer Hund, aber er bellte nicht, wuff, wuff, wuff. »Verdammt, verdammt, verdammt.« Carla würde das nie vergessen. Sie wiederholte die Worte für sich, so knurrend, wie er sie ausgesprochen hatte, und spürte, wie ihr Mund sich öffnete, um den Vokal in der Mitte herauszulassen, und wie ihre Lippen sich beim letzten Laut wieder schlossen. Sie lag auf ihrem Bett, die weit aufgerissenen Augen auf die stecknadelkopfgroßen Sterne und den kreisrunden Mond gerichtet, bebend vor Aufregung. Sie würde ihn in ihren Sündenrock einweben, beschloß Carla, aber erst später. Iphigenia kam sich wohl besonders schlau vor, ganz gerissen, als sie überhaupt keine Überraschung zeigte und so tat, als hätte sie schon die ganze Zeit über gewußt, daß er kommen würde. Aber ihr, Carla, hatte der Allmächtige als erster Vater John gezeigt. Er gehörte ihr.

Carla wälzte sich vom Bett, um auf allen vieren auf dem Boden zu landen. Und dann kroch sie in ihrem winzigen Raum herum und murmelte dem Fußboden zu: »Verdammt, verdammt, verdammt«, die Augen so leuchtend wie die einer Nachteule. Danach richtete sie sich wieder auf, genau wie er sich aufgerichtet hatte, wischte sich das imaginäre Blut vom Gesicht und hob im Dunkeln ihre Hand, um daran zu riechen.

Sie entspannte jeden Muskel ihres Körpers und ließ sich so leicht wie ein Baby auf den Boden fallen. Sie hatte das schon oft gemacht, es tat überhaupt nicht weh. Auch Babys taten sich nicht weh, wenn sie so fielen, es war nur der Schreck, der sie weinen ließ. Carla weinte nicht, denn schließlich war sie kein Baby mehr. Einen Augenblick lag sie auf der Seite, ein Bein über das andere geschlagen, ein Auge der Nacht zugewandt, eine Wange gegen den Stein gedrückt, der durch die ständige Berührung mit Carlas Körper im Lauf der Jahre ganz glatt geworden war.

Sie war bereit. Sie hob den Stein hoch, holte den Sündenrock hervor und breitete ihn um sich herum aus. Von seiner Gabel hatte sie sich ein winziges Stück Fleisch gesichert. Unter ihrem Fingernagel klebte etwas verkrustetes Blut von dem Trog, an dem er seine Kratzer weggewaschen hatte. Sie mischte beides und knetete die Masse mit den Fingern. Dann nahm sie die Fäden des Tarnmantels auf und arbeitete das neue Element ein. Die Wärme ihrer Hände schien ihn zum Leben zu erwecken und wachsen zu lassen. Immer länger und länger. Sie streichelte seine Konturen, zupfte etwas heraus und verband ein paar andere Teile miteinander. Dann war sie fertig. Sie schaute sich ihr Werk an.

Er hatte die sanften Augen Jesu, die Haut, die Leidensmiene und die Wunden Christi. Aus seinem Mund kamen Worte, die die Geschichte veränderten: »Sie sticht sich mit der Spindel in den Finger und fällt in einen hundertjährigen Schlaf, aus dem sie der Kuß eines hübschen Prinzen weckt.«

Carla schlüpfte in den Sündenrock. Sie wirbelte ihn herum, so daß das Bild über ihr schwebte. »Mein Prinz, mein Erlöser«, betete Carla und hob die Arme und preßte ihn an sich. Sie küßte die zarten, gazeartigen Lippen. »Erwecke mich von meinem Schlaf zu Deiner Herrlichkeit«, flüsterte sie in seinen Mund. Sie küßte noch einmal die Lippen, doch der Herr schwieg und rührte sich nicht. Es machte nichts, sie würde es in einer anderen Nacht wieder probieren. Das Mädchen in Vater Johns Geschichte hatte hundert Jahre gewartet. Schwester Carla würde tausend Jahre auf den Herrn warten. Eines Tages würde er kommen, so lautete die Prophezeiung. Oder Carla würde zu ihm gehen. Sie schlüpfte aus dem Mantel, faltete ihn ganz klein zusammen und legte ihn in die Mulde unter dem Stein. Carla machte es Spaß, Dinge zu vergraben. Einzugraben und wieder auszugraben.

Obwohl sie sein Kommen gerochen hatte, war Schwester Iphigenia nicht auf sein tatsächliches Erscheinen vorbereitet gewesen. Er war nicht zufällig bei ihnen gelandet – er hatte eine Karte. Iphigenia hatte das Leben draußen bereits vergessen, so lange war keiner mehr bei ihnen vorbeigekommen. Iphigenias Welt war das Kloster. Tagsüber war es erfüllt mit Seinem Licht und nachts mit Seiner Finsternis. Die Sterne im Himmel waren Seine ewigen Wachen und die Erde Spenderin Seiner Gaben. »Aber nimmer wird irgend etwas Unreines in sie eingehen, noch einer, der Abscheuliches treibt und Lüge, sondern nur die, die eingetragen sind im Lebensbuch des Lammes.«

Was hatte ihn hierhergeführt? War er ein Gesandter des Herrn oder etwas Unreines, einer, der Abscheuliches trieb? Priester sind Gesandte des Herrn, dieser aber hatte »Teufel« gesagt. Schwester Iphigenia nahm die Witterung auf. Es roch nach Angst, aber der Geruch kam nicht von dem Mann, sondern von Margarita. Sie roch so stark wie ein Tier, das sich im Gestrüpp verfangen hatte, das verwirrt und verängstigt war und nicht wußte, wie es hineingeraten war und wie es wieder herauskommen sollte.

Iphigenia beobachtete, wie sich ihre Brust gleichmäßig hob und senkte, und spürte, wie die Luft durch ihre Nasenflügel angesaugt und ausgestoßen wurde. Ein Fels in der Brandung. Nur ein komisches Gefühl im Magen, das war alles, wahrscheinlich war das Fleisch zu frisch und der Wein zu alt gewesen.

Ein unerwarteter Rülpser stieg hoch. Der saure Nachgeschmack kratzte sie hinten im Hals. Ein leichtes Sodbrennen, ein leichtes Unwohlsein, das war normal in ihrem Alter. Was hatte er gesagt? Er habe geglaubt, das Kloster sei unbewohnt. Vielleicht machte er hier Ferien oder suchte Ruhe. Er hatte »Kloster« irgendwie merkwürdig ausgesprochen. Es klang wie »Immobilie«.

Das Unwohlsein war einem leichten Kopfweh gewichen, das in kleinen Abständen einen bestimmten Punkt ihrer linken Schläfe attackierte. Es waren all diese Gedanken. Sie versuchten von Bekanntem zu Unbekanntem zu springen, zu Dingen, die sie nur erraten konnte. Und das war sie nicht gewohnt. Seit Jahren war sie mit jeder Einzelheit ihres Lebens vertraut, dem langsamen Wechsel der Jahreszeiten, dem Knospen, Blühen, Welken, Sterben, den grünen Trieben, die von den Schafen gefressen, verdaut und in kleinen Kügelchen wieder ausgeschieden wurden, um die nächsten Triebe zu düngen, die nächsten Schafe zu ernähren. Und so ging das immer weiter, da der Herr es so vorgesehen hatte.

Sie drehte die Nase in die Richtung des Priesters. Er hatte gesagt, er sei so müde, daß er gegen eine Wäscheleine gelehnt einschlafen könne. Die Nonnen besaßen so etwas überhaupt nicht, da sie ihre Kleider auf den Büschen trockneten, wenn sie sie wuschen, was selten genug vorkam. Sie richteten ihm ein Bett aus frischem Stroh und einer Wolldecke. Er bestand darauf, die Tür zu schließen, damit die Schafe nicht hereinwanderten. Sein Geruch kam in regelmäßigen Abständen. Er schlief wie ein Baby, atmete die Luft des Klosters und veränderte sie unmerklich beim Ausatmen.

Die Nonnen sind im Hof und beten, als Ignatius ihn betritt. Er bleibt einen Augenblick stehen und betrachtet sie.

»Denn wo zwei oder drei in meinem Namen versammelt sind, da bin ich mitten unter ihnen«, hatte Jesus gesagt. Ignatius sieht zu, wie sie ihre Gebete sprechen, heilige Parolen, die in ein innerliches Königreich führen, in ein Land unendlicher Schätze für den Pilger. Ihre Köpfe sind gesenkt, die Worte werden zum Herz hin gesprochen. In die Stille werden Umrisse geschnitten, und der Geist verfestigt sich zur Form. Drei Einsiedler-Nonnen, die Verkörperung christlicher Mystik.

Das Gezwitscher eines frühen Vogels unterbricht seine Träumerei. Ein hübsches Bild, denkt Ignatius, bevor er sich seinen Geschäften zuwendet.

An diesem Morgen hat Gott nicht ihre ungeteilte Aufmerksamkeit. Die Nonnen spüren die Blicke des Mannes in ihrem Rücken, die schräg einfallenden Strahlen der Sonne scheinen den Hof wie mit Pfeilen zu beschießen.

Während der wohlbekannten Liturgien versucht Schwester Iphigenia zu entscheiden, was zu tun ist. Oder was nicht zu tun ist. Heute ist Tag der Schur. Sollten sie alles so machen, wie sie es immer machten, oder sollten sie sich ihrem Gast widmen? Noch nie war ein Priester über Nacht geblieben. Sie kamen bei Ebbe und gingen bei Ebbe.

Iphigenia wußte, daß er den Hof betreten hatte, aber nicht neben ihnen kniete. In der frischen Morgenluft roch er warm und lebendig wie ein junger Hund, der gerade aufgewacht ist. Sie bemerkte aber auch einen merkwürdig chemischen Geruch. Wie vertrocknete Tinte. Seine Kleidung war nicht aus Wolle.

Das Laub raschelte, als er in die Kapelle trat. Carla, die der Tür am nächsten war, sah ihn hineingehen, darin verschwinden und sich in dem Dunkel auflösen, als wäre seine Kleidung aus demselben Material. Sie selbst war im Halbschatten und verfolgte ihn mit ihren Augen, mal stand er im Dunkeln, mal im Licht, je nachdem, wo sich die Löcher und Mauerlücken befanden. Er blinzelte zum Himmel hoch und hielt die Hand wie einen Schirm vor die Augen, um sich vor Gottes hellem Licht zu schützen. Dann trat er in den Schatten, die Hände in die Hüften gestemmt, während seine Blicke nach oben wanderten und das Dach inspizierten, die Löcher, die Schwalben, die in dem Rippengewölbe nisteten. Auch Fledermäuse gab es dort oben, die jetzt am Tag wie die Vampire schliefen. Ein weißer Pfeil schoß vom Himmel und landete, platsch, auf dem Jackenärmel des Mannes. »Verdammt«, sagte er und bückte sich nach einem Blatt, um den Fleck wegzuwischen.

Die Lippen der Nonnen hielten mitten im Satz inne. Es tönte aus der Kapelle, dröhnend wie Glockengeläut. Carlas Augen kehrten schnell zu ihren übereinandergelegten Händen zurück. Als wollten sie die plötzliche Unterbrechung wieder wettmachen, bewegten sich ihre Lippen doppelt so schnell, und das in ihren Herzen eingegrabene Gebet manifestierte sich jetzt in stimmlosem Geflüster.

Er fuhr mit der Hand über das Gesicht der Heiligen Jungfrau. Unserer Lieben Frau, die wie ein Wunder zu sprießen angefangen hatte, frische Triebe aus einer Humusschicht aus verfaulten Blättern und Vogelmist, der sich auf ihrem Kopf angesammelt hatte. Ein Heiligenschein aus grünem Weinlaub, der der Dornenkrone ihres Sohnes Konkurrenz machte. Er riß daran, um das Heilige vom Profanen zu befreien. Der Wein hatte in der Statue Wurzeln geschlagen. Er versuchte es noch einmal, aber der Wein hielt stand. Er sammelte seine ganzen Kräfte, und dieses Mal riß er nicht nur den Wein, sondern das ganze Schädeldach der Statue mit herunter. Seine Versuche, Unserer Lieben Frau zu einem zivilisierten, würdigen Aussehen zu verhelfen, hatte eine ungeschickte, groteske Skalpierung zur Folge. Entsetzt blickte er auf das Büschel in seinen Haaren, als wäre es ein Klumpen lebendiges Fleisch; er stopfte es schnell wieder zurück und drückte es, so gut es ging, wieder fest. Dann rieb er sich die Hände, um die Erde zu entfernen.

Die Nonnen hatten ihre Matutin beendet und erhoben sich. Carla wagte sich zur Tür und spähte hinein. Als er ihre Gegenwart bemerkte, ging er nach draußen. »Tja«, sagte er, tatkräftig in die Hände klatschend, »da muß was geschehen.«

Sie wußten nicht, was sie von dieser Bemerkung halten sollten. War er hier, um Reparaturen durchzuführen?

»Tja«, sagte Carla und klatschte, ihn nachahmend, ebenfalls in die Hände.

Brennesseltee wurde in Becher gegossen, Brot abgebrochen und Käse abgesäbelt. Die Nonnen aßen schweigend, ihre Kiefer mahlten. Die Schafe hatten bereits mit dem Frühstück angefangen; bei den Agnes-Schwestern ließ sich in der Tat schlecht sagen, wann eine Mahlzeit zu Ende ging und wann die nächste anfing. Für sie war das Leben ein einziges, langes Mahl. Vögel zwitscherten, das sanfte Geräusch beim Grasen, ab und zu ein dumpfer Schlag, wenn das Messer den Käse durchschnitt und auf den Tisch traf – ein herrlicher Frühjahrsmorgen.

Die Augen, die ihn beobachteten, und die Stille verwirrten ihn. »Und was steht auf dem Programm?« fragte er. Die drei Münder hörten auf zu kauen. Margarita fiel ein eingespeicheltes Stück Brot aus dem Mund. Er räusperte sich und nahm einen neuen Anlauf. »Wie sieht die Tagesordnung aus?«

»Tag der Schur«, verkündete Iphigenia. Die Kiefer setzten sich wieder in Bewegung.

»Vielleicht kann ich helfen«, bot er ihnen an, obwohl er

keine große Lust hatte, mit den Tieren in Berührung zu kommen.

Die Nonnen starrten ihn ausdruckslos an.

Ignatius interpretierte ihr Zögern als Absage. Er mußte aufpassen, wenn er es sich mit ihnen nicht verderben wollte. Sein Auto war gleich nach dem Damm, der zur Insel führte, steckengeblieben. Jemand mußte ihm beim Schieben helfen, obwohl es ihm peinlich war, drei alte Frauen um Hilfe bitten zu müssen. Den Hügel einmal rauf- und runterzugehen war mehr als ein Verdauungsspaziergang. Oder sich durch das Gestrüpp und die Dornen um das Kloster herum zu kämpfen. Er fragte sich, wie sie das machten. Aber vielleicht versuchten sie es ja gar nicht. Er erinnerte sich vage, daß es ein geschlossener Orden war.

Er hatte gleich nach dem Aufwachen versucht, den Bischof anzurufen. Das Funktelefon hatte nur geknackt und dann keinen Ton mehr von sich gegeben. Aber das war schon ein Fortschritt gegenüber der letzten Nacht, als sich überhaupt nichts tat. Er konnte zum Wagen zurückgehen und die Batterie aufladen, doch er brauchte noch etwas Zeit hier. Es war bestimmt sinnvoller, die Besichtigung auf einmal durchzuführen. Die Vorstellung, zum Wagen hinunterzugehen und danach wieder hochzuklettern, fand er nicht gerade verlockend. Es war aber nicht nur das Klettern, er hatte auch seine Zweifel, ob er den Weg wiederfinden würde. Er hatte schon eine Nacht im Freien verbracht und war nur im Kreis gegangen, bis ihm schließlich die Nutzlosigkeit seiner Versuche, sich im Dunkeln zurechtzufinden, bewußt geworden war. Er hatte gewartet, bis es hell wurde, aber selbst das hatte ihm nicht weitergeholfen. Obwohl er eine Karte hatte, war er eher durch Zufall hier gelandet.

Er erinnerte sich an einen Onkel, der seine Batterien an einem warmen Ort aufbewahrte, um sie wiederzubeleben. Vielleicht klappte es ja. Er brauchte nur Strom für einen einzigen Anruf. Er blickte zur Sonne hoch und sah sich dann im Hof um. Er ging zu einer Steinplatte, fühlte ihre Wärme und legte die Batterie darauf.

Als er sich aufrichtete, sah er die drei hinter sich stehen. »Solarenergie«, lachte er. Daraufhin erfolgte kein Kommentar. »Ich schau mich ein bißchen um. Ich werde nicht stören. Wenn ich etwas tun kann, sagen Sie Bescheid.«

Wie Ostern fiel auch der Tag der Schur nicht immer auf denselben Tag. Der liturgische Kalender wurde vom Wechsel der Jahreszeiten überlagert. Geschoren wurde im Frühjahr, nach der Kälte des Winters, wenn der Stapel gewachsen war und die gelbe, fettige Wolle vom letzten Jahr durch die neue weiße Wolle darunter hochgehoben wurde.

Die beste Zeit war frühmorgens bei schönem Wetter, wenn das Vlies trocken war und die Schafe noch einen leeren Magen hatten. Sie konnten noch so vorsichtig sein, die Prozedur war für die Schafe mit Streß verbunden, vor allem, wenn sie zum ersten Mal geschoren wurden. Und so, wie das Gedächtnis der Schafe beschaffen war, war es immer das erste Mal. Hin und wieder ließ eine Agnes-Schwester ihre Mahlzeit wieder hochkommen, eine scharf riechende grüne Soße aus einem ihrer vier Mägen, die dem Scherer gewöhnlich über die Hand floß, ein warmes Rinnsal, das einen Fleck hinterließ.

Die drei Nonnen trieben die Herde von hinten kommend zusammen. Margarita ging in der Mitte, Carla und Iphigenia hatten die Flanken übernommen. Sie gingen sehr langsam und lockten die Schafe mit ihren Kiri-Kiri-Rufen. Beim Näherkommen sangen sie mit tremolierenden Stimmen, die dem Bähen der Schafe glich: »Lämmlein Gottes, Lämmlein Gottes, gesegnet seid ihr Lämmlein Gottes, sanft und fromm. Heiliger Hirte, heiliger Hirte, laß die Lämmlein zu dir kommen.«

Ignatius folgte ihnen. Trotz ihrer plumpen Körper schienen sie zu gleiten, so als würden sie selbst stehenbleiben und die Landschaft hinter ihnen sich bewegen. Sie glitten so schwerelos durchs Gras wie Wolken über den Himmel. Sie hatten auch gute Stimmen, die weit über die Felder schallten. Die Nonnen sangen die Akkorde so, daß das Ohr nicht nur von der Harmonie, sondern auch von jeder einzelnen Stimme entzückt war. Carla, die die Schafe von der einen Seite her zusammentrieb, besaß einen Sopran, der so kristallklar war wie der eines Knaben vor der Pubertät. Hinzu kamen der Baß Iphigenias, die von hinten die Herde antrieb, und Margaritas schöner Tenor. Sie wären eine Bereicherung für den Chor. Nur bei spontanen Äußerungen stießen sie diese Grunzlaute aus. Sie unterhielten sich nur selten. Vielleicht, dachte er, fühlten sie sich in seiner Gegenwart befangen. Oder sie waren einfach nur maulfaul.

Drei Schafe waren inzwischen in der Einfriedung, der Rest der Herde wanderte herum, die einen drinnen, die andern draußen, und blökten einander zu, um über den Zaun hinweg akustischen Kontakt zu halten wie Gefangene am Besuchstag. Ein Schaf wurde in den Hof gedrängt. Die Nonnen stellten sich wie Wachposten auf. Iphigenia versperrte den Eingang zur Kapelle, Carla hatte beim Pferch Position bezogen und Margarita hielt die Schere in der Hand, startbereit, aber unauffällig.

Die Nonnen sangen die ganze Zeit, auch wenn die Worte sich etwas geändert hatten. »Lämmlein Gottes, gesegnet seid ihr Lämmlein Gottes, so sanft und fromm, kommt ins Licht und laßt die Dienerinnen Gottes euch entkleiden, werft das Alte ab, damit das Neue gesegnet und im Namen des Herrn geheiligt sei.« Dann ging ein Amen durch die Welt. Und bald stimmten auch die Schafe ein; ihre Bährufe klangen mit den Stimmen der Nonnen harmonisch zusammen, Sphärenmusik. Oh, wie unzureichend, wie schwach war doch dieses Wort, um die Töne zu beschreiben, die diesen Dienerinnen des Herrn entströmten. Es war nicht das übliche Amen, das die Gemeinde am Ende der Messe sagte, ein Dankeschön an Gott, daß die Messe vorüber war und sie nach Hause gehen und sich erholen konnten. Nein. Es war ein unendliches Echo, das für immer um den Globus kreisen konnte und sich bei jeder Runde verstärkte wie eine Menschenmenge, die aufstand, um gezählt zu werden, wobei jede einzelne Stimme sich mit denen der anderen vereinigte. Es war ein Laut, der die Vögel von den Bäumen, die Schafe in den Hof locken konnte, der Granit zum Vibrieren brachte und wilde Tiere besänftigte. Es war wie das A-M-E-N, das Gott nach der Erschaffung der Welt ausgesprochen hatte, nachdem Er die ganze Vielzahl von Dingen hervorgebracht hatte; der Laut, der aus Seinem Mund kam, als Er am siebten Tag aufwachte und sah, daß es gut war. Und Er ruhen konnte. Amen.

Der Laut wurde schwächer, das einsame Schaf im Hof war wie erstarrt, wie hypnotisiert. Margarita konnte ohne große Schwierigkeiten den Arm um Agnes Teresas Kopf legen und sie leicht nach rechts hinunterdrücken. Mit der anderen Hand schnitt sie die Wolle vom Bauch des Schafs, während die Muskeln ihres Arms durch das Festhalten, das Loslassen und das Zusammendrücken der beiden Scherenblätter lebhaft zuckten. Danach kamen die Hinterbeine dran. Agnes Teresa sank verzückt in Margaritas Schoß, in ihre wollenen Kleider. Zwei wollene Körper, der größere über den kleineren gebeugt wie bei einem Tanz oder beim Bespringen.

Margarita arbeitete sich schnipp, schnapp an der einen Seite des Körpers hinunter und schor dann die Wolle auf dem Rücken ihres Partners. Sie nahm Agnes Teresas Kopf zwischen die Knie und schnitt ihr die Locken auf dem Kopf und den Schultern. Dann zog sie das Schaf zur Seite und nahm sich das restliche Vlies vor. Sie kraulte Agnes Teresa liebevoll am Kopf und gab ihr einen Klaps auf die Hinterbacken. Das Schaf trottete weg, zuerst etwas zögernd, dann mit einem Hüpfer im Schritt, leicht und befreit, da es das alte, verfilzte Fell vom letzten Jahr los war.

Iphigenia kam an den Tisch, wischte die Brosamen vom Frühstück weg, breitete das Vlies darauf aus und rollte es dann von hinten her fest auf.

Margarita fühlte sich mit jedem Schaf besser. Das Drunter und Drüber der Nacht, dieses unangenehme Gefühl, wie ein Korken auf dem Meer herumgewirbelt zu werden, hatte sich verflüchtigt, und alles war wieder in Ordnung. Sie genoß den salzigen Beigeschmack harter Arbeit, sammelte die Schweißperlen mit der Zunge und schmatzte mit den Lippen. Eine leichte Brise umspielte ihren auf die Arbeit gesenkten Kopf – Gott, der seinen kühlenden Atem auf ihren empfindsamen Nacken blies. Sie wurde eins mit dem Schaf, mit der Schöpfung, mit dem sprießenden Gras, der sprießenden Wolle, dem sprießenden Haar, dem Nähren, der Güte Gottes.

Vier Vliese. Zeit für eine Pause. Margarita gesellte sich zu ihren Mitschwestern auf eine Tasse Tee. Ihre plumpen, kräftigen Finger legten sich um die dicken Keramikbecher; ihre Hände waren mit Wollfett verschmiert, der Geruch nach Salbei vermischte sich mit dem nach Schaf.

Der Besucher hatte sich gebückt und suchte nach etwas. Wie die Schafe, die nach ihrem Vlies suchten, dachte Margarita. Beim Scheren hatte sie überhaupt nicht mehr an ihn gedacht. Jetzt sah sie ihn wieder, verzerrt vom Dampf, der aus den Tassen aufstieg. Er kam an den Tisch und kratzte sich die schwarzen Punkte, die auf seinen Kinnbacken sprossen. Es klang, als würde er über ein Reibeisen streichen.

»Hat jemand die Batterie weggeräumt?« fragte er. Die

drei saßen vor seiner aufragenden Gestalt. »Sie lag da drüben in der Sonne.« Er wies in die Richtung.

»Nein«, sagte Iphigenia, die glaubte, für die andern das Wort ergreifen zu müssen.

Ignatius entdeckte, daß nicht nur die Batterie fehlte. Er schaute sich nach dem Funktelefon um. Er hatte es auf dem Tisch liegen lassen. Vielleicht war es aus Versehen in ein Vlies eingerollt worden. Er tastete die Vliese ab. Sie fühlten sich unangenehm an, schmierig und gleichzeitig klebrig. Besonders eklig war es, in einen verfilzten Klumpen zu fassen. »Das Telefon«, sagte er, um zu erklären, was er tat. Die Schererin konnte es nicht gewesen sein, er hatte ihr den ganzen Morgen zugeschaut, sie hatte nicht ein einziges Mal ihren Posten verlassen. Seine Augen sprangen von Iphigenia zu Carla, vor und zurück wie ein Tischtennisball. Er konnte sie schlecht durchsuchen oder alles auf den Kopf stellen, doch er war fest entschlossen, der Sache auf den Grund zu gehen.

»Ein Schaf«, schlug Iphigenia vor, als seine Augen wieder in ihre Richtung sprangen.

Er ließ sich auf die Bank fallen. Seine Reaktion war übertrieben. Er mußte ruhig bleiben und wachsam, vor allem mußte er darauf achten, daß er sich korrekt benahm. Die Nonnen glauben zu lassen, daß er ihnen die Schuld gab, war unangemessen. Eine Tasse Tee würde die Dinge wieder ins Lot bringen. Wahrscheinlich war es nur ein Schaf gewesen. Es hatte die Batterie weggeschubst und ins Gras befördert. Und auch das Telefon.

Der Tee war bitter und adstringierend. Ignatius schmatzte mit den Lippen und fuhr sich mit der Zunge über die Zähne. Sie fühlten sich pelzig an, und er erinnerte sich, daß er sie nicht geputzt hatte. Rasiert hatte er sich auch nicht. Eine Tasse Kaffee wäre ihm lieber gewesen, aber Kaffee schien nicht zu ihrem Repertoire zu gehören. Der Gedanke an Kaffee ließ ihn automatisch an Zigaretten denken. Er befühlte seine Jacke. Ja! In der Innentasche steckte ein Päckchen. Es war zerdrückt wie die Zigaretten, die es enthielt, aber sie waren hoffentlich noch zu retten. Er klopfte das Päckchen auf den Tisch, als wollte er die Zigaretten strammstehen lassen. Mit zwei Fingern zog er eine heraus. Krumm, aber ohne Knick. Er strich sie glatt und steckte sie sich zwischen die Lippen. Jede seiner Bewegungen wurde gebannt verfolgt. »Oh, Entschuldigung, darf ich Ihnen eine anbieten?« Er streckte das Päckchen in die Runde.

Diese Frage war wohl nicht angebracht. Er hatte höflich sein wollen, doch sein Angebot schien fehl am Platze. Margarita und Iphigenia hatten zwar seit Jahren keinen Menschen rauchen sehen, doch sie wußten, was das war. Margaritas Vater hatte geraucht. In Gesellschaft pflegte er zu sagen: »Sie gestatten?« Sie sah ihn wieder vor sich, wie er in dem dicken Ledersessel saß und hin und wieder die Asche in den gläsernen Aschenbecher auf dem breiten Arm des Sessels klopfte. Ihre Mutter strickte oder stopfte ein Körbchen mit Socken, Margarita und ihr Bruder saßen auf dem Boden. Die ganze Familie hörte sich im Radio, einem Gerät mit einem Nußbaumrahmen, Fortsetzungsgeschichten an. Margarita lehnte sich gewöhnlich gegen den Sessel, sog den Geruch nach Rauch und Leder ein, den braunen, beruhigenden Geruch ihres Daddys. »Nein«, sagte Margarita, selbst überrascht, wie laut ihre Stimme klang.

Ignatius kramte ein Feuerzeug hervor, unternahm ein paar vergebliche Versuche, zuckte die Schultern, was vor allem seinem Publikum galt, steckte das Feuerzeug wieder in die Tasche und angelte sich ein glühendes Zweigchen aus dem Feuer. Als die Zigarette schließlich brannte, inhalierte er ihren beruhigenden Rauch, verspürte einen leichten Schwindel und entspannte sich.

Es war ein Tag wie aus dem Bilderbuch, ein azurblauer

Himmel, darauf ein paar versprengte Wölkchen, eine Art Spiegelbild dessen, was darunter lag, des Bodens mit den Wollbüscheln, die in dem aus den Spalten der Pflastersteine wuchernden Gras hängengeblieben waren. Obwohl die Brise hier noch leicht und unberechenbar war, ließ die Bewegung der Wolken auf einen starken Wind in der Höhe schließen. Der Geruch nach Rauch hatte sich mit dem Geruch nach Meer vermischt. Wer hätte diese kleine Oase hier vermutet? Wenn man auf der einen Seite der Insel vom Meer aus an den schroffen Klippen hochblickte, sah man nichts außer undurchdringlichem Gestrüpp. Von der anderen, etwas einladenderen, dem Festland zugewandten Seite, versperrte der Hügel die Sicht auf das Kloster.

Er betrachtete das von den Bögen des Kreuzganges gerahmte Bild – weiße Schafe, die Nasen im Gras, manche Flecken etwas grüner als die andern. Schade, daß er die Kamera im Wagen gelassen hatte, dieses Idyll würde in jeden Reiseprospekt passen. Die hohen Mauern, die Barriere aus Brombeersträuchern, die im Lauf der Jahrzehnte herangewachsen waren, hatten als Windschutz gedient und einen richtigen Garten Eden entstehen lassen. Er dachte daran, wie er sich durch diese Barrieren gekämpft hatte und wie er diesen Ort wieder zum Leben erwecken würde.

Der Rauch seiner Zigarette erinnerte ihn an die Rauchsäule des Feuers. Was für eine Überraschung, drei Frauen in diesen Ruinen vorzufinden, die sich zusammen mit der Architektur wieder von der Natur einholen ließen. Er war gerade im richtigen Augenblick aufgetaucht. Er prustete und preßte Rauchströme aus seinen Nasenlöchern.

»Drache!« Es war Carla, die mit geblähten Nüstern und leuchtenden Augen zuschaute.

»Ja doch«, sagte er und quittierte ihre Bemerkung mit einer grandiosen Geste seiner Zigarettenhand. Sie wandte den Blick nicht von ihm ab, wollte mehr. Die andern beiden warteten, mäßig amüsiert. Was soll's, dachte er, tut ja keinem weh; sich zu produzieren war nur eine kleinere Sünde, und in diesem Fall diente es auch noch einem höheren Zweck. Er inhalierte bedächtig den Rauch, hielt ihn eine Sekunde lang im Mund, spitzte dann die Lippen zu einem kleinen Fischmaul und entsandte eine ganze Serie von Rauchkringeln in die Luft. »Oh!« Carla war entzückt. Ja, mit den Ringen konnte man Eindruck machen.

Carla streckte die Hand nach einer Zigarette aus, wollte mitspielen, selbst einen Versuch wagen. Ignatius zögerte, er hatte keine Lust, sich von ihr seine Zigarette beschlabbern zu lassen. Andererseits spürte er, daß er dank dieses harmonischen Augenblicks eine unsichtbare Barriere von Dornen durchbrochen hatte, und er wollte nicht, daß die Bresche sich wieder schloß.

Er reichte ihr die Zigarette. Carla, die perfekte Imitatorin, hielt sie zwischen den Fingern, wie sie es bei ihm gesehen hatte, und führte sie an ihre Lippen, während er ermutigend nickte. Sie verharrte einen Augenblick, als wolle sie eine Klippe herunterspringen, und inhalierte. Einen Augenblick lang war sie einfach nur baff, dann fing sie an zu husten und zu spucken und zerdrückte die Zigarette in ihrer Hand, als wäre sie ein Insekt, das sie gestochen hatte. Als sie sich von ihrer Überraschung erholt hatte, fing Carla an zu lachen und wedelte sich den restlichen Rauch aus Nase und Mund. Auch die andern brachen in Lachen aus, in das die blökenden Schafe einstimmten, bis schließlich alles in einer Lawine von Gelächter unterging.

Am Spätnachmittag, als die Schafe ihre Siesta hielten, gingen die drei Nonnen und der Priester Wolle sammeln. Die Büschel waren nicht von der feinsten Qualität und wurden zum Stopfen von Kissen und ähnlichem verwendet. Nichts wurde vergeudet.

Sich bücken, sich beugen. Im Vlies verborgene Dornen. Süße Qual, Mühsal der Liebe. Schafe, so groß und kühn wie Löwen, die in ihrem felsigen Zuhause umherschweifen, Vliese wie Mähnen, leuchtend wie die Sonne. Furchtlos bewegte sich Psyche zwischen den schlafenden Löwen, sammelte von jedem Busch, jedem Stein, jeder Spalte und jedem Riß, wo die Löwenschafe Spuren von ihrem goldenen Vlies hinterließen, die Büschel ein.

Wenn Carla diese Arbeit machte, bildete sie sich ein, sie sei Psyche. Das Vlies von gefährlichen Schafen einzusammeln war eine der Aufgaben, die Venus Psyche auferlegt hatte. Sie ließ sie auch aus einem großen Berg den Weizen, die Gerste, die Hirse, die Erbsen und die Bohnen aussortieren, Wasser von einer gefährlichen Quelle auf der Spitze eines Berges holen, in die Unterwelt hinabsteigen und ein Kästchen mit Persephones Schönheit füllen. Und all das, weil ihr Sohn, der Gott der Liebe, Psyche zu seiner Braut auserkoren hatte.

Psyche wartete auf einem hohen, sturmumbrausten Berg. »Horch! Mein Geliebter! Sieh da, er kommt springend über die Berge, hüpfend über die Hügel.« Der Wind kam wegen Psyche; er hob sie hoch und trug sie in den Palast des Gottes der Liebe. Dort bettete der Gott der Liebe sie auf ein Blumenlager und umfing sie mit seinen Flügeln. »Ja, du bist schön, meine Freundin, ja, du bist schön! Deine Augen sind Tauben hinter deinem Schleier! Dein Haar gleicht einer Herde von Ziegen!«

Eine Butterblume! Entzückend! Carla bückte sich und pflückte sie aus ihrem Grasbett. Ein satter, samtiger Kelch voller Sonne. Sie steckte sie zusammen mit den Wollbüscheln in ihre Tasche und freute sich bereits, später beim Aussortieren – auch eine Aufgabe, die Psyche auferlegt worden war – wieder auf sie zu stoßen. Carla hatte für Venus nicht viel übrig. Eine eifersüchtige und rachsüchtige Mutter, die reinste Hexe. Die Heilige Jungfrau war so viel netter. Sie wußte, daß die Nonnen Bräute ihres Sohnes Jesus waren, doch sie hatte keine Rachegelüste. In der Kapelle lächelte die Heilige Jungfrau immer auf sie herunter. Sie hörte einem zu, wenn man betete, und nahm nie etwas krumm.

Carla zupfte ein weiteres Büschel von einem dornigen Strauch. Jesus und die Heilige Jungfrau, die heilige Anna, die Heiligen, die Hierarchie der Engel, die Apostel, die Jünger, alle waren sie von Gott erschaffen worden. Sie waren da, wenn Carla betete und sang; sie waren in der Luft, die sie atmete. Ewige Geschichten ohne Anfang und ohne Ende. Venus war jedoch genauso wie Arachne und Heiderose, eine Strickgeschichte, eine dieser Es-war-einmal-Geschichten, die ein bestimmtes Muster sowie einen Anfang und ein Ende besaßen. Geschichten, die erfunden wurden. So, wie man beim Stricken erfand. Man nahm Nadeln und Garn und machte etwas daraus. Eine Decke, ein Kleidungsstück, etwas, das man berühren und fühlen, an- und ausziehen konnte.

Carla hatte die Tasche voller Wollbüschel. Margarita und Iphigenia gingen bereits wieder zum Hof zurück. Psyche hatte ihre Aufgabe erfüllt. Nur der Mann machte noch weiter. Obwohl seine Haut so glatt wie die Haut Jesu war, hielt ihn Carla nicht für den Erlöser, der eines Tages kommen würde. Dieser Erlöser würde vom Himmel fallen wie ein Engel und nicht auf allen vieren angekrochen kommen. Carla blickte sich um. Er war schon wieder auf allen vieren, schien auf dem Boden herumzuschnüffeln.

Er hatte absichtlich getrödelt und sich von der Gruppe abgesondert. Ignatius dachte, daß die Nonnen, von weitem betrachtet, ebenfalls wie Wollklumpen aussahen, die von einer trägen Brise bewegt wurden. Sie blieben stehen, wo das Vlies hängengeblieben war, zupften es aus den Falten des Mantels von Unserer Lieben Frau, von ihren Füßen, bückten sich, um es von einem abgesplitterten Stein zu sammeln. Manchmal lagen die Wollkringel wie Hexenringe auf dem Gras.

Obwohl er gespürt hatte, wie ihr Widerstand in dem Augenblick allgemeinen Gelächters dahinschmolz und einem Gefühl christlicher Nächstenliebe und Brüderlichkeit wich, wurde er den Verdacht nicht los, daß sie mehr wußten, als sie zugaben. Er konnte sich beim besten Willen nicht vorstellen, was sie mit einem nicht funktionierenden Funktelefon anfangen sollten. Obwohl es seine Zweifel und sein Mißtrauen nicht gänzlich vom Tisch fegte, ließ ihn das Fehlen eines logischen Motivs nach anderen Erklärungen suchen. Vielleicht gehörte es zu diesen Dingen, die auf mysteriöse Weise verschwinden und auf genauso mysteriöse Weise wieder auftauchen. Während er sich bückte, um die Wolle aufzusammeln, hielt er immer danach Ausschau. Im Verlauf seiner Suche inspizierte er eine Menge von Schafkötteln, kleine, harte Kügelchen, die zu längeren Gebilden zusammengepreßt waren und ihn immer wieder falsche Hoffnung schöpfen ließen.

Er schnippte ein zerquetschtes Kotkügelchen von seiner Hose. Es war wohl dumm gewesen, sich vor der Kletterpartie zum Kloster nicht umzuziehen. Er hatte das Auto abgeholt, seine Freizeitkleidung in den Kofferraum geworfen und war gleich vom Palais aus losgefahren. Seine Kutte war eine Art Ausweis, vor allem auf dem Land, wo Priester noch ein größeres Ansehen genossen als in den Städten. Zweimal hatte er sich auf den schlecht ausgeschilderten Landstraßen verfahren und anhalten müssen, um nach dem Weg zu fragen. Beide Male war er sehr herzlich aufgenommen worden; in dem einen Haus hatte man ihm Teegebäck angeboten, in dem anderen ein Glas Whisky. Er wußte, daß er das nur seinem Gewand zu verdanken hatte.

Das Anwesen war riesig, was er bereits von seiner Hektarzahl her wußte, und hatte früher einmal eine große Gemeinschaft ernährt. Der Boden war gut, außerdem gab es genügend frisches Wasser. Die Gebäude befanden sich in einem beklagenswerten Zustand, aber er war überzeugt, daß das mittelalterliche Flair wiederhergestellt werden konnte. Er hatte ziemlich viele Kostbarkeiten entdeckt: goldene Kelche, interessante Statuen, alte Bücher, illuminierte Manuskripte.

Er würde eine Zufahrt für Autos, einen Landeplatz für Hubschrauber und einen Anlegeplatz für Schiffe empfehlen. Und für die Frauen würde er bestimmt eine akzeptable Alternative finden. Es gab keine Probleme, die sich nicht mit Geld lösen ließen. Alles in allem ein wirklich zauberhaftes Plätzchen – Sonne, saubere Luft, viel Natur –, er fühlte sich selbst schon wie im Urlaub, trotz seiner beengenden Bleibe und der unvermuteten Gesellschaft. Gegen Ende des Nachmittags hatte er die Tasche voller Wolle. Aber das war auch alles.

Gekochte Brennesseln und Steckrüben. Dampfend kamen sie aus dem Topf und auf den Teller. Die Andeutung eines Tischgebets, und dann stopften sich die Nonnen das Zeug mit den Händen in den Mund; sie schlabberten die grüne Pampe auf und bissen von den ockerfarbenen Steckrüben dicke Brocken ab, während der Dampf zu kleinen Tropfen kondensierte, die ihnen am Kinn herunterliefen, um dann mit dem Handrücken und einem verdreckten Ärmel weggewischt zu werden. Aber auch nicht immer.

Er hätte für Stimmung sorgen und ihnen bei der Arbeit helfen können, auch wenn er den Geruch nach Schaf haßte, der sich wie ein Katarrh in seinem Hals festsetzte. Soweit war alles ganz gut gelaufen, aber das hier, Allmächtiger! Sie schlabberten, schlürften und gurgelten, und zu guter Letzt rülpsten sie auch noch. Das taten nicht einmal Schweine, obwohl er sich da nicht ganz sicher war, da er mit diesen Tieren wenig Umgang gehabt hatte.

Keine Absolution vor dem Abendessen; sie schoben sich das Essen einfach mit den Händen in den Mund, obwohl sie den ganzen Tag Wolle aussortiert und verkrusteten Schafskot abgekratzt hatten. »Behang« nannten sie diese Klumpen.

Sein Mund wurde zu einem energischen, dünnen Strich. Auch in Rom mußte man nicht immer tun, was die Römer taten. Fortschritte in der Hygiene und zivilisiertere Umgangsformen könnten auch den Römern nicht schaden. So wie römische Errungenschaften dem Rest der Welt nicht geschadet hatten.

»Entschuldigung«, sagte er in eine Pause hinein, »könnte ich bitte eine Gabel haben?« Er wußte genau, daß sie Gabeln besaßen, am ersten Abend hatten sie nämlich auf dem Tisch gelegen. Die Nonnen, die er immer weniger als solche betrachten konnte, hatten sogar ein paar lachhafte Versuche unternommen, sich ihrer zu bedienen.

»Gabel«, wiederholte Carla und ließ eine Handvoll grüner Pampe auf den Tisch fallen. Sie rannte hinaus und kam mit einer Gabel zurück.

Er zog sie aus ihrer Faust wie einen Pfeil aus dem Köcher. Sie war mit Speiseresten verkrustet und starrte vor Dreck. War es die Gabel, die er benutzt hatte, oder die, die sie auf den Boden geworfen hatte? Die sie im Mund gehabt hatte. Als er sein Taschentuch herauszog, um sie abzuwischen, hielten sie mit dem Essen inne und verfolgten jede seiner Bewegungen, als erwarteten sie irgendwelche Zauberkunststücke von ihm.

Demonstrativ legte er die Finger um die Gabel und bemerkte, daß er sie wie einen Füllfederhalter hielt. Dann versenkte er sie in einen Steckrübenwürfel, den er mit Bedacht in zwei Hälften spaltete, um ihnen zu zeigen, wie man das machte.

Er spießte einen kalten, schlappen Klumpen auf seine Gabel und ließ ihn in seinem Mund wandern, nickend und lächelnd, als würde er einen Braten kosten. In der Abgeschlossenheit seiner Mundhöhle drückte seine Zunge ihn gegen seinen Gaumen und rundete ihn zu einer weichen Kugel ab, die er dann schluckte. Er wiederholte diesen Vorgang mehrere Male. Als er sein Mahl beendet hatte, legte er die Gabel ordentlich über den Teller.

»Ich wollte«, hob er an, »ich wollte Sie fragen, ob Sie mir vielleicht am Vormittag mit dem Auto helfen könnten. Zu viert kriegen wir es bestimmt wieder flott. Wenn ich das Telefon hätte, könnte ich jemanden vom Festland kommen lassen, aber so ...« Er zuckte mit den Schultern und hob seine Handflächen. Die Sache mit dem Telefon war ärgerlich, aber er konnte den Bischof auch von der nächsten Werkstatt aus anrufen, und dann könnte er Ferien machen. Die Mienen der Nonnen blieben ausdruckslos. »Ein kleiner Ausflug wäre doch ganz nett, nicht wahr?« fuhr er fort. »Sie könnten ja auch einen ganzen Tag daraus machen. Da unten ist ein hübscher Strand, dort könnten wir picknicken. Ich habe Gebäck im Wagen.«

Langsam dämmerte es ihnen. Er wollte, daß sie das Kloster verließen.

> Durch diese hier vorliegende Konstitution, die wir als ewig gültig und niemals anzuzweifeln erklären, bestimmen wir, daß alle Nonnen jeglichen religiösen Ordens, in allen Teilen der Welt, gegenwärtig wie auch zukünftig, sowohl als Gemeinschaften wie auch individuell in ewiger Klausur in ihren Klöstern leben sollen.

»Wir leben in Klausur«, brachte Margarita schließlich hervor.

Sie aßen wie Schweine, sie waren weiß Gott wie angezogen – warum also sollten sie es mit der Klausur so genau nehmen?

Iphigenia richtete sich in voller Größe auf und reckte den Kopf, so daß sie auf ihn herabblickte. »Wieso sind sie hier?« fragte sie.

»Um mich etwas umzuschauen«, sagte er.

»Zu welchem Zweck?«

Er könnte auch ohne ein Wort der Erklärung wieder gehen und es dem Bischof überlassen, sie von offizieller Seite aus zu unterrichten. Aber das wäre feige gewesen.

»Hätten Sie nicht mal gerne weiche Matratzen, Bettzeug, kaltes und warmes Wasser?«

Iphigenia spürte, wie sie erstarrte. Er war zwar wie ein Priester gekleidet, aber er verhielt sich nicht wie ein Priester. Er hatte Gott gelästert, er hatte versucht, sie bei den Mahlzeiten in ein müßiges Geschwätz zu verwickeln, er hatte vorgeschlagen, nach draußen zu gehen und zu picknicken. Und jetzt lockte er mit weltlichem Luxus.

Er blickte von einer zur andern. Nur Carla zeigte einen Funken Interesse. »Saubere Kleidung«, sagte er, »gutes Essen, Geschäfte, Gesellschaft, eine Krankenschwester.«

»Eine Krankenschwester?« fragte Margarita.

»Entschuldigen Sie, wenn ich es anspreche, aber Sie werden nicht jünger, na ja . . . falls es mal nötig sein sollte, Sie verstehen. Sie könnten Ihr Alter genießen. Keine Brennesseln, keine Steckrüben. Sie hätten Betten mit richtigen Matratzen, Dächer, die nicht lecken. Hier ist alles dringend reparaturbedürftig.«

»Wir brauchen keine Krankenschwester«, sagte Margarita, »und nichts ist reparaturbedürftig.« Es war schon lästig genug, mit ihm zurechtzukommen, sie wollte sich nicht auch noch mit Krankenschwestern und Handwerkern abgeben müssen. Es wäre nicht mehr ihr Leben. Gegen Brennnesseln und Steckrüben war nichts einzuwenden, sie waren nahrhaft und regten den Appetit nicht übermäßig an.

»Seniorenheime sind heutzutage sehr aufgeschlossen und fortschrittlich«, sagte er. »Man lebt in ihnen wie in einem Dorf, ist unabhängig und gleichzeitig Teil einer Gemeinschaft.«

Es hätte die Dinge wesentlich vereinfacht, wenn der Ort unbewohnt gewesen wäre, wie sie alle angenommen hatten. Jetzt mußten bestimmte Schritte eingeleitet werden. Die Umsiedlung der Nonnen war einer davon. An dem Vorhaben änderte ihre Gegenwart natürlich nichts. Letztendlich gehörte das Grundstück der Diözese, und der Bischof konnte damit machen, was er wollte. Daß sie blieben, war ausgeschlossen; drei Nonnen auf einem so riesigen Areal waren eine kriminelle Platzverschwendung. Auf einem Grundstück wie diesem konnte man Wohnungen für 400 Leute bauen. Nicht, daß die Kirche beabsichtigte, Wohnungen für sozial Schwache zu bauen. Auch die Reichen brauchten geistlichen Beistand und einen Zufluchtsort, wenn sie zu gestreßt waren.

Iphigenia hatte begriffen. Er wollte ihr Leben hier nicht angenehmer gestalten; er wollte sie weghaben.

»Sie wollen, daß wir gehen.« Sie spuckte die Worte beinahe aus.

»Auf Dauer können Sie doch nicht bleiben.«

»Wir haben uns ganz gut gehalten«, bemerkte Iphigenia.

»Es ist zu groß für drei Leute.«

»Aber die Schafe, sie brauchen doch ihre Weiden. Was soll mit ihnen passieren?«

Die Frauen irgendwo unterzubringen war eine Sache; eine Bleibe für die Schafe zu finden eine andere. Für sie würde es wohl kaum ein Heim geben. Allein die Vorstellung, sie den Hügel hinunterzubugsieren, war schon ein Alptraum. »Am besten wär's, sie zu schlachten. Wir werden auch dafür sorgen, daß Sie das Fleisch bekommen.«

Iphigenia stand abrupt auf, stieß den Tisch zurück, so daß die Teller schepperten. »Wir haben Sie in unsere Gemeinschaft aufgenommen, Sie waren unser Gast. Und jetzt wollen Sie, daß wir die Agnes-Schwestern schlachten?« Sie war so nahe an sein Gesicht herangekommen, daß er ihren Atem spürte. »Hinweg«, schrie sie, als würde sie den Teufel austreiben.

Dann hob Iphigenia sich selbst hinweg, zurück in ihre Zelle. Verstört blickte sich Margarita um, spürte die Leere, die Iphigenias plötzlicher Abgang hinterlassen hatte. Dann stand sie auf, wedelte mit den Händen vor ihrem Gesicht, als wolle sie sich reine Luft zufächeln, und flüchtete sich ebenfalls in ihre Zelle.

Carla grinste vergnügt. Iphigenia, die die Teller scheppern ließ, Iphigenia, die selbst schepperte. Das hatte Carla noch nie erlebt. Und was der Mann alles gesagt hatte. So vieles, über das sie nachdenken mußte, so viel neues Material für ihren Sündenrock. Der Mann lehnte sich zu ihr hinüber, eine Geste der Versöhnung, aber auch Carla wich zurück; sie winkte ihm jedoch noch kurz zu, bevor sie verschwand.

Ignatius saß allein an diesem Tisch, an dem er nur Gast war. Allmächtiger! Ihm war zwar klar, daß ihr Leben sich radikal ändern würde, trotzdem hatte er nicht mit einer so heftigen Reaktion gerechnet. Vielleicht hätte er behutsamer zu Werke gehen sollen und nicht gleich vom Abschlachten der Schafe sprechen sollen.

Schwer atmend lehnte sich Iphigenia gegen die Tür ihrer Zelle. Es würde nicht geschehen. Es würde ganz einfach nicht geschehen. Sie würden nicht von ihrem Zuhause vertrieben werden. Und was die Massenschlachtung der Agnes-Schwestern betraf, die Auslöschung der ganzen Herde, so war das einfach unvorstellbar. Ein Lamm zu schlachten, um es dem Herrn zu opfern, ging ja noch an, aber nicht um sich damit ein Problem vom Hals zu schaffen!

Der Mann war ein Narr, ein Ekel, gefühllos, aufgeblasen, unhöflich, ein Geck, ein Rüpel, ein Grobian. Iphigenia betete eine ganze Litanei von Schimpfwörtern herunter, um ihn sich vom Hals zu halten. Ihr Atem ging stoßweise, als wäre ihr seine Ankündigung im Hals stekkengeblieben, ein Brocken, den sie nun versuchte rauszuwürgen.

Er hatte sich nicht einfach zu ihnen verirrt, nein, er verfolgte bestimmte Absichten, Ziele. Seine anfängliche Scheu war schnell verflogen und war von dem Bewußtsein seiner eigenen Wichtigkeit ersetzt worden. Sie erinnerte sich an frühere Besuche von Priestern, als die Steinfliesen und die Tische besonders sauber geschrubbt wurden, als die Äbtissin und die Novizenmeisterin sich flinker als sonst bewegten, ihr Brusttuch glattstrichen und prüften, ob ihr Schleier richtig saß, als an alle »mustergültiges Verhalten« durchgegeben wurde. Die Äbtissin führte den Priester herum; er lächelte selbstbewußt und ließ den Blick über den See von Gesichtern schweifen, ohne sich auf ein bestimmtes zu fixieren; er nahm sie einfach *en masse* wahr.

Danach unterhielten sich der Priester und die Äbtissin; sie saß mit gesenktem Kopf da, während er ein paar Wirtschaftsbücher durchging oder einer Bitte lauschte und sich in einem kleinen Buch Notizen machte, unter die er dann einen schwungvollen Schlußpunkt setzte, bei dem die

Feder von der Seite abprallte. Anschließend steckte er das Notizbuch in seine Tasche, und die Sache wurde nie wieder erwähnt.

Iphigenia konnte sich nicht mehr erinnern, wann diese priesterlichen Besuche aufgehört hatten. War es vor oder nach dem Heimgang der letzten Äbtissin gewesen? Es mußte davor gewesen sein, ihre Häufigkeit hatte bereits zu Lebzeiten der letzten Äbtissin drastisch abgenommen. Iphigenia, Margarita, Carla und eine Handvoll anderer, die übriggeblieben waren, ließen die Tage verstreichen, ohne eine offizielle Nachfolgerin zu wählen. Die tägliche Routine ging weiter, und aus den Monaten wurden Jahre, ohne daß eine Wahl erfolgte.

Sie vermißte die letzte Äbtissin. Zum ersten Mal seit vielen Jahren hätte sich Iphigenia gerne bei einer übergeordneten menschlichen Instanz Rat eingeholt. Die Äbtissin war streng gewesen, doch wenn eines ihrer Schäfchen in Not war, hatte sie immer ein offenes Ohr gehabt. Auch wenn sie selten einen praktischen Rat gab, mit dem man ein gerade anstehendes Problem hätte lösen können, so erschien der Bittstellerin nach dem gemeinsamen stillen Gebet die Bürde schon sehr viel leichter.

Im Lauf der Jahre wurde es dann Iphigenia übertragen, eine Entscheidung zu treffen, wenn eine anstand, was selten genug der Fall war.

Es war ausgeschlossen. Sie konnten nicht von hier weg und woanders leben. Unter ihren Fingerkuppen spürte sie das alte Holz, das durch ihre Berührung ganz seidig geworden war, die leichte Erhebung und die Verdickung eines Astlochs. Sie fuhr mit der Hand über die Wand, fühlte die rauhe Oberfläche des Steins. Sie hatte sich gegen diesen Stein gerieben, um das Jucken loszuwerden, die winzigen Quälgeister, die sich bei ihr einquartiert hatten wie ein Bär, der seinen Rücken gegen die rauhe Rinde eines Baums rieb. Baden war ein Luxus; die Schwestern hatten in ihren Gewändern gelebt, gearbeitet, geschlafen, bis sie zu einer zweiten Haut geworden waren.

Aber das, was Iphigenia jetzt spürte, war mehr als nur ein Jucken, und der alte Stein würde nicht genügen, um sie davon zu befreien. Sie hüllte sich in die grobe Wolldecke und ging zum Fenster, wo sie in einem Schacht kalter Nachtluft stand; die Mauern waren so dick, daß die Fensterlaibung einen Kubus aus Luft bildete. Einer, der draußen vorbeigegangen wäre, hätte Iphigenia von dem glaslosen Fenster eingerahmt gesehen, ein stolzes Gesicht mit sorgenvollen Falten, die sich wie eine Binde um ihre Augen legten. Iphigenias Augen starrten in die Luft. Draußen gähnten die Bögen des Kreuzgangs wie Münder, die Schafe schliefen, doch Iphigenias Blick verlor sich im Nebel. Was auch immer sich draußen bewegte, blieb von ihren Augen unbemerkt.

Ein Zwischenfall – ein Kreischen, ein Flattern, ein Nachtvogel, der seine Beute tötete und die große Stille auseinanderriß.

Iphigenias Lider senkten sich, ein feuchter Schleier, der die Trockenheit ihrer Augen linderte. Gott war weit weg und schwieg. Iphigenia brauchte die Gemeinschaft. Sie öffnete die Tür und trat nach draußen; geräuschlos driftete sie durch den Kreuzgang. Der Mond nahm ab und war schon beinahe zur Hälfte im Schatten. Sie kam auf ein Feld. Nachdem der Vogel seinen Hunger gestillt hatte, floß die Nacht wie Lava über ihn und nahm dabei alles übrige mit sich in den Schlaf.

Nur Iphigenia war hellwach. Ein Hirte, der nachts über seine Herde wachte. Der aufpaßte, daß kein Wolf sich in ihre Mitte schlich und ein Lamm stahl. Sie kauerte sich zwischen die schlank gewordenen Leiber, die sich rhythmisch hoben und senkten. Wie schlafende Kinder, die sich zur Seite rollten, um einander Platz zu machen, rückten die Schafe für sie auseinander. Sie legte sich zu ihnen, schmiegte sich an die schlafende Agnes Teresa, ein verängstigtes Kind, das Wärme und Trost bei seiner Mutter sucht. Agnes Teresa, deren Vlies Iphigenia wärmte und deren Lamm erst vor kurzem geopfert worden war. Teresa schnupperte, malmte im Schlaf mit den Zähnen, während die Träume von sonnigen Ebenen einen Augenblick lang unterbrochen wurden. Instinktiv nahm sich Teresa dieses Lammes an, bettete diesen Kopf mit den spröden Locken auf ihren ruhig atmenden Leib. Die Nacht drückte auf Iphigenia, die gezackten Sterne glichen Eissplittern. Hätte sie den Mund geöffnet, wären sie direkt hineingefallen. Unter ihrem Ohr hob und senkte sich Teresas Leib; wie alle andern Mitglieder der Herde verschwendete auch sie keinen Gedanken an die angekündigte Schlachtung.

Iphigenia setzte sich auf, umgeben von Schafen wie von einem weiten, weißen Rock. Sie sah ihre Bäuche und Hälse verletzlich und ungeschützt daliegen, obwohl ihr Instinkt sie zusammentrieb. Es gab keine Raubtiere auf diesen Weiden, abgesehen von gelegentlich herabstoßenden Vögeln, die Material für ihr Nest suchten. Sie streckte die Arme aus und streichelte die Tiere in ihrer Reichweite. Keine Wölfe kamen hier herein. Nur solche, die mit Hilfe von Karten ihren Weg fanden.

Sie zuckten und grummelten und nahmen ihre Zuneigung mit in ihre Träume. Iphigenia stand auf, die Lippen entschlossen zusammengepreßt, die Nasenflügel gebläht, die Augen funkelnd, als würden sie das Eis der Sterne widerspiegeln. Was für ein Hohn, für ihn ein Lamm zu schlachten. Die Schuld, die sie durch diesen Fehler auf sich geladen hatte, dräute über Iphigenia wie der blutende Kadaver über dem Altar. Als hätte sie ihn durch das Opfer des Lamms erst auf den Gedanken gebracht, die ganze Herde zu schlachten.

Das Dunkel lichtete sich. Iphigenia stieg vorsichtig über

die schlafenden Leiber und ging durch den Kreuzgang zurück in die Kapelle. Margarita und Carla waren bereits da; sie knieten vor der Heiligen Jungfrau, die gütig auf sie herabblickte; das Gewirr von Weinranken, das aus ihrem Kopf wucherte, verdeckte nur notdürftig den Spalt, der auf das Konto des Priesters ging. Carla und Margarita hatten die Gesichter in ihr steinernes Gewand gepreßt wie verängstigte Kinder, die sich in den Röcken ihrer Mutter verstecken. Sie wandten sich bei dem Geräusch ihrer über das Gras und die Steinplatten eilenden Füße nicht um, doch machten sie ihr Platz, als sie sich neben ihnen niederkniete. Sie drückten ihre Gebete und Bitten in das Gewand der Himmelskönigin, gemeinsam vor dem Altar kniend wie während der Nachtwachen vor einem wichtigen Feiertag.

Und so fand er sie vor. Drei Nonnen, die in einem Halbkreis knieten wie die Heilige Dreifaltigkeit.

Es war ihm nicht entgangen, daß etwas nicht stimmte. Er hatte unruhig geschlafen. In der Nacht hatte es einiges Hin und Her gegeben, Turbulenzen. Er brauchte wieder ein richtiges Bett, nicht dieses dürftige Strohlager. Selbst in Gefängnissen hatte er bessere Betten gesehen. Er schlief in seinen Kleidern, was ihm noch nie behagt hatte; er mußte sich dringend rasieren, und seine Zähne waren pelzig. Wenn er mit den Fingern an ihnen entlangfuhr, gaben sie einen leicht quietschenden Ton von sich, aber sie wurden dadurch nicht wirklich sauber. Wie dumm von ihm, seine Sachen im Auto gelassen zu haben. Aber er hatte ja nur ein paar Stunden für das Unternehmen eingeplant. Jedenfalls fühlte er sich inzwischen äußerst unwohl und wollte so schnell wie möglich seine Zelte abbrechen. Wenn er es nicht allein schaffte, den Wagen flott zu kriegen, würde er zum Festland hinübergehen und Hilfe holen. Und wenn er auf Ebbe warten mußte, würde er sich eben solange beim

Auto aufhalten. Von der Tür aus hatte man den Eindruck, die Heilige Jungfrau hätte sich klonen lassen. Mit gesenkten Köpfen um den Sockel der Statue gruppiert, sahen die drei wie die kleinen Ableger einer großen Mutterknolle aus. Falls sie ihn gehört hatten, ließen sie sich das nicht anmerken. Er würde warten, bis sie ihre Gebete aufgesagt hatten, und sich dann von ihnen verabschieden. Aber die Gebete schienen kein Ende zu nehmen. Und als es dann soweit war, rührten sie sich nicht von der Stelle, sondern blieben stumm und unbeweglich wie die Statue.

Sie sollten verschwinden, noch besser, sie sollten gar nicht erst hier sein. Er konnte jedenfalls kaum mehr so tun, als handle es sich um *terra inoccupata*. Er mußte mit ihrer Präsenz und ihrem Abtransport so gut wie möglich fertig werden. Ein bewohntes Anwesen ließ sich schlecht verkaufen, außerdem mußte den alten Frauen klargemacht werden, wie hirnrissig es wäre, hierzubleiben. Er wird sie beten lassen, noch eine Tasse Tee trinken und dann aufbrechen. Von der Schlachtung der Schafe wird nicht mehr die Rede sein. Er wird ihnen versichern, daß sie nichts zu befürchten hätten und ihre Wünsche berücksichtigt würden. Und dann würde der Stein ins Rollen kommen.

Seit eh und je haben sich Licht und Dunkel abgewechselt, während die Erde sich durch den Tag und die Nacht bewegte. Es war Morgen, aber sie konnten den Tag nicht beginnen. Sie hielten die Augen geschlossen und versuchten, ihn verschwinden zu lassen. Die Seide ihres Lebens hatte durch ihn einen Riß bekommen. Er fraß nicht wie eine Motte langsam das Gewebe auf, sondern schnappte wie eine Schere kurz zu. Durch ihre papiernen Augenlider bemerkten sie, wie es heller wurde, als er seine Stellung an der Tür aufgab. Aber er hatte sich nicht weit entfernt. Sie beteten um Beistand, um ein Zeichen, und ihre geflüsterten Gebete raschelten wie Laub in der Kapelle.

Und ein Zeichen würde kommen, bevor der Morgen zu Ende ginge.

Das Zischen des Dampfstrahls, der säuerlich holzige Geruch nach nasser Asche. Ihre Augen wurden aufgerissen.

Durch sämtliche Öffnungen strömte Licht in die Kapelle und weckte alles auf. Sogar die Himmelskönigin blickte überrascht drein, als wäre sie aus einem langen Schlaf erwacht und hätte die drei an ihrem Rocksaum kniend vorgefunden.

»Verdammt.« Ein scharfes Einziehen der Luft und dann: »Verdammt, verdammt, verdammt!«

Wie konnte er nur! Wie konnte er seine gotteslästerlichen Worte in die heilige Stätte einer Kapelle dringen lassen? Margarita blickte zur heiligen Anna, der Mutter Marias und der heiligen Großmutter Jesu hinüber. Weise Sybille, die die Geburt des Gottessohnes vorausgesehen hatte und ihre Tochter mit den Lehren der Bibel vertraut gemacht hatte, in der das Schicksal des Kindes geschrieben stand, und sie so zur Mutter des Erlösers erzogen hatte. Ihr gütiges Gesicht war ganz zerknittert vor Mißbilligung.

Sogar Carla war schockiert. Carla, der gewöhnlich jede Abwechslung willkommen war, die selbst zur Schere gegriffen hatte, um Fäden abzuschneiden, und die freudig erregt den Atem angehalten hatte, als sie das Wort zum ersten Mal aus dem Mund der vierbeinigen Kreatur im Dickicht gehört hatte – selbst Carla wußte, daß das Wort nie der heiligen Mutter Gottes oder der heiligen Großmutter Gottes zu Ohren kommen durfte. Sie warf ihnen einen kurzen Blick zu und hoffte, ihre steinernen Schleier würden den Ton nicht durchlassen.

Sie beendeten überstürzt ihre lange Vigil und marschierten in den Hof. Er wedelte mit der Hand, um sie zu kühlen. Der Teekessel lag auf dem Boden, und aus den Kohlen zischte weißer Dampf.

»Tut mir leid«, sagte er voller Bedauern und ärgerte sich gleichzeitig, daß er sich bei ihnen entschuldigen mußte. »Ich wollte mir vorm Gehen noch schnell eine Tasse Tee machen. Es sieht so aus, als habe ich Ihr Feuer gelöscht.«

Iphigenia blickte einfach durch ihn hindurch, ging zum Feuer und kauerte sich auf den Boden. Sie schnupperte nach brauchbarem Holz, sammelte die noch nicht verkohlten Zweige ein, die um das Feuer herumlagen, und schichtete sie auf der verbliebenden Glut auf. Sie spitzte die Lippen, bis die Öffnung ihres Mundes die Größe einer Erbse hatte, und blies so vorsichtig in die schwelende Glut, daß der Luftstrom nicht einmal eine Kerze zum Flackern gebracht hätte. Das Rot wurde runder, voller. Eine Flamme züngelte auf. Sie half behutsam nach. Als sie sah, daß die Zweige Feuer gefangen hatten, legte sie Äste auf, pumpte sich die Backen voll mit Luft und pustete ins Feuer, bis die Flammen zu singen anfingen und lustig von dem verkohlten Holz sprangen.

Das wärmende Feuer war ihr ständiger Begleiter. An langen Winterabenden starrten sie in seine Flammen und entlockten ihnen Geschichten. Es wärmte ihre Körper und entfachte ihre Phantasie. In seiner Glut wohnten Städte und Schlösser, Wälder; Kobolde und Ungeheuer sprangen daraus hervor, böse Stiefmütter und wilde Tiere.

Als das Feuer kräftig brannte, hielt sie sich nicht mehr zurück, sondern machte ihrem Zorn und Ärger Luft. Die Flammen, die gierig an den Zweigen und Ästen hochzüngelten, loderten vor Iphigenias Augen wie die großen Weltbrände der Geschichte, Hebammen und Heilige, die Jungfrau von Orleans und andere auf den Scheiterhaufen getriebene Märtyrer, sie alle waren dem Feuer zum Opfer gefallen; es hatte Heiden, Hexen und Hexer bestraft, und im Höllenfeuer schmorten die ihrer ewigen Ruhe beraubten Sünder.

Ignatius verbarg seine verbrannte Hand unter seiner Jacke, damit sie seine Verletzung nicht sahen und auch um sie zu schützen und zu wärmen. Sein Hals war völlig ausgedorrt. Seit dem letzten Abendbrot hatte er nichts gegessen und nichts getrunken. Es flimmerte ihm vor den Augen, und er hätte sich gerne gesetzt, aber er war sich nicht sicher, ob er sich unaufgefordert zu ihnen gesellen sollte. Als das Feuer wieder brannte, fühlte er sich erleichtert. Erleichtert und unnütz. Und dieses Gefühl der Nutzlosigkeit störte ihn. »Gut gemacht«, sagte er. Lob konnte man auch mit leeren Händen verteilen.

Iphigenia konnte ihn durch die aufsteigenden Hitzewellen hindurch sehen. Trotz ihrer getrübten Sicht. Außerdem roch sie ihn. Er war mit einer bestimmten Absicht gekommen, und er würde mit einer bestimmten Absicht wieder gehen. Er würde gehen, aber er würde sie nicht in Ruhe lassen. Wenn man ihn nicht daran hinderte, würde er nicht nur ihr Feuer löschen.

»Eine Tasse Tee«, verkündete sie. »Carla, hol den Wundbalsam und einen Spezialtee.« Er wollte protestieren, aber Iphigenia ignorierte ihn. »Eine große Tasse *Bleibda.*«

Carla traute ihren Ohren nicht.

Ihren Triumph verbergend kam sie Iphigenias Aufforderung nach. Sie hatten viele Spezialtees, manche waren getrocknet und lagen in den Regalen, andere wuchsen frisch im Garten und an Carlas geheimen Plätzchen. Es gab Pflanzen, die Insekten verjagten, Pflanzen, die einem halfen, sich zu erinnern oder zu vergessen, Pflanzen, die die Schafe leichter ihre Lämmer kriegen ließen, die sie abtreiben ließen, Pflanzen, die Leib und Seele guttaten, Pflanzen, die einen so schnell wie einen Hasen laufen ließen. Und es gab Bleibda.

Bleibda hatte stachlige, gezackte Blätter. Es gab auch einen komplizierten pharmazeutischen Namen, aber Carla zog es vor, sich ihre eigenen Namen auszudenken. Bleibda wuchs sehr langsam, es hatte nur einen kleinen Wachstumsschub pro Jahr, und seine Blüte, die sich im Winter entfaltete, glich einer Rose. Die Blütenblätter waren hellgrün, beinahe weiß.

Wie wunderbar, daß er sich die Hand verbrannt hatte. Carla kannte das Gefühl bei Verbrennungen, Schnittwunden und den Kratzern, die sie sich zufügte, wenn sie durch die Dornen lief, um das Leiden Christi zu erfahren. Und sie kannte auch das Gefühl der Leichtigkeit danach. Manchmal wurde sie sogar ohnmächtig. Sie erinnerte sich an die aufsteigende Übelkeit, das Dröhnen in den Ohren, an die Galaxie dunkler Sterne, die ihr Blickfeld durchlöcherten, alles Vorboten, die einen Fall in ein vollkommen schwarzes Loch ankündigten. Gewöhnlich wachte sie auf dem Boden wieder auf. Als Carla zu menstruieren anfing, passierte das ziemlich oft. Großartig, bei sich selbst Blut fließen zu sehen, als wären die Wundmale eines Heiligen aufgebrochen. Später wurde Carla kräftiger, und die Ohnmachten kamen nicht mehr so einfach; sie mußte hungern, sich selbst Schnitte versetzen, um das Blut zum Fließen zu bringen. Und alles mußte heimlich vor sich gehen, denn die Schwestern wollten von Carlas Wunden nichts wissen. Schließlich verlor sie das Interesse, Wunder waren einfach zu aufwendig, und man konnte sich auch auf andere Weise in den Zustand göttlicher Ekstase versetzen.

Carla hatte schon oft Mixturen und Tränke zusammengebraut, aber selten Gelegenheit gehabt, ihre Wirkung zu testen. Und jetzt diese Aufforderung von Iphigenia! Sie nahm eine gute Prise Bleibda und verrieb dann ein paar Lavendelblüten, um den bitteren Geschmack zu neutralisieren. Dabei summte Carla ein Kinderliedchen vor sich hin. Ab und zu kam ihr auch ein Wort über die Lippen – schweifen, greifen, Brot, tot. Sie roch an der Mixtur und fügte noch etwas Bleibda hinzu. Fertig.

Und jetzt noch der Balsam. Carla öffnete den Eckschrank, in dem sie ihre Heilkräuter aufbewahrten. Er sah aus wie ein Apothekerschrank. Das war aber nicht immer so gewesen. Während Carlas Kindheit hatte sich in diesem Raum die Backstube befunden. Sie saß gewöhnlich auf einem Hocker und half Schwester Köchin beim Gemüseputzen. Schwester Köchin, die ständig die Ärmel hochgekrempelt hatte und deren Arme braun gefleckt waren und vor Schweiß glänzten. Schwester Köchin hatte wäßrige Augen und mehr als ein Kinn gehabt. Bruder Tuck. Einer von Robin Hoods lustiger Horde. Für Carla waren die Schwestern ihre lustige Horde.

Carla erinnerte sich an den dunklen Schrank ihrer Kindheit, den Schrank in der Ecke. Ecken waren Orte voller Gemurmel und Dingen für Notfälle, Orte voll brauner verstaubter Gegenstände. Spinnen woben ihre Netze in den Ecken. Staubkörnchen, die golden in der Abendsonne getanzt hatten, legten sich dort zum Sterben nieder.

Der Schrank wurde für das Brot-im-Ofen-Spiel benutzt. Gewöhnlich wollte Carla es spielen, manchmal fingen aber auch die Nonnen damit an. »He, Carla, Zeit für Brot-im-Ofen.« Und husch verschwand sie in den Schrank. Auch wenn Carla nicht in der Küche war und sie sie holen mußten, bestanden die Nonnen darauf. Carla fand das komisch, denn sie hatte bemerkt, daß bei diesen Gelegenheiten immer irgendwelche besonderen Vorbereitungen im Gange waren und die Nonnen eigentlich keine Zeit zum Spielen hatten. Auf den Tischen wurden weiße Tücher ausgebreitet, in die Vasen Sträuße gestellt, das Messing frisch poliert. Das Tempo wurde beschleunigt, der geruhsame Tagesablauf der Schwestern durcheinandergewirbelt. Sie schubsten sie hinein und schlossen die Schranktür. Drinnen herrschte vollkommene Stille; außer einem Summen in ihren Ohren hörte sie gar nichts. Und sie sah auch nichts, außer dem Wirbel dunkler, gestaltloser Seelen, und sie spürte nichts, außer dem Dampf, der sich auf ihrer Haut niederschlug. Ihr gefiel es da drinnen, es war so heimelig, als säße man mit einem ganz besonderen Freund zusammen. Wenn sie das Gefühl hatte, durchgebacken zu sein, klopfte sie an die Tür, damit Schwester Köchin sie herausließ.

Einmal kam jedoch keiner. Sie klopfte und hämmerte, bis ihre Knöchel wund waren. Panik ergriff sie, da sie wußte, was passierte, wenn man das Brot zu lange im Ofen ließ. Es verbrannte. Ihr Keuchen ließ es immer heißer im Schrank werden. Es war die Hölle, sie konnte die Flammen spüren, die an ihr hochzüngelten.

Die festen Wände des Schrankes schmolzen in der Hitze, wurden rot, schwammig und feucht, es war wie in einem kochenden Meer. Die Augen fest zusammengekniffen, zusammengerollt wie ein Wurm, mit den winzigen Fäusten gegen die Wände hämmernd, doch unfähig, einen Ton hervorzubringen. Sie wollte schreien, aber sie bekam nicht einmal die Lippen auseinander.

Und dann das Ausstoßen, ihr ganzer Körper eine einzige berstende Bewegung, sich seine Freiheit erzwingend. Keuchend, schwimmend, gegen die dunklen, schwammigen Wände drückend. Schließlich hatte sie es geschafft. Sie war draußen. Die kalte, trockene Luft war der reinste Schock. Sie sog sie ein und stieß sie mit einem Schrei wieder aus.

Und dann das Licht. Tausend kleine Nadelstiche davon am Firmament. Riesige Hände, die eine breiige, klebrige Masse von ihrem Gesicht und ihrem Körper wischten, ihre winzigen Augen reinigten. Sie folgte einem uralten Pfad, der Landkarte tief in ihrem Inneren, bis ihr winziger

Mund den Geruch nach Milch lokalisierte und die warme, süße Flüssigkeit herauslockte. Der hingestreckte mütterliche Körper, auf dem sie lag, hob und senkte sich im Rhythmus großer Wellen, erholte sich langsam von den Wehen. Maria mit dem Kind. Keine Hebammen, keine Könige aus dem Morgenland unter den Abermillionen von Sternen, nur das wachsame Auge der Tiere der Erde.

Später, viele, viele Jahre später, als Carla sich noch einmal den Ort des Geschehens anschauen wollte, fand sie eine ganz harmlose Sache vor. Einen kleinen, ordentlichen Schrank ohne doppelten Boden, ohne Falltür, mit massiven Wänden, die überhaupt nicht schwammig waren. Eine Katze hätte bereits Mühe gehabt, sich in ihn hineinzuzwängen, von einem Kind ganz zu schweigen. Trotzdem hatte sie ihn mit langsam brennenden Blättern ausgeräuchert, um jede Spur von dieser dunklen, braunen Episode zu tilgen.

Das Teewasser blubberte bereits fröhlich, als Carla mit dem grünen Balsam in der einen und dem Spezialtee in der anderen Hand wieder im Hof auftauchte. Ein paar Schafe waren vorbeigewandert. Iphigenia und Margarita saßen am Tisch, der Mann stand neben ihnen, die Hand immer noch unter der Jacke verborgen. Die Drei Bären. Carla, Iphigenia und Margarita waren die drei Bären, die jetzt auch ein Goldlöckchen hatten. Er hatte sich in ihrem Wald verirrt, als sie beim Beten waren. Er hatte von ihrem Brei essen wollen, aber der war zu heiß gewesen, und er hatte sich die Hand verbrannt. Er hat etwas zerbrochen, keinen Stuhl, etwas anderes. Und er wollte wegrennen, ohne sich um den Schaden zu kümmern. Aber die Geschichte ließ noch nicht erraten, was als nächstes passieren würde. Wie die Bären Goldlöckchen verfolgten und verschlangen, weil Bären im Wald herumirrende kleine Mädchen nun mal verschlingen.

»Lassen Sie mich Ihre Hand versorgen«, sagte Carla mit zuckersüßer Stimme.

»Ich hol das Wasser«, flötete Iphigenia.

»Und ich das Verbandszeug«, sagte Margarita.

»Nein, alles ist in Ordnung«, protestierte er. »Ich glaube nicht, daß ich Blasen kriege. Es ist nur rot, das ist alles.«

Er zog die Hand unter der Jacke hervor und drehte sie einmal um als Beweis, daß er sie noch bewegen konnte.

»Man kann nie vorsichtig genug sein«, meinte Margarita.

»Wo Sie doch eine so lange Reise vor sich haben«, fügte Iphigenia hinzu.

»Kommen Sie, setzen Sie sich«, forderte ihn Carla auf.

Es war ein Sturm im Wasserglas, aber alte Frauen machten immer so viel Aufhebens. Nun ja, wenn sie es partout wollten, mußte er sie wohl oder übel gewähren lassen. Er setzte sich.

Er schaute zu, wie das Wasser über den Tee gegossen wurde, wie der Balsam auf seine Hand aufgetragen wurde. Schläfrigkeit übermannte ihn, eine angenehme Schläfrigkeit wie bei seinem Barbier, wenn er sich einfach nur zurücklehnen mußte, um sich von Rodney den Kopf massieren zu lassen.

Sie umwickelten sorgfältig seine Hand, und obwohl er eine Linderung verspürte, war es, als ob sie nicht mehr zu seinem Körper gehörte.

Carla goß Tee in einen Becher und führte ihn an seine Lippen. Ein beißender Geruch stieg ihm zusammen mit dem Dampf in die Nase; er verlor sich jedoch in einer Wolke Lavendel.

»Vielen Dank, ich schaff das schon.« Sie brauchten ihn ja nicht gleich wie einen Invaliden zu behandeln. Er hätte den Becher schließlich auch in die andere Hand nehmen können. Na ja, dachte er, es hatte auch seine gute Seite. Dieser ganze Zirkus bedeutete, daß sie in Frieden auseinandergehen würden. Fünfzehn Minuten konnte er ihnen schon geben. Eine großmütige Geste. Er schlürfte seinen Tee.

»Brot«, sagte eine vor Gesundheit strotzende Margarita. Komisch, daß ihm das noch nie aufgefallen war. Ihre runden Knopfaugen blinkten wie frischgeprägte Münzen, ihre Wangen waren rot und glänzten wie polierte Äpfel.

Er nahm das Brot, aß es aber nicht, sondern steckte es in die Tasche. Diese merkwürdige Geste erklärte er sich damit, daß er auf dem langen Weg zu seinem Wagen etwas Proviant brauchte.

»Apfel?« lockte Margarita. Ihr Gesicht ähnelte inzwischen einem Kürbis, einem Halloweenkürbis. Sie hielt ihm einen Apfel unter die Nase. Also hatte er sich nicht getäuscht, es gab Äpfel. Aber dieser war nicht so rotglänzend wie ihre Wangen. Es war ein kleiner, verschrumpelter Winterapfel. Als er hineinbiß, schmeckte er süß und reif wie ein Herbstnachmittag.

Dann überkam ihn ein Gefühl der Schwere. Er lockerte seinen Kragen. Er mußte an die frische Luft. Er konnte sich das nicht erklären, denn schließlich war er an der frischen Luft. Aber er brauchte mehr, er mußte auf einem Felsvorsprung stehen und sich den Sturmwind ins Gesicht blasen lassen. Seine Hand lag auf dem Tisch, mit Binden umwickelt. Er schien nicht in der Lage zu sein, sie zu bewegen. Auch gut, dann würde er sie eben zurücklassen. Sein Magen krampfte sich zusammen, begleitet von vermehrtem Speichelfluß. Ein Tropfen fiel auf den Tisch wie eine Träne. Großer Gott, er sabberte. »Schock... Verbrennung... viel Flüssigkeit.« Die drei Gesichter, Halloweenkürbisse mit ausgeschnittenen Mündern, aus denen die Worte wie Kerne ausgespuckt wurden.

Er hatte einen bitteren Geschmack im Mund, taumelte, riß die Hand vom Tisch, und der Verband fiel ab. Er hechtete durch den Bogen ins Freie, der Apfel kam hoch, und er schmeckte bei seiner Rückkehr wie schlechter Apfelwein. Dann hörte er Glocken läuten und sah Carlas dunkle Sterne der Ekstase. Aber ihm war übel, sterbensübel, und Ekstase war das letzte, woran er dachte.

Sein Kopf dröhnte, sein Mund war völlig ausgetrocknet, und alles war viel zu hell. Er hatte einen fürchterlichen Kater. Er schloß die Augen, um sich der Hoffnung hingeben zu können, sich im Palais zu befinden, wenn er sie aufschlug. Aber dem war nicht so. Die drei waren immer noch da, wie Krankenschwestern standen sie um das Bett herum.

»Gestürzt . . .«

»Mit dem Kopf aufgeschlagen . . .«

»Essig und Packpapier.«

Hatten sie das wirklich gesagt, oder halluzinierte er? Er riß die Augen auf, er durfte auf keinen Fall die Kontrolle verlieren. Wie konnte er aufgrund einer kleinen Verbrennung ans Bett gefesselt sein? Wollte sein Körper ihm damit sagen, daß er etwas ruhiger leben solle? Er fand diese ganzen Auf-seinen-Körper-hören-Geschichten einen Riesenhumbug. Aber vielleicht waren dieser Trip, die harten Betten und der Mangel an anständigem Essen doch eine größere Belastung, als er geglaubt hatte. In seinem geschwächten Zustand war der durch eine leichte Verbrennung hervorgerufene Schock doch heftiger ausgefallen. Er erinnerte sich, wie sein Vater einmal von einer Leiter gefallen war, sich wieder aufgerappelt und nur über eine kleine Beule am Kopf geklagt hatte; kurz darauf war er dann mit einer Gehirnerschütterung ins Krankenhaus eingeliefert worden.

Er blickte sich in dem Raum um. Es war nicht derselbe wie zuvor. Er war größer, in der Ecke stand ein Korbstuhl, auf dem ein sorgsam gefaltetes Häufchen Kleider lag, an den Wänden hingen Heiligenbilder, und das Bett war zumindest weicher als das strohbedeckte Bügelbrett, auf dem er die letzten beiden Nächte verbracht hatte, auch wenn die Matratzen keinen Federkern hatten und nicht mit frischgestärkten Laken bezogen waren wie im Palais. Er lag auf einem Stapel von Schaffellen, und in seine

Decke waren bunte Muster eingestrickt. Eine biblische Szene, zumindest auf den ersten Blick.

Er befühlte seine verbrannte Hand, doch sie war taub. Die Rötung war zurückgegangen, und sie reagierte nicht mehr so empfindlich auf Berührungen. Eine Art Wunderheilung. Das Mittel der Nonnen hatte gewirkt, zumindest, was die Hand betraf, gegen den Schock hatte es leider nichts ausrichten können. Er hatte immer noch Magenkrämpfe, und sein Kopf waberte vor Schmerzen. Er fühlte sich, als hätte er die Nacht in einer Dreschmaschine verbracht.

Margarita preßte eine Schale gegen seine Lippen und hob sie etwas an, so daß die Flüssigkeit sie befeuchtete. Seine Zunge kam hervor und fing die Flüssigkeit auf. Sie schmeckte wie klares Wasser, obwohl es um seinen Geschmacksinn wie auch um sein Unterscheidungsvermögen nicht zum besten bestellt war. Aber sein Instinkt sagte ihm, daß sein Körper Wasser brauchte. Er griff mit seinen eigenen Händen nach der Schale, legte sie anstelle von Margaritas Händen um sie und hob sie höher und höher, bis sein Gesicht dahinter verschwand.

Sein Verlangen nach der Schale war so groß, und er schlurfte das Wasser so gierig, daß es auf sein Kinn tropfte und an seinem Hals und seinem ganzen Körper herunterlief, was ihm aber erst auffiel, als er die kalte Furche fühlte, die bis zu seinem Nabel ging. Er fuhr mit den Händen unter die Decke und tastete nach seinen Kleidern, aber außer einer Gänsehaut ertasteten sie nichts. Er schluckte. Er war in der Zelle einer Nonne, die groß genug war, um die Zelle der Äbtissin zu sein, und er war splitternackt. Er blickte sich verstört um. Das ordentliche Kleiderhäufchen auf dem Stuhl gehörte ihm.

Ein Glück, daß es ihm so schlecht ging, denn sonst wäre ihm die Sache noch unangenehmer gewesen. Es war einfach nicht zu fassen. Er glitt tiefer unter die Decke, als könnte er so seine Blöße verbergen. Es war zu spät. Sie hatten ihn ausgezogen, ihn angeschaut, gesehen, und wer weiß ... Er spürte, wie sein Penis schrumpfte, wie er sich allein bei dem Gedanken verstecken wollte. Die Tatsache, daß sie alt waren, tröstete ihn kaum. Er hatte gehört, daß gerade die Älteren derbe Scherze liebten.

Er fühlte sich so schwach und hilflos und gedemütigt wie damals, als er sich als junger Seminarist einer Blinddarmoperation unterzogen hatte. Die Krankenschwester war jung und vollbusig gewesen, mit Sommersprossen auf Nase und Wangen, einem kecken Lächeln und runden Armen, ein Landmädchen, das mit Milch und Kartoffeln aufgewachsen war. Sie war gekommen, um ihn zu rasieren, hatte den Vorhang um sein Bett zugezogen und ihn aufgefordert, seine Pyjamahose runterzulassen. »Ist ja gut«, hatte sie gesagt, »vor mir brauchen Sie sich nicht zu genieren, ich hab das schon hunderttausendmal gemacht.« Sie war zu jung, um es hunderttausendmal gemacht zu haben. Warum mußte sie ihn auch noch darauf ansprechen? Sein Penis war bei dieser Gelegenheit so geschrumpft, daß er völlig in dem gekräuselten Schamhaar verschwand.

Bis ihre Hand seine Lende berührte. Da rührte sich sein neugieriges Geschlecht. Die Wärme ihrer Hand, die durch den Latexhandschuh drang, erregte ihn. Die warme Berührung von Gummi. Er schaute zur Decke, und dort blieb während der ganzen Prozedur sein Blick haften. Mit wütendem Gebet kämpfte er gegen den aufsteigenden Saft an. »Dein Stecken und dein Stab...«, eines seiner Lieblingsgebete, mußte schnell abgebrochen werden. Nicht nur dieses, sondern diverse bekannte Gebete mit Worten väterlichen Beistandes hatte er begonnen und wieder abgebrochen, um sich, das Beste hoffend, auf die schwarzen Fliegenpünktchen auf der Decke zu konzentrieren.

Daß es nichts nützte, wurde ihm klar, als sein steifes Glied wie radargesteuert die Hand des Mädchens fand. Mit hochrotem Gesicht zuckte er zurück. »Das ist doch ganz natürlich. Zumindest sind Sie normal«, sagte sie, als wäre das ein Trost. Es war natürlich, und er war normal, das brauchte sie ihm nicht zu sagen. Normal, aber ohne die Freiheiten eines normalen Mannes.

Das Zölibatsgebot bewegte die Gemüter der Geistlichkeit; er nahm zwar nicht aktiv an der Debatte teil, doch stand er grundsätzlich auf der Seite des Fortschritts. Die Kirche mußte an ihre Zukunft denken, wenn sie als Institution nicht der Vergangenheit angehören wollte. Daher das wirtschaftliche Denken, daher der Verkauf von Grundstücken. Wo er selbst stand, was die Zölibatsdiskussion für ihn persönlich bedeutete, darüber hatte er sich kaum Gedanken gemacht. Er war als junger Mann mit einer vielversprechenden Zukunft als Mathematiker in das Seminar eingetreten und hatte diese Gabe in den Dienst der Kirche gestellt. Er war überzeugt, daß er auch die richtige Frau gefunden hätte, die mit ihm seinen Weg gegangen wäre, wenn er eine Familie hätte gründen wollen. Eine Familie war ja auch nicht schlecht. Er sah sich am Tischende sitzen, die Köpfe der Kleinen zum Gebet gesenkt, alle strahlend und frisch gewaschen, während seine Frau die Suppe austeilte. Ihr Gesicht konnte er nicht erkennen, aber ihre schmalen Hände mit den langen Fingern sah er deutlich vor sich.

Doch er hatte sich dagegen entschieden. Mit Mädchen hatte er sich nie richtig wohl gefühlt. Sie bedachten ihn mit Spitznamen. Er fühlte sich gedemütigt, wenn die Mädchen aus der Nachbarschule seine Mütze antippten, und statt bei ihren harmlosen Spielchen und ihren Balgereien mitzumachen, verdrückte er sich lieber. Er wußte nie genau, ob sie es wirklich interessierte, wenn sie ihm schwierige mathematische Aufgaben zum Lösen gaben, oder ob sie sich nicht hinter seinem Rücken über ihn lustig machten.

Daß er seine sexuellen Bedürfnisse selbst befriedigte, war für ihn kein Problem. Er war davon nicht blind geworden, nicht einmal seine Sehschärfe hatte darunter gelitten. Manchmal gab er sich viel Mühe und streichelte sich mal da, mal dort, bevor er die Sache in die Hand nahm. Nein, für ihn war das Zölibat eine Frage der Intimität. Wie konnte man sich Gott hingeben, wenn es noch einen anderen Menschen gab?

»Besser?« fragte Iphigenia. Ihr Gast schien zu lächeln.

»Danke«, sagte er. Er fühlte sich schon etwas wohler als nach dem ersten Aufwachen, aber eine längere Reise traute er sich noch nicht zu. Einen Tag konnte er ihre Fürsorge noch ertragen, dann würde er sich verabschieden.

»Margarita wird heute nacht an Ihrem Bett wachen«, verkündete Iphigenia.

An seinem Bett wachen? Als läge er im Sterben? Absurd. »Nicht nötig, mir geht es gut«, versicherte er ihnen.

»Falls Sie was brauchen«, sagte Margarita. »Ich sitze in der Ecke.«

Er war kaum in der Lage, mit ihnen zu diskutieren. Außerdem war es nur für eine Nacht. Er hatte ja keine chronische Krankheit. Er mußte sich nur ein wenig ausruhen, dann wäre er wieder in bester Verfassung. Nacht. Als er sich die Hand verbrannt hatte, war es früher Morgen gewesen, und jetzt war es Nacht. Aber welche Nacht? Er war ein Mensch, der über jede Minute seines Tages Rechenschaft ablegen konnte. Doch hier gab's eine Lücke. Er hatte aufgehört zu funktionieren, und die Zeit war ohne ihn weitergegangen. Er mußte den Anschluß finden.

»Wie spät ist es?« fragte er.

»Zeit für eine Gutenachtgeschichte«, erwiderte Margarita.

Er wollte keine Gutenachtgeschichte. »Meine Kleider«, befahl er.

»Wir werden sie waschen, damit sie hübsch sauber sind für die Reise.«

»Aber vielleicht... vielleicht muß ich...« Er konnte mit ihnen nicht über seine Körperfunktionen sprechen.

»Margarita kümmert sich darum.«

»Topf«, flüsterte ihm Margarita ins Ohr.

Oh, diese Schmach! Nicht einmal eine Flasche wie im Krankenhaus. Ein Topf. Wie für ein Kind.

»Liegen Sie bequem?« fragte Margarita. »Gut. Es war einmal...«

Was für ein Tag, was für ein grandioser Tag! So einen Tag hatte sie noch nie erlebt! Carla wußte gar nicht, wo sie anfangen sollte. Sie hätte wohl ganz vorne anfangen sollen, mit der Unterbrechung ihrer Andacht und der verbrannten Hand, dieser Kleinigkeit, die alles ins Rollen gebracht hatte. Aber Carla konnte sich den Anfang auch später noch einmal vornehmen. Jetzt wollte sie gleich zu dem wirklich aufregenden Teil gehen. Oh, aber zu welchem? Was war interessanter, die Wirkung des Trankes oder die andere Sache? Oh, die andere Sache!

Das Entkleiden. Sie sprach das Wort ganz langsam aus, speichelte es ein, spürte die Bewegung ihrer Zunge, die Stelle, an der ihre Lippen sich berührten und wieder trennten; die letzte Silbe des Wortes, die in ihrer Kehle vibrierte. Einfach toll. Das Beste an der ganzen Sache. Sie würde sich beherrschen, das Entkleiden erst einmal hintenanstellen, es sich für später aufheben.

Seine Augen waren nach oben gerollt, als wollte er in sein Gehirn schauen. Margarita hatte sie mit ihren Wurstfingern berührt, alles in Ordnung gebracht, die Lider heruntergezogen. Damit seine Augen nicht austrockneten. Und damit er nicht wie tot aussah. Carla stockte der Atem, als er vornüberfiel und nicht mehr hochkam. War es zuviel Bleibda? Einmal hatte sie die Mixtur einem Bock verabreicht, um ihn vom Streunen abzuhalten. Diese Dosis hatte sie einfach verdoppelt, da sie davon ausging, daß der Mann ungefähr doppelt so groß war wie der Bock, aber vielleicht haute das nicht hin. Iphigenia und Margarita hatten Carla jedenfalls keinen tadelnden Blick zugeworfen und sie auch nicht zurechtgewiesen, als sie zu ihm hinübergingen, um ihn hochzuheben. Also hatte sie keinen Fehler gemacht.

Die Nonnen hatten gewartet, bis er zu Boden ging, erst dann waren sie vom Tisch aufgestanden. Sie hatten gewartet, bis er zu taumeln und zu schwanken anfing, als wäre er ein gefährliches, unberechenbares Tier, das sie anfallen würde, wenn sie ihm in die Quere kamen. Sie behielten ihn im Auge. Erst als er zusammensackte und die neugierigen Schafe ihn beschnupperten, leerten sie ihre Tassen und kümmerten sich um ihn.

Das Zimmer der Äbtissin war jahrelang abgeschlossen gewesen. Es war nicht ihr Büro, da hätten sie ihn nicht reingelegt. Sie ließen die Tür ein paarmal vor- und zurückschwingen, um den muffigen Geruch zu vertreiben, schichteten die Felle der Böcke, die sie in den letzten Jahren geschlachtet hatten, aufeinander und holten eine Decke. An ihren Rändern waren Szenen aus dem Leben Jesu, in ihrer Mitte ein Bild von dem Herrn als Guten Hirten inmitten seiner Herde eingewoben. Es war eine weiche, kuschelige Decke, in der er sich sicher und geborgen fühlen würde, wenn er aus seinem langen Schlaf erwachte.

Erst als sie seinen Körper auf die Felle gehievt hatten, entdeckten sie die Fäden von Erbrochenem auf seinen Kleidern. Iphigenia hatte natürlich den sauren Geruch bemerkt, alle hatten sie ihn bemerkt und waren froh, daß es nur das war. Einfach nur Erbrochenes. Trotzdem gehörte dieser Geruch nicht in die Zelle der Äbtissin.

»Runter mit den Kleidern.«

Bei dieser Aussicht verspürte Carla denselben Kitzel wie am Tag der Schur. Denn etwas würde enthüllt, was man vorher nicht gesehen hatte. Wie anders sahen die Schafe doch ohne ihre wollenen Pelze aus. Besonders gefiel ihr, daß beim Scheren Körperteile enthüllt wurden, die man nur sah, wenn man mit ihnen durch das Gras kroch und hochschaute. Wenn sie jedoch ihren vollen Pelz trugen, sah man nur gelockte, mit Erde, Gras und Kot verklebte Wolle. Wenn Margarita ein Schaf hochhob, wurden Hautlappen und Spalten und andere Dinge sichtbar. Carla wußte nicht genau, was sie sehen würde, aber sie war auf jeden Fall sehr neugierig. Der Kitzel kroch durch ihren ganzen Körper.

Margarita und Iphigenia machten sich an die Arbeit. Sie waren vertraut mit der Aufgabe, verstorbene Schwestern aufzubahren und die Leichen für die Beerdigung herzurichten, um sie wie Samen in die Erde zu legen. Margaritas kräftige Arme stützten seinen Oberkörper, während Iphigenia die Jacke abstreifte. Danach kam der Kragen dran. Aus seiner Kehle kam ein Gurgeln, und er schien leichter zu atmen.

»Carla. Die Schuhe.«

Obwohl Carla nie anwesend sein durfte, wenn Priester zu Besuch kamen, so hatte sie sich doch einmal im Dikkicht versteckt und einen gesehen. Aber nicht ganz, nur seine Schuhe. Die Schuhe unterhielten sich mit der Äbtissin. Sie wippten vor und zurück. Absatz, Spitze, Absatz, Spitze. Sie waren schwarz und hatten vorne ein Lochmuster und Schnürsenkel, die zu Schleifen gebunden waren.

Iphigenia und Margarita machten sich an seinem Hemd zu schaffen. Carla streckte die Hand nach der Fliege aus. Sie zog und zerrte und malträtierte sie. Sie hatte schon viele Fliegen gebunden und wieder aufgemacht, und sie hatte als Kind unendlich viele Katzenkörbchen aus Wolle angefertigt, aber ihre sonst so geschickten Finger konnten machen, was sie wollten, sie bekam den Knoten nicht auf.

»Ich schaff's nicht.«

»Schere.«

Sie rannte, eine zu holen.

Iphigenia und Margarita waren bei der Hose angelangt. Am Bund waren Häkchen, die sich ganz einfach öffnen ließen, aber unter der vertikalen Klappe, die vom Hosenbund bis zum Schritt reichte, waren keine Knöpfe, sondern etwas Kaltes, Metallenes mit ineinandergreifenden Zähnen, so schnurgerade wie Eisenbahnschienen. Ein Reißverschluß. Es gab da einen winzigen Griff, an dem sie zogen und der dann wunderbarerweise auf den Geleisen nach unten glitt und die Zähne dabei teilte. Aber dann ging es plötzlich nicht mehr weiter, etwas auf der anderen Seite klemmte, das Hemd oder seine Unterwäsche. Sie versuchten es immer wieder, aber es nützte nichts.

Carla holte wieder die Schere und stellte befriedigt fest, daß Iphigenia und Margarita in der Zwischenzeit nicht weiter gediehen waren. Sie wollte nichts verpassen. Sie schnippte nach den Knoten in den Schnürsenkeln und die Schuhe lockerten sich, ja, sie schienen einen Seufzer der Erleichterung von sich zu geben. Sie zog sie ihm von den Füßen, und ein Geruch nach altem Käse stieg aus ihnen empor. Es dauerte nicht lange, bis er auch Iphigenia in die Nase stieg. Sie wandte sich von ihrer Arbeit ab und sah, wie Carla entzückt an den Füßen schnupperte.

»Schere«, sagte sie und streckte die Hand aus wie ein Chirurg.

Carla reichte ihr die Schere. Schnipp, schnapp, machte Iphigenia. Sie zog und zog, bis das Hindernis aus dem Weg geräumt war. Die Hose teilte sich ganz einfach. Margarita hob den Körper, und Iphigenia zog sie ihm über die Pobacken.

»Zieh an den Beinen«, befahl Iphigenia Carla.

Carla riß so heftig an den Beinen des Mannes, daß sie ihn beinahe aus dem Bett befördert hätte.

»Hose.«

Carla packte die Hosenbeine, mit jeder Hand eines, und zog. Sie schälten sich einfach ab wie die Haut einer Schlange.

Darunter hatte er Vlies wie sie. Spärliche schwarze Haarkringel auf einer Haut so weiß wie ein Fischbauch. Er hatte noch ein weiteres Paar Hosen an, kurze Hosen ohne Beine, die die Hüften und den vorderen Hügel eng umspannten. Iphigenia und Margarita entfernten auch dieses Wäschestück. Er war entkleidet.

Sie standen da und musterten den nackten Körper, als wäre er das Werk ihrer Hände. Frankenstein, der sein lebloses Geschöpf bewundert, bevor er es durch Stromstöße zum Leben erweckt und zum Amokläufer werden läßt.

Ein völlig neues Geschöpf! Carlas Augen wurden immer größer, während sie es inspizierte. Statt wabbliger Brüste hatte er flache kleine Kirschen mit schwarzen Haarbüscheln darum herum. Ein dunkelbrauner, runzliger Fleck auf einer Seite. Ähnlich wie das metallene Ding, mit dem Iphigenia und Margarita gekämpft hatten, wanderte eine Linie von Haaren von seinem Nabel bis zu dem dunklen Schilf zwischen seinen Beinen. Und in ihm eingebettet lag Baby Moses, ein schlafendes, kleines, schlaffes Ding, das sich wie ein weißer Wurm zusammengerollt hatte. Was für ein niedlicher Winzling.

Die Beine des Mannes zuckten wie die der Schafe, wenn sie träumten, und Carla wich zurück. Iphigenia breitete die Decke über ihn. Margarita faltete seine Kleider ordentlich zusammen und legte sie auf den Stuhl. Dann postierten sich die drei Nonnen an seinem Bett und warteten, bis er aufwachte.

Iphigenia und Carla waren in ihre Zellen gegangen. Margarita saß auf dem Stuhl und hielt Wache. Er schlief jetzt, ohne auch nur einen Muckser von sich zu geben. Nicht einmal zu atmen schien er. Früher pflegte Margarita ihren Vater zu beobachten, wenn er seinen Rausch ausschlief. Wenn er mit Alkohol abgefüllt war. Er lag mit offenem Mund im Ledersessel, den Kopf nach hinten gelehnt und laut schnarchend. Manchmal hielt er noch eine Zigarette in der Hand. Sie sah zu, wie die Asche immer länger und länger wurde, bis sie schließlich herunterfiel und Margarita sie auffing. Eines Tages würde er das ganze Haus niederbrennen.

Sie waren eine so glückliche Familie gewesen, als ihre Mutter noch lebte. Mit ihrem Tod änderte sich dann alles. Ihr Vater fing an zu trinken und Karten zu spielen. Um Gesellschaft zu haben, sagte er. Wegen seiner Alkoholexzesse kam es zu Auseinandersetzungen mit Margaritas Bruder, und eines Abends verprügelte ihn der Vater. Ihr Bruder verschwand daraufhin für ein paar Tage, und als er zurückkam, gab er bekannt, daß er auswandern würde. »Wenn du aus dem Haus gehst, kommst du mir nie wieder zurück«, schrie ihr Vater. Ihr Bruder lächelte nur. Er küßte Margarita auf die Stirn und versprach ihr zu schreiben. Falls er geschrieben hatte, so hatte sie seine Briefe nie bekommen.

Danach blieb Margarita nur noch ihr Vater. Sie mußte sich um ihn kümmern, mußte seinen Freunden den Wein einschenken und die Mahlzeiten zubereiten. Der Zigarettengeruch, den sie bei ihrem Vater gemocht hatte, wurde ihr immer widerlicher. Die Männer sprachen in ihrer Gegenwart von liederlichen Frauen, und als die Knospe ihrer eigenen Weiblichkeit aufging, klebten ihre Blicke an ihrem Körper wie grapschende Hände. Ihr Vater hielt sich für den perfekten Gastgeber.

Manchmal gewann er beim Kartenspielen, aber weit

häufiger verlor er, sogar in seinem eigenen Haus. Eines Tages rief er sie aus ihrem Zimmer zu sich und sagte ihr, sie solle ihr Sonntagskleid anziehen, sie hätten Besuch. Margarita zog ihr weißes Kleid mit den blauen Bändern an. Sie stand vor dem Spiegel und kämmte sich das lange, goldene Haar. Hin und wieder schwallten die Unterhaltung – eine Unterhaltung von Männern unter sich – und gelegentliches Gelächter über einen Witz zusammen mit dem Zigarrengestank zu ihr hoch.

Sie stand oben auf der Treppe und blickte in den Salon hinunter. Im Türrahmen entdeckte sie den Mann. Er hatte einen buschigen schwarzen Schnurrbart, und wenn er lachte, glänzte die Spucke auf seinen Lippen. Er trug eine Goldkette und eine Uhr, und seine Weste spannte sich über einen stattlichen Bauch. Ein teurer Anzug, ein weißes Hemd und goldene Manschettenknöpfe. Die Hände, die aus den Manschetten kamen, waren schwarzbehaart.

Er blickte hoch und lächelte, wobei er einen Spalt zwischen seinen Vorderzähnen enthüllte. Sie wollte in ihr Zimmer flüchten. »Komm«, lud er sie ein. Sie konnte nicht nein sagen. Sie ging also die Treppe hinunter und sank bei jedem Schritt tiefer. Ihr Vater stellte ihn als seinen Geschäftspartner vor. Sein Gesicht kam ihr bekannt vor, er war einer von den Kartenspielern. »Er möchte, daß du eine Weile bei ihm wohnst. Du brauchst nur ein paar leichte Arbeiten im Haus zu machen. Es wird wie Ferien für dich sein. Er hat ein schönes, großes Haus auf dem Land und einen wunderbaren Garten. So was gefällt dir doch, oder?«

»Ja, Vater.« Margarita war klar, daß sie verkauft worden war.

Iphigenia lag witternd auf ihrem Lager. Er würde heute abend zwar nirgendwo hingehen, doch konnte es nicht schaden, ihn im Auge zu behalten. Als sie ihn hilflos auf dem Bett der Äbtissin liegen sah, erkannte sie, warum Gott ihn geschickt hatte. Man mußte sich um ihn kümmern, ihn in den Schoß der Kirche zurückführen. Ein Priester, der vom rechten Weg abgekommen war, einer, der sich nicht nur auf ihre Weiden verirrt, sondern sich auch von der Kirche entfernt hatte. Ein junger Mann, der vom weltlichen Wohlleben verführt worden war. Der den Namen des Teufels ausgesprochen und gotteslästerliche Reden geführt hatte. Und der vom Schlachten der Schafe gesprochen und sich gegen die Gemeinschaft versündigt hatte. »Wer das Reich Gottes nicht annimmt wie ein Kind, der wird nicht hineinkommen.« Sie mußten ihn wieder zum Kind machen, ihm den Weg zur Erlösung zeigen. Es war eine Prüfung. Iphigenia seufzte. Sie hatte angenommen, die Zeit der Prüfungen sei vorbei. Noch eine, bevor die Sonne ihres Lebens unterging?

Jede Menge praktischer Überlegungen standen an. Wer wußte noch, daß er hierhergekommen war? Würden andere folgen? Würde er vermißt werden? Vielleicht lieferte der Wagen die Antworten.

Iphigenia stockte der Atem. Der Wagen befand sich außerhalb.

Seit vielen, vielen Jahren war sie nicht außerhalb der Mauern gewesen. Aber auch wenn man in Klausur lebte, mußte man gelegentlich nach draußen. Nicht wegen eines frivolen Picknicks, sondern wegen wichtiger Dinge, wie zum Beispiel eines Todesfalls in der Familie. Iphigenia hatte nicht zu dem Begräbnis ihrer Großmutter gedurft. Trotzdem kannte sie die Welt draußen.

Iphigenia war eine blutjunge Nonne gewesen, als die externe Schwester Assumpta auf den nassen Steinplatten ausrutschte und sich das Bein brach. Als Externe wurde sie gewöhnlich losgeschickt, wenn die Gemeinschaft etwas von der Welt draußen benötigte, was selten genug vorkam. Doch auch dann überquerte sie nie den Streifen Sand, der bei Ebbe zum Vorschein kam.

Es war ein Notfall, sie brauchten sofort Hilfe. Jemand mußte ins Dorf und den Bader holen. Die Äbtissin beauftragte Iphigenia. Sie war flink und gut zu Fuß, ihr konnte man den gefährlichen Weg am ehesten zutrauen.

Die Äbtissin hatte schon oft mit dem Priester über diesen Weg gesprochen, vor allem wenn er völlig erschöpft mit seinen Leuten hier ankam, obwohl sie alle auf Eseln ritten. Er hatte auch immer gesagt, daß sie in der Tat eine Straße brauchten. Aber die Besuche des Priesters wurden immer seltener, und die Straße wurde nie gebaut.

Iphigenia raffte ihre Röcke und sprang so agil wie eine Bergziege den Hang hinunter. Es war Sommer, und die Luft war erfüllt vom Licht der Sonne und dem Summen der Insekten; Quellen und Bäche plätscherten. Wenn sie durstig wurde, brauchte sie sich nur zu bücken und mit der Hand Wasser schöpfen. Dabei kaute sie vergnügt auf der Brunnenkresse herum, die in den Ritzen wuchs. Schon von weitem sah sie das Dorf, eine Ansammlung von Häusern, von denen manche aus grauem Stein, andere weiß getüncht waren; die Boote der Fischer schaukelten in der ruhigen Bucht wie aus Streichhölzern gebastelte kleine Spielzeuge.

Aber der Ort war praktisch verlassen. »Einen schönen Tag, Schwester«, sagte einer der Übriggebliebenen, ein junger Mann mit Augen so dunkel wie Backpflaumen und braunen Händen, die Knoten in ein Seil knüpften, hoch und runter, hin und her. Sie erklärte, daß die Gemeinschaft einen Bader benötigte. »Er ist zur Sommersonnenwende aufs Festland gefahren. Im Gasthof geht's hoch her. Ich wette, daß morgen früh einige Knochen zurechtgerückt werden müssen«, sagte der junge Mann mit einem breiten Grinsen. Iphigenia ließ den Blick über das Dorf hinweg auf die andere Seite schweifen. Sie konnte den Gasthof gerade noch erkennen. Die Musik und die Stimmen, die über das Wasser kamen, waren jedoch so deutlich, daß sie den Eindruck hatte, sie müßte nur die Hand danach ausstrecken. Aber er war mindestens eine Meile entfernt. Es war Flut, und der Strand stand unter Wasser. Iphigenia starrte in die Ferne.

»Könnten Sie bitte telefonieren?«

»Ich kann's versuchen«, sagte der junge Mann. »Aber Sie hören ja den Krach, den sie machen. Die Seehunde brauchen sich keine Sorgen zu machen«, scherzte er.

»Die Seehunde?«

»In der Nacht der Sommersonnenwende werden die Seehunde von der Musik angelockt und kommen ans Ufer; sie werfen ihre Haut ab und verwandeln sich in Menschen. Wenn man ihnen die Haut wegnimmt, können sie nicht mehr zurück und müssen für immer bei einem bleiben.«

Er stieg aus dem Boot. Er hatte seine Hemdsärmel hochgerollt und die Weste aufgeknöpft. Ein goldenes Glitzern um seinen Hals fiel Iphigenia ins Auge. Sie verfolgte es bis zu dem kleinen goldenen Kreuz, das wie ein Vogel in seinem Hemd nistete. Er ging zu dem öffentlichen Fernsprecher, drehte ein paarmal an der Scheibe, um die Auskunft anzuwählen. Nach ein paar freundlichen Worten mit der Frau wurde er mit der Kneipe verbunden.

»Hallo, Jack? Im Kloster brauchen sie den Bader. Kannst du ihn ans Telefon holen?«

Er wartete lange Zeit, hörte den Lärm, das Gelächter und schließlich, wie der Hörer aufgelegt wurde, wahrscheinlich von einem, der in dem allgemeinen Chaos ein gutes Werk zu tun glaubte. Der junge Mann warf Iphigenia einen entschuldigenden Blick zu. »Ich gehe selbst rüber. Ich kann Sie mitnehmen.«

Iphigenia kam in jener Nacht sehr spät zurück. Ohne den Bader. Die Nonnen hatten sich in der Kapelle versammelt und beteten, Gebete, die erhört wurden, als Schwester

Barbara Iphigenias Rückkehr meldete. Die Welt feierte die Sommersonnenwende, und im Dorf war keine Menschenseele. Deshalb war sie zum Festland hinübergegangen. Sie hatte viele Leute nach dem Bader gefragt. Er war unauffindbar. Sie hatte im Gasthof eine Nachricht für ihn hinterlassen. Dann mußte sie die Ebbe abwarten, um zurückgehen zu können. Deshalb war sie so spät dran. Und deshalb war sie auch völlig durchnäßt.

Auch wenn die Gemeinschaft überglücklich war, ihre Mitschwester wiederzuhaben, die Äbtissin war von Iphigenias Abenteuer alles andere als begeistert. Iphigenia mußte ihr haargenau erzählen, was sie während der Zeit außerhalb der Klostermauern getan hatte, wem sie über den Weg gelaufen war, mit wem sie gesprochen hatte. Warum ihre Kleider so klatschnaß geworden waren. Aber Iphigenia blieb standhaft bei ihrer Version. Sie wiederholte immer wieder ihre Geschichte. Sie hatte sie so gut gelernt, daß sie sich noch Jahre später, wenn sie die arme Assumpta ihr schlecht auskuriertes Bein nachziehen sah, diese Version von der Sommersonnenwende vorbetete.

Iphigenia zog den Lageplan des Priesters hervor. Sie entfaltete und glättete ihn, doch die Faltlinien blieben und durchschnitten ihn wie ein Kreuz. Rechts oben in der Ecke war ein nach Norden weisender Kompaß. Eine dicke schwarze Umrandung markierte die Grenzen des Klosters, ein Umriß, der einen Kreis anstrebte, der aber dort, wo die geographischen Gegebenheiten berücksichtigt werden mußten, ein paar Einbuchtungen aufwies. Der Eingang war im Westen, weg vom Festland, so daß der Weg zum Kloster nicht gerade hochführte, sondern sich spiralig um den Berg schraubte. Das Dorf war durch ein paar Häuser gekennzeichnet, die Behausungen der Fischer, die sich im Lauf der Zeit aufs Festland abgesetzt hatten. In der Mitte des Grundstücks befand sich eine Kapelle, die beiden Flügel des Querschiffs bildeten einen rechten Winkel zum Hauptschiff. Iphigenia erkannte den daran anschließenden Kreuzgang und die Dormitorien. Die anderen Flügel waren nicht markiert. Vom Pförtnerhäuschen war ein hübscher, von sorgfältig getrimmten Bäumen gesäumter Pfad eingezeichnet, der direkt zur Kapelle führte, und auf der Südseite entdeckte man Gärten mit ordentlichen Reihen von kohlähnlichem Gemüse. Dann gab es noch eine Einfriedung mit Kreuzen, wo die sterblichen Reste der Nonnen ruhten.

Iphigenia hatte das Kloster noch nie aus diesem Blickwinkel betrachtet, darüberschwebend wie das Auge Gottes. Sie schloß die Augen und versuchte sich das Kloster so vorzustellen, wie es auf der Karte eingezeichnet war. Ja, doch, unter dem Dickicht, den Büschen, die emporgeschossen waren, und um die allmählich zusammensackenden Gebäude mit ihren durchhängenden Decken und rissigen Mauern konnte sie sich diese Grenzen vorstellen, die der Zeichner gezogen hatte. Aber auf dieser Darstellung fehlten die Nonnen und die Schafe.

Iphigenia schreckte aus dem Schlaf hoch, die Karte lag quer über ihrer Brust, und die Sonne stand bereits am Himmel. Sie war zu spät für die Laudes. Sie eilte zur Kapelle hinüber, wo Carla kniete und betete. Betete, aber dabei einen Käfer verfolgte, der vor ihr über den Boden lief. Iphigenia gesellte sich zu ihr. Sie machte sich keine großen Vorwürfe wegen ihrer Verspätung. Ein verständliches Versäumnis. Zwei Nächte lang hatte sie kaum geschlafen; in der ersten hatten sie so intensiv gebetet, daß ihnen das Blut beinahe aus den Poren schoß. Und in der letzten hatten sie die Komplet am Bett des Mannes gesprochen und darauf gewartet, daß er aufwachen würde, und alle waren noch wach gewesen, als die Große Stille sich über das Kloster senkte.

Die Laudes wurden abrupt beendet, als Iphigenia einfiel, daß Margarita immer noch bei dem Mann saß. Sie und Carla eilten in die Zelle der Äbtissin, wo sie ihre Schwester schlafend auf dem Stuhl in der Ecke vorfanden, den Kopf auf der Brust. Er schlief ebenfalls, tief und fest wie ein Baby, ohne sich von Margaritas Schnarchern und Grunzern stören zu lassen.

Am späten Vormittag wachte Ignatius dann auf, erfrischt von seinem langen Schlaf. Vage erinnerte er sich noch an einen Traum mit Kindern, die sich im Wald verirrt hatten. Er versuchte, ihn sich ins Gedächtnis zurückzurufen, aber er verschwand vor seinen Augen. Die Gevatterin in der Ecke war auch weg, und die drei Nonnen standen wieder an seinem Bett mit Tee, Brot und Käse. Wie immer morgens war seine Blase voll, aber er unterdrückte den Impuls, aus dem Bett zu springen, da er sich erinnerte, daß er ja nackt war.

»Kann ich meine Kleider wiederhaben?« fragte er, als hätte er die Situation im Griff.

»Müssen geflickt werden.«

»Geflickt.« Zuerst mußten sie gewaschen und jetzt mußten sie geflickt werden.

»Ein Riß. Als wir sie auszogen.«

War es nicht schlimm genug, daß er nackt unter den Decken lag, mußten sie ihn auch noch an seinen Zustand erinnern? Er ließ sich wieder in die Kissen fallen. »Ich muß mal raus.«

»Raus?«

»Ich muß Wasser lassen.«

»Da ist doch der Topf«, sagte Margarita etwas pikiert darüber, daß er den Topf übergangen hatte.

»Es geht mir ausgezeichnet, ich bin kein Invalide«, versicherte er ihnen. »Wenn Sie mir also bitte meine Kleider geben könnten.« Er blickte streng von der einen zur anderen. Langsam hatte er die Faxen dicke.

Iphigenia brach die immer drückendere Stille. »Laken.«

Das war besser als nichts. Er stieß einen Seufzer aus. Sie rührten sich nicht. War es zuviel verlangt, sie zu bitten, draußen zu warten? Anscheinend. Er drapierte das Laken um seinen Körper, drehte sich einmal um die eigene Achse und setzte die Füße auf den Boden, sehr zufrieden mit dem Manöver, da er sich keine Sekunde lang eine Blöße gegeben hatte. Der Boden war bei weitem nicht so kalt, wie er gedacht hatte. Er senkte den Blick und entdeckte, daß er immer noch seine Socken anhatte. Warum hatten sie ihm die Socken angelassen, fragte er sich zynisch, wo sie sonst so gründlich waren?

Sie traten zur Seite, um ihn vorbeizulassen, in ihrer Mitte Carla mit dem Frühstückstablett. Das Brot, das sie auf dem Feuer aufgewärmt hatten, war inzwischen kalt, aber sein warmer Duft hing immer noch in der Luft. Er fühlte sich noch etwas wacklig auf den Füßen, und das Laken war eher hinderlich, doch er schaffte es aus dem Zimmer und ging den Gang entlang.

Das Getapse großer Füße bewies ihm, daß er diesen Ausflug nicht allein machte. Er drehte sich um. Und da waren sie, alle drei; sie hatten sich an seine Fersen geheftet wie ängstliche Kinder. »Was gibt's?« fragte er herausfordernd.

»Falls Sie hinfallen.«

Oh, das reichte. »Allmächtiger, ich geh doch nur pinkeln!« schrie er sie an.

Sie wichen zurück. Er ging weiter, seine Worte wie ein Flammenwerfer, der sie in Schach hielt. Schließlich spürte er durch seine Socken das Gras pieksen. Er war im Freien.

Der Drang, Wasser zu lassen, war wieder übermächtig geworden, nachdem er vorübergehend durch das ganze Hin und Her in den Hintergrund gedrängt worden war. Er konnte sie nicht sehen, doch er spürte, daß sie ihn von irgendeiner Stelle aus beobachteten. Er blieb mit dem

Rücken zu dem Gebäude stehen, hielt das Laken mit einer Hand fest und urinierte in hohem Bogen. Er machte sich zwar die Socken dabei naß, aber, ah, er fühlte sich beinahe wieder wie ein Mensch. Danach blieb er einfach noch eine Zeitlang stehen, genoß den frischen Morgen, das Blöken der Lämmer, das Geflimmer der Sonne und das Gezwitscher der Vögel. Eine Idylle. Einfach traumhaft.

»Vater . . .«

Die Stimme schien weit weg, aber es war eine Form der Anrede, auf die er reagierte. Er drehte sich um, so daß er auf die Gebäude blickte. Und da waren sie, mehr oder weniger so, wie er sie verlassen hatte, mit dem Frühstückstablett auf ihn wartend. So unschuldig und vertrauensselig wie die Lämmer. Demut und Selbstverleugnung im Dienste des Herrn. Er wurde versöhnlicher. Vielleicht war er zu streng gewesen; die Umstände hatten sein Urteilsvermögen beeinträchtigt, sein Temperament gereizt. Es wäre ungehobelt, von den Mägden des Herrn kein Brot entgegenzunehmen.

Er folgte ihnen zu dem Tisch im Hof. Schön, dann eben noch ein Tag. Seine Kleider wären geflickt, und er könnte sich auf den Weg machen. Sein Magen nahm gierig die Nahrung und die Flüssigkeit auf, dieses Mal ohne Nebenwirkungen. Seine Hand war vollständig in Ordnung, als wäre nichts geschehen. Trotzdem hütete er sich, dem Feuer zu nahe zu kommen.

Aussortieren, auszupfen. Sie saßen an dem Tisch im Hof, immer nur ein Fell vor sich, in das sie hineingriffen, um große Klumpen von Wolle herauszuholen, das Gefühl von Lanolin und Wollschweiß auf ihrer Haut genießend. Die Arbeit wurde schweigend verrichtet, ein gottgeweihtes Werk, das ihnen genügend Zeit zur Kontemplation ließ. Sie pickten die Samen und andere Dinge heraus, die bei der Weiterverarbeitung der Wolle hinderlich sein konnten – beim Kardieren, Ziehen, Spinnen und Verstricken. Ein paar ließen sie jedoch, um der fertigen Arbeit eine interessantere Textur zu verleihen.

Iphigenia fand den Geruch des Priesters sehr viel angenehmer, jetzt wo seine feuchte, tintige Ausdünstung dem Wollgeruch ihrer Decken gewichen war. Obwohl er grundsätzlich einen anderen Geruch besaß, so erinnerten das Schwarz seines Habits und der weiße Kragen seines priesterlichen Gewands Iphigenia doch an ihre Tracht. Sie dachte an das Unterkleid mit den langen Ärmeln, die Tunika mit der großen Tasche vorne. Sie hatte diese Tasche behalten, als sie später ihre Kleider selbst sponnen, da sich darin alle möglichen Dinge verstauen ließen. Darüber trugen sie das Skapulier, das das Gewand bedeckte und bis zum Boden reichte. Und in reinstem Weiß die Kopfbedeckung mit dem Brustschleier, der unter dem Kopfschleier um den Kopf gewunden wurde. Tunika, Skapulier, Brustschleier, Kopfschleier. Iphigenia ließ die Worte in ihrem Mund rollen. Ein Strang alter Perlen um ein Leben gewunden, das, wie sie, allmählich durch die Abnutzung verschlissen worden war. Eine Abnutzung, die sich überall feststellen ließ. Uhren, die aufhörten zu ticken und nicht repariert wurden, eine Ordnung, die sich an ihren Rändern auflöste, geistige Nahrung, die ebenso von der Erde wie vom Himmel bezogen wurde; Schwestern, die ihre sterbliche Hülle abgestreift hatten, eine Hülle, die ebenso abgetragen und ramponiert war wie ihre Kleidung, und die als muntere, kleine Schäfchen Wiederauferstehung feierten.

Das Vlies von Agnes Teresa lag auf dem Tisch. Iphigenia erinnerte sich an das Leben unter der ersten Äbtissin; Schwester Teresa hatte einen Augenblick lang ihre Stimme über dem Chor schweben lassen, eine Stimme von himmlischem Wohlklang. Danach lag Teresa im Kreuzgang auf dem Boden, die Arme ausgebreitet wie der Gekreuzigte, und die Nonnen trampelten auf dem Weg zur Komplet über sie hinweg, als wäre sie überhaupt nicht da. Nicht einmal die Augen durften sie senken, um auf den Körper unter ihren Füßen zu achten.

Die schwarzgewandeten Schwestern, deren sterbliche Hüllen unter dem Gras lagen und deren Seelen in der lebenden Gemeinschaft noch mitschwangen, zogen an Iphigenia vorbei. Sie sah sie alle zusammen beim Beten, ein dunkles, nächtliches Meer, wenn sie die Köpfe gesenkt hielten; das Gekräusel der Oberfläche, die Wellen mit den weißen Schaumkronen, wenn sie die Köpfe hoben; der schnell dahinfließende Strom zur Kapelle, das Klicken und Rascheln der Rosenkränze, wenn sie dem Ruf der Glocke folgten, dem Ruf des Himmlischen Hirten, der sie mit Seinem Krummstab unter Seine liebende Obhut brachte.

Sie sah die einzelnen Gesichter, junge, alte, runde, hagere. Die meerblauen Augen Schwester Hilarys, die Härchen auf dem Kinn der Messedienerin, die Äbtissin, deren durchfurchtes Gesicht an die Maserung in poliertem Holz erinnerte. Gesichter, die in der Erinnerung weiterlebten und die von der Liebe Gottes und dem Schweiß ihrer täglichen Arbeit schimmerten. Alle einheitlich gewandet, um das Individuum auszulöschen; Arbeit, die sich im Gebet fortsetzte, und die Disziplin der Glocken. Iphigenia, eine unter vielen in diesem Meer von Nonnen, ihr geheimes Ich unter der anonymen Gewandung verborgen.

Ein Schwall Lanolin, Wollschweiß und das nußartige Aroma von kleinen Samenkernen stiegen ihr in die Nase, als das letzte Vlies ausgebreitet wurde. Die Toten kehrten in ihr Reich zurück, und Iphigenia bemerkte, wie sie Carla anstarrte, die systematisch den Abfall zu ordentlichen kleinen Häufchen aufschichtete. Sie murmelte Verse über sie und hatte das gelbe Blütenblatt einer Butterblume beiseite gelegt.

Margarita nahm die ordentlichen kleinen Häufchen lächelnd zur Kenntnis – Kletten, Stückchen von Adlerfarn, Samen und sonstiges Zeug. Es war Margarita gewesen, die den wimmernden Säugling gefunden hatte, rot und zornig, winzige Fäuste, die in die Luft boxten, Gott zu treffen versuchten. Unter dem schweren Tor, in eine Decke gewickelt und auf ein Strohlager gebettet.

Margarita stellte sich vor, daß die Gebete, die aus ihrem Mund strömten, vom Wind aufgenommen und zu denjenigen getragen würden, die sie am meisten benötigten; bei ihnen würden sie, ähnlich wie der Säugling Carla, auf der Schwelle liegen. Bis dahin war die Welt, für die sie betete, die Kranken und Bedürftigen, eine Abstraktion gewesen. Hinter schweren Toren und Eisengittern und ohne Kontakt oder Austausch mit den Menschen draußen konnte man die Welt auch kaum anders sehen. Mit der Ankunft Carlas wurden die Kranken und Bedürftigen zu Wesen aus Fleisch und Blut.

Natürlich konnten sie über ihre Herkunft nur insgeheim Vermutungen anstellen. Carla war ein Geschenk Gottes, ein Kind, das ihnen anvertraut worden war, damit sie es liebten, wie sie den Herrn liebten. In ihrer Person war Christus unter ihnen, eine heilige, reine Unschuld, auch wenn Gott sie auf ziemlich mysteriöse Weise bei ihnen abgeladen hatte. Sie fütterten den Säugling mit verdünnter Schafsmilch und wachten nachts abwechselnd an seinem Bettchen. Die Äbtissin und die Gemeinschaft der Schwestern warteten auf ein Zeichen von draußen, aber nichts erfolgte. Niemand kam, um das Kind zu holen oder um sich nach ihm zu erkundigen. Schließlich taufte man sie, und Carla wurde in ihre heilige Gemeinschaft aufgenommen.

Margarita warf einen Blick auf den Besucher, der wie Klein-Carla in eine Decke gehüllt dasaß. Beide waren unerwartet und unter höchst merkwürdigen Umständen plötzlich bei ihnen aufgetaucht, um ihre christliche Nächstenliebe auf die Probe zu stellen. Mit der süßen, hilflosen Carla, diesem kleinen Körper, der sich aus seinen Windeln befreien wollte, war das einfach gewesen. Aber mit ihm war es eine andere Sache. Daß er nur zu ihnen zu stoßen brauchte und einfach so ihr hart erkämpftes Leben teilen sollte, schien ihr nicht richtig.

Drei Tage waren vergangen, ausgefüllt mit Beten, Arbeiten, Geschichtenerzählen und Stricken, und seine Kleider waren immer noch nicht geflickt. Er hatte ihnen sogar angeboten, es selbst zu tun, obwohl er keine Ahnung hatte, wie das ging. Doch bald wurde Ignatius klar, daß er seine Kleider nicht zurückbekommen würde.

Er käme nur heimlich hier heraus, und seine Kleider müßte er zurücklassen. Alles müßte er zurücklassen. Und er müßte sehr geschickt vorgehen, den richtigen Augenblick abpassen. Die Nonnen wechselten sich nachts an seinem Bett ab. »Falls Sie etwas benötigen«, sagten sie. Was er anfänglich für übertriebene Betulichkeit gehalten hatte, erschien ihm jetzt sehr viel ominöser. Die Nonnen waren seine Wärter geworden.

Wenn er sich tagsüber zu weit vom Hof entfernte, tauchte wie aus dem Nichts die eine oder andere an seiner Seite auf und fragte, ob er etwas benötige. Abgesehen von allem anderen – wenn er nicht bald hier herauskäme, würden sie ihn mit ihrer Freundlichkeit noch umbringen.

Er würde in der Nacht gehen, in einer mondlosen Nacht. Wenn er erst einmal vor den Klostermauern stand, würde er sich gleich viel besser fühlen. Er müßte nur das Tor finden, über die Mauer klettern, dann wäre er in Sicherheit. Die Nonnen würden ihn nicht verfolgen, wenn er draußen wäre. Er hatte ja ihre Reaktion gesehen; sie würden auf keinen Fall die Klausur brechen. Oder vielleicht doch?

Auch wenn es das Wichtigste war, aus dem Kloster herauszukommen, so mußte er auch an den Rest denken. Selbst wenn die Nonnen ihm nicht folgten, bereitete ihm der Rückweg einiges Kopfzerbrechen. Es war schon schwer genug gewesen, hier hochzukommen. Und nur der Zufall hatte ihn zu ihnen geführt. Aber bei Nacht den Abstieg zu finden, ohne Karte, ohne Licht . . . Die Leeseite der Insel hatte sichere Häfen, aber auf der Windseite schlugen unersättliche Wellen gegen schwarze, bedrohliche Felsen. Er konnte leicht stürzen.

Außerdem würde er sich nicht mehr durch seine Priesterkleidung ausweisen und deshalb auch nicht mehr mit der Hilfe der Leute rechnen können, die ihm so bereitwillig und ohne weitere Fragen gewährt worden war. Splitternackt aufs Festland hinüberzulaufen war wohl keine besonders gute Idee. Die Autoschlüssel steckten in seiner Jackentasche, und der Kofferraum mit seiner Freizeitkleidung war verschlossen. Er hätte nie geglaubt, daß er jemals seine eigene Gründlichkeit und Detailbesessenheit so verfluchen würde. Er müßte das Auto wohl aufbrechen, etwas kaputtschlagen, fremdes Eigentum beschädigen.

Zuallererst aber mußte er hier raus.

Er war schlauer, als er gedacht hatte. Eine vollkommen mondlose Nacht war gar nicht nötig, es mußte nur so lange dunkel sein, bis er das Kloster verlassen hatte. Danach konnte der Himmel wie an Sylvester aufleuchten. Der Weg hinunter wäre dann um so leichter zu finden.

Die Nonnen hatten ihm gerade sein Abendessen gebracht. Der Gedanke hatte ihn wie ein Blitz durchzuckt, so daß er schnell den Blick von dem vom Fenster eingerahmten Stückchen Nacht abwandte, um ihn auf eines der Bilder an der Wand zu heften, falls eine von ihnen aufmerksam geworden sein sollte. Das Bild zeigte eine Maid mit langem Haar, das sie züchtig umhüllte. Ihre Hände waren zum Gebet gefaltet. Sechs Engel mit flaumigen Flügeln trugen sie empor. »Heilige Maria Magdalena. Tilman Riemenschneider, Lindenholz, fünfzehntes Jahrhundert.« Es war die Große, Iphigenia. Sie hörte sich an wie ein Museumsführer. »Die Verzückung Magdalenas, die ihre Sünden bereut und allem weltlichen Tand entsagt hat.« Er studierte es beifällig und setzte sich dann abrupt auf. Unter ihren Zöpfen hatte Magdalena ein gekräuseltes Fell und behaarte Schenkel.

Er schlang die Brennesseln und die Rüben hinunter und versuchte, Schwung in die Sache zu bringen. Zuerst erzählte er eine Geschichte, danach wollte Carla eine zum besten geben. Sie wies eine gewisse Ähnlichkeit mit *Die Drei Bären* auf, aber zum Schluß passierte Goldlöckchen etwas Dummes. Während sie die Geschichte erzählte, hielt er die Augen geschlossen. Sie hatte bei weitem die angenehmste Stimme, und wenn er nicht mit dem verfilzten Haar und den gierigen Augen konfrontiert war, konnte er sich vorstellen, die Stimme gehörte zu einem Engel in einem langen, fließenden Gewand mit goldfarbenem Haar, das auf die schneeweißen Federn seiner Flügel fiel. Als sie bei ihrer Version des Endes angelangt war, fühlte er sich wieder versucht zu protestieren. Aber dann zwang er sich, an die eigentlich wichtige Sache zu denken. Alles mußte einen harmonischen Eindruck machen. Er mußte von der süßen Stimme in Schlaf gelullt werden, von dem Erzählrhythmus und den Wiederholungen.

Carla und Iphigenia sammelten ihr Strickzeug ein und wünschten ihm eine gute Nacht. Das bedeutete, daß Margarita sich um ihn kümmern würde. Ausgezeichnet. Sie schlief wie ein Murmeltier und machte so viele Geräusche, daß sie jedes, das er eventuell machte, übertönen würde. Er stieß in seinem vorgetäuschten Schlaf ein paar kleine Seufzer aus. Dabei erinnerte er sich an die Geschichte, die er ihnen erzählt hatte. Oberflächlich gesehen war es eine einfache Wiedergabe von *Rotkäppchen* – er war die Großmutter, die krank im Bett lag, und sie waren die Rotkäppchen-Drillinge. Nur daß Ignatius ebenso schlau und verschlagen wie der Wolf war. Er brauchte ein paar Requisiten und bat um ein paar Stränge guter, fester Wolle, die er auf seinem Kopf befestigen konnte, um das weiße Haar der Großmutter vorzutäuschen. Sie waren begeistert von diesem Detail und klatschten vergnügt wie Kinder in die Hände.

»Ei, Großmutter, was hast du für große Augen?« sagten sie, das Spiel spielend und heftig mit den Nadeln klappernd.

»Damit ich euch besser sehen kann«, antwortete der Wolf mit der Falsettstimme der Großmutter.

»Ei, Großmutter, was hast du für große Ohren?«

»Damit ich euch besser hören kann, meine kleinen Lieblinge.«

»Ei, Großmutter, was hast du für ein entsetzlich großes Maul?«

»Damit ich euch besser fressen kann.«

Aber der Wolf versuchte nicht, aus dem Bett zu springen und sie zu verschlingen. Er beendete die Geschichte mit einem Hüsteln und meinte, er sei doch etwas müde und wolle sich schlafen legen. Daraufhin fing Carla an zu betteln, sie wolle nur noch eine Geschichte erzählen, eine klitzekleine, sie würde sie auch hübsch ordentlich erzählen, und es würde auch nicht lange dauern.

»Gut, mein Kind«, lächelte er, die Zähne entblößend.

Das Klicken der Nadeln hörte auf, und in dem Raum herrschte Stille. Margarita grunzte ein paar Gebete und installierte sich dann für den Rest der Nacht in dem Sessel. Er hatte zwar die Augen geschlossen, doch seine anderen Sinne waren um so wacher. Er hörte ein weiches, gedämpftes Geräusch, als sie die Decke zurechtzog, das Quietschen des geflochtenen Sessels, als sie es sich bequem machte, und er hörte auch das leichte Zischen, als sie die Kerze ausblies, und wartete auf den Geruch nach Talg, der sich daraufhin ausbreitete. Er spürte einen Luftzug auf der linken Wange, roch die Feuchtigkeit der Wände, den muffigen Geruch, vermischt mit dem schwachen Duft nach Weihrauch, der früher einmal den ganzen Raum erfüllt haben mußte. Er hörte die schwachen Geräusche von draußen – das Zirpen der Grillen im Gras, ein gelegentliches Blöken, das wieder verstummte.

Ein Gefühl der Schwere überkam ihn. Er konzentrierte sich auf all diese Dinge, da er während der Großen Stille wach bleiben mußte. Startbereit. In den Tagen zuvor hatte er, soweit das unter den wachsamen Augen seiner Kerkermeisterinnen möglich war, die Gegend ausgekundschaftet. Er versuchte, die Karte zu visualisieren. Die Anlage war ihm von seinen anfänglichen Erkundungen noch ziemlich geläufig. Obwohl er sich vor Augen halten mußte, daß er eine Immobilie angesehen hatte und nicht einen Ort, von dem es zu fliehen galt.

Das Dickicht mußte früher einmal der von Sträuchern gesäumte Pfad gewesen sein, der vom Eingang zu den Klostergebäuden führte. Inzwischen war es eher ein Wald. Wie viel einfacher wäre doch alles, wenn die Büsche noch den sorgfältig gestimmten, kleinen Gebilden auf der Karte ähnelten, wenn der Pfad noch klar zu erkennen und das Tor weit offen wäre. Aber halt, vielleicht gab es noch einen Pfad durch den Wald, auf den er stoßen könnte. Er mußte nur aufpassen, daß er in die richtige Richtung ging. Obwohl das Kloster auf der Karte gen Westen blickte, war das Leben der Nonnen dem Lauf der Sonne folgend nach Süden ausgerichtet. Auch ihre Gärten waren im Süden und der Friedhof, dieses grasbewachsene Stück Land, auf dem die Schafe um die Kreuze herumweiden mußten. Auch der Tisch auf dem Hof war so aufgestellt, daß sie nach Süden blickten, wenn sie an ihm saßen. Es war die natürliche Richtung, die jede von ihnen einschlug, wenn sie den Hof verließ.

Ignatius würde jedoch nach Westen gehen. Er war hereingekommen, also würde er auch wieder herausfinden. Er hätte gerne ein paar Werkzeuge und eine Waffe, ein

Messer vielleicht, mit auf den Weg genommen, aber er konnte die Verzögerung nicht riskieren, die es bedeutet hätte, nach diesen Dingen zu schauen. Und dann hatte er die rettende Idee. Ein Gegenstand in seinem Zimmer. Der Topf. Genial, er konnte als Schutz und als Entschuldigung dienen. Wenn nämlich Margarita aufwachte, konnte er behaupten, er müsse Wasser lassen. Und sie wäre bestimmt begeistert, daß er ihn endlich doch benutzte. Ja, er würde den Topf nehmen – als Schild, mit dem er sich einen Weg durch das Dickicht bahnte.

Er lauschte auf den Schlafrhythmus aus der Ecke, auf den pfeifenden Atem der alten Frau, ihr Schnarchen und gelegentliches Schnauben. Abgesehen davon war es absolut still. Unter der Decke tastete er nach den Wollsträngen, die Großmutters Haar gewesen waren. Er zog eines der Schaffelle unter sich hervor und legte es obenauf, dann nahm er die Enden des Fells, auf dem er lag, und band beide Felle mit der Wolle zusammen. Vorne ein Fell, hinten ein Fell, die wollige Seite nach außen.

Ohne das leiseste Geräusch hob er die Decke und schwang seine in Socken steckenden Füße auf den Boden. Schuhe wären bei seinem Abstieg ein besserer Schutz gewesen, aber sie hätten im Kreuzgang geklappert. Er wägte ab, als könnte er sich für das eine und gegen das andere entscheiden.

Lautlos wie eine Katze landete er auf allen vieren und schnappte sich den Topf. Die alte Frau schnarchte und knirschte mit den Zähnen. Er verharrte auf dem Boden, regungslos wie ein Möbelstück. Als er sich überzeugt hatte, daß sie nicht aufgewacht war, erhob er sich. Zu abrupt und ohne auf seine neue Kleidung zu achten. Die Schaffelltunika fing an zu rutschen und blieb auf Kniehöhe hängen. Verdammt. Wieder ein Schnarchen und das Knirschen von Zähnen, während ihr Kopf auf die andere Seite rollte. Ein Grunzlaut. Ignatius blieb wie erstarrt stehen, den Topf in der Hand. Zum ersten Mal wurde ihm bewußt, daß er sie schlimmstenfalls auch niederschlagen würde. Sie war alt und würde sofort in Ohnmacht fallen. Er schaute sie an, ihr Kopf war in das dunkle Licht eingemeißelt, das durch das Fenster fiel.

Sie rührte sich nicht. Er zog sein Gewand hoch, draußen würde er es wieder zusammenbinden. Behende schlich er sich an ihr vorbei, ohne den Blick von ihrem Gesicht zu wenden. Doch wie sich herausstellte, war das nicht die Stelle, auf die es ankam. Im Vorbeigehen streifte er nämlich mit seinem Schaffell ihre Decke, zwar nur ganz leicht, blieb aber trotzdem hängen, und für den Bruchteil einer Sekunde hatte die eine Wolle mit der anderen Kontakt, dann ließ er sein Fell rasch fallen. Es reichte, um die Decke verrutschen zu lassen. Sie glitt von ihrem Arm. »Ei, Großmutter, was hast du für große Augen«, nuschelte sie im Schlaf. Er erstarrte, das Herz schlug ihm bis zum Hals. Er wartete darauf, daß sie schrie, sich bewegte, aber nichts erfolgte. Würde die kalte Nachtluft auf ihrem Arm sie aufwecken? Er streckte die Hand aus. Sollte er die Decke zurechtrücken oder nicht? Er entschied sich dagegen. »Damit ich dich besser sehen kann, meine Liebe.« Die Worte waren nur geflüstert, aber er konnte kaum glauben, daß sie aus seinem Mund gekommen waren.

Er ging auf den Flur. Zum Glück befand sich die Zelle der Äbtissin am Ende der Zellenreihe. Von den vierzig oder mehr Zellen waren nur drei belegt. Anfangs hatte er sie zwar mit den Augen eines Gutachters taxiert, doch war er immer noch ein Priester und hätte diese belegten Zellen äußerst ungern betreten. Als einer, der auf der Flucht war, wollte er möglichst nicht in ihre Nähe kommen.

Durch den Kreuzgang und auf den Hof hinaus, ihr heruntergebranntes Feuer eine sanfte, rote Glut, die bis zum nächsten Morgen vorhalten würde, ein dünner Rauchfaden, der in die Nachtluft stieg. Er ging um den

Hof herum, vorbei am Pferch, dann hatte er Gras unter den Füßen. Vor ihm erhoben sich zwischen den kleinen Kreuzen des Friedhofs die weißen Wollhügel der Schafe.

Das Kloster war stumm und gewaltig. Während er so dastand und auf Geräusche von drinnen lauschte, darauf, ob jemand aufgewacht war, wurde ihm bewußt, daß er Abschied nahm. Ein leichtes Bedauern, daß er all das zum letzten Mal sehen würde und auch daß er der letzte wäre, der es so sehen würde. Gleichzeitig verspürte er auch ein bebendes Gefühl der Macht, denn Ignatius hatte bereits auf dieser Anlage, die sich vor ihm erstreckte, genächtigt. Er war der Entdecker, der dieses Neuland betreten hatte, danach würde es nie wieder dasselbe sein. Indem er sich den Zugang erzwungen hatte, war ein Riß entstanden, der Vergangenheit und Zukunft voneinander trennte.

Er zog sein Fellkleid hoch und schob die Häute zurecht, damit sie besser saßen und er sich bewegen konnte, ohne daß sie gleich verrutschten. Jeder seiner Schritte war vorsichtig, wohlüberlegt, wachsam. Wie die Geschöpfe, deren Haut er trug, konzentrierte er sich auf das hinter ihm Liegende, auf mögliche Verfolger. Obwohl er grotesk gewandet war, in Tierhäuten steckte und einen Emailletopf auf dem Kopf trug, hatte er sich noch nie in seinem Leben so gut gefühlt. Er war frei und schweifte durch die Nacht, allein, Herr über alles, was er sehen konnte.

Er ging in die Richtung, die er als Westen ausgemacht hatte, und stieß auch bald auf das Dickicht. Er fiel und stellte dabei fest, daß es am einfachsten war, zu kriechen. Das war zwar langsamer, aber sicherer. Seine Haltung und seine Kleidung paßten perfekt zusammen. Zuerst hielt er den Topf noch in der Hand, aber da er auf drei Beinen nur schlecht vorankam, setzte er sich ihn auf den Kopf, rammte damit das Unterholz, um sich einen Weg zu bahnen. In den Büschen ließ sich ein Rascheln vernehmen, ein plötzlicher Vogelschrei und das Schlagen von

Flügeln, während ein Nachtvogel davonflog. Ignatius blieb stehen und wartete auf eine Reaktion. Doch der Schrei verhallte, und die Stille senkte sich wie Samt herab. Er preschte wieder vorwärts.

Wenn sie nur durch den Schrei wach geworden wäre, hätte sich Iphigenia wahrscheinlich wieder auf die Seite gedreht, die Decke hochgezogen und weitergeschlafen. Ein Schaf, das sich von der Herde entfernt hatte. Es roch nach Bock. Etwas stimmte nicht. Ihre Nase führte eine kleine Suchbewegung aus, ihre Nasenflügel bebten. Bock und noch etwas. Urin? Essig? Ein alter Geruch, kaum lebendig.

In einer Drehbewegung stieß sie die Decken weg und setzte die Füße auf dem Boden auf. Dann legte sie sich den Mantel um die Schultern und eilte durch den Korridor zur Zelle der Äbtissin.

Die Schatten und Falten bewiesen ihr, daß das Bett leer war. Sie schüttelte Margarita bei den Schultern.

»Er ist weg.«

»Weg?« Margaritas Augen waren offen, aber erst nachdem sie auf das leere Bett geblickt und bemerkt hatte, daß der Topf fehlte, sagte sie: »Um zu pinkeln. Der Topf ist weg.«

Sie hatte das gesagt, ohne über den Sinn ihrer Worte nachzudenken. Er war zum Pinkeln nach draußen gegangen. Aber warum sollte er in diesem Fall den Topf mitnehmen?

Iphigenias Hand tastete das Bett ab. »Schaffelle fehlen auch. Hol Carla.«

Nichts stimmte mehr. Iphigenia war in das Zimmer gekommen und hatte Margarita gesagt, er sei weg. Margarita hatte auf ihn aufgepaßt, also wäre es ihre Aufgabe gewesen, Alarm zu schlagen. Es hätte überhaupt nicht passieren dürfen. Er war ihr entwischt, hatte sie überlistet.

Iphigenia ging vor dem Fenster auf und ab. Der Geruch hing im Dickicht im Westen. Er war langsamer geworden, bewegte sich aber noch. Sie hätte selbst die Verfolgung aufnehmen und ihn mit ihrer Nase aufstöbern können, aber dann? Wäre sie in der Lage gewesen, sich im Dickicht auf ihn zu stürzen, mit ihm zu kämpfen? Iphigenia hielt einen Zweig ins Feuer und beobachtete, wie er aufloderte.

Margarita kam mit Carla zurück, und die drei standen mit eingezogenen Schultern um das Feuer herum.

»Verirrtes Schaf, Carla. Im Dickicht.«

Sie folgten der Witterung, die er hinterlassen hatte. Sie gingen dort aus dem Hof, wo er hinausgegangen war, blieben stehen und blickten genau wie er über die Schafe, die sich auf den Gräbern der toten Schwestern zusammengerollt hatten. Dann wandten sie sich geschlossen nach Westen, Iphigenia mit ihrer Radar-Nase in der Mitte, Carla und Margarita links und rechts von ihr, ihre Nachtgewänder gebläht wie die Flügel von Fledermäusen.

Sie bildeten eine Formation wie beim Zusammentreiben der Schafe, bis sie schließlich vor dem Dickicht standen. Er war noch drin und kämpfte sich langsam voran. Sie gingen auf die Nordseite hinüber, die weniger Sonne abbekam und wo das Gestrüpp auch weniger dicht war. Hatte er sich absichtlich in die Büsche geschlagen, weil er dachte, daß sie ihn von dort schwerer herausholen könnten?

Die drei Nonnen stimmten ihren Singsang an. Sie summten, bis der Schall sich in der Luft ausbreitete, und auf diese Welle legten sie ihre Worte: »Lämmlein Gottes, Lämmlein Gottes, gesegnet seid ihr Lämmlein Gottes, sanft und fromm. So kommt ins Licht und lasset euch entkleiden, das Alte werft ab, damit das Neue gesegnet und im Namen des Herrn geheiligt sei.« Mit diesem Singsang auf den Lippen näherten sie sich dem Dickicht.

Ignatius blieb stehen. Sein Topf war voller Töne, er summte wie ein Kreisel. Er nahm den Hut ab, aber es war immer noch schwer zu entscheiden, woher sie kamen. Geflüster von allen Seiten. Töne und süße Melodien. Die Stimmen klangen überirdisch, ein Schwarm Engel, der ihn aus dem Dickicht lockte.

Iphigenia roch, wie die Spannung nachließ, als ihre Stimmen an sein Ohr drangen und von ihm aufgenommen wurden. Vielleicht würde er fromm wie ein Lamm von selbst herauskommen. Ein Chor von Bähs und Bahs erhob sich, als die Schafe aufwachten und auf den Ruf antworteten.

Er zog sich den Topf über die Ohren, bis es weh tat. Aber die Töne krochen immer noch hinein. Er preschte weiter durchs Unterholz und verlor dabei das obere Fell. Keine Zeit, um sich darum zu kümmern. Blind stürmte er voran, denn im Westen war seine Rettung, das Tor, das auf der Karte offenstand. Stachlige Finger und Dornen bohrten sich in sein Fleisch. Er konnte Blut riechen.

Es gab keinen Zweifel mehr, Iphigenia hatte ihn lokalisiert. Das Blut, der Geruch nach Angst und Panik. Sie sangen weiter, die Schafe hinter sich versammelnd. Er schlug wild um sich, während die Stimmen immer näher kamen auf dem Weg, den er sich gebahnt hatte.

»Carla.«

Plötzlich hörte das Singen auf. Er hörte das Splittern von Zweigen. Ein großes Tier näherte sich unaufhaltsam. Er erwartete das Gebell einer Hundemeute. Nicht hinhören, nicht an das denken, was hinter ihm war. Vorwärts, fest im Glauben, dem Glauben, daß es einen Durchlaß gibt. Augen blitzen im Dunkeln auf, Augen von Geschöpfen so groß wie die Nacht. Er geht weiter und spürt die stachligen Finger schon gar nicht mehr, die sich nach ihm ausstrecken und sich in sein Fleisch graben. Dann, o Wunder, ist er angelangt. Der Durchlaß! Er läßt sich hineinfallen, stürzt in die Tiefe, ein Schrei, der seinen Körper verläßt wie eine Ratte das sinkende Schiff, während er durch die Nacht fliegt.

Dieses Mal machten sie Nägel mit Köpfen. Margarita sagte, sie würde, um Buße zu tun, ihn ständig bewachen und nie wieder dabei einschlafen, sie würde sich zu diesem Zweck einen Stein um die Brust binden, so daß ihr Kopf dagegenstoßen und sie aufwecken würde. Aber der Besucher müßte auch bestraft werden, weil er sie getäuscht habe, doch diesen Gedanken behielt Margarita für sich. Iphigenia sagte, es sei nicht nötig, ihn zu bewachen. Sie mußten das Problem ein für allemal beseitigen und dann ihr altes Leben wiederaufnehmen.

Iphigenia hatte tagelang darüber nachgedacht, und sie wußte, daß es das Richtige war. Nach dem Morgengebet verkündete sie: »Wir gehen nach draußen!«

»Nach draußen?«

»Das Auto. Da könnte was drin sein«, sagte Iphigenia.

Carla riß die Augen auf, hielt den Atem an. Es war so still, daß sie ihren eigenen Herzschlag hören konnte. Sie war noch nie draußen gewesen, obwohl sie einmal hinausgespäht hatte.

Der Graben, in den er gestürzt war, war einer von den Gräben aus Carlas Kindheit, doch war er sehr viel flacher, als seine Panik ihn bei seinem Fall glauben machte. Carla hatte ihn bei ihren Spielen gebuddelt; wie ein Hund hatte sie die Erde hinter sich aufgeworfen und ein paar Kiesel und eine winzige Muschel gefunden, die sie eine Zeitlang wie einen wertvollen Schatz hütete. In der Hoffnung, noch mehr zu finden, hatte sie weitergegraben. Mit ihren Fingern, mit Zweigen und Löffeln, die sie aus der Küche hatte mitlaufen lassen.

Als sie ein hübsches rundes Loch ausgehoben hatte, legte sie sich hinein und ruhte sich aus. Schwester Köchin hatte gesagt, Kinder müßten sich ausruhen, ruhig sein. Auch Gott habe geruht. Das sagte sie vor allem, wenn sie keine Zeit hatte und Carla sie mit ihren Fragen löcherte.

Nach ihrer Pause stand Carla auf, ging ein Stückchen weiter und grub weitere Löcher. Als sie die Zweige wegschob, um sich die Arbeit zu erleichtern, entdeckte sie zwei große Türflügel aus Holz, senkrechte Planken mit jeweils einer diagonalen darüber, die dieselbe Farbe hatten wie das Gestrüpp, von dem sie überwuchert waren. Sie fragte sich, was auf der anderen Seite war. Durch die Türgriffe war eine Kette aus Metall geschlungen. An ihrem Ende hing ein rechteckiges Stückchen Metall, mit einem Schlitz wie ein Schlüsselloch. Klein-Carlas Augen wurden ganz rund vor Aufregung. Sie suchte alles ab, auf dem Boden und in den Büschen, aber der Schlüssel tauchte nicht auf.

Sie zog an der Kette, doch die Metallplatte gab sie nicht frei. Sie ließ den Blick nach oben wandern. Zu hoch und nichts, um draufzusteigen. Sie versuchte es mit der diagonalen Planke, aber ihr Fuß rutschte ab, und sie schrammte sich die Haut auf. Dann fand sie eine Lösung. Unten durch. Sie kniete wieder auf dem Boden und fing an zu wühlen. Zuerst kratzte sie mit den Fingern die Erde weg, dann grub sie mit dem Löffel ein Loch, bis sie ihren Finger zwischen der Tür und dem Boden durchschieben konnte. Sie grub noch etwas tiefer, die Zunge im Mundwinkel, die Züge zu einer Grimasse wilder Entschlossenheit verzerrt.

Dann legte sie den Kopf auf den Boden, das Auge auf den Spalt gerichtet. Sofort spürte sie den Wind, scharf und dünn, als wäre ihr ein Funke vom Feuer ins Auge gesprungen. Sie drehte den Kopf weg, blinzelte ein paarmal, hörte den Wind unter der Tür hindurchpfeifen. Sie wagte noch einen zweiten Versuch. Alles, was sie sah, war blau. Ein blauer Raum, in dem der Wind heulte. Vielleicht mußte sie noch etwas weiter, um mehr zu sehen. Sie konnte zwischen dem Boden und einer Tür durchkriechen, sie wußte, wie man das machte. Sie hatte einmal beobachtet, wie eine Ratte sich ganz platt machte und unter dem Schrank verschwand, um nie wieder aufzutauchen.

Mit einem Auge auf dem Boden sah Carla hinaus ins Leere. Außer dem Raum gab es nichts. Sie war am Rand der Welt angelangt. Die Mauer und diese schweren, verschlossenen Türen verhinderten, daß Carla und die Nonnen und die Schafe hinausfielen. Carla starrte ins Leere. Sie wußte, daß sie das, was die Ratte getan hatte, auch konnte, aber sie würde es nicht tun. Sie wollte nicht vom Rand der Welt fallen, um nie wieder aufzutauchen.

»Auf keinen Fall«, erklärte Margarita.

»Auf keinen Fall?« konnte Iphigenia nur fassungslos wiederholen. Eine Meuterei hatte es noch nie gegeben.

Margarita hatte ihre Zehen in den Boden gebohrt, und ihre Finger hielten die Tischkante umklammert wie Vogelkrallen eine Stange.

»Das ist unser Zuhause.« Sie hatte ein Gelübde abgelegt. Und sie hatte sich für die Abgeschiedenheit hinter Klostermauern entschieden. Ihr Geist war nicht beweglich, sie mochte keine Abenteuer.

»Aber wir kommen doch wieder zurück«, argumentierte Iphigenia. »Bevor es dunkel wird.« Es war gerade einmal ein Tag, danach würden sie das Muster ihres Lebens wiederaufnehmen und es gemeinsam weiterstrikken.

Vielleicht sollte Margarita wirklich bleiben. Der Weg hatte seine Fallen, und sie konnten sich keinen Unfall leisten. Es gab keinen Bader mehr, den sie kommen lassen konnten.

»Und was willst du tun?« fragte Iphigenia.

Margarita tat es bereits leid, daß sie damit herausgeplatzt war. Sie wollte nicht gehen, aber sie wollte auch nicht ohne sie hierbleiben.

»Beten. Ich werde beten.«

Carla und Iphigenia trafen ihre Vorbereitungen. Margarita legte Brot, Käse und ein paar Äpfel in einen Korb. Die Trennung lastete so schwer auf ihr, als wären sie schon gegangen.

Sie waren noch nicht einmal aus dem Hof, als Margarita »Wartet!« rief. Iphigenia und Carla waren ihre Gemeinschaft. Sie mußte mit ihnen gehen. Und schon kam sie über den Hof gelaufen.

»Wartet!« äffte Carla sie nach. Sie rannte weg und kam mit einem Stock zurück. Assumptas Spazierstock. Sie gab ihn Margarita. Alle drei waren froh, daß sie mitkam. Was immer sie da draußen erwartete, sie würden es gemeinsam angehen.

Am späten Vormittag machten sie sich also auf den Weg, gingen so weit, wie sie konnten, durchs Gras und betraten im letzten Moment das Dickicht. Glücklicherweise hatte der Mann bereits einen Weg frei geschlagen. Aber nicht ganz bis zur Pforte. Aus Carlas Kindheit waren noch ein paar Gräben und Deiche übriggeblieben, und sie war überrascht, wie viele es waren. Sie führte die Nonnen darum herum und durch sie hindurch, was bei Tageslicht sehr viel einfacher war. Und dann stand sie wieder vor der Pforte.

Iphigenia versuchte, Zweige abzureißen, Platz zu schaffen. Margarita kam ihr mit Assumptas Spazierstock zu Hilfe. Carla entdeckte die alte Kette mit dem Metallschloß, zog daran und hatte sie sofort mit samt einem Teil der Tür in der Hand. Der Wind pfiff von draußen durch das Loch. Carla senkte ihre Augen, um sie zu schützen, und sah den braunen Rostfleck auf ihrer Hand. Sie rieb daran, stieß die Kette zur Seite und half den beiden anderen mit der Tür. Im Gegensatz zu den zähen Büschen erwiesen sich die Türflügel als äußerst morsch und brüchig. Man hörte die weichen Geräusche von auseinanderfallendem Holz, das Zischen und Krachen der Zweige. Das Loch war inzwischen groß genug, um hindurchzukriechen.

Dann standen die drei vor dem Abstieg. Zum ersten Mal in ihrem Leben sah Carla ganz deutlich die Welt draußen. Da war einmal der Himmel. Derselbe Himmel, den sie auch über dem Kloster hatten, und wenn man ihn betrachtete, entdeckte man die durchsichtigen Schlieren, die Carla für Seelen auf dem Weg zum Himmel hielt. Es gab so viele Seelen hier draußen! Und dann entdeckte sie das andere Blau, das dunkel geriffelte Blau, einen ganzen Ozean davon, und Möwen, die schrien und auf es herabstießen. Carla war angenehm überrascht, daß der Boden unter ihren Füßen fest war. Dunkelgrüne Vegetation strömte den Hügel hinunter, zu dem geriffelten Meer in die weiße Gischt, die an den zerklüfteten Felsen hochspritzte.

In ihrem Kopf spürte sie Schwindel, den ekstatischen Schwindel vor einer Ohnmacht. Die weiße Gischt, das tiefe Blau. Sie brauchte sich nur etwas vorzubeugen und fallen zu lassen.

Er war in einem Traum gefangen, in dem er sich nicht bewegen konnte, in dem alle seine Anstrengungen nichts nützten, obwohl sein Wille ungeheuer stark war. Der Schweiß strömte ihm aus jeder Pore, sein Geist war eine sturmgepeitschte See, haushoch dräuende Wellen und blubbernde Strudel, doch der Befehl, die Extremitäten zu bewegen, wurde nicht weitergeleitet. Er wußte, daß er es konnte, Ozeane durchschwimmen und über Kontinente springen, doch seine Beine bewegten sich keinen Zentimeter. Sein Körper war ein zentnerschweres Gewicht, ein Anker, der ihn zurückhielt. Er war wie gelähmt, dem Tod geweiht. Das war kein Ort für den Atem des Lebens. Wenn er sein Fleisch und seine Knochen nicht bewegen konnte, würde er sie zurücklassen. Mit dem nächsten Atemzug würde er durch die feste Membrane seiner Haut stoßen und seine Seele zum Himmel emporsteigen lassen. Er versammelte alles um sich, seine Erinnerungen, seine Gebete, die Dinge, die er noch zu erledigen hatte, wartete, bis er den Atem nicht mehr länger halten konnte, und preschte dann nach vorn.

Es war nur ein dumpfer Seufzer, aber er wurde wach davon. War er auch wirklich wach? Oder hatte er einfach einen neuen Gang eingelegt und war in ein anderes Traumregister übergewechselt? Das Dunkel hatte sich aufgelöst, es gab ungeheuer viel Licht, viel zu hell für seine Augen. Er starrte in die Sonne, kniff die Augen zusammen. Er war durchs Unterholz gekrochen, in Panik geraten, gestürzt und hatte sich den Knöchel verletzt. Dann war er ohnmächtig geworden.

Er war wach, am Leben, aber sein Körper war völlig lethargisch. Seine Arme waren verschwunden und seine Beine mit einem schweren Laken bedeckt. Er versuchte, es wegzustoßen, aber es gelang ihm nicht. Er keuchte noch einmal, eine Art Stoßgebet, daß alles nur ein Traum sein möge. Doch nein, es war kein Traum. Er weinte, erschauerte und weinte, als er sah, was aus ihm geworden war. Das war nicht mehr sein Körper, er steckte in dem Körper eines Fremden. Jedes einzelne Körperhaar war abrasiert. Sein Penis lag völlig exponiert da, ein schlaffes, schwaches, hilfloses Ding und unterhalb... Er konnte den Blick nicht abwenden, obwohl die Wogen der Empörung und des Abscheus über ihm zusammenschlugen. Sie hatten seine Beine zusammengegipst, vom Schritt bis zu den Zehen. Er war bandagiert wie eine Mumie. Eine männliche Nixe mit einem Gipsverband anstelle einer Flosse.

Die Sonne stand hoch am Himmel und bleichte seine Farbe aus, als Margarita sich auf einen warmen Felsen setzte.

»Sext.«

Es war Zeit für die Mittagsgebete. Außerdem mußte Margarita sich ausruhen. Ihr Atem ging stoßweise, und ihre Brust hob und senkte sich, aber sie hielt sich besser, als sie erwartet hatte. Die salzige Brise, die freie, ungehinderte Bewegung hatte ein paar Knoten in ihrer Lunge durchschnitten, und als sie ihre stummen Gebete beendet hatten, atmete sie auch wieder normal.

Sie hatten noch ein gutes Stück Weg vor sich. Der Boden um sie herum war mit dunkelgrünem, stachligem Ginster bedeckt, den seine gelben Blüten sehr viel sanfter erscheinen ließen. Auf dem Felsgestein wuchsen moosartige Flechten und andere Gebilde, die wie Miniaturwälder aussahen. Sie hatten keine Fußspuren, keine abgerissenen Zweige oder sonstige Zeichen entdeckt, die auf ihren Besucher hinwiesen. Es gab überhaupt keine Spuren menschlicher Gegenwart. Es war die Welt von Adam und Eva, vor der Abwendung von Gott und dem Sündenfall. Es war der Tag, an dem der Geist Gottes über den Wassern schwebte, der Tag, an dem er die Vögel erschuf, die über der Erde in das offene Firmament des Himmels flogen. Die Seevögel kreisten und stießen in die sich verdichtende Luft, lange, einsame Schreie ausstoßend. Wie glänzend weiß sie waren, wie vom Wind hochgewirbelte Wollfetzen. Margarita atmete alles ein.

Carla starrte auf die gekräuselten Haare auf Margaritas Beinen. Die Nonnen hatten ihr erzählt, daß Maria Magdalena auf eine Insel wie diese gekommen war und Wunder vollbracht hatte. Sie hatte ein Kind vorm Hungertod gerettet, indem sie den Körper der toten Mutter Milch produzieren ließ. Carla hätte das gerne gesehen.

Alles in allem war sie jedoch eher enttäuscht. Es war zwar wunderbar, soviel Himmel zu sehen, aber Himmel hatten sie auch im Kloster. Das Meer gefiel ihr, doch es sah dem Himmel ziemlich ähnlich. Sie hatte sich einfach mehr erwartet. Sie mochte alles, was wuchs, die Grasnelken mit den harten, schmalen Blättern, die an »windgepeitschten Orten« wuchsen, ihre karmesinroten Knospen und die zarteren Rosatöne der geöffneten Blüten. Aber wo waren all die Dinge, die die Welt ausmachten? Die Städte aus Gold, aus Salz, der Turm von Babel? Wo waren die Armen und Bedürftigen? Und all die Menschen, die roten und gelben, die schwarzen und weißen, die alle Sein Wohlgefallen besaßen? So gespannt war sie gewesen, endlich die Welt zu sehen, als sie sie dann aber über das Wasser hinweg erblickte, war es einfach nur mehr Land.

Trotzdem war es ein tolles Abenteuer. Sie hatte Engel in der Tasche, und sie hatte eine Aufgabe. In bestimmten Abständen befestigte sie einen dieser flauschigen Wollengel an einem Busch oder steckte ihn in die Ritze eines Felsens. Bislang hatte sie sechs davon zurückgelassen. So entstand ein Pfad, dessen Ausschilderung die Nonnen anbringen und dann wieder entfernen konnten, damit sie keine Spuren hinterließen, wenn sie von ihrem Ausflug zurückkehrten.

Iphigenia erinnerte sich an den Hügel um die Sommersonnenwende, an das Plätschern der Bäche, die Felsvorsprünge aus Granit, das Summen der Bienen in dem nach Honig duftenden Stechginster. Eine unglaublich lebendige Erinnerung, die sich für immer in ihr Gedächtnis eingegraben hatte. Aber alles sah so anders aus. Wo war der spiralförmige Pfad, der sich wie eine lange Apfelschale um die Insel gewunden hatte?

Sie tranken Wasser und rissen dicke Stücke von dem Brotlaib ab. Iphigenia betrachtete Assumptas Spazierstock, der gegen einen Felsen lehnte. Auch Großmutter hatte einen Spazierstock gehabt, einen sehr eleganten mit einem Messinggriff. Und Picknicks hatte sie auch organisiert. Auf dem Rasen. Die Damen trugen Hüte, und alle hatten sich herausgeputzt. Nach einem kalten Imbiß wurden die Tischtücher wieder entfernt, und die Erwachsenen spielten Krocket. Wenn einem ein besonders schwieriger Schuß gelang, klatschten die Damen in die Hände, und die Männer sagten: »Hervorragend.« Während die Erwachsenen spielten, lag Iphigenia gewöhnlich mit aufgestützten Ellbogen auf dem sorgfältig gestutzten Rasen und beäugte ihre Großmutter in ihrem mächtigen Sessel, der mit seiner hohen Lehne wie ein Thron aussah. Sie war immer bis zum Kinn zugeknöpft und hatte das Haar zu einem festen weißen Knoten straff nach hinten gekämmt. Im Gegensatz zu ihrer steifen Kleidung und Frisur war ihr Kopf ständig in Bewegung; er schaukelte von einer Seite zur andern, ohne daß sie das wollte, als würde sie immer nein sagen. Iphigenia fand an Großmutter alles ungeheuer faszinierend, am meisten jedoch ihren ständig wackelnden Kopf und die Hände. Die hervortretenden Venen – die Iphigenia für die Wurzeln ihrer Finger hielt – endeten erst bei den Handgelenken der alten Frau. Auf dem Gras musterte Iphigenia ihre eigene Hand und krümmte sie wie ihre Großmutter, wenn sie ihren Stock umklammerte, doch auf ihrer glatten, kleinen Kinderhand zeigte sich keine einzige Vene.

Inzwischen hatte auch sie Venen. Ihre Hände sahen älter aus als die der Großmutter, ihre Haut war rauh, die Finger wirkten klobig. Die Haut der Großmutter war glatt, beinahe durchsichtig gewesen. Sie hatte häufig Handschuhe getragen. Iphigenia nahm an, daß auch ihr Gesicht alt und runzlig war. Im Kloster gab es keine Spiegel. Sie hatte ihr Greisinnengesicht nie gesehen.

Iphigenia betrachtete Carlas Gesicht. Hübsch, mit einem Schwung schwarzer Wimpern, einer geraden Nase und vollen Lippen. Sie besaß immer noch die unschuldige Verschmitztheit eines Kindes, aber von ihren Augenwinkeln breiteten sich fächerförmig kleine Fältchen aus. Die Linien verschwanden in ihren vollen Wangen, um dann um den Mund herum wieder aufzutauchen. Auf ihrem Kinn kräuselten sich ein, zwei Härchen.

»Was?« sagte Carla, als fühlte sie einen Vorwurf.

Iphigenia spürte, wie sich ein winziger Silberdolch in ihr Herz bohrte.

»Pause beendet«, verkündete sie.

Iphigenia war sich sicher, daß sie inzwischen bei der Ortschaft angelangt sein mußten, aber von dem Dorf war einfach nichts zu sehen. Sie hatten gehört, daß die Fischer aufs Festland gegangen waren, und vielleicht war auch das Dorf verschwunden. Vom Meer weggespült, mit ein paar Überbleibseln am Strand. Das Meer seinerseits hatte der Insel ebenfalls Überbleibsel beschert, Dinge, die aus Schiffswracks stammten. Einen goldenen Adler, Golddublonen, Galionsfiguren von Männern und Frauen und von Heiligen, die sich für immer und ewig nach vorne lehnten, als würden sie gleich ins Wasser fallen. Auch Matrosen retteten sich manchmal aus Wracks, entstiegen dem Meer. Manchmal blieben sie und bescherten der Insel Kinder, die ihre leuchtende Hautfarbe anderen Breitengraden verdankten. Und manchmal gab es auch Kinder von Matrosen, die nicht blieben.

Der goldene Adler und andere Fundstücke waren Iphigenia bekannt, weil manche von ihnen im Kloster ihre endgültige Bleibe fanden. Diese Geschenke der See gab man am besten zurück an Gott. Einmal hatten die Fischer ein Kruzifix im Netz. Welches Schicksal erwartete Leute, die ein totes Schiff fledderten? Würde das Meer seine eiskalten Finger ausstrecken und ein Leben dafür haben wollen? Andererseits gab es auch hin und wieder einen einsamen Fischer, der einen Fund machte und keinen Pieps sagte. Er konnte ihn auf einer anderen Insel verkaufen, und das Meer würde nichts erfahren. Er hatte es ja nicht bestohlen. Wenn eine Sache ans Land gespült wurde, konnte das nur bedeuten, daß das Meer keine Verwendung mehr dafür hatte, oder etwa nicht?

Offenbar war auch einmal eine Kokosnuß angespült worden, ein Geschenk der Tropen. Sie war etwas so Seltsames und Exotisches, daß die Inselbewohner sie nie aufbrachen, um die Milch zu trinken oder das Fleisch zu essen. Wenn sie sich zusammensetzten, stellten sie sie in ihre Mitte, und er erzählte Geschichten, wie sie hierhergekommen war – er, ein Waise, von Piraten aus dem mit Juwelen bestückten Land eines Königs und einer Königin geraubt, die um ihr goldenes Kind trauerten, das nie wieder gesehen wurde.

Dann gab es noch Dinge, die aus dem Meer selbst stammten – Klumpen von Seegras, Tang und Blasentang, die sich auf dem Sand wie gestrandete Wale auftürmten. Sie hatten die Flut verpaßt und würden es nicht mehr zurückschaffen. Sie würden in das Leben auf dem Festland integriert werden, den Winter über in den Gärten der Dorfbewohner liegen, und wenn das Salz weg wäre, auf den Feldern verteilt werden.

Dem rhythmischen Schlag des Wassers gegen die Felsen

und dem Wirbel der Gischt entstieg ein merkwürdiger Gesang. Sein Echo war überall zu hören. Unbekannte Wesen, die sich etwas zuriefen. Iphigenias Nase zuckte unkontrollierbar. Ein salziger Meergeruch, gemischt mit etwas Ölartigem. Nicht das solide Wollfett der Schafe, sondern eher der ölige Geruch der Seevögel. Doch es war nicht der Gesang von Vögeln.

Carla nahm den Ton auf und erwiderte ihn. Sie kamen an eine enge Stelle, wo die Klippe einen Bogen beschrieb. Sie machten vorsichtig kleine Schritte und paßten auf, wohin sie ihre Füße setzten.

»Engel!« sagte Carla, als sie den Felsen umrundet hatten. Der Engel war aus Stein. Ein Möwenpaar saß flugbereit auf seinem Rücken.

Es war die Weinende Witwe. Iphigenia erinnerte sich an den Namen, den die Inselbewohner ihr gegeben hatten. Aufs Meer hinausgelehnt, Ausschau haltend nach einem Mann und einem Sohn, die nie wieder zurückkommen würden, den Horizont nach ihnen absuchend, während ihre dicken Tränen in den Ozean rollten. Regen, Wind und Sonne waren über sie hinweggegangen, und allmählich hatte sie sich in Stein verwandelt. Die Weinende Witwe blickte über das Dorf; sie müßten es also bald erreicht haben.

Oder das, was davon übriggeblieben war. Sie waren ins Dorf gewandert, ohne es zu bemerken. Die Dächer waren vom Wind weggerissen worden, die Fenster glichen leeren Augen. Aber es war nicht bewohnt. Es raschelte und klatschte, und in den Ruinen herrschte geschäftiges Treiben. Als die drei neuen Wesen näher kamen, tauchten überall Köpfe auf, musterten sie voller Neugierde, und dann trippelten alle Richtung Meer, Mütter und Kinder, die Kleinen hinter den Großen.

Das Dorf hatte sich in eine Seehundkolonie verwandelt.

Carla mischte sich unter sie, entzückt von ihren glatten,

runden Köpfen mit den platten Nasen; wie Bären sahen sie aus und hatten dabei Schnurrbarthaare wie Katzen. Einer drängte sich ganz dicht an ihr vorbei, und sie spürte, wie rauh der geschmeidige Körper war, so rauh wie die Zunge einer Katze. Dann kam noch einer und beäugte sie neugierig. Sie versuchte, ihn zu streicheln, aber – plumps – ließ er sich ins Wasser fallen. Als sie ihnen nachlief, nahmen sie Reißaus und flüchteten sich ins Meer.

Carla lachte und lachte, während sie ihre Bewegungen nachahmte. Sie legte sich auf den Bauch, machte ihre Glieder weich wie Gummi, spreizte die Finger und entdeckte winzige Schwimmhäute dazwischen. Sie mußte sich nur noch etwas strecken und dann platsch! Ab über den Rand, und ihr Kopf, vom Schurtag her noch rund und kurzgeschoren, würde zwischen ihren Köpfen gar nicht auffallen.

»Carla.« Iphigenia rief sie zurück.

Margarita hatte sich gegen eine Mauer gelehnt, wo die summenden, in die Blütenkelche eintauchenden Bienen sie mit einer weichen, akustischen Aura umgaben. Es kostete sie einige Mühe, dieser angenehmen Schläfrigkeit zu widerstehen. Die Mauern speicherten die Wärme und gaben sie dann wieder ab, so daß die verlassenen Häuser einen idealen Zufluchtsort boten. Frühlingsblumen blühten in allen Farben, nicht nur Ginster, der den Rest der Insel für sich beanspruchte. Die hängenden Köpfchen dunkelvioletter und rosafarbener Fuchsien, Hundsrosen, die die Steine hochkletterten, makellose, glänzende kleine Butterblumen in geschützten Ecken, rosa Klee und Lattich.

Keine Menschenseele, keine Vorhänge an den Fenstern. Iphigenia wanderte durch die Ruinen zu der kleinen Bucht. Keine Boote, keine Musik, kein junger Fischer mit Augen so dunkel wie Backpflaumen. Weg. Übriggebliebenwaren nur ein im Sand steckender, verrosteter Anker, ein zerbeulter Hummertopf, ein paar Flaschen, ein Stück Netz, das so dünn war, daß es sich sofort in Staub auflöste, als Iphigenia es berührte.

Auf den Spazierstock gestützt, richtete Margarita sich auf. Sie waren nicht zu ihrem Vergnügen hier. Jenseits der Mauer lag deutlich sichtbar das Festland. Aber sie konnte nur ein kleines viereckiges Gehöft am Strand entdecken.

Das war der Gasthof. Margarita erinnerte sich, wie sie auf die Insel gekommen war und zusammen mit den anderen Novizinnen, Assumpta und Schwester Köchin, vor der Kneipe auf Ebbe wartete, um zu ihrer endgültigen Bleibe hinüberzugehen. Es war ein windiger Tag, Schnee lag in der Luft. Die Dorfbewohner waren nette Leute, die sie auf ein Glas Portwein einluden. Um den Magen aufzuwärmen sagten sie. Aber die Schwestern lehnten ab, sie wollten draußen warten. Doch der Priester ging hinein. »Auf ein Glas, mit Verlaub.« Margarita erinnerte sich an die Apfelbäckchen des Priesters, an sein weißes Haar. »Kommt herein«, forderte er sie auf, ihnen seine Erlaubnis erteilend, »wie wär's mit einer heißen Limonade?« Aber nein, Margarita wollte nicht. In der Kneipe waren Männer, Männer, die Karten spielten und nach Zigaretten und Pfeifentabak rochen. Männer mit weißen Zähnen, hübschen, schwarzen Schnurrbärten und Goldketten über den stattlichen Bäuchen. Margarita wollte ein Leben, das zu hart und kalt für diese Dinge war.

»Auto?« Iphigenia schob das Wort in Margaritas Blickfeld.

»Nein.«

Iphigenia rief Carla noch einmal von den Seehunden zurück. Er war mit dem Auto auf die Insel gefahren, aber wo war es? Die drei Nonnen verteilten sich, um ihr gemeinsames Blickfeld zu erweitern.

Sie waren nicht weit gekommen, als Iphigenia spürte, wie ihr das Blut in den Kopf stieg. Es roch intensiv nach

Metall. Doch es war Carla, die es entdeckte. Ein großes, schimmerndes Ding, schwarz und glänzend wie die Stute eines Ritters. Es hatte dicke Räder, die das Gefährt sehr vertrauenswürdig aussehen ließen, trotz der Tatsache, daß es in einem gefährlichen Winkel dastand und eines der Räder zwischen zwei Felsblöcken steckte, die ebenso schwarz und glänzend waren wie das Auto selbst.

Alles an ihm war schwarz, einschließlich der Scheiben. Carla spähte hinein. Da war jemand. Sie steckte die Hand aus, um das dunkle Gesicht zu berühren, entdeckte aber, daß sie nicht Haut, sondern nur Glas berührte.

Sie begriff, warum der Herr zu seiner geliebten Magdalena mit den wolligen Beinen gesagt hatte: »Berühre mich nicht.« Als er nämlich im Garten Magdalena erschien, war er bereits der Jesus der Glasfenster, hell und leuchtend, gleichzeitig aber kalt und hart, wenn man ihn berührte.

Carla verstand plötzlich das Wunder der Wiederauferstehung. Ehrfürchtig starrte sie darauf.

»Das ist...« Iphigenia fragte sich, ob sie Carla ihre Erscheinung lassen sollte. »Das ist eine Spiegelung, das bist du selbst«, sagte sie schließlich. Es sollte nicht etwas Besonderes werden. Keine Wunder sollten das Auto umgeben.

Carla wußte, daß es eine Spiegelung war, sie hatte ihr Gesicht schon in Töpfen und Pfannen und Messerklingen gesehen. Aber es war immer etwas verzerrt gewesen. In dem dunklen Glas hatte sie ihr perfektes Ebenbild erblickt.

Sie drehte den Kopf mal in diese, mal in jene Richtung, studierte sich aus jedem Blickwinkel.

Iphigenia lernte die Macht der Versuchung kennen. Reinzuschauen, ihr eigenes dunkles Bild zu sehen. Außer den Scheiben gab es noch einen kleinen Spiegel, der an der Seite herausragte. Iphigenia stand dicht daneben. Sie müßte nur noch einen kleinen Schritt machen.

Aber es war Eitelkeit, und Carla bewies ihr bereits, wie

schnell man ihr verfiel. Iphigenia zog die Schlüssel heraus, die sie in den Taschen des Priesters gefunden hatten.

»Schlüsselloch, Carla.«

Carla suchte, während Iphigenia die Schlüssel nach einem, der passend aussah, durchging. Carla konnte nichts finden, was einem Schlüsselloch ähnlich sah, aber etwas hatte sie doch entdeckt. Einen kleinen Kreis, und in der Mitte des Kreises ein Rechteck. Sie bohrte ihren Finger hinein. Das Rechteck bewegte sich.

Und plötzlich war da dieser hohe Summton. Das Auto hatte sich in ein Tier verwandelt, das sein Gebiet mit diesem fürchterlich schrillen Ton verteidigte. Die Nonnen wichen zurück, die Hände über den Ohren. Hinter einem Felsen hervorspähend, beobachteten sie das Auto. Es rührte sich nicht von der Stelle. Aber der schrille Ton hörte nicht auf, er tat ihnen in den Köpfen weh und ertränkte alles übrige. Der Ton schien seine einzige Verteidigung zu sein.

Nach einer Weile näherten sie sich dem Auto und probierten die Schlüssel aus, bis schließlich einer ohne Widerstand hineinglitt. Ein klickendes Geräusch, und die Tür sprang auf.

Der schrille Ton stockte und wurde schwächer, als hätte das Tier seinen Widerstand aufgegeben. Trotzdem gingen sie vorsichtig zu Werke, denn möglicherweise hatte es noch weitere Überraschungen auf Lager. In seinem Innern war ein Armaturenbrett, das jedes Begriffsvermögen überstieg. Mit Uhren und Rädchen und Zahlen, einem pulsierenden roten Licht, winzigen Bildchen. Das ganze Wageninnere war schwarz. Großmutters Wagen war weiß und sehr lang gewesen. Es hatte ein Trittbrett gehabt, doch Taylor hatte den Motor immer erst angelassen, wenn Iphigenia wie eine Dame auf dem Rücksitz Platz genommen hatte.

Zwischen den beiden vorderen Sitzen war ein kurzer

Knüppel mit einem glänzenden, schwarzen Knauf, der von weißen Linien durchzogen war. Außerdem gab es ein Behältnis mit Kleingeld, und es stank nach kaltem Zigarettenrauch. Auf dem Rücksitz lag eine glänzende, durchsichtige Aktenmappe mit einem Buch und ein paar anderen Dingen.

Iphigenia versuchte, die Mappe herauszuholen, aber der Wagen stand so schief, daß sie nicht an sie herankam. Hineinklettern wollte sie nicht, da sie befürchtete, das prekäre Gleichgewicht zu stören.

Margarita hatte eine Idee. Sie hielt den Spazierstock an einem Ende fest und stocherte damit im Wagen herum. Es gelang ihr, den Griff der Mappe zu angeln und sie vorsichtig an sich heranzuziehen. Als die Mappe in Reichweite war, schwenkte sie sie zu Iphigenia hinüber. Das war eine langwierige Methode, und sie mußte das Verfahren mehrmals wiederholen, aber schließlich hatte sie alles außer den Münzen geborgen. Margarita war sehr zufrieden mit sich. Jetzt konnten sie wieder nach Hause gehen.

Nicht ganz. »Handschuhfach«, sagte Iphigenia. Großmutter hatte häufig wichtige Dinge im Handschuhfach verstaut. Man mußte sich ihm von der anderen Seite her nähern. Es gab einen schmalen Vorsprung, aber kaum Platz für irgendwelche Manöver. Wenn sie die Scheibe aufbekämen, könnten sie eine Hand hineinstecken, ohne das Auto zu belasten.

Taylors Wagen hatte einen Griff gehabt, mit dem sich das Fenster herunterkurbeln ließ, aber bei diesem schien es das nicht zu geben.

»Entschuldigung.« Es war Margarita; sie hielt ihren Spazierstock wie ein Ritter seine Lanze beim Turnierkampf, beugte sich damit in den Wagen und stieß ihn gegen das Beifahrerfenster. Das Glas splitterte. Margarita fühlte sich unglaublich gut dabei. Immer wieder stieß sie zu, bis das Fenster nur noch aus dem Rahmen bestand.

Iphigenia zwängte sich auf die Beifahrerseite. Behutsam schob sie die Hand hinein und öffnete das Handschuhfach. Es enthielt einen Karton, aus dem ein weiches Stück Papier hing. Sie steckte ihn in ihre Tasche. Dann entdeckte sie eine weitere Batterie, die genauso aussah wie die andere. Als sie schließlich fertig war, befand sich der gesamte Inhalt des Handschuhfachs in ihrer Tasche.

Eine Sache war noch zu tun. Der Wagen neigte sich bereits seinem Schicksal entgegen. Sie mußten nur noch etwas nachhelfen.

Sechs verwitterte Hände mit gelblichen, schwarzumrandeten Nägeln und durch die Anstrengung hervortretenden Venen. Hätte Iphigenia gewußt, daß es dermaßen fest verkeilt war, wäre sie ohne zu zögern in das Auto geklettert.

Es tat sich etwas, ein leichter Ruck, aber er genügte nicht, um den Wagen über die Klippe zu befördern. Sie ruhten sich etwas aus und versuchten es dann noch einmal. Endlich gab er nach.

Und plötzlich kam das Auto in Schwung. Die Räder schoben sich vor, große, schwarze, durchfurchte Räder. Carla konnte den Bauch des Autos sehen, seine Eingeweide. Sie traten zurück und überließen es seiner eigenen Schwerkraft. Und schon schoß es über den Vorsprung und riß ein Stück davon mit sich. Es flog durch die Luft, die Türen sprangen auf. Mit großem Getöse schlug es auf dem Wasser auf. Die Gewässer teilten sich, um es zu empfangen. Weißer Schaum wirbelte hoch, und dann schloß sich das Meer über dem glänzenden schwarzen Wagen, als hätte es ihn nie gegeben.

Carla schaute gebannt zu. In dem Schlund, den der Wagen aufriß, hatte sie noch etwas anderes entdeckt. Sie stand in dem heulenden Wind. Möwen kreischten, die Seehunde tauchten ab. Unter ihren Füßen war das Muster, das die Räder hinterlassen hatten. Sie bückte sich und berührte die Miniaturtäler und Höhenzüge. Es war einfach, mit einer Handbewegung diese Spuren zu verwischen. Die Erinnerung an ihr eigenes dunkles Gesicht unter der Oberfläche des Wassers würde sich nicht so leicht auslöschen lassen.

Es war bereits spät am Tag, als sie den Wagen aus dem Weg geräumt hatten. Das weiche Gras zwischen den Mauern des Dorfes sah sehr einladend aus, aber Iphigenia hatte gesagt ». . . zurück, bevor es dunkel wird«. Diese Worte hallten wie Glockenschläge nach.

Das Brot und die Äpfel hatten sie gegessen, und die Wasserflasche war beinahe leer. Sie pflückten etwas Lattich, um sich zu stärken, und verließen das Dorf, den Rückweg antretend. Bei der Weinenden Witwe schauten sie sich ein letztes Mal um. Es war Ebbe, und sie konnten jetzt auch die Sandbank sehen.

Carla war fasziniert von dem hellen, leuchtenden Ding, das sie mit dem Festland verband. Den ganzen Tag hatte es sich versteckt, und jetzt tauchte es auf wie die legendären untergegangenen Inseln, die nur alle hundert Jahre hochkamen, Inseln jenseits des Horizonts, zu denen Krieger und Ritter segelten, wenn sie ihre Abenteuer bestanden hatten.

Carla blickte übers Meer, schaute nach der Stelle, wo der Wagen in die Tiefe getrudelt war, aber die goldene geriffelte Oberfläche des Wassers wurde nur durch das Auf und Ab der Seehundköpfe unterbrochen. Sie winkte ihnen zum Abschied kurz zu.

Die drei machten sich wieder auf den Weg. Iphigenia spürte jeden Schritt. Sie hatte nicht mehr das geringste Bedürfnis, so schnell wie möglich zum Kloster zurückzukommen; ohne eigenen Antrieb ließ sie sich von Carla und Margarita ins Schlepptau nehmen. Die Nacht senkte sich über sie und drückte den goldenen Nebel zu einem dünnen, glänzenden Streifen am Horizont zusammen.

Als Carla auf Uriel, den dritten Wollengel, stieß, spürten sie, wie der Wind sich änderte. Das Dunkel schob sich über einen immer düsterer werdenden Himmel, Fetzen von Grau flogen wie Rauch vorbei, und schließlich sahen sie, wie die Nadeln des herunterprasselnden Regens das

Meer mit Pockennarben übersäten. Sie beschleunigten ihre Schritte, aber sie konnten dem aufkommenden Sturm nicht entgehen. Mit dem kalten, feuchten Wind kam der Regen. Sie spürten die schweren Tropfen, einen, zwei, und dann waren es schon zu viele, um sie noch zu zählen. Es gab nirgendwo einen Unterstand, sie mußten also weiter. Und da die Steine inzwischen naß und glitschig waren, wurde das Vorankommen immer schwieriger. Sie beteten um Gottes Beistand, nasse, formlose, vom Regen triefende Gebete.

Ein Findling ragte vor ihnen auf. Sie setzten sich, zogen sich die Jacken über die gesenkten Köpfe und beteten weiter. Obwohl Carla Regen mochte, das Plitschplatsch der Tropfen und die kleinen Rinnsale, die an ihr herunterliefen, machte sie sich Sorgen wegen der Engel. Was wäre, wenn die restlichen Wollbüschel trotz der sorgfältigen Vertäuung vom Wind weggerissen worden waren oder sich im Regen aufgelöst hatten? Wie sollten sie ihren Weg zurückfinden? Sie kannte jeden Zentimeter des Klosters, aber hier draußen war alles Neuland für sie. Alles um sie herum war schwarz, naß und windig.

Carla fragte sich, ob Psyche es auf dem Berg auch mit der Angst zu tun bekommen hatte, allein in dem nächtlichen Dunkel, bibbernd, nur ihren Glauben als Schild und als Gewand. Aber ihr Gott rettete sie, hüllte sie in seine Flügel und flüsterte ihr süße Worte zu. Sie wohnte in Seinem Haus, sah aber nie Sein Gesicht, konnte ihn nie nach Seinem Namen fragen. Carla und die Nonnen lebten im Haus des Herrn, ihre Gebete waren Küsse auf unsichtbare Lippen.

Der Wind schien nachzulassen. Carla streckte den Kopf aus ihrer Jacke und warf einen verstohlenen Blick auf diese Schwestern, die das Joch des Herrn auf sich genommen hatten und seine Last trugen, eine so süße und leichte Last. Sie waren so winzig, so pitschnaß. Als Carla noch ein

Kind war, hatten die Schwestern die Kleine auf ihre Schultern gesetzt und waren mit ihr losgerannt. Carla hätte jetzt gerne Margarita und Iphigenia auf ihre Schultern genommen und durch den Sturm getragen, doch sie kannte den Weg nicht.

Der Wind hatte sich gelegt, aber der kalte Regen prasselte und spritzte immer noch auf sie nieder. Er fiel auf die Stacheln des Ginsters, lief in einem Schwung an dem Stein herunter und in kleinen Bächen um sie herum. Sie war inzwischen bis auf die Knochen durchnäßt, ihre Gesichter schimmerten vom Regen. Nasser konnten sie nicht mehr werden, selbst wenn sie sich zum Weitergehen entschlossen.

Gleich nach dem Stein entdeckten sie einen weiteren Engel in den Büschen; er war zu naß und schwer, als daß ihn der Wind hätte wegblasen können. Nur Gabriel war noch übrig. Sie setzten ihren Aufstieg fort, mit dem Regen als ständigem Begleiter.

Gabriel fanden sie beim Dickicht. Jetzt waren alle Engel wieder sicher in Carlas Tasche. Und weiter ging's. Wo war die Stelle, an der sie heute vormittag gestanden hatten, bevor sie mit dem Abstieg begonnen hatten? Es schien eine Ewigkeit her zu sein. Kein Mond, keine Sterne, die ihren Weg beschienen, und in dem immer undurchdringlicher werdenden Dunkel konnten sie einander kaum erkennen.

Sie tasteten sich voran, Carla an der Spitze, Iphigenia in der Mitte und Margarita hinten. Jede hielt sich an der Jacke der vorangehenden Schwester fest, und so bewegten sie sich wie eine Kette von Bergsteigern.

Der Sturm ließ nach, der Regen fiel nicht mehr flächendeckend, sondern nur noch in Tropfen. Margarita fing an, das Gestrüpp mit ihrem Spazierstock zu bearbeiten. Iphigenias Atem ging schwer, ihre Füße waren trotz der scharfen Kanten der Steine und der Ginsterstacheln völlig taub vor Kälte. Der Regen wurde immer schwächer, und schließlich tropfte nur noch Wasser von dem Laub herunter. Ein Stern erschien am Himmel, dann noch einer und noch einer. Das Unwetter war vorbei.

Die Umrisse des Dickichts wurden sichtbar, dicke, schwarze Löcher, das Gewirr der Zweige darin eingeritzt, dunkle Herzen aus Blättern. Margarita stocherte so lange mit ihrem Stock herum, bis sie eine tunnelartige Öffnung fand.

»Carla.«

Carla tastete sich hinein und fand die keksartigen Stücke in der Nähe der Tür. Unglaublich, wie schnell das Gestrüpp wieder zusammengewachsen war. Carla schlug ihnen einen Weg frei, und die drei Nonnen kehrten zurück in den Klosterbereich.

Ein strahlend frischer Tag begrüßte Iphigenia, nachdem sie gerade mal fünf Minuten geschlafen hatte, wie sie dachte. Ein Berg Decken lag auf ihr. Sie konnte das leichte Kratzen der groben Wolle spüren, doch etwas stimmte nicht. Sie sah den Lichtschaft, der durchs Fenster fiel, hörte die Vögel und die Schafe, erkannte die Struktur der Steinmauer und auch die schwere Tür, aber es war, als würde sie ein Bild betrachten. Eine Dimension fehlte. Dann wurde ihr klar, was es war – ihr Geruchssinn war ihr abhanden gekommen.

Sie versuchte, das Gewicht der Decken abzuwerfen, stellte aber fest, daß ihr Körper in einer Hülle von Schmerzen steckte. Es war nicht so schlimm, wenn sie ganz ruhig liegenblieb, aber sobald sie sich auch nur ein bißchen bewegte, war der Schmerz wieder da. Ihr Mund war offen und völlig ausgedorrt. Und als sie versuchte zu schlucken, zog sich ihr Hals krampfhaft zusammen. Sie hörte Margaritas pfeifenden Atem und bemerkte, daß es ihr eigener war.

Sie kämpfte sich aus dem Bett und stand mit nackten, empfindlichen Füßen auf dem Steinboden. Sie waren zerkratzt und blutverschmiert. Einen Augenblick lang verweilte sie in der Sonne und sog die Wärme auf, dann humpelte sie den Flur entlang, von ihren Schmerzen und Leiden eingehüllt, den Körper gekrümmt, um sich Erleichterung zu verschaffen.

Margarita und Carla waren schon in der Kapelle, als Iphigenia ihre Ankunft durch Niesen kundtat. Der Rhythmus wurde kurz unterbrochen, dann ging das Gemurmel weiter. Iphigenia wischte sich die Nase an ihrem Ärmel ab. Obwohl es ein klarer Tag war, hatte sie das Gefühl, von dichtem Nebel umgeben zu sein. Sie starrte auf das ewige Licht in der Nische der heiligen Anna und stellte sich vor, die Kerze könnte den Nebel verzehren.

Als die Matutin beendet war, bemerkte Iphigenia, daß sie nicht mehr hochkam. Sie ächzte und stöhnte, beugte sich vor, stützte sich mit den Händen am Boden ab und versuchte, ihren Fuß aufzusetzen, aber es war zu schmerzhaft.

Sie halfen ihr hoch und führten sie in den Hof. Iphigenia stöhnte. Das Feuer war so gut wie erloschen. Ihre Schwestern sammelten Kleinholz und holten dann größere, dikkere Äste von dem Holzhaufen. Unter dem Wasserkessel schichteten sie eine kleine Pyramide auf. Den Rest überließen sie Iphigenia. Margarita sah zu, Carla ging die Kräutermedizin holen.

Unter großen Anstrengungen ließ Iphigenia sich vorm Feuer nieder. Sie blies, wie sie es immer tat, pustete, schnaubte, aber keine hellen Flammen loderten aus der Glut empor.

Margarita blickte sie erschauernd an und versuchte ihre Bestürzung zu verbergen. Ihr hatte der Ausflug nicht geschadet, im Gegenteil, sie fühlte sich erstaunlich wohl. Aber sie hatten gegen die Klausurregel verstoßen, hatten ein jahrhundertealtes Gelübde gebrochen. Und Gott zürnte, das war der Beweis. Er hatte Iphigenias Feueratem erkalten und feucht werden lassen.

Iphigenia drehte den Kopf zur Seite, hustete und versuchte es noch einmal, aber das Feuer rührte sich nicht. Iphigenia war krank. Würde sie sterben? Würde Gott ihren Atem für immer erkalten lassen? *Domine miserere peccatrice*, betete Margarita im stillen. War es eine Sünde, nicht zu wollen, daß Iphigenia starb? Der Tod einer Schwester war ein freudiger Anlaß. Warteten sie doch ihr ganzes Leben darauf, sich an die Seite des Herrn zu gesellen. Wie sollte es weitergehen, wenn nur Margarita übrigbliebe? Wäre sie in der Lage, die ganze Arbeit zu bewältigen, die Rituale durchzuführen, sich selbst als einziger Zuhörerin Geschichten zu erzählen, am Tag der Schur die Schafe durch ihr Singen zusammenzutreiben, über das Feuer zu wachen? Konnte sie eine ganze Gemeinschaft sein und gleichzeitig in schrecklicher Einsamkeit leben?

Sie wollte das Anfachen des Feuers nicht übernehmen; Iphigenia mußte es schaffen. Doch der Herr hätte wohl auch nichts dagegen einzuwenden, wenn Margarita etwas nachhalf. Sie ging weg und holte ein Blatt von dem weichen, hübschen Papier, das sie im Auto gefunden hatten. Vielleicht würde das Papier des Priesters Gnade vor den Augen Gottes finden. Sie gab es Iphigenia, damit sie es versuche, doch es ging einfach nur in Rauch auf und stieg in den Himmel empor.

Iphigenia hatte ihre Macht über das Feuer verloren. Und sie hatte ihren Geruchssinn verloren. Sie erkannte zwar Margarita und die Schafe im Hof, aber darüber hinaus sah sie nur Farbflecken ohne feste Umrisse. Sie selbst hatte auch keine festen Umrisse, als hätte der Regen ihre ganze Kraft aufgeweicht. Wie ein krankes Schaf wollte sie sich ein ruhiges, dunkles Plätzchen zum Hinlegen suchen.

Er hatte lange Zeit geschluchzt, das stille, innerliche Schluchzen Jesu auf Golgatha. Der Blechtopf, seine Ausrede und sein Schutz, stand in seiner Nähe, eine höhnische Erinnerung an seinen mißglückten Fluchtversuch. Er war mit Wasser gefüllt. Daneben lagen ein paar Brotkrusten. Er sah Latten und Stäbe, und es wurde ihm bewußt, daß er sich im Schafspferch befand.

Obwohl er wie ein gestrandeter, großer blasser Fisch dalag und nach Luft schnappte, verfolgte er doch mit dem einen Fischauge, was sich im Hof tat. Seiner menschlichen Würde beraubt, allem beraubt, seiner Kleider und sogar seiner Körperbehaarung, und vor Kälte zitternd hatte er die Schläue eines Tieres entwickelt.

Anfangs hatte er gedacht, sie würden sich absichtlich nicht blicken lassen, um ihn auf die Folter zu spannen, als er aber das aprikosenfarbene Kleenex-Tuch sah, wußte er, daß sie zum Wagen gegangen waren. Wenn sie das mitgebracht hatten, war anzunehmen, daß sie auch noch andere Dinge herausgeholt hatten. Bestimmt hatten sie die Schlüssel in seiner Jacke entdeckt. Er fragte sich, wie sie auf den Alarm reagiert hatten. Hoffentlich hatte er ihnen einen höllischen Schrecken eingejagt.

Er beobachtete die schwachen Versuche der Großen, das Feuer anzufachen. Sie hustete und pustete und blies in die Glut, aber nichts passierte. In der letzten Nacht hatte es ein Unwetter gegeben. Er wußte, wie heftig der Wind draußen blies und daß sie in den Sturm geraten waren. Ihr Feuer wollte anscheinend nicht brennen. Gut. Die Große hatte sich offensichtlich eine Erkältung eingefangen. Gut. In seinem ganzen Leben hatte er sich noch nie so elend gefühlt, aber er war jung und stark. Sie waren alt. Vielleicht würden sie alle eine Erkältung kriegen und krepieren.

Er könnte zum Auto gehen und einen Arzt holen oder in eine Apotheke gehen und Aspirin kaufen. Sie müßten ihm nur seine Kleider und seine Schlüssel zurückgeben und ihn rauslassen. Er würde am selben Tag zurückkommen. Das würde er ihnen hoch und heilig versprechen. Aber würden sie darauf eingehen? Die Große war ihr Halt. Wenn sie krank wurde, könnte er die andern beiden schon überreden. Er würde ein paar Tage warten, zuschauen, wie es ihr immer schlechter ginge, und sie jammern lassen. Dann würde er ihnen sein Angebot unterbreiten.

Mühsam ging sie wieder in die Hocke, wie ein träger Elefant in einem Zirkus, und führte alle Bewegungen aus, die erforderlich waren, um das feuchte, träge Holz zum Lodern zu bringen. Früher war ihr das gelungen, jetzt hatten ihre Kräfte sie verlassen. Er hoffte, sie würde sich genauso gedemütigt fühlen wie er bei dieser Gelegenheit.

Die Dicke kam wieder zurück, dieses Mal mit einem Buch. Ein hübscher, brauner Ledereinband mit Goldprägung. Sie riß eine Seite heraus und klappte das Buch wieder zu. Es war ein Meßbuch. Sie benutzten eine Seite des Meßbuchs zum Feuermachen. Er hätte am liebsten lauthals gegen dieses Sakrileg protestiert.

In der Bibliothek gab es ganze Regale voller Meßbücher, die Nonnen hatten keine Verwendung dafür. Sie kannten die Worte auswendig. Bücher zu verbrennen hatte in der Kirche Tradition. Wenn sie sich dazu gezwungen sahen, überlegten sie sich jedoch ganz genau, welche Bücher sie verbrennen würden. Als letzte kämen diejenigen dran, von denen es nur ein Exemplar gab, seltene Bücher, Relikte, illuminierte Manuskripte. Aber gewöhnliche Meßbücher gab es in Hülle und Fülle. Sie würden brennen, ihre Worte in Rauch aufgehen und zu dem Herrn emporsteigen.

Sie hatten mit dem Verbrennen von Büchern nach dem Tod Scholasticas begonnen. Scholastica war an einem grauen Karfreitag gestorben. Da sie während der vierzigtägigen Fastenzeit nur kaltes Essen zu sich nahmen, hatten sie den Ofen nicht angezündet. An dem Sonntag, als Scholastica begraben wurde und sie die Auferstehung des Herrn und das ewig sich erneuernde Leben feierten, sich an den ersten Krokussen erfreuten, die ihre Köpfe aus dem Gras streckten, bemerkten sie, daß sie kein Papier hatten, um das Feuer anzuzünden, auf dem das Wiederauferstehungsmahl gekocht werden sollte. Nicht den kleinsten Fetzen.

Worte in Rauch aufgehen zu lassen schien ihnen irgendwie passend, um dem Herrn die Ankunft Scholasticas, der Bibliothekarin, zu signalisieren. Sie hatten zwei Seiten herausgerissen, an die sie eine Kerze hielten, während sie die Gebete murmelten, die sie verbrannten. Das Feuer versengte die Seiten und flackerte bläulich auf. Ob den Herrn nun dieses Opfer besonders erfreute oder ob es etwas anderes war: das Osterlamm, das sie zusammen mit einer vom Dorf gespendeten Konservendose Aprikosen aßen, schmeckte jedenfalls vorzüglich.

Von Schwestern, die keinen Bedarf mehr hatten, lag noch ein ganzer Stoß Meßbücher herum. Margarita gab das Buch Iphigenia. Als die Seiten Feuer fingen, sandte Margarita ihr eigenes Gebet zum Himmel empor. Sie dankte dem Herrn, daß er sie so sicher den Berg hinunter- und hinaufgeleitet hatte. Ihr Blick fiel auf den Spazierstock, der gegen den Tisch lehnte; er war völlig unversehrt, obwohl er all diese Verwüstungen in dem Wagen angerichtet hatte. Er hatte ihr Kraft und Ausdauer verliehen. Assumpta war mit dem Stock sehr alt geworden, trotz des Beins, das nie richtig behandelt worden war. Vielleicht war Iphigenias Krankheit eine individuelle, keine kollektive Strafe. Margarita erinnerte sich an die Nacht, als sie in der Kapelle auf sie gewartet und gebetet hatten, sie möge heil wieder zurückkommen, während Assumpta von Schmerzen geplagt dalag und auf den Bader wartete.

Iphigenia schaffte es einfach nicht, das Feuer zu entfachen. Sie richtete sich mühsam auf, ohne sich dabei helfen zu lassen, und schleppte sich in die Kapelle. Wie eine von Hestias Vestalinnen kam sie mit einer Kerze zurück, die sie an dem ewigen Licht entzündet hatte, die Hand schützend um die Flamme haltend. Sie knüllte weitere Seiten von dem Meßbuch zusammen, legte sie unter die Zweige und hielt dann die Kerze daran. Dieses Mal verzichtete sie darauf, zu blasen. Das Papier loderte auf, und die Flammen fingen an zu tanzen. Bald gaben auch die dickeren Äste ihr langsames, stetes Feuer ab, und das Wasser im Kessel begann zu brodeln. Iphigenia lächelte schwach. Endlich war es ihr gelungen, das Feuer zu entfachen, aber es hatte ihr die letzten Energien geraubt.

»Verdammt«, murmelte Ignatius.

Ihr Fuß schmerzte fürchterlich. Dieses Mal mußte sie sich hochhelfen lassen. Margarita rieb Iphigenias kalte Hände, während Carla ein paar Salbeiblätter in den Topf warf und in Iphigenias Becher ein paar Tropfen Apfelessig schüttete. Außerdem holte sie Wein aus dem Keller, den sie erhitzen und mit Heilkräutern würzen wollte, um Iphigenia zum Schwitzen zu bringen. Iphigenia streckte Carla ihren Fuß entgegen.

»Wund.«

Carla rückte den Fuß vorsichtig auf ihrem Knie zurecht. Noch nie zuvor hatte sie Iphigenias Fuß berührt. Sie entdeckte einen Spalt in ihrer lederartigen Fußsohle. Als sie mit dem Finger darüber fuhr, stieß sie auf etwas Scharfes. Sie hob den Fuß ans Licht. Ein Stück von dem Auto hatte sich in Iphigenias Fuß eingenistet. Carla zog eine glänzende Glasscherbe heraus und hielt sie hoch, damit die anderen sie sehen konnten. Während Margarita den Tee eingoß, führte Carla den angeritzten Finger an ihre Lippen, um ihr Blut aufzusaugen, das sich mit dem Iphigenias vermischt hatte.

Salbei. Der Tee, den sie am liebsten mochten und der auch am vielseitigsten verwendbar war. Iphigenia bemerkte, wie ihr Körper sich entkrampfte, während sie ihn schlürfte. Sie hielt das Gesicht über den Dampf und atmete ihn ein; sie spürte, wie die Hitze ihr in der Nase und den Augen prickelte, konnte aber immer noch nichts riechen. Sie hatte das Gefühl, durch eine Glaswand vom Rest der Welt getrennt zu sein. Auf der anderen Seite sah sie Margaritas kurze, plumpe Finger sich mit dem Becher ihrem Gesicht nähern. Carla, die den Wein zubereitete; Schafe, die mal ins Bild liefen und dann wieder heraus.

»Gurgeln«, sagte Carla, die das Getränk vor Iphigenia hin und her schwappen ließ. Iphigenia starrte ins Leere.

Behutsam legte Carla Iphigenias Hände um den Becher, während ihre eigenen sie wie schützende Muschelschalen umhüllten. Sie hätte Iphigenia den Becher aufzwingen und sie den Inhalt verschütten lassen können, um dann zu sagen: »Iphigenia, du dummes Ding, da schau her, was du angestellt hast.« Carla hatte das in ihren Spielen häufig durchexerziert, hatte etwas verschüttet und Iphigenia die Schuld gegeben. »Iphigenia, du dummes Ding!« Aber jetzt war Iphigenia krank. Sie gehörte zu den Armen und Bedürftigen dieser Welt.

Iphigenia entging nicht, wie fürsorglich Carla sich um sie kümmerte. Sie hatte bemerkt, wie vorsichtig das Kind den Splitter aus ihrem Fuß entfernt hatte, und sie spürte auch den Rand des Bechers an ihren Lippen und den Inhalt, der in ihren Mund floß. Iphigenia legte den Kopf zurück und gurgelte, wie Carla es ihr gezeigt hatte. Die Luftblasen kitzelten ihren Gaumen.

Carla schien zufrieden mit den Lauten, die Iphigenia von sich gab. Sie deutete den nächsten Schritt an, das Ausspucken. Aber Iphigenia hatte an dem Spiel Gefallen gefunden. Sie gurgelte noch einmal und beobachtete Carla, die zwei- oder dreimal so tat, als würde sie ausspukken, bis sie dann schließlich selbst die Flüssigkeit in ihrem Mund sammelte und in hohem Bogen ausspuckte. Sie gurgelte noch ein paarmal und schluckte den Rest des Gebräus.

Als Carla den Becher weggestellt hatte, wickelte Margarita sie bis zum Kinn in eine Decke. Obwohl Iphigenia sich immer noch benebelt fühlte und den Kopf auf die Brust fallen ließ, so war sie doch gerührt von der Fürsorglichkeit ihrer Mitschwestern. Auf das Gurgeln mit dem Essig folgte der Glühwein; sie leerte den Becher, und ihrem Hals ging es mit jedem Schluck besser. Sie mußte nur ruhig in der Sonne sitzen, den Regen ausschwitzen und ihren Geruchssinn wiedererlangen. Und sie mußte die Fürsorge der Gemeinschaft akzeptieren. Das war ihre Pflicht als Patient. Als Kind hatte ihnen Carla ab und zu besondere Leckerbissen serviert, kleine, mit Blumen geschmückte Lehmkuchen. Die Nonnen bezeichneten sie als köstlich und taten so, als würden sie sie essen. Angesichts des dampfenden Glühweins erinnerte sich Iphigenia daran. Inzwischen mußte sie nicht mehr so tun als ob.

Als sie sie fragten, sagte sie, daß sie sich nicht ins Bett stecken lassen wolle, daß sie lieber hierbliebe. Bei ihnen. Carla und Margarita holten einen der Stühle mit den hohen Lehnen, die für die Priester reserviert waren, ein paar Kissen und eine weitere Decke. Sie setzten Iphigenia auf ihren Thron, stützten sie mit den Kissen ab, stellten ihre Füße auf einen Schemel, breiteten die zweite Decke darüber und schlugen sie an den Seiten ein. Sie fühlte sich wie Großmutter, nur daß Großmutter nie die Füße hochgestellt hatte und Iphigenias Kopf nicht wackelte. Das prüfte sie jedoch nach, indem sie einen Punkt auf der Decke fixierte und beobachtete, ob er sich bewegte.

Unter den diversen Lagen von Decken wurde ihr schnell warm, und sie fing an zu schwitzen. Es war ein strahlend schöner Tag, alles glitzerte nach dem Regen, und die Brise hatte genau die richtige Stärke. Hoch über ihr tummelten sich die Möwen im Himmel, und in ihrer Nähe zirpten kleine braune Vögel in den Apfelbäumen.

»Waschtag«, krächzte sie.

Margarita füllte den Trog mit dem Wasser, das sich in der vergangenen Nacht in den Eimern und Töpfen angesammelt hatte, während Carla den Sack mit den gezupften Fellen holte, und alles, was sonst noch gewaschen werden mußte, einsammelte. Manche Vliese wurden nicht gewaschen, sie waren dann zwar grober, enthielten aber mehr von dem wasserabstoßenden Wollfett.

Durch das Waschen wurde die Wolle weicher und heller. In einen mit einem Griff versehenen Drahtkäfig hatte sie ein Stück Seife gelegt, das Margarita energisch im Wasser hin und her schwenkte. Das weiche Regenwasser fing schnell an zu schäumen. Carla steckte das cremefarbene Vlies hinein, und sie fingen an, es zu bearbeiten und den Schmutz abzulösen, immer darauf bedacht, in einer Richtung an den Wollfasern entlang zu streichen, damit sie nicht verfilzten und zum Spinnen verwendet werden konnten.

Iphigenia schaute mit schweren Lidern und nickendem Kopf zu, bereit, sich vom Schlaf übermannen zu lassen.

Die Sonne schien, die Vögel zwitscherten, die Schafe tummelten sich im Gras, die Frauen waren beim Waschen, eine Idylle wie aus dem Bilderbuch. Und er, war er unsichtbar? Sah denn keine von ihnen das menschliche Wesen, das wie ein Tier in einen Käfig gesperrt war, die Hände auf dem Rücken zusammengebunden, die Beine eingegipst und ohne ein einziges Haar auf Kopf und Körper? Stellte man sich so einen Pastor vor?

Als er das letzte Mal ohnmächtig geworden war, standen die drei zumindest an seinem Bett, als er erwachte, und starrten ihn an. Oh, was hätte er jetzt dafür gegeben. Er hätte es selbst nicht geglaubt, aber er sehnte sich nach der Gesellschaft seiner Kerkermeisterinnen. Er öffnete den Mund, so weit er konnte, und stieß einen herzzerreißenden Schrei aus. Er war kein Stein und auch kein Grashalm. Er war ein Wesen aus Fleisch und Blut so wie sie.

Iphigenias Kopf taumelte hoch, und durch die Störung aufgeschreckt, klappte sie die Lider auf. Margarita und Carla wandten sich langsam vom Waschtrog ab und schauten sich um. Der Schrei erstarb zu einem leisen Gewimmer. Als nichts weiteres erfolgte, wandten sie sich wieder ihrer Arbeit zu.

Als Carla und Margarita das Bedürfnis verspürten, ihre kalten Finger an einem Becher Tee zu wärmen, hing über den Büschen bereits ein Teppich aus weißen Vliesen, die in der Sonne trockneten. Sie preßten die Hände gegen ihre von der Arbeit geröteten Wangen und gingen zu Iphigenia und dem Feuer hinüber.

Iphigenia war eingeschlafen, den Kopf gegen ein Kissen gelehnt; sie atmete durch den Mund und schnarchte. Der trockene, weiße Speichelfaden auf ihrem Kinn sah aus wie eine Narbe. Sie rührte sich nicht, als Carla und Margarita sich zu ihr setzten. Carla legte ihre kühle Hand auf Iphigenias feuchtheiße Stirn. Die Kräuter zeitigten ihre Wirkung.

Es war Zeit für die Sext. Von Iphigenias Schnarchen begleitet, murmelten sie ihre Gebete am Tisch. Als sie fertig waren, tauchte Carla ihren Finger in den restlichen Tee in der Kanne und befeuchtete damit Iphigenias trokkene Lippen, ihre Zähne und ihre Zunge. Dann legte sie noch einen Ast auf das Feuer.

Während Carla sich wieder dem Waschen widmete, buk Margarita schnell ein ungesäuertes Brot. Wortlos ging sie ihrer Arbeit nach. Worte waren für Gebete, Lieder und Geschichten. In der Stille konnte sie sich der Anbetung des Herrn hingeben.

Er schaute zu. Wartete auf ein Zeichen, versuchte herauszufinden, was sie mit ihm vorhatten. Wollten sie ihn für immer hier einsperren, ihn foltern? Er sah, wie sie sich um die auf dem Sessel Thronende, fürchterlich Schnarchende, bemühten. Wie verletzlich sie war. Schlafend, der Mund weit offen, die Glieder unter den Decken eingebunden. Auch er war krank. Seine Beine steckten in Gips. Die Nacht hatte er auf einem nach Schafskot und seinem eigenen Urin stinkenden Strohlager verbracht. Warum kümmerten sie sich nicht um ihn?

Als Priester hatte er von der Unbezwingbarkeit des menschlichen Geistes gesprochen, von Menschen, die Kriege und Hungersnöte durchgestanden hatten, die sich für ihre Überzeugungen einsperren, foltern ließen, ohne jemals ihren Glauben zu verlieren. Es war einfach, diese großen Worte auszusprechen, für die Opfer beten zu lassen, wenn man einen sauberen, weißen Kragen trug und wußte, daß man bald vor einem Glas Wein und einem Sonntagsbraten sitzen würde. Er hatte sich nie vorgestellt, nie wirklich vorgestellt, daß er und diese Unglückseligen ein und derselben Spezies angehörten.

Die Dicke legte sich ins Zeug, boxte einen Klumpen Teig herum und goß aus der Kanne, in die die Jüngere den Finger gesteckt hatte, Tee dazu, um ihn zu befeuchten. Ekelhaft. Dann schüttete sie Öl in die Pfanne, klopfte den Teig darin flach und stellte sie aufs Feuer. Sie wischte das Mehl vom Tisch und rieb sich die mehligen Hände an ihrer Weste sauber, den Rest pustete sie aufs Gras.

Die andere ging am Pferch vorbei und warf ihm einen Blick zu, der schwer zu deuten war. Es lag mehr als nur Neugierde darin, und er dauerte etwas zu lange, um noch als verstohlen gelten zu können. Sie hatte einen kleinen Korb dabei, in dem schwarze Wolle zu liegen schien. Behutsam legte sie sie auf ein dünnes Tuch, wickelte sie wie einen Plumpudding darin ein und zog sie durchs

Wasser. Während sie mit ihrer einen Hand diese Bewegung ausführte, schaute sie ihn an. Er konnte nicht wegschauen, obwohl er am ganzen Körper das Pieksen von tausend winzig kleinen Nadeln spürte.

Sie drückte das Wasser aus dem Bündel, legte es in den Korb zurück und schlug das Tuch wieder auseinander. Warum in den Korb und nicht auf die Büsche mit der anderen Wolle? Schwarzes Schaf, kicherte er, gegen eine ungewollte Hysterie ankämpfend. Es mußte von dem Rest der Herde ferngehalten werden. Sie kippte den Korb etwas und hielt ihn in seine Richtung.

Es war keine Wolle, es war Haar. Sein Haar. Er hätte sich am liebsten zu einem kleinen Ball zusammengerollt, aber das ging leider nicht. Er konnte nicht einmal die Beine beugen.

Sie stellte den Korb vor die Dicke. Die beiden strichen über das Haar und nahmen einzelne Strähnen heraus. Er erschauerte, aber er konnte nicht wegschauen. Obwohl das Haar nicht mehr mit seinem Körper verbunden war, fühlte er sich bei jeder Berührung vergewaltigt. Sie wendeten die Haare, begutachteten ihren Glanz. Prüften die Qualität.

Seine Lider senkten sich, sperrten das Bild aus. Sie waren im Besitz seiner Haare, seines Körpers. Aber er würde mit seinem Kopf und seinem Geist so lange Widerstand leisten, wie er konnte. Er würde an Heilige und Märtyrer denken, an die Geschundenen und Erniedrigten, und an ihrer Seite bleiben.

Clara ließ den Korb mit dem Haar an einem Tischende stehen und holte etwas Apfel-Chutney fürs Mittagessen. Margarita probierte das Brot in der Pfanne, um zu sehen, ob es fertig war. Zufrieden nahm sie es heraus und legte es auf den Tisch.

Iphigenia wurde geweckt von dem weichen, runden Geruch nach frischem Brot und dem beißenden Gestank nach Schweiß. Alles um sie herum schien mehr Tiefe, mehr Kontur zu besitzen. Gerüche. Sie konnte wieder riechen. Sie bewegte einen Arm. Schwach, aber nicht mehr verkrampft. Sie zog ihn unter der Decke hervor und legte die Hand in den Schoß. Ihr Mund war ausgedorrt, zerklüftet, was einigermaßen komisch war, wenn man bedachte, daß ihr Körper nur so vor Schweiß troff. Sie machte eine saugende Bewegung mit dem Mund, um den Speichelfluß anzuregen. Margarita goß heißes Wasser aus dem Kessel und gab Iphigenia einen Schluck. Ah, viel besser.

Iphigenia fühlte sich wie nach einem hundertjährigen Schlaf und nicht wie nach einem kurzen Nickerchen von ein paar Stunden. Sie war noch nicht vollkommen gesund, ihren Kopf durchzuckte gelegentlich noch ein stechender Schmerz, und ihr Hals war immer noch wund, aber die Qual war ausgeschwitzt. Und was am erfreulichsten war, sie konnte wieder riechen. Der Nebel hatte sich aufgelöst, und sie war wieder ein Teil der Gemeinschaft. Sie zog die andere Hand unter der Decke hervor, faltete beide Hände zum Tischsegen und senkte zusammen mit ihren Mitschwestern den Kopf.

Im Zimmer der Äbtissin brannten Öllampen und Kerzen, die lange, bedrohliche Schatten auf die Wände warfen. Der Korb mit den Überbleibseln aus dem Auto stand auf dem Bett der Äbtissin und schien von innen heraus zu glühen, als besäße er eigenes Leben.

Die Nonnen gingen durch die Sachen und sortierten sie in kleine Häufchen, wie Carla das mit den Verunreinigungen der Wolle machte. Sie würden nichts von dem, was sie aus dem Auto mitgenommen hatten, wegwerfen, obwohl sie wußten, daß nicht alles verwendbar war. Die Papiere in der hübschen Box waren einfach nur Kinkerlitzchen. Die Flüssigkeit in dem Feuerzeug hatten sie bereits inspiziert, und es war ihnen klar, daß es etwas Wichtiges sein mußte, auch wenn sie nicht wußten, was es damit auf sich hatte. Mit der Batterie verhielt es sich ähnlich.

Während Iphigenia den Inhalt der Mappe untersuchte, blätterten Margarita und Carla ein Buch mit Landkarten durch. Es war sehr bunt – schwarze, rote oder gelbe Linien durchzogen das grüne Land. Kleine Vierecke standen für Städte, umgekehrte Vs für Berge, Kreise für Seen, Kreuze für heilige Stätten, Kirchen und Klöster. Beim Umblättern einer Seite stießen sie auf ein dünnes Band, das einem Lesezeichen ähnelte, mit dem sie ihre Bibelstellen kennzeichneten. Die Seite zeigte eine Karte von der Küste und den Inseln, die wie kleine Krümel vor einem Brotlaib aussahen. Manche Inseln hatten Namen, andere waren einfach nur unregelmäßige, grüne Umrisse in dem Blau. War ihre Insel eine davon? Wie hieß sie? Das Kloster war die Abtei der heiligen Agnes, aber falls ihnen der Name der Insel jemals bekannt gewesen war, so hatten sie ihn längst vergessen.

Carla und Margarita wandten sich einem anderen Buch zu, das den Titel trug: *Geschickt verhandeln*. Es war schwer zu lesen, beinahe so, als wäre es in einer fremden Sprache geschrieben.

»Ferienanlagen für Anspruchsvolle«, las Iphigenia. Carla und Margarita ließen von *Geschickt verhandeln* ab und versammelten sich um sie. Iphigenia blickte von ihrer Broschüre nicht hoch, anscheinend war ihr gar nicht bewußt, daß sie etwas gesagt hatte.

Die Broschüre enthielt viele bunte Bilder. Auf einem waren ein blaues Schwimmbecken und Leute abgebildet, die verschiedenfarbene Getränke in der Hand hielten und auf Luftmatratzen schwammen. Alle trugen Brillen, die so dunkel wie die Autoscheiben waren. Auf einem anderen saßen sie an einem langen Tisch mit einer Reihe Kerzen in der Mitte. Auf dem Boden lag ein üppiger, roter Teppich, an den Wänden hingen Tapisserien, und die Decke war mit Ornamenten geschmückt. Es sah aus wie ein Palast. Auf einem dritten hantierten ein paar Männer mit Stecken herum. Krocket. Nein, es war ein anderes Spiel. Golf.

»Der optimale Ort zum Entspannen«, las Iphigenia. »Diskretion und Intimität. Luxuriöse Unterbringung für Einzelreisende oder Gruppen . . . Mittelalterliche Burgen, Schlösser, Herrenhäuser.« Sie drehte und wendete die Broschüre, las sich alles ganz genau durch. Dann schnappte Carla sich das Heft und studierte die Bilder, während Iphigenia sich die nächste Sache vornahm. Eine Liste mit Namen. Die »Marketing-Gruppe für Luxus-Resorts« war mit einem Kreis gekennzeichnet. Iphigenia legte auch die Liste wieder zur Seite und widmete sich einem Lageplan; es war der gleiche Lageplan des Klosters wie der, den sie in der Tasche des Mannes gefunden hatten. Doch in diesen waren noch andere Dinge eingezeichnet. Der Hof hatte sich in ein blaues Rechteck verwandelt, und auch die Kapelle sah völlig anders aus. Iphigenia preßte die Lippen zusammen.

Carla und Margarita schauten Iphigenia um eine Erklärung heischend an.

»Er möchte unser Heim in diese Bilder verwandeln.«

Auf Carlas Gesicht breitete sich ein Grinsen aus. Ihr gefielen die Bilder von dem Tisch mit den Kerzen darauf und dem blutroten Teppich darunter. Aber Iphigenia lächelte nicht, und auch Margarita verzog keine Miene. »Die Bilder sind doch hübsch«, verteidigte sich Carla.

»Aber wir sind nicht darauf. An einem solchen Ort sind wir fehl am Platz.«

Carla inspizierte die Leute, die um den Tisch herum saßen. Manche hatten den Kopf abgewandt, und ihre Gesichter ließen sich nicht erkennen. Es hätten Carla und Margarita sein können.

»Er hat gesagt, wir müßten an einen Ort mit einer Krankenschwester, und dann hat er gesagt, sie würden die Agnes-Schwestern schlachten. Du erinnerst dich doch, Carla. Die Geschichte von König Heinrich VIII, die Auflösung der Klöster. Alle wurden zerstört, an die Welt verkauft.«

»Aber unser König ist Gott.«

»Unser König ist zwar Gott, aber der König des Klosters ist der Bischof. Und der hat den Mann hierhergeschickt.«

Carla sortierte ihre eigenen Fundstücke von dem Ausflug nach draußen. Sie hatte jetzt noch eins mehr – eine schwarze Glasscherbe, die sich einem ins Fleisch bohrt wie ein Nagel vom heiligen Kreuz. Sie fuhr mit einem Finger darüber und drückte so fest dagegen, daß sie die scharfe Schneide zwar spürte, sich aber nicht wie Iphigenia daran schnitt. Iphigenia wußte nicht, daß sie dieses Relikt mitgebracht hatte. Es hatte in ihrem Körper gesteckt und sich in ihrem Fleisch und Blut eingenistet. Carla hielt seine Schwärze gegen die der Nacht und vergrub es dann an einem speziellen Ort, getrennt von den andern Dingen, da es das Gewebe des Sündenrocks zerreißen und zerstören konnte.

Es war sehr spät, die Große Stille hatte sich schon vor

Stunden über sie herabgesenkt. Sie war dagelegen, hatte die Mondsichel an ihrem Fenster vorüberziehen sehen, und der Schlaf kam und kam nicht.

Sie hob abwechselnd eine Grasnelke, eine gelbe Ginsterblüte und eine Muschel hoch. Die Muschel hatte die Form eines Ohrs. Sie preßte sie gegen ihr eigenes Ohr und hörte ein fernes Rauschen. Sie nahm die Muschel wieder weg und betrachtete sie. Wie konnte sie das Geräusch des Meeres nachahmen? Sie hielt sie sich noch einmal ans Ohr. In der Muschel hörte sie das Echo des Gesangs der Meereskreaturen. Sie sah ihre glatten, runden Köpfe vor sich, ihre hübschen Schnurrbarthaare und ihre großen, gummiartigen Flossen vor sich. Carla wedelte mit den Vorderarmen und sang ihr Lied, bis sie müde wurde.

Mit der Muschel in der Hand ging sie nach draußen. Wenn sie als Kind nicht schlafen konnte, schlich sie sich immer in die Zelle einer Nonne. Später, als sie größer war, mochten die Nonnen das nicht mehr und sagten, sie müsse bei dem Herrn ihre Ruhe finden.

Sie ging an den Bögen des Kreuzgangs vorbei, immer noch die Muschel umklammernd, das Lied der Seehunde mit geschlossenem Mund vor sich hin summend, so daß der Ton in ihrem Kopf blieb und nicht entweichen konnte. Sie kam an der Glut im Hof vorbei. Und dann entdeckte sie den Fisch. Sie hörte auf zu singen, zog das Meeresgeräusch von ihrem Ohr weg, aber der Fisch war immer noch da.

Leise schlich sie sich an ihn heran. Sie sah sein glasiges Auge. Er atmete stoßweise. »Kiri«, rief sie leise, aber er antwortete nicht. Sie schob den Riegel des Gatters zurück. Er rührte sich nicht. Aber das glasige Auge sah sie unverwandt an. Sie ging hinein und legte ihm die Muschel ans Ohr. Sein Kopf drehte sich abrupt zur Seite, als wolle er eine Fliege verscheuchen. Sie setzte sich, ihr Rock ließ das Stroh rascheln.

Sie war dicht neben ihm. Seine weiße Haut war mit kleinen schwarzen Pünktchen übersät, winzigen Sandkörnchen. Als sie ihn streichelte, fühlte es sich wie die rauhe Haut der Meereskreaturen an.

»Schlafen?«

Er brach die Große Stille nicht. Carla hätte sie auch lieber nicht gebrochen, aber sie konnte das Geplapper ihrer Gedanken nicht unterdrücken. Wenn sie früher die Schwestern aufsuchte, brachen auch sie gelegentlich das nächtliche Schweigegebot, um ihr eine Geschichte zu erzählen, um mit ihr zu beten, bis sie schließlich einschlief.

»Geschichte?«

Er respektierte immer noch die Große Stille.

Sie legte sich neben ihn, schmiegte sich an seinen Rükken. Er war kalt, so daß sie ihn an sich heranzog, um ihn zu wärmen. Er zappelte fürchterlich, aber nach ein paar zärtlichen, kleinen Klapsen gab er nach wie ein kleiner Vogel oder ein Insekt, das man nur fest genug in der Hand halten mußte.

Sie würde ihm eine Geschichte erzählen. Aber welche? Eine, die ihm gefallen würde. Sie lag da, spürte seinen Atem und entschied sich schließlich. Sie hatte noch nicht die ganze Geschichte parat, aber sie wußte, sie brauchte nur anzufangen, der Rest würde sich ergeben. Sie fingerte an der Muschel herum.

Mit einer Hand auf seinem Bauch, damit er sich warm und wohlig fühlte, begann sie:

»Es war einmal eine wunderschöne Prinzessin. Eines Tages unternahm sie mit ihren Hofdamen und Hofherren eine Schiffsreise zu einem Land auf der anderen Seite des Meeres. Doch sie kamen in einen Sturm, in einen furchtbaren Sturm, und das Schiff ging unter. Das Meer schloß sich über dem Schiff, so daß es, ohne eine Spur zu hinterlassen, verschwand. Die Leute waren aber nicht tot, sie schliefen nur und warteten darauf, geborgen zu werden. Nach einiger Zeit kam ein Prinz auf einem schwarzen Streitwagen vorbei. Und raten Sie mal, was passierte.« Sie hatte angefangen, seinen Bauch zu reiben, seinen kalten, kratzigen Bauch. Und dann, oh, dann spürte sie Baby Moses. Armes, verlassenes, kleines Ding, nicht einmal das Schilf war da, um es zu wärmen. Sie würde sich darum kümmern, es trösten, wie die Schwestern damals Klein Carla getröstet hatten.

»Der Streitwagen des Prinzen teilte das Meer wie Moses, der nur die Hand auszustrecken brauchte, um die Wasser zu teilen.« Sie streckte ihrerseits die Hand aus und umschloß Baby Moses mit den Fingern. »Er würde sie zum Gelobten Land bringen, wo sie vielfarbene Getränke trinken und an einem Tisch auf einem blutroten Teppich essen würden.« Sie liebkoste Baby Moses mit der Hand. »Und dann ...«

Und dann trat diese unglaubliche Verwandlung ein. Baby Moses fing in ihrer Hand an zu wachsen. Es hatte zwar immer noch seine weiche Babyhaut, aber darunter wurde es hart und fest wie eine Hammelkeule.

Es war unsäglich, er konnte kaum fassen, was sich da abspielte. Nicht nur blies sie ihm ihre klamme Geschichte in den Nacken, sie spielte auch mit ihm.

»Seele Christi, heilige mich,
Leib Christi, mach selig mich,
O gütiger Jesu, verbirg in deine Wunden mich ...«

Er hatte geglaubt, er wäre an einem Punkt angekommen, an dem er keine Würde mehr verlieren konnte, von dem aus er nicht mehr tiefer fallen konnte, aber nein, sie hatten doch noch etwas gefunden. Er versuchte, die Dornen Christi auf seinem Haupt zu spüren, die Nägel in dem Fleisch seiner Hände und Füße, die Lanze in seiner Seite, heroische Schmerzen zu erleiden, um sich von dem, was mit ihm geschah, abzulenken. Er war in der Wildnis, Gott hatte ihn verlassen, ohne ihm eine Waffe zu geben, mit der er sich verteidigen konnte. Nicht einmal die Herrschaft über seinen eigenen Körper hatte er ihm gelassen.

Ohne Ende erzählte sie weiterhin ihre blödsinnige Geschichte von dem Meer, das sich teilte, den Teppichen von Blut. Gott mochte sich von ihm abgewandt haben, nicht jedoch der Hunger des Fleisches. Es spielte keine Rolle, daß die Hand dieser Verrückten gehörte; sie besaß die Wärme und die Sicherheit der Krankenschwester. Er verfluchte beide. Er verfluchte alle Verführerinnen, die Verkörperung von Fleischlichkeit und fleischlicher Lust. Von allem, was ein Diener des Herrn verabscheuen und meiden mußte. Blut, Schleim, Galle, der Schmerz und die Schmach, zwischen Faeces und Urin einer Frau geboren zu werden. Er besann sich auf die Worte des heiligen Augustinus über die gemeine Gier der Frau und auf den heiligen Johannes Chrysostomus, aber sie vermochten das Anschwellen nicht zu verhindern.

Sie besaß nicht einmal den harten, schnellen Rhythmus seiner eigenen Hand, die weiche, einhüllende Wärme ihrer Hand genügte schon. Oh, er konnte nicht mehr länger widerstehen. Gleichzeitig entwichen ihm Worte so voller Haß, daß sie seiner eigenen Seele weh taten.

»Die Welt leidet immer noch unter dem Fluch, den Gott gegen dein Geschlecht ausgesprochen hat. Du bist das Tor zur Hölle, du hast den Baum der Erkenntnis entweiht, du hast als erste das Gesetz Gottes übertreten; mit deinen schmeichlerischen Worten hast du den Mann überredet, bei dem selbst der Teufel nichts hatte ausrichten können. Das Ebenbild Gottes, den Mann Adam, du hast ihn zerstört, und es war ein Kinderspiel für dich. Du hättest den Tod verdient, doch es war der Sohn Gottes, der sterben mußte!«

Sein Mund schrie es heraus, die Wut, die Schande, die über ihn gekommen war, und doch konnte er sich nicht erklären, wie all diese Worte mit einer solchen Beredsamkeit über seine Lippen gekommen waren, Worte, die ihm eine jahrtausendealte Geschichte eingegeben hatte.

Danach blieb er schluchzend liegen. Er hörte, wie sich in sein leises Gewimmer, mit dem er sich zu beruhigen suchte, der Chor der Schafe mischte, und ihr Blöken war seiner Klage bemerkenswert ähnlich.

Dann herrschte wieder Stille, die große, kalte Decke der Nacht legte sich auf ihn, und er war wieder allein. Die Frau war weg. Wann genau sie vor ihm zurückgewichen war, konnte er nicht sagen.

Iphigenia wurde von dem Lärm wach. Ein Dämon. Sie hatte noch nie ein solches Geheul gehört. Der Ausbruch hatte die Schafe aufgeschreckt; kurz darauf war nur noch ein leises Gewimmer zu hören und schließlich gar nichts mehr.

Nachdem Carla in ihre Zelle gegangen war, hatten Iphigenia und Margarita diskutiert. »Er ist vom rechten Weg abgekommen, deshalb will er unsere heilige Stätte säkularisieren. Gott hat ihn hierhergeschickt, damit wir uns seiner annehmen. Wenn wir ihn nicht auf den rechten Weg bringen können, werden andere folgen.« Margarita war nicht der Meinung, daß der Herr ihn deswegen zu ihnen gesandt hatte. »Wir müssen es versuchen«, meinte Iphigenia.

Etwas mußte geschehen. Sie wollten keine unkontrollierbare, wildgewordene Kreatur, eine Heulboje am Hals haben. Ja, morgen würden sie etwas unternehmen. Sie würden ihn zu sich nehmen, ihn an ihre Gesellschaft gewöhnen. Sie wußte nicht, ob Carla dieses unmenschliche Geheul provoziert hatte, aber sie war sich ziemlich sicher, die Witterung einer verängstigten Carla aufgenommen zu haben, die den Gang entlanghuschte.

Erstaunlich, dachte Ignatius, als er die Augen öffnete und in eine verschleierte Sonne blickte, er hatte die Nacht überlebt. Da er nichts gegessen hatte, mußte er auch nicht seinen Darm entleeren. Er dankte Gott für diesen kleinen Gnadenbeweis und bat um genügend Glaubensstärke, um diese Prüfung zu bestehen, für die es keinen Namen gab. Er bat um Demut, um Erlösung von seinem Stolz. Er gab sich ganz in die Hand Gottes, Sein Wille sollte geschehen.

Er konnte das Wasser zischen hören und das Kratzen der Becher auf der Tischplatte. Die Schafe grasten so friedlich um ihn herum, als hätten sie den nächtlichen Vorfall überhaupt nicht bemerkt. Auch sonst gab es keine Reaktionen. Der Stuhl vom Vortag war wieder herausgestellt worden, aber die Große saß nicht drin. Statt dessen stapelten sich Decken und Kissen auf ihm. Etwas war anders.

»Guten Morgen«, sagte die Große. »Was macht Ihr Knöchel?« Als wäre er ein Patient in einem Krankenhaus. Was sein Knöchel machte? Großer Gott, um seinen Knöchel zu schützen, hätten sie ihn nicht einzugipsen brauchen.

Sie kamen in den Pferch, alle drei. Die von der letzten Nacht hielt sich etwas im Hintergrund, wich seinem Blick aus. Wäre der Kontext ein anderer gewesen, hätte man sagen können, das reinste Unschuldslamm. Die andern beiden stellten ihn auf die Beine und bürsteten den Schmutz ab. Sie banden ihm die Arme los, um sie gleich darauf wieder festzubinden, doch dieses Mal vor seinem Bauch. Sie lächelten, als würden sie ihm einen großen Gefallen erweisen. Wie eine willenlose Puppe ließ er alles über sich ergehen. Tiefer sinken konnte er nicht mehr.

Seine eingegipsten Beine lagen auf der Bank, sein Kopf war von Kissen umkränzt, die Decken an den Seiten eingeschlagen, die gefesselten Hände ruhten in seinem

Schoß. Sie hatten ihn hergerichtet wie eine Matrone. Er schaute zu, wie sie den Tee eingossen und ihm einen Becher hinstellten.

Wie in Gottes Namen sollte er sich vorbeugen und ihn hochnehmen, war er doch besser verschnürt als ein Truthahn zu Weihnachten. Er blickte sie ausdruckslos an. Er würde annehmen, was sie ihm anboten, aber er würde keine Initiative ergreifen. Er würde sie mit derselben Gleichgültigkeit strafen wie sie ihn. Obwohl es für die Demütigung und Erniedrigung, die er erlitten hatte, keine Worte gab, so mußte er doch zugeben, daß seine Peinigerinnen sich zumindest nicht an seinem Elend delektierten. Sie hatten ihn mit seinen Schmerzen und Qualen allein gelassen. Bis dann der nächtliche Sukkubus sich neben ihn legte, ihn aufgeilte und verführte, ihn mit ihrer Geschichte und ihrer blasphemischen Hand quälte.

Vielleicht war sie geschickt worden, um ihm seinen letzten Rest an Würde zu rauben, ihn als Mensch in Frage zu stellen. Ein Initiationsritus, den er draußen in der Wildnis bestehen mußte. Jetzt war er wieder in den Stamm aufgenommen.

Als er keine Anstalten machte, den Becher heranzuholen, schubste Iphigenia ihn in seine Reichweite. Er starrte darauf, beobachtete, wie sie ihm zusahen, legte die gespreizten Finger um ihn und fühlte seine nährende Wärme.

Sie hoben ihre Becher, ihn durch ihr Beispiel ermunternd, dasselbe zu tun. Er konnte sich nicht erinnern, wann er das letzte Mal etwas gegessen oder getrunken hatte, jetzt überkamen ihn jedoch ein akutes Hunger- und Durstgefühl.

Vielleicht hatte er einen Unfall gehabt und sich beide Beine gebrochen, oder zu hohes Fieber, und der Rest war eine Fieberphantasie. Er war krank gewesen, hatte ein paar Alpträume gehabt und saß jetzt als Rekonvaleszent in einem Sessel. Ein Rekonvaleszent, dem man die Hände zusammengebunden hatte.

Er führte den Becher zum Mund und versuchte dabei, das Zittern seiner Hände zu unterdrücken, den Schmerz in seinen Armen zu ignorieren. Schließlich hatte er es geschafft. Er atmete das erfrischende Aroma ein und nahm den ersten Schluck. Sein Körper war wie ein großer leerer Brunnen, und er konnte spüren, wie der Tee durch ihn hindurchrann. Er nahm einen weiteren Schluck, den er aber im Mund behielt. Dabei fiel ihm der schlechte Geschmack seines eigenen Mundes auf. Der Tee besaß zwar nicht die pfefferminzartige Frische einer Zahnpasta, aber er war angenehm herb und belebend.

In der Einsamkeit des Pferchs wäre er am liebsten gestorben. Er hatte das Wasser und das trockene Brot, das sie ihm hingestellt hatten, nicht angerührt, hatte sich geweigert, seinem Körper etwas zuzuführen, denn er wollte nur so schnell wie möglich vom Herrn abberufen werden. Aber er lebte. Er war außerhalb des Pferches, saß in der warmen Sonne und trank Tee. Offensichtlich hatte Gott andere Pläne mit ihm.

Als die Teepause vorbei war, brachten sie Körbe mit Vlies heraus. Es gab verschiedene Naturfarben, ein cremiges Weiß, ein Dunkelgrau und Braun, ein paar sanfte Grüntöne, Gelb und Blau. Vielleicht war der Korb mit Schwarz, der Korb mit seinem eigenen Haar, nur ein Hirngespinst gewesen. Aber er hatte kein einziges Haar auf dem Körper, etwas mußten sie damit gemacht haben.

Als nächstes schleppten sie ein Spinnrad, einen Korb mit genoppten Stäben und diverse andere Dinge an. Die Dicke setzte sich ans Spinnrad, die Junge postierte sich daneben, und die Große nahm am Tisch Platz.

»Spinnrad«, sagte die Dicke.

»Spindel«, sagte die Junge.

»Karden«, sagte die Große und hielt etwas hoch, was

wie zwei rechteckige Drahtbürsten aussah. Sie legte sie auf den Tisch und ging zu einem grasenden Schaf hinüber.

»Wolle«, erklärte sie und berührte seinen Rücken. »Scheren, sortieren, waschen, kardieren, kämmen, spinnen.« Sie ahmte die Tätigkeiten nach.

Er sah, wie sie sich dicke Klumpen von dem Vlies schnappten und an die Arbeit machten.

»Karden«, sagte die Große noch einmal und hielt die Bürsten hoch. Nachdem sie ihm die Werkzeuge gezeigt hatte, setzte sie sich wieder. Er wurde in die Geheimnisse des Stammes eingeweiht. Es war wie eines jener Vormittagsprogramme im Fernsehen, in denen Kindern gezeigt wurde, was sich alles aus Eierkartons und anderen Küchenabfällen machen ließ. »Eine Karde im Schoß, mit den Drähten nach oben, eine in der Hand, mit den Drähten nach unten«, führte sie vor. »Karde mit dem Vlies füllen.« Sie tat es. »Mit der freien Bürste«, sagte sie, auf die Karde in ihrer Hand zeigend, »immer von oben zum Griff, von oben zum Griff.« Sie wiederholte die Worte, während sie die Bewegung wiederholte, die eine Karde gegen die andere bürstete und das Vlies so lange bearbeitete, bis die Fasern gerade nebeneinanderlagen. »Krempeln.« Sie entnahm dem Wühlkorb einen dunkelvioletten Ball, der mit steifen, gekrümmten Häkchen gespickt war. »Fullers Distel, die die Spinnerinnen von damals benutzten.« Sie legte sie zurück und wandte sich wieder ihren Drahtbürsten zu.

Ignatius hörte aufmerksam zu. Vielleicht würden sie ihm Fragen stellen, um zu überprüfen, was er gelernt hatte. Er versuchte, ihre Tätigkeiten zu memorisieren, sie sich wie einen Katechismus einzubleuen.

»Kräftig durchbürsten.« Sie zeigte es und schob das Vlies von einem Kamm zum andern. »Und noch einmal.« Das Vlies wurde wieder auf den ursprünglichen Kamm befördert. »Vlies vom Schaf«, sagte sie, als wäre es nicht offensichtlich, was auf den Kämmen war. Sie nahm ein Büschel von dem grauen Zeug und legte es auf die Karde mit dem Vlies. »Unser Vlies.« Sie wiederholte das Bürsten und das Hin- und Herschieben mehrere Male.

Die andern hatten sich unterdessen nach hinten verzogen und spannen; die eine saß am Rad, die andere zwirbelte und spann den Faden um den Stab in einem ruhigen, regelmäßigen Rhythmus, der den Hintergrund für den gesprochenen Teil lieferte.

»Abheben«, kündete sie grandios an. Mit der einen Hand hielt sie die Karde in ihrem Schoß, mit der andern schob sie die losen Enden des Vlieses unter ihren Daumen, die Holzkante der zweiten benutzend. Dann setzte sie die Drähte der oberen Karde auf das gefaltete Vlies auf und rollte es von der Bürste. Es sah wie eine Wurst aus. Dieses Gebilde gab sie der Jungen, die es in ihren Faden einarbeitete.

Ignatius nahm an, daß sie mit dieser Übergabe auch das Mikrophon weiterreichte, aber sie sprach selbst weiter. Sie ging zu der am Spinnrad hinüber.

»Leonardo da Vinci«, hob Iphigenia an, »Leonardo da Vinci hat ein Rad entworfen, das die Fasern verzwirnte und den Faden auf eine Spule aufwickelte. Aber dieses Rad wurde erst 1530 hergestellt.« Sie setzte sich, und die Dicke ergriff das Wort.

»Flügelspinnrad«, Margarita zeigte darauf. »Spindel, Spule, Spindelschaft, Antriebsschnur, Trittplatte.« Dann setzte sie es in Bewegung, ihr Fuß trat rhythmisch auf die Platte, während sie das Vlies zugab. Das Vlies, das einem Strang Feenhaar glich, wurde in gesponnenes Garn verwandelt.

Das war's. Sie sparte sich rhetorische Schnörkel am Schluß, sie verstummte einfach. Sie hielt die Trittplatte mit dem Fuß in Schwung und ließ mit der Hand den

Drall in die Fasern laufen. Sie hatte ihren Teil gesagt und zog sich in den Hintergrund der Bühne zurück.

Es blieb nur noch eine übrig.

Er schaute weg, versuchte ihrem Blick auszuweichen. Er konnte das Surren des Spinnrads hören, das sanfte Kratzen der Karden. Sie hüllte sich in Schweigen. Vielleicht wartete sie auf ihn, wie ein Lehrer in der Schule wartete, bis er die ungeteilte Aufmerksamkeit der ganzen Klasse hatte. In dieser Schule war Ignatius die Klasse. Er fühlte sich genötigt, sie anzublicken.

Ob sie darauf gewartet hatte, daß er ihr seine Aufmerksamkeit zuwandte, ließ sich nicht entscheiden. Ihre Augen konzentrierten sich auf ihre Arbeit, nicht auf ihn. Sie hielt die Wurst hoch, fächerte die Fasern auseinander und verzwirnte sie mit der rechten, unteren Hand. Ignatius verfolgte den Faden bis zu der rotierenden Spindel, auf die er sich aufwickelte.

»Was ist das für ein Ding, das so lustig herumspringt«, hatte Dornröschen gefragt; tatsächlich handelte es sich um einen Rocken, den die Frau in dem winzigen Zimmerchen benutzte. Abklemmen, öffnen, ziehen, sie wiederholte es immer wieder, während das Material von der einen Hand in die andere wanderte.

Carla hielt inne; sie erinnerte sich, wie wütend er am ersten Abend gegen ihre Dornröschen-Version protestiert hatte. Sie hatte ihn letzte Nacht nicht erschrecken wollen, aber aus seinem Mund war Blitz und Donner gekommen, und das ganze Donnerwetter war auf sie heruntergegangen.

»Aber das ist nicht die Geschichte, die ich Ihnen heute erzählen will. Heute hören wir die Geschichte von den ersten Spinnerinnen. Da, das Bild.« Vielleicht gefiel ihm das, eine Geschichte mit Bildern.

Erwartungsfreudig blickte er um sich.

»Der Raum hat sanft geschwungene, dunkle, körnige

Wände. Es könnte ein ausgehöhlter Baumstamm sein oder eine Höhle in der Erde oder unter dem Meer.«

O nein, sie würde hoffentlich nicht die Geschichte von gestern nacht weitererzählen. Für sie war das nichts weiter als ein Zeitvertreib. Aber für ihn wäre es noch schlimmer, da sie ihn in Gegenwart der anderen demütigen würde.

»Es gibt Felsen und kleine Tümpel, und ganz hinten ist ein winziges Türchen zum Licht der Welt. Die Wände sind in das Dunkel eingemeißelt, aber auf den Faden zwischen den Spinnerinnen fällt ein Lichtstrahl. Hin und wieder berühren sie die Spindel, damit sie sich weiterdreht. Manche nennen sie die Dreifaltigkeit, jedenfalls sind es keine unterschiedlichen Personen, sondern nur die drei Gesichter einer einzigen. Lachesis singt das Lied der Vergangenheit, Clotho das der Gegenwart und Atropos das der Zukunft. Die eine hält die Kunkel, die andere die Spindel und die dritte die Schere. Und eine ist jung, eine alt und die dritte dazwischen.«

Sie hielt sich zurück, das Spinnen des Vlieses schien sie völlig in Anspruch zu nehmen. Eingelullt von ihrem Rhythmus entspannte er sich etwas.

»Seelen zwischen dem einen und dem nächsten Leben kommen zu den Spinnerinnen, um sich von ihnen ihr Los zuteilen zu lassen. Eine Seele, die sich einen neuen Körper sucht, wird von ihnen mit den Worten begrüßt: ›Du kannst dir dein Los selbst aussuchen, aber die Wahl läßt sich nicht mehr rückgängig machen, überleg's dir also gut.‹ Die Seele kommt dann in einen Vorraum, in dem alles, was zum Leben gehört, vorhanden ist: Armut und Reichtum, Tiere, Farne, Prinzen und Bettler, Glück und Verlust. Manche lassen sich von den Erinnerungen an ein früheres Leben leiten, Sänger wählen zum Beispiel einen Singvogel mit einer goldenen Kehle. Manche Männer werden Tiere.«

Er hatte den Eindruck, als ginge dieser Pfeil in seine Richtung, aber sie wirkte friedlich, in ihre Geschichte vertieft. Als gäbe es ihn überhaupt nicht.

»Manche sind gierig und wählen die Reichtümer großer Herrscher, ohne sich dieses Los genauer anzuschauen, denn sonst würde ihnen die Gefahr für ihre Kinder bewußt werden, die sie rücksichtslos dabei verschlingen. Eine weise Seele denkt nach und erinnert sich. Von seinen Abenteuern ermattet, entschied sich Odysseus für ein einfaches, besinnliches Dasein an einem Ort, den nur wenige aufsuchten.«

Er war vom Drehen und Zwirbeln des Fadens so gebannt, daß es ihm nicht sofort auffiel, als sie aufhörte, zu reden. Er wollte mehr.

Die Geschichte war unterbrochen, aber nicht der Rhythmus ihrer Arbeit. Er konnte das Rad und das Kratzen der Karden hören.

»Und dann«, nahm sie die Geschichte wieder auf. Also nicht das Ende, sondern nur einfach eine Pause. Sie wartete, daß die Geschichte sich mit dem Faden spinnen ließe, und tastete sich langsam vor. »Wenn sie sich ihr Los ausgesucht hat, geht die Seele in den Raum der Parzen, die aus dem Los einen Kokon um die Seele spinnen. Lachesis liefert die Fasern, damit das Schicksal der Seele sich erfüllen kann. Clotho dreht an der Spindel, um die Wahl zu bestätigen, und Atropos zwirnt den Faden, damit er unzerreißbar wird. Wenn die zugemessene Lebensspanne versponnen ist, wird der Faden abgeschnitten.«

Wieder hielt sie inne, war aber immer noch nicht fertig. »Die Seele watet dann ins Wasser, legt sich hin und schläft in den Gewässern des Vergessens. Gelegentlich wird die Ruhe des Wassers gestört, durch ein Schiff, das untergeht, oder auch nur durch eine so kleine Sache wie einen Fisch, der hochschnellt. Und aus diesem Spalt im Wasser kommen die Seelen. Das Wasser schleudert einen Schwarm von Sternen heraus, und die Seelen fliegen auf ihnen mit und werden so über die ganze Erde verstreut. Schließlich erwachen sie aus ihrem langen Schlaf, sie sind angekommen, und der feste Kokon, in dem sie geschlafen haben, löst sich auf.«

Sie war am Ende ihrer Geschichte und der Vliesrolle angelangt. Doch sie drehte immer noch daran weiter. Ignatius saß so still da, als steckte er selbst in einem Kokon. Sie sammelte die verarbeitete Wolle ein und zog sie von der Spindel. Auch das Rad wurde langsamer und kam schließlich ganz zum Stehen. Die Nonnen fingen an, zusammenzupacken.

Der Bann war gebrochen. Was sollte er tun, klatschen?

Sie nahmen die fertige Arbeit, die Körbe und alle übrigen Requisiten, die sie zur Vorführung benötigt hatten, mit nach drinnen und kamen mit dem Essen zurück. Brot, Chutney und grüne Blätter. »Bauernfrühstück«, dachte er spöttisch. Er hatte keine Ahnung, was für Blätter das waren, irgendein Unkraut. Doch beim Anblick des Essens lief ihm das Wasser im Mund zusammen.

Er senkte den Kopf zum Tischgebet und aß mit ihnen, schob sich das Essen in den Mund, bekleckerte sich, mampfte und schmatzte und schlurfte mit derselben Begeisterung wie seine Tischgenossen.

Er war wieder im Haus. Der Raum war kleiner als der, aus dem er geflohen war. Er hatte ein hohes Fenster, durch das ein schmaler Streifen Abendlicht drang, besondere Sicherheitsvorkehrungen gab es keine. Aber bei seinen eingegipsten Beinen und gefesselten Händen war das auch gar nicht nötig.

An der Wand hing ein Bild von der Größe eines Bettlakens. Eine Schäferidylle in der Mitte – drei, von ihrer Herde umringte Schäfer. Apfelbäume, ein Pärchen weißer Vögel, die das blaue Band des Himmels unterbrachen. An den Rändern waren grobe, übereinandergepinselte Striche, die das Gestrüpp darstellten und darin entdeckte er eine Bordüre aus einzelnen Szenen, die aber zu klein waren, als daß er sie erkennen konnte. Als sie ihn aufs Bett legten und er etwas näher an dem Bild war, sah er, daß das Ganze ähnlich wie Millimeterpapier von dünnen vertikalen und horizontalen Linien überzogen war. Es war ein Strickmuster, und jedes Kreuz war ein Maschenstich.

Die Große baute sich davor auf. »Diese Arbeit erzählt eine Geschichte, es ist ein Gewebe aus dem Faden der Sprache, ein Artefakt voller Bedeutung. Es enthält die Erinnerung an erlernte Stricktechniken, den ganzen Erfindungsreichtum der Phantasie und die verschlungenen Zopf- und Rippenmuster im Leben der Strickerinnen. Inseln, Schafe, Religion sind nur ein paar der immer wiederkehrenden Motive.«

Verglichen mit der Vorführung vom Vormittag, dem Vortrag über das Kardieren, klang dies ziemlich gestelzt, als wäre es einer Enzyklopädie entnommen. Kardieren. Ein neues Wort. Ignatius grinste in sich hinein. Wie viele neue Dinge er doch lernte.

»Zwar müssen die genauen Ursprünge dieser Fertigkeit erst noch ausgegraben werden, doch man hat in Arabien frühe Fragmente von zusammenhängendem Gewebe entdeckt. Das berechtigt uns zu der Annahme, daß das Stricken sich unter Fischern entwickelt hat, da beim Anfertigen der Netze die Fäden ähnlich miteinander verknüpft und verschlungen werden. Bereits im 13. Jahrhundert ließ sich mit der Herstellung, der Verarbeitung und dem Handel von Wolle ein so einträgliches Geschäft machen, daß die britischen Schiffe im Konvoi fuhren, um sich vor Piratenüberfällen zu schützen. Stricken war in der elisabethanischen Zeit ein höchst angesehenes Handwerk, ein Lehrling mußte sechs Jahre auf Reisen gehen, um sich die Techniken anzueignen. Erst wenn er in der Lage war, eine Mütze, ein Hemd, ein Paar Strümpfe und einen Teppich zu stricken, konnte er seine Meisterprüfung ablegen. Als sich dann auf der ganzen Welt Maschinen durchsetzten, wurde das Stricken mit der Hand zu einem interessanten Hobby mit therapeutischer Wirkung degradiert.«

Na ja, das hörte sich doch schon viel besser an. Sicherer, fließender. Eine gute drei.

»Aber auf den Inseln und anderen abgelegenen Orten blieb das Handwerk lebendig. Obwohl die Pullover der Inselfischer immer dieselbe Form haben, so sind doch die Strickmuster von Insel zu Insel verschieden. Angeblich kann man die Heimatinsel eines ertrunkenen Fischers anhand des Pullovers, den er trägt, feststellen. Diese Behauptung ist allerdings etwas fragwürdig, denn die Fischerleute sind viel unterwegs und eignen sich immer wieder neue Muster an. Es wird also viel übernommen. Trotzdem sind manche Muster und Maschen typisch für bestimmte Inseln. Das für die Aran-Inseln charakteristische Zopfmuster soll von keltischen Kreuzen inspiriert sein. Zöpfe und Rippen wärmen und schützen zudem gegen die kalten Winde.«

Sie hielt wieder inne, als wartete sie auf den nächsten Klick, um sich wieder zu erinnern.

»Stricken beschränkt sich nicht auf das rein Praktische.

In den langen, kalten Winternächten auf den Shetland-Inseln wurde das Stricken von Spitzen entwickelt. Die Arbeiten sind so zart und kunstvoll, daß man einen Schal von der Größe eines Tisches bequem durch einen Ring ziehen kann.« Um es zu verdeutlichen, formte sie mit Zeigefinger und Daumen einen Kreis, durch den sie das Gebilde aus der Luft zog.

Die Dicke lieferte noch ein weiteres Detail. »Shetland-Schafe werden nicht geschoren, sie werden gezupft. Wenn der neue Stapel wächst, löst sich die alte Wolle ganz einfach. Gezupfte Wolle hat wunderbar lange Fasern.«

Die Große machte weiter: »Die Schals werden mit Nadeln gestrickt so dünn wie Draht, verwendet werden Muster wie Muschel-, Farn- und Filigranmuster. Dies sind ebenso ätherische wie seltene Beispiele dieser Fertigkeit, und ihr Gewebe ist so dünn und so fest wie das Netz einer Spinne.« Bei diesen Worten setzte sich die Junge auf. Die Große bedachte sie mit einem Blick. »Früher haben die Nonnen die Gewänder der Bischöfe und Priester gestrickt oder bestickt. Die Lämmer, die die Wolle für diese Gewänder lieferten, wurden an dem Tag der heiligen Agnes feierlich gesegnet.«

Es lief wie am Schnürchen. Anfangs noch zögernd, aber als sie dann in Schwung geraten waren, sicher und selbstbewußt. Ignatius lächelte wohlwollend, so wie seine Onkel zu lächeln pflegten, wenn Ignatius und seine Schwester nach dem sonntäglichen Dinner etwas vortragen mußten.

Dem Vortrag sollte anscheinend ein praktisches Beispiel folgen. Die Nonnen hatten ihre Nadeln und die Körbe mit der gesponnenen Wolle dabei. Alles befand sich auf dem kleinen Tisch – Nadeln, Wolle und Schere, fein säuberlich zurechtgelegt wie ein chirurgisches Besteck.

Sie falteten die Hände, senkten die Augen und verfielen in einen Sprechgesang. Automatisch beugte auch Ignatius den Kopf und senkte den Blick. Seine Hände waren schon zusammen. Gefesselt.

Er hörte aufmerksam zu, da sie jetzt, wo sie ihn in ihrer Mitte aufgenommen hatten, bestimmt erwarteten, daß er bei ihren Andachten mitbetete. Es dauerte eine Weile, bis ihm klarwurde, daß die Worte, die sie sangen, nicht der Heiligen Schrift entstammten. Er schnappte merkwürdige Namen auf. Ariadne. Athene. Es war kein Gebet, das er kannte.

Der Singsang hörte auf, und sie nahmen ihr Strickzeug zur Hand. Er ließ den Blick über die Körbe schweifen und versuchte, seine Haare ausfindig zu machen, konnte sie aber nicht entdecken. Hatten sie sie schon verstrickt oder hoben sie sie auf? Er fragte sich, ob er es wohl spürte, wenn sie es auf ihre Nadeln nahmen, hineinstachen.

Sie verstummten, die Nadeln in der Hand.

»Geschichte«, befahlen sie.

Ah, gut, eine Aufgabe für ihn. Aber was sollte er zum besten geben, was beliebte den Damen heute abend? Er erinnerte sich an das letzte Mal, als er im Bett lag und dem kleinen Grüppchen eine Geschichte erzählt hatte. Wie schlau war er sich vorgekommen. Jetzt aber mußte er erst seine alte Schläue wiedererlangen, einen langen, festen Faden davon, der ihn von hier herausführen würde.

Die Nonnen warteten ungeduldig, als würde er sie vom Arbeiten abhalten. Carla schubste gelangweilt einen Knäuel gelber Wolle über den Tisch und beobachtete, wie er sich aufrollte, dann schubste sie ihn wieder zurück. Das brachte ihn auf eine Idee.

»Es war einmal ein König, der hatte sich in einem tiefen Wald verirrt. Die Nacht brach herein, und er war schon der Verzweiflung nahe, als er eine alte Frau des Weges kommen sah. Sie versprach, ihn hinauszuführen, wenn er ihre Tochter heiratete. Die Tochter war sehr schön, und der König dachte, er habe einen guten Handel gemacht.

Aber ach, kaum hatten sie den Wald verlassen, verwandelte sie sich in eine Hexe. Aus einer früheren Ehe hatte der König dreizehn Kinder – zwölf Söhne und eine wunderschöne Tochter. Da er Angst hatte, die Hexe könne ihnen etwas zuleide tun, befahl er seinen Dienern, sie im Wald zu verstecken. In einem anderen Wald«, fügte Ignatius hinzu.

»Als die neue Königin, die durch seine häufige Abwesenheit mißtrauisch geworden war, eines Tages durch die Sachen des Königs ging, entdeckte sie einen Knäuel Zauberwolle. Sie ließ den Knäuel rollen und folgte dem Faden – er führte sie geradewegs zu den Kindern. Da sie dachten, der Faden würde den Besuch ihres Vaters ankündigen, rannten die Knaben aus dem Haus, um ihn zu begrüßen. Aber o weh! Die Hexe warf über jeden ein weißes Hemdchen, und sie verwandelten sich in Schwäne. Sie blickten auf ihre schneeweiße, aufgeplusterte Federbrust, und die gelben Schwimmhäute ihrer Füße und breiteten ihre Flügel aus, um sich in die Lüfte zu erheben.

Dem dreizehnten Kind, dem Mädchen, war dieses Schicksal erspart geblieben, da sie in der Hütte das Abendessen gekocht hatte.

Als das Essen fertig war, rief sie die anderen. Aber keiner kam. Sie rief noch einmal. Wo steckten sie nur? Sie suchte den ganzen Wald nach ihnen ab, aber sie schienen sich in Luft aufgelöst zu haben.

Als der dritte Tag mit einem herrlichen Abendrot zu Ende ging, senkten sich zwölf wunderschöne Schwäne herab, um sich neben der Prinzessin niederzulassen. Als sie auf den Boden aufsetzten, verwandelten sich ihre Schwimmhäute in Füße und ihre Flügel in Arme, und sie erkannte ihre Brüder.

›Schnell, schnell‹, begrüßten sie sie, ›wir haben nur für ein paar Minuten am Tag unsere menschliche Gestalt. Unsere Stiefmutter hat uns verzaubert.‹

Die Prinzessin rang die Hände. ›Sagt mir, o bitte sagt mir doch, was ich tun muß, um euch zu erlösen.‹

Die Brüder schnatterten untereinander und schauten mal da, mal dorthin, nur nicht auf ihre Schwester.

›Sagt mir, was ich tun muß‹, flehte sie sie an.

Da sagte ihr ältester Bruder: ›Ach, die Bedingungen sind zu schwer.‹ Die Sonne war kaum noch zu sehen, und da die Prinzessin wußte, daß ihnen nur noch wenig Zeit zum Sprechen blieb, und da sie alles für sie zu tun bereit war, bedrängte sie sie noch mehr. ›Nichts ist zu schwer. Sagt mir, was ich tun muß, sprecht!‹

›Das ist es ja‹, meinte der ältere Bruder zögernd. ›Du darfst nicht sprechen. Du mußt zwölf Hemden aus Nesseln stricken, für jeden eines. Und du darfst erst wieder sprechen, wenn alle zwölf fertig sind und wir unsere menschliche Gestalt wiederhaben.‹ Bei diesen Worten verwandelten sich die anderen Brüder bereits wieder in Schwäne.

›Ich will's tun‹, flüsterte sie zum Himmel hochblickend, in den sie verschwanden.«

Ignatius fuhr fort mit seiner Geschichte von den zwölf Schwänen und der Schwester, die viele Jahre hindurch schweigsam ihre Arbeit tat. »Und sie schwieg und strickte insgeheim an ihren Hemden weiter, sogar als sie selbst die Gemahlin eines Königs geworden war und von ihrer Schwiegermutter der Hexerei beschuldigt wurde. Diese hatte ihr Kleid mit Blut befleckt und den König glauben gemacht, sie sei die Mörderin ihres eigenen Kindes. ›Sie soll verbrannt werden‹, verkündete der König voller Trauer und beschwor seine geliebte Königin, doch zu sprechen und so ihr Leben zu retten. Aber die Königin blieb stumm.

Auf dem Weg zum Scheiterhaufen hörte sie plötzlich ein Flügelschlagen und die zwölf Schwäne stießen herunter, um ihre Schwester zu befreien. Als sie aufsetzten, warf sie die Hemden über sie, und die zwölf Prinzen standen leibhaftig vor ihr; nur der jüngste, dessen Hemd nicht ganz fertig geworden war, hatte einen Schwanenflügel anstelle eines Arms.

Von ihrem Gelübde befreit, konnte die Königin endlich sprechen. Sie erzählte dem König von dem Zauber und auch, daß sie diese entsetzlichen Dinge, deren seine Mutter sie beschuldigte, nicht getan habe. Statt seiner Frau wurde nun seine Mutter auf den Scheiterhaufen gebunden und zu Asche verbrannt. Der König aber und die Königin mit ihren zwölf Brüdern lebten lange Jahre in Glück und Frieden.«

Überrascht, am Ende der Geschichte angekommen zu sein, hielt Ignatius inne. Er staunte selbst, daß er sie so ausgeschmückt wiedergegeben hatte. Nach einer Weile waren ihm die Worte wie von selbst über die Lippen gekommen. Er hatte die Geschichte vor langer Zeit gehört und nicht gewußt, daß er sich noch so gut daran erinnerte. Aber vielleicht hatte er sich auch gar nicht erinnert, sondern einfach nur die Dinge, die ihm entfallen waren, dazugedichtet.

Erstaunlich war auch, wieviel sie gestrickt hatten. An einem Punkt hatte die Geschichte sich verselbständigt, und er hatte die Zeit vergessen. Das Klicken der Stricknadeln wurde zum Geklapper der Pferde, die durch den Wald galoppierten. Er flog wie ein Vogel mit den Prinzen, spürte die Kratzer, die die Nesseln auf der Haut der Prinzessin hinterließen, ihre Angst angesichts der ungeheuren Aufgabe.

Jetzt war er wieder aus der Geschichte herausgetreten, und die Nadeln waren verstummt. Der Raum war erfüllt von Stille und von Dingen, die sie in sich einsinken ließen und verdauten. Sie schürzten die Lippen, nickten bedächtig, als hätte er seine Doktorarbeit verteidigt und sie mit seiner Argumentation überzeugt. Was hatten sie aus der

Geschichte herausgehört, nach welchen Kriterien urteilten sie?

Ein müßig über den Tisch rollender Wollknäuel hatte ihn zu einer Geschichte inspiriert, in der es um die Wiedererlangung der menschlichen Gestalt ging. Aber wer würde für ihn das Hemd stricken, das den Zauber des Gipsverbandes brach?

Obwohl er die Geschichte beendet hatte, war er nicht weg. Er hatte ihn beschworen, und er stand in dem Raum wie ein Hologramm. Aus einem bestimmten Blickwinkel heraus sah er Schwäne, wenn er ihn veränderte, nahmen sie menschliche Gestalt an. Und die Frauen in der Geschichte waren einmal wunderschön und dann wieder rachsüchtig und hexenhaft. Töchter wurden zu Frauen und Müttern; Mütter und Frauen zu bösen Zauberinnen und alten Hexen.

Und doch waren es Mütter, die diese Geschichten weitererzählten, Mütter und Großmütter. Der einlullende Rhythmus, so einlullend wie eine Wiege, die hin- und hergeschaukelt wurde: Die Welt mag ja böse sein, mein Sohn, aber ich bin immer da. Um dir einen Gutenachtkuß zu geben und die Decke über dich zu breiten, solange es Gott gefällt.

Er schaute sich die drei an, kinderlose Großmütter, die strickend am Feuer saßen, so harmlos wie seine eigene, vor dem Fernseher strickende Großmutter. Und doch hatten sie ihn in eine Falle gelockt. In ihr klebriges Netz.

Auf dem Tisch stand ein Körbchen mit etwas Grünem, das vorher nicht dagewesen war. Nesseln. Er hatte ein komisches Gefühl in der Magengrube.

»Stricken?«

Als er ein Kind war, hatte ihm seine Mutter eine Strickmethode beigebracht. Nicht mit Nadeln, sondern mit einer altmodischen Holzgarnrolle mit vier kleinen Nägeln, die die vier Punkte eines Rechtecks markierten. Sie bereitete alles für ihn vor, schob einen Faden durch das Loch in der Mitte der Garnrolle und wand die Wolle um die Nägel, so daß ein kleiner Zaun entstand. Dann zeigte sie ihm, wie man die Schlingen über die Nägel hob. Er versuchte es ein paarmal, während seine Mutter lächelnd zuschaute und ihn über seine anfängliche Ungeschicklichkeit hinwegtröstete. Und dann, Freude über Freude, kam unten aus der Garnrolle eine dünne, gestrickte Schlange heraus. Oh, er würde eine machen, die so lang war, daß er einen Ring um den anderen legen konnte, bis er eine Matte hatte, die den ganzen Boden bedeckte. Er arbeitete mit seiner Schwester um die Wette; Sieger war, wer die längste Schlange produzierte. Er verwandte Wollreste in allen Farben und schaute gebannt zu, wenn eine neue Farbe herauskam.

Als die Schlange gerade für einen Untersetzer reichte, verlor er das Interesse. Seine Schwester hingegen machte unermüdlich weiter und zog die Schlange wie ein Haustier hinter sich her, von einem Zimmer ins andere. Er tat so, als würde ihn das nicht interessieren. Es war sowieso Mädchenkram.

»Eigentlich nicht«, sagte er.

»Dann ist es höchste Zeit, es zu lernen«, sagte Iphigenia. Sie und Margarita erhoben sich. Iphigenia ging zu dem Mann hinüber und befreite seine Handgelenke. Für den Anfang war das nicht schlecht. Er rieb sich die Handgelenke, damit das Blut zirkulierte, und bewegte die Finger hin und her.

Draußen hatte es angefangen zu regnen. Er konnte den unterschiedlichen Rhythmus des Regens hören, erst kräftig, dann gedämpft. Das Geräusch auf dem Dach, das Plätschern, als das Wasser ablief, und den Ton, der sich mit dem Inhalt der Regentonne veränderte. Er stellte sich vor, wie der Regen durch die Löcher im Dach der Kapelle fiel und das Grünzeug auf dem Kopf der Heiligen Jungfrau begoß, um dann an ihrem Gewand herunterzurinnen. Zumindest tropfte es hier drinnen nicht; obwohl das Fenster keine Scheiben hatte, waren die Mauern dick genug, um den Regen abzuhalten.

Margarita zeigte ihm, wie es ging. Sie nahm einen grauen Wollknäuel und zwei Stricknadeln, so dick wie Fleischspieße. »Die linke Hand so«, sagte sie und hielt die Nadeln mit den aufgenommenen Maschen hoch. »Nadel durch die Masche stechen, den Faden durchziehen und die Schlinge als neue Masche auf die andere Nadel heben.« Er beobachtete, wie die Maschen auf die Nadel in ihrer rechten Hand wanderten. »Rechte Maschen, später kommen die linken dran. Eine rechts, eine links, so strickt man Strümpfe. Dadurch werden sie elastischer, fester und bekommen eine schöne Oberfläche.«

Sie strickte eine Reihe und dann noch eine. Langsam und mit Nachdruck. Nicht, wie Miss Black oder seine Mutter ihm die Dinge beigebracht hatten. Es schien ihr egal zu sein, ob er begriff oder nicht. Sie machte nur ihre Arbeit. Dann ließ sie das Strickzeug vor ihm auf den Tisch fallen.

»Jetzt Sie.«

Die Wolle fühlte sich seltsam an, der Farbton entsprach genau dem ihres Haars. Ihn überlief ein kalter, klammer Schauer, als würde sie ihren Atem auf seinen Körper hauchen. Er versuchte sich zu konzentrieren, an etwas Erfreuliches zu denken. Wenigstens waren seine Hände frei. Er stellte die Ellbogen nach außen, um sich etwas mehr Platz zu verschaffen. Er stach mit der Nadel durch die erste Masche. Und nun? Es hatte so einfach ausgesehen. Aber wie herum wurde der Faden gelegt? Und warum ließ sich die Masche so schwer abnehmen? Er zog und zog an dem Gestrick und ließ gleich drei Maschen auf einmal fallen.

Margarita stieß einen frustrierten Seufzer aus.

Er fragte sich, ob seine freien Hände diese Demütigung wert waren. Wenn er mit einem Taschenrechner oder einem Computer arbeitete, waren seine Finger äußerst flink. Was war das Problem? Er blickte auf ihre Hände, die so trocken und kräftig waren wie die Tatzen eines Tiers. Dicke, gelbe Fingernägel. Und doch schafften sie es im Handumdrehen, eine ganze Reihe zu stricken.

Er versuchte es noch einmal mit dem Erfolg, daß er die restlichen Maschen fallen ließ.

Er hätte heulen können vor Wut.

Das Gefühl war ihm bekannt. Er war wieder sechs Jahre alt und lernte Schreiben. Die Wandtafel schmückte ein Muster aus »p«s und »b«s und Worte wie »Papa«, »Piep«, »Bimbam«, »brav«. Miss Black, eine staatliche Lehrerin, hatte mit dem Lineal Linien auf der Tafel gezogen und erzählt, wie die Buchstaben zu ihrem Aussehen gekommen waren. In seinem Schreibheft waren die Umrisse von »p« und »b« bereits gepunktet vorhanden. Er hielt seinen Bleistift, als wolle er jemanden damit erstechen, und zog ihn über die Punkte.

Miss Black ging zwischen den Pulten durch und schaute sich jedes Heft an. Sie zeigte ihm, wie er den Stift halten mußte, brachte seine kleinen Finger in die richtige Position. »Gut«, sagte sie. Ihre Stimme war wie Honig auf Toast. Dann ging sie weiter und beugte sich über das nächste Kind. Als er seinen Buchstaben nachfahren wollte, rutschte ihm der Bleistift aus. Natürlich hatten seine Finger Miss Blacks kompliziertes System vergessen und umklammerten ihn wieder wie einen Dolch. Um die Kontrolle über den Bleistift nicht zu verlieren, drückte er, so fest er konnte, so fest, daß die Spitze abbrach und er ein Loch in die Seite bohrte.

»Verdammt.«

Völlig besinnungslos vor Wut bemerkte er überhaupt nicht, daß sich im Schulzimmer eine schockierte Stille ausgebreitet hatte. Als er wieder aufnahmefähig war, sah er, wie Miss Black ihn böse anfunkelte, ihre hübschen Augen so schwarz wie Preßkohle.

»Steh auf.«

Er gehorchte. Selbst stehend fühlte er sich erstaunlich winzig. So winzig, daß er nicht einmal hörte, was Miss Black sagte, aber er wußte, daß sie böse war. Sehr böse. Und sie tat nicht nur so, sie war es. Er starrte auf ihren schwarzen Gürtel mit der Goldschnalle, die so hell glänzte wie die eines Feuerwehrmannes. Ihr Parfum und ihre Schelte vermischten sich mit seiner Scham, und er verspürte ein komisches Kribbeln, als sie ihn anbrüllte, während ihre spitzen Brüste über seinem Kopf dräuten, ein Gefühl, das jahrelang unbenannt bleiben sollte.

Anstelle von Miss Black dräute jetzt Margarita über ihm. Die Lektion hatte nichts gefruchtet. Resigniert hielt er ihr das Strickzeug hin. Sie wollte es in Empfang nehmen, schluckte dann aber nur und wich zurück. Schnell eilte sie an ihren Platz zurück, schnappte sich ein anderes Strickzeug und versuchte, sich darin zu vertiefen.

Ignatius war verwirrt.

Iphigenia und Carla tauschten Blicke aus. »Ich zeig's ihm«, verkündete Carla.

Sie setzte sich zu ihm und legte nach einem kurzen Zögern ihre Hände um die seinen, so behutsam, als würde sie einen kleinen Vogel in die hohle Hand nehmen. Dann brachte sie seine Finger in die richtige Position, und doppelhändig strickten sie eine ganze Reihe.

Danach ließ sie ihn allein machen. Er bohrte die Nadel durch eine Masche, legte den Wollfaden darum. Sie nickte ermutigend und bedeutete ihm mit der Hand, er solle die Masche darüber heben. Er tat es.

Er tat es. Ohne an der Wolle zu zerren oder Maschen fallen zu lassen. Er wollte lächeln, hielt aber den Kopf gesenkt. Was bedeutete es schon, schließlich hatte er nicht die Relativitätstheorie entdeckt. Trotzdem nahm er ihr Lob gerne entgegen. »Gut«, sagte sie mit einer Stimme, die wie die von Miss Black klang.

Es war Carla, die stolz lächelte, als sie sich wieder zu ihren Mitschwestern an den Tisch setzte. Margarita sollte sich davon überzeugen, daß er es gelernt hatte, daß er ohne fremde Hilfe strickte, aber Margarita schien es nicht sehen zu wollen. »Geschichte?« fragte Carla, in dem Versuch, Margarita auf andere Gedanken zu bringen. Margarita reagierte nicht. »Die Schöne?« lockte Carla, Margarita an die Geschichte erinnernd, die sie immer gerne erzählte.

Margarita hielt inne. »Tier, Tier, schneid dir die Krallen, du verkratzt sonst deine schönen Möbel. Du ...«

Ignatius hörte ein Geräusch, ein Stuhl wurde gerückt, doch er ließ sich nicht stören, die Arbeit unter seinen Händen nahm ihn völlig gefangen.

Schließlich bemerkte auch er, daß es still um ihn herum geworden war. Er blickte hoch und sah die Leere, die Margarita hinterlassen hatte. Vielleicht hatte er sie beleidigt. Auch gut.

Iphigenia spürte, daß er die atmosphärische Störung aufgefangen hatte. »Genug«, sagte sie. Sie sagte es in dem Ton eines Gastes, dem der Kellner Suppe in den Teller schöpft. »Für heute abend.«

Sie packten ihre Sachen zusammen. »Ich würde gerne noch üben«, bot er an, als sie sein Strickzeug einsammeln wollten. Sie kassierten es jedoch wortlos ein und banden ihm wieder die Handgelenke zusammen.

Es war wieder hochgekommen. Etwas, was sich in Margarita losgerissen hatte und nun an die Oberfläche gestiegen war. Sie lag in der Großen Stille, mit der Strickenden Madonna auf der Brust, und war so starr und steif, daß sich das schmale Bett wie ein Sarg ausnahm. Ihre Augen fixierten die Decke. Zwischen den Balken, den Spinnweben und all den andern Dingen sah sie den Lüster, seine Prismen so schwer und glänzend wie Tränen.

Die Schöne ging nicht zum Tier nach Hause, das Tier kam und holte sie. »Meine Schöne«, sagte es. Es spielte mit seiner Zunge, so daß seine roten Lippen einen feuchten Glanz bekamen, berührte seinen Schnurrbart und strich mit den Fingern darüber, während es sie anblickte, dann zwirbelte es ihn mit einem vielsagenden Lächeln an den Enden hoch. Es hatte einen Namen, einen lohfarbenen Namen, aber sie hatte ihn aus ihrem Bewußtsein verbannt.

»Schöne, meine Schöne.« Das Haus war braun in ihrer Erinnerung und hatte eine obere und eine untere Etage. Die dritte Stufe quietschte, und der obere Flur wurde durch Gaslaternen erleuchtet, die auf Strom umgestellt waren. An den Wänden Messinghalterungen mit zarten Glashütchen. Der Garten war leer bis auf ein paar struppige Büsche. Das Haus stand völlig isoliert irgendwo auf dem Land, vom Bahnhof brauchte man ungefähr eine Stunde mit dem Einspänner. Es gab zwar auch zwei oder drei Autos in dem Ort, zu dem der Bahnhof gehörte, aber ein Einspänner war für die Landstraßen besser geeignet.

»Es wird ein Abenteuer für dich sein«, versprach ihr Vater mit einem schwachen Lächeln. »Eine Landpartie. Stell dir vor. Du kannst dir eine Brotzeit richten und sie mitnehmen.«

In ihrem weißen Sonntagskleid mit der blauen Schärpe stand sie in der Küche ihres Vaters und belegte dicke Brotscheiben mit eingelegten Zwiebeln und Schinken.

»Nicht nötig«, sagte der Mann mit dem schwarzen Schnurrbart. »Wir können unterwegs einkehren und etwas Warmes essen, gegrillte Nieren, einen leckeren Eintopf. Was meinst du?«

Die beiden Männer sahen sie erwartungsvoll an. Sie bemerkte, wie durchgescheuert das Hemd ihres Vaters an den Manschetten war, und entdeckte ein paar graue Haare an seinem Handgelenk. Er hatte denselben herausfordernden Gesichtsausdruck wie beim Kartenspielen, wenn er versuchte zu bluffen.

»Kommst du mit, Vater?«

»O nein, nein, nein, nein, nein, nein, nein«, sagte er. »Ich hab zu tun.«

Er hatte seit Monaten nichts getan. Und wenn er das Haus verließ, war er gleich mehrere Stunden weg, manchmal auch die ganze Nacht, und sie hörte ihn dann am frühen Morgen zurückkommen, hörte, wie er Dinge umwarf und selbst stürzte. Sie verhielt sich bei diesen Gelegenheiten immer mucksmäuschenstill.

Die Besuche der Männer wurden immer häufiger. Sie leerte die Aschenbecher, servierte den Wein, saß in der Küche und lauschte, während sich der Raum mit ihren verrauchten Gesprächen und anzüglichen Witzen füllte. Der Mann mit dem schwarzen Schnurrbart und den kirschroten Lippen war häufig mit von der Partie. Wenn sie Karten spielten, legte er sein Jackett ab, und man sah seine Hemdsärmel, die von goldenen Armbändern gehalten wurden, so dehnbar wie Metallschlangen. Selbst beim Reden hatte er eine Zigarre zwischen den Zähnen. Wenn sie auf das Klingeln und später am Abend auf das Gebrüll ihres Vaters hin mit einer Karaffe ins Zimmer kam, machte er obszöne Gesten mit seiner Zigarre. Er war aber nicht der Schlimmste.

An dem Tag, als er sie abholte, wurden viele Gespräche geführt. Als er sie oben auf der Treppe stehen sah, lächelte er sein kirschrotes Lächeln, dann schloß Vater die Tür, die dunkle Holztür, hinter sich. Sie war hinuntergeschlichen und hatte gelauscht, konnte aber nur die Stimmen, nicht die Worte ausmachen. Hin und wieder erhob ihr Vater die Stimme, die einen flehenden Ton bekam, und als sie das Auge ans Schlüsselloch legte, sah sie den Besucher im Sessel sitzen und ihren Vater auf und ab gehen, mal sichtbar, mal nicht. Er fuhr sich mit der Hand durch die Haare und drehte sich manchmal abrupt um, als wäre ihm ein Gedanke gekommen. Aber der Mann schüttelte den Kopf und zeigte sich unnachgiebig. Er war derjenige, der das Sagen hatte, ihr Vater war nur ein Besucher. Dann näherte sich ihr Vater der Tür, und sie wich zurück, um nicht entdeckt zu werden.

Als sie wieder hineinspähte, streckte der Mann ihrem Vater die Hand hin. Sie würde diese Hand nie vergessen. Sie hatte getrimmte schwarze Haare auf dem Rücken, und die Nägel waren poliert und manikürt wie die einer Frau.

Heute abend hatte Margarita diese Hand wiedergesehen.

Sie schloß die Augen, aber die Hand verschwand nicht. Statt dessen kam der Rest zum Vorschein. Er trug jetzt Hörner und hatte einen schlundartigen Mund, der sie verschlingen würde. Eine lange, sich ringelnde Zunge, rot und glänzend. Lauf, Schöne, lauf. Lauf, so schnell du kannst. Den Flur entlang und hinaus ins Freie. Sie stand vor einer Feuerwand.

Margarita lag auf dem Sargbett, schweißnaß vor Angst, als würde eine Hand in ihrem Brustkorb nach dem Herzen suchen, einem kleinen Vogel, der so wild mit den Flügeln schlug, daß er sich dabei verletzte. Sie keuchte. Sie hatte die Madonna zu einem kleinen Ball zusammengeknüllt. Als ihr Herz wieder ruhiger schlug, strich Margarita das Bild glatt. Sie drückte es an ihre Brust und versuchte, die Güte und Barmherzigkeit der Madonna in sich aufzunehmen. Sie hatte Visionen. Vielleicht war es eine Magenverstimmung. Als sie die Augen wieder schloß, entdeckte sie unter den Hörnern und dem schlundartigen Mund den weißen Kragen eines Priesters.

Margarita stieg aus dem Bett und kniete auf dem kalten, harten Boden nieder. Ihr Kiefer schmerzte, so sehr hatte sie die Zähne zusammengebissen. Gib mir die Kraft zu vergeben und ihm mit christlicher Barmherzigkeit zu begegnen. Und wenn Dein die Rache ist, o Herr, dann erachte mich für würdig, Dein Schwert zu sein. Dein *Behältnis*, o Herr.

Die Lücke, die Margarita hinterlassen hatte, brachte ihn auf den Gedanken, daß man sich eine nach der andern vornehmen müßte. Eine Lücke, die sich so weit vergrößern ließ, daß er durch sie hindurchschlüpfen konnte. Iphigenia, Margarita, Carla. Er sah sie als eine Einheit – die Nonnen, die Frauen, die drei –, doch es gab Unterschiede. Sie hatten sich immer als eine geschlossene Front präsentiert, aber heute abend hatte er zum ersten Mal Unstimmigkeiten bemerkt. Seinetwegen, vermutete er. Äußerst erfreulich. Denn so könnte er sie gegeneinander ausspielen, die eine gegen die andere. Teile und herrsche. Das ganze britische Empire basierte darauf. Er bewegte den Gedanken in seinem Kopf, lutschte daran wie an einem Hustenbonbon.

Das Rückgrat der Gemeinschaft war Iphigenia. Ihrem Beispiel folgten sie. Aber Margarita hatte es sich einfallen lassen, aufzustehen und den Strickzirkel zu verlassen. An dieser schon etwas durchgescheuerten Stelle könnte er anfangen.

Seine Beine juckten unerträglich unter dem Gips. Auch wenn seine Nägel sehr schnell wuchsen, bezweifelte er doch, daß sie jemals lang genug sein würden, um darunter zu kommen und sich kratzen zu können. Auch sein Haar wuchs nach. Nach der Borstigkeit seiner Bartstoppeln zu urteilen, mußte es ungefähr eine Woche her sein, daß sie ihn eingegipst hatten. Inzwischen war er als vermißt gemeldet. Er hatte den Wagen mit dem Vierradantrieb nur für zehn Tage gemietet, die Autovermietung mußte sich im bischöflichen Palais nach seinem Verbleib erkundigt haben. Das Palais würde daraufhin wahrscheinlich seine Schwestern anrufen, und sie würde ihnen sagen, daß er noch nicht zurückgekommen sei. Sie würde sich Sorgen machen. Ignatius war pünktlich, zuverlässig. Er rief an, wenn er sich aus irgendeinem Grund verspätete. Falls er dazu in der Lage war.

Würden sie die Polizei einschalten, nach ihm suchen lassen? Oder würden sie ihn einfach abschreiben wie Bruder Terry, der dreißig Jahre im Orden gelebt hatte und dann an einem Weihnachten einfach nicht wieder auftauchte? Man hörte nichts von ihm, bis achtzehn Monate später eine Postkarte aus Kanada kam; er drückte sein Bedauern aus und gab bekannt, daß er mit Dennis, dem Handwerker, der ihren Abfluß gereinigt hatte, glücklich zusammenlebte.

Angenommen, jemand hatte die Polizei benachrichtigt. Und angenommen, jemand war hier vorbeigekommen und hatte nach ihm gefragt, Ignatius hätte es nie erfahren. Er fühlte sich einsam und verlassen, zwei Gefühle, die eine gefährliche Falle werden konnten. Auf dem einen wie auf dem anderen Geleis würde er in sein Verderben schlittern. Wenn er ihnen folgte, wäre er verloren. Also machte er einen Bogen um sie.

Die Große, Iphigenia. Wenn auch nicht offiziell Mutter *Superiorin*, dann doch *de facto*. Iphigenia schien sich in weltlichen Dingen noch am besten auszukennen. Sie hätte eine prächtige Matrone oder Schuldirektorin abgegeben. In irgendeinem Winkel ihres Wesens schlummerte ein eiserner Wille. Er fragte sich, was sie veranlaßt hatte, den

Schleier zu nehmen, und wie sie an einem Ort wie diesem gelandet war.

Ignatius hatte sich wirklich berufen gefühlt. Er erinnerte sich noch genau an den Augenblick, als ihn der Atem des Herrn streifte. Während einer Mathematikstunde bei Bruder Carmody, er war vierzehn. Danach hatte er mit dem Bruder gesprochen, als wäre es ihm irgendwie zu verdanken gewesen. Er und Michael Duigan waren bei ihm zum Tee eingeladen. Es gab fettes Buttergebäck und Mürbekuchen mit Mrs. Tilleys selbstgemachter Marmelade und Berge von Sahne. Er hatte zuerst gezögert, da die wildesten Gerüchte kursierten über Knaben, die von den Brüdern eingeladen worden waren, aber nichts geschah.

Man sagte ihm, er könne seinen Entschluß gleich in die Tat umsetzen, wenn er wolle. »Weiß der Himmel«, meinte Bruder Carmody, »immer weniger treten ein, die Kirche braucht begabte junge Männer wie dich. Mit dir wächst eine neue Generation heran«, sagte er und legte dem Jungen die Hände auf die Schulter. »Aber vielleicht solltest du noch ein paar Jahre warten, um das Leben kennenzulernen. Frauen«, erklärte er. »Vielleicht willst du auch eine Familie gründen und dem Herrn auf diese Weise dienen.« Er brauchte nicht hinzuzufügen, daß das Priestertum die reinste, hingebungsvollste Art war, Gott zu dienen. Was das Heiraten anbelangte, so hätte ihm nichts ferner liegen können. Es fiel ihm schon schwer, sich neben ein Mädchen zu setzen, von heiraten ganz zu schweigen! Trotzdem hatte er ein paar Jahre gewartet, und als er auf die Zwanzig zuging, sah er in der Kirche eine Möglichkeit, Karriere zu machen, so wie seine Kameraden sich für die Armee oder die Air Force entschieden, obwohl er den Atem Gottes in der Mathematikstunde nicht vergessen hatte.

Wenn eine von ihnen ansprechbar war, pragmatisch

dachte, dann Iphigenia. Im Dunkeln auf seinem Bett liegend, ging er verschiedene Möglichkeiten durch. Er mußte beweisen, daß ihm die Interessen der Gemeinschaft am Herzen lagen. Er konnte sich nützlich erweisen, ihnen anbieten, Reparaturen durchführen zu lassen, vielleicht Material vom Festland herüberzuschaffen. Nein, das war keine gute Idee. Seine Beine juckten fürchterlich – wenn er nur an sie rankäme. Das einzige, was er tun konnte, war, sie aufs Bett fallen zu lassen, was aber kaum die ersehnte Erleichterung brachte.

Er kam auf Margarita mit dem Kürbiskopf zurück. Sie roch. Alle rochen, aber sie hatte die Ausdünstungen einer übergewichtigen Frau, Schweiß und Sekrete, die in den Fleischfalten gärten. Für Margarita war er ein ungebetener Gast. Er mußte ihr zeigen, daß es ihm leid tat, ihnen so viele Umstände zu machen. Daß sie gerade Wache schob, als er seinen mißglückten Fluchtversuch unternahm, hatte sie wohl kaum für ihn eingenommen. Er fragte sich, ob er nicht mit Absicht ihre Nacht ausgewählt hatte, wie ein Wolf sich die schwächsten Mitglieder einer Herde aussucht.

Verdammt, dieses Jucken in den Beinen. Er müßte sich etwas einfallen lassen, um zu erklären, warum er so spät zurückkam und warum er nicht telefoniert hatte, aber das konnte er sich noch in aller Ruhe überlegen, wenn er auf das Festland zurückfuhr. Er mußte zurück, die Vorzüge des Grundstücks schildern. Sie würden umgesiedelt werden, ob es ihnen nun paßte oder nicht.

Ignatius lag dieses Projekt besonders am Herzen. Er war in alten Akten und Papieren auf das vergessene Kloster gestoßen. Und von ihm war auch der Vorschlag gekommen zu verkaufen, was eine Besichtigung und Prüfung auf seine Eignung voraussetzte. Um es in eine Schule oder ein Krankenhaus umzuwandeln, war das Kloster zu abgelegen. Die exklusive Ferienanlage war Ignatius' Idee gewesen, für ihn war seine Abgeschiedenheit sein größter Trumpf. Ein paar Gesellschaften boten bereits solche Plätze an. Aufgemöbelte Schlösser an Orten, die der Öffentlichkeit schwer zugänglich waren, versehen mit den besten Köchen. Auf der Speisekarte Fasan und Waldschnepfe, die frischesten Meeresfrüchte, mit Algen gefütterte Lämmer.

Er sah es vor sich. Eine Flugpiste auf dem Festland für Privatjets, ein von den Gezeiten unabhängiger Damm. Von allem abgeschirmt, die Lage allein bürgte für Sicherheit. Ideal für heikle Treffen von Wirtschaftsbossen, Politikern. Die Vorverhandlungen zur Wiedervereinigung von Ost- und Westdeutschland hatten an einem solchen Ort stattgefunden. Der Bischof war begeistert von der Idee, als Ignatius sie ihm unterbreitete. »Verhandlungen bei ein paar Flaschen Courvoisier, und um das Geschäft abzuschließen, pirscht man sich an ein Waldhuhn heran, spielt eine Runde Golf. Hört sich gut an, Ignatius.«

Warum juckten seine Beine dermaßen? Eine Entzündung, Wundbrand vielleicht. Wenn das Grundstück einmal verkauft war, hätte er bei seiner Entwicklung nichts mehr zu vermelden, das war ihm klar, trotzdem gefiel ihm die Vorstellung, noch eine Rolle zu spielen. Und er hatte bei Gott genügend Zeit, sich seine Gedanken zu machen. Vielleicht würden ein paar seiner Vorschläge berücksichtigt werden.

Er konnte sich als Makler sehen, wie er mit eventuellen Käufern verhandelte. Er plädierte für eine Ferienanlage für Anspruchsvolle. Der Verkauf dieses Klosters war sein Projekt, und er würde es durchziehen. Vielleicht konnte er sie überzeugen, ihn als eine Art Berater beizubehalten. Aber zuallererst mußte er die Hände frei haben und den Gips loswerden.

Jemand war im Raum, er fühlte es.

»Probleme?« Die Mutter Superiorin.

Ignatius brach seine Gedankenspiele abrupt ab. Sein ganzer Körper prickelte. Obwohl seine Haare noch ganz kurz waren, spürte er, wie sie sich sträubten, wie die Follikel reagierten und seinen Körper in Alarm versetzten. Konnte sie Gedanken lesen? Er konnte jetzt ihre Umrisse erkennen. Das trübe Licht ließ ihre Züge wie bei einer Schnitzarbeit hervortreten, ließ die Augenhöhlen noch tiefer erscheinen.

»Probleme?«

»Klopfen.«

»Oh«, sagte er und begriff. Was für große Ohren du hast, Großmutter. »Meine Beine jucken fürchterlich.« Dann fiel ihm noch etwas Besseres ein. »Vielleicht hat sich darunter eine Infektion entwickelt.« Sie schaute ihn mit ihren Eulenaugen an. »Vielleicht sollte ein Arzt sich das mal anschauen«, schlug er in aller Unschuld vor. Sie schwieg, als würde sie auf etwas lauschen, dann verschwand sie so lautlos, wie sie gekommen war.

Das Jucken wurde immer schlimmer. Er stellte sich vor, daß sich unter dem Gips Schweiß angesammelt hatte, der zu gären anfing. Er durfte gar nicht daran denken, wenn er sich nicht verrückt machen wollte. Die dritte Nonne. Carla. Sie wirbelte und tanzte in seiner Vorstellung, eine Verführerin, eine Schwachsinnige, eine Wilde, ein Kind in einem in die Jahre gekommenen Körper. Eine Stimme so süß, daß er Visionen von Engeln hatte, wenn er die Augen schloß. Und doch würde sie für immer mit der Nacht seiner größten Schmach verbunden sein.

Aber das war überstanden. Er war jetzt drinnen und lag auf einem Bett. Wie schnell doch ein Dach überm Kopf und ein Bett aus einem Tier wieder einen Menschen machten. Einen Menschen, der, statt hilflos unter der Last seiner Verzweiflung zu stöhnen, wieder ganz obenauf war, Pläne und Komplotte schmiedete. All das war ein Traum, sagte er sich, ein durch Hunger und Verzweiflung bewirkter Alptraum. Das Tier in ihm hatte sich erhoben und sich seiner beredten Zunge bedient, um sich Gehör zu verschaffen. Schon immer hatte er sich den Teufel als einen gewandten Redner vorgestellt. Ohne Hörner, ohne Schwanz präsentierte sich der Teufel als urbaner Zeitgenosse mit elegant geschwungenen Brauen und einem blitzenden Goldzahn.

Oder wenn es gerade angezeigt war, schlüpfte der Teufel auch in den Körper einer verführerischen, herausfordernden Frau. Er sah sie vor sich, wie sie ihn durch ihre Finger hindurch beobachtete. Von den dreien war sie zweifellos die wohlgeformteste. Er stellte sich ihre Konturen unter der ganzen Wolle vor. Und dann noch ein weiteres Detail. Er schnipste es schnell wieder aus seinem Bewußtsein, aber es kam zurück. Die Füße. Eine dicke Hornhaut, breite Hufe wie die Füße der anderen, aber zwischen Carlas Zehen wuchsen komische kleine Häute.

Das Auge Gottes ist im Gras, rund, makellos und glatt wie die Oberfläche von Gelee. Ein dunkelbraunes Auge mit einem schwarzen Punkt in der Mitte. Eine runde, schwarze Öffnung, die das Licht hereinläßt. Wie Glas. »Das Licht des Körpers ist das Auge. Wenn nun dein Auge gesund ist, wird dein ganzer Leib licht sein.«

Wenn Carla zum Himmel hochblickt, wird diese Öffnung klitzeklein. Trotzdem strömt immer noch Licht durch. So sehr verlangt ihr Auge nach Ausgewogenheit, nach etwas Dunkelheit in diesem weißen Glanz, daß es blinkende schwarze Sonnen produziert.

Im Augenblick liegt Carla auf dem Bauch, den Kopf auf dem ausgestreckten Arm, und ihr Auge Gottes befindet sich ganz dicht am Boden; ihr Gesichtsfeld ist ein Gewirr von Grashalmen. Sie konzentriert sich auf einen einzelnen Halm, auf die verstärkten Ränder, die Spitze, deren Grün eine Nuance heller ist. Und auf den Wassertropfen, der herrlich dickbäuchig und zitternd an ihm hängt. Wie ein Eiweißtropfen. Er hat grüne, geschwungene Streifen, aus dem einen Halm sind viele geworden. Unter ihrem Körper werden Tausende von Grashalmen in die Erde gedrückt, während die winzigen Lebewesen, die im Gras wohnen, einen Geruch nach Panik verströmen.

Sie streckt den Finger nach dem Wasserbeutel aus, spürt die leichte Kühle, als sie ihn berührt, und zieht dann ihren Finger ganz sachte wieder zurück; der Tropfen bleibt an ihm hängen, ändert seine Form, schlägt eine Brücke zwischen dem Halm und dem Finger. Noch den Bruchteil einer Sekunde. Dann passiert es. Plop. Sie hat noch nie den Moment erwischt, in dem er sich teilt und zwei Tropfen bildet, so blitzschnell geht das. Jetzt ist ein Tropfen auf ihrem Finger und einer auf dem Halm. Sie schnippt das Wasser weg und paart ihre Fingerspitze mit der Spitze des Grashalms. Spürt sein kleines Prickeln. Süßes, junges

Gras, die Sorte, die die Schafe am liebsten mögen. Es gibt auch anderes Gras, an dessen Schneide man sich im Handumdrehen verletzen kann.

»Schneide?« wiederholte Carla, als sie das Wort zum ersten Mal im Zusammenhang mit Gras hörte. »Wie die eines Messers?«

»Ja, mein Kind«, erwiderte Schwester Köchin, die Unterarme mit Mehl bestäubt und einem weißen Tupfer auf der Wange.

»Warum?«

»Darum«, seufzte Schwester Köchin. »Los, geh spielen.«

Carla rannte los, um zu spielen. Dahin, wo die dicken Grasbüschel standen. Sie riß ein paar heraus und versuchte, ihr Haar damit zu schneiden. Es klappte nicht. »Schneide«, sagte sie verärgert, es an seine Funktion erinnernd. Sie versuchte es mit einem Käfer, mit einem Wurm. »Schneide, Blatt, schneide.« Aber es wollte nicht. »Böses Blatt, böse«, sagte sie und versetzte ihm ein paar Hiebe. Dann passierte es wunderbarerweise. Ihre Finger hatten sich irgendwie in den Grashalmen verfangen, und als sie sie befreite, bemerkte sie die kleinen, dünnen Schnitte. Blut sickerte aus ihnen und tropfte langsam zu Boden. So hell, so rot! Es hatte überhaupt nicht weh getan. Sie brachte die Finger an ihre Lippen und schob die Zunge heraus, um an dem Blut zu lecken, seinen vollen, fleischigen Geschmack zu kosten.

Sie rannte in die Küche zurück. »Schneide, Schwester Köchin, schneide.« Triumphierend hielt sie die Hand hoch; ihre Augen blitzten.

Schwester Köchin hatte gerade die letzte Ladung Brot in den Ofen geschoben und nahm einen Schluck Wasser aus einem Krug. Entsetzt starrte sie das kleine Mädchen an, das ihr seine blutenden Finger hinhielt. Dann beruhigte sie sich wieder. Ein paar winzige Schnitte. Das Kind schien sich nichts daraus zu machen. »Du solltest vorsichtiger sein«, sagte sie, die Hände über der Schürze gefaltet, den ganzen langen Weg von ihrer Nase zu Carla hinunterblickend. Dann schon sehr viel freundlicher: »Warum kommst du nicht nach der Sext vorbei und holst dir ein paar Brötchen aus dem Ofen, wenn sie ganz heiß und knusprig sind?«

»Wenn aber dein Auge schlecht ist, wird dein ganzer Leib finster sein.« Auch die Bibel drückt die Grashalme auf dem Boden platt. Carla mag es, wenn die Bibel aufgeschlagen ist und zwischen dem Buchrücken und den mit einem Faden zusammengehefteten Seiten ein Tunnel entsteht. Wenn sie da den Finger hineinsteckt, hat das etwas so Gemütlich-Bequemes, es paßt wie der Finger eines Handschuhs. Sie mag auch den Geruch nach Druckerschwärze und hält gerne eine Seite gegen das Licht, um die Worte auf der anderen Seite zu sehen. Die Worte rückwärts.

Manchmal vergnügt sich Carla damit, so zu lesen, durch die Seite hindurch, von hinten beschienene Worte. Doch nur, wenn sie allein ist mit Gott, denn die Schwestern würden bestimmt die Stirn runzeln, wenn sie es sähen. Vielleicht las der Teufel so die Bibel. »Seht, ich sende euch wie Schafe mitten unter die Wölfe. Seid also klug wie die Schlangen und ohne Falsch wie die Tauben. Nehmt euch in acht vor den Menschen, denn sie werden euch den Gerichten überliefern und euch geißeln in ihren Synagogen.«

Er hatte sie heute angelächelt, als sie schweigend ihr Frühstück zu sich nahmen und er mit seinen zusammengebundenen Händen den Becher hochhob, um seinen Tee zu trinken. Seine Zähne waren sehr weiß in seinem Gesicht, seine Wangen eingefallen. Sie bildeten kleine Fältchen, wenn er lächelte.

Als sie schlaflos und voller Sehnsucht in den Pferch

gekommen war, hatte er sie mit seinen Worten gegeißelt. Auch er konnte nicht schlafen. Und er war allein und fror. Sie hatte ihn in den Arm nehmen und ihm eine kleine Geschichte erzählen wollen, eine Gutenachtgeschichte über die Leute auf seinen Bildern, aber aus seinem Mund ergossen sich nur Zorn und Worte, die brannten wie der Atem eines Drachen.

In dem taufeuchten Gras mit den zwitschernden Vögeln und Gottes strahlendem Licht ringsum spürt sie nicht mehr das Feuer in ihrem Gesicht. Es ist etwas, das sich vor langer Zeit zugetragen hat, auf der anderen Seite des Schlafs.

Rot und gelb, schwarz und weiß, alle finden Gefallen vor Ihm. Er gehörte zu den Schwarzweißen. Sein hübscher weißer Fischschwanz wurde allmählich schmutzig, auf seinem Körper sproß es schwarz. Als Carla ihren Frühstückstee getrunken hatte, inspizierte sie jedes einzelne Härchen.

Vor längerer Zeit hatten sie einen kleinen Igel auf der Küchenschwelle gefunden. Die Schwestern wollten ihn Carla nennen, weil er von Gott auf die Schwelle gelegt worden war. »Wie du«, hatten sie gesagt. Aber Carlas kleine Stirn hatte sich bestürzt in Falten gelegt. Sie mochte zwar das Tierchen, aber sie wollte nicht ihren Namen mit ihm teilen. Sie dachte, sie müßte dann auch ihre Seele mit ihm teilen, und er könnte sie sich vielleicht schnappen und verbuddeln. Und von einem so stachligen Ding würde sie sie bestimmt nie wieder zurückkriegen. Aber der Igel war verschwunden, bevor sie ihn zähmen konnte, und hatte nie einen richtigen Namen bekommen.

Carla hatte ein schlechtes Gewissen, es war gemein, ihren Namen nicht herzugeben. Der Igel war ungetauft geblieben und konnte nicht in den Himmel kommen. Statt dessen würde das arme Ding wie die zusammengekrümmten toten Babys im Fegefeuer herumschweben.

Sie dachte daran, als sie ihre Hände um die seinen legte, um ihm das Stricken beizubringen. Er hatte Margarita mit irgend etwas verscheucht, nicht aber Carla. Von Carla hatte er sich alles brav zeigen lassen. Und von ihr würde er sich auch zähmen lassen. Sie würde mit den Haaren anfangen. Sie rückte etwas näher. Ein ganz kleines bißchen, so daß man nichts merkte. Und dann noch ein bißchen. Sie streckte die Hand aus und berührte sie. Oh, lauter kleine stachelige Dinger wie bei dem Igel. Er zuckte nicht zurück, nein, überhaupt nicht. Er lächelte. Sie wollte mehr berühren, legte dann aber doch ihre Hand wieder in den Schoß. Beim Zähmen mußte man Geduld haben.

Carlas ausgestreckte Hand packte ein Büschel Gras und zog es mit den Wurzeln heraus. Weiße Wurzeln, die aus dem weichen, schwarzen Boden glitten. Sie rutschte ein Stückchen weiter und spähte auf den Erdrutsch hinunter, den sie hinterlassen hatte. Das Auge Gottes sieht alles. Sie hatte einen riesigen Baum entwurzelt, er knarrte und seufzte, als er sich aus dem Erdreich löste. Da unten hatte das reinste Erdbeben stattgefunden, alle Bewohner waren alarmiert. Würmer, gepanzerte Nilpferde, Riesenameisen mit überdimensionalen Köpfen, langen haarigen Fühlern zum Erkennen der Gefahr.

Carlas Auge schwebte über dem Loch; sie blickte direkt in die dunkle Welt der Erde. Eine Ameise kam herausgekrochen. Es war einfach, sich die Welt einer Ameise vorzustellen. Den Wald aus Grashalmen voller Wasserbomben, die jederzeit herabfallen konnten. Sie schlug mit der Faust auf den Boden. Den Ameisen gefiel das. All die kleinen Würmer, die in Panik gerieten und an die Oberfläche kamen. Ein üppiges Frühstück für die Ameisen. Wenn eine einzelne Ameise auf ein solches Festmahl traf, mampfte sie nicht einfach drauflos und fraß alles auf. Wie Carla ist die Ameise Teil einer Gemeinschaft. Die Ameise nimmt ein paar kräftige Bissen und senkt dann ihren Hinterleib, um einen Geruchspfad zu markieren, auf dem die anderen Ameisen zum Frühstückstisch gelangen.

Carla beobachtete die Ameise, wie sie sich dem Gebirge ihrer ausgestreckten Hand näherte. Mit der andern Hand preßte sie sich die Muschel ans Ohr. Sie lauschte den fernen Tönen und erkannte ein bestimmtes Schema, Töne, die gehalten und wie bei dem Lied der Lämmer wiederholt wurden. Vielleicht war es das Gemurmel der Seelen in den Gewässern des Vergessens. Sie ließ die Musik durch sich hindurchrieseln, ohne sich daran festzuhalten.

Sie zog einen weiteren Grashalm aus dem Boden, und dieses Mal rührte sich ein Regenwurm. Sie spürte seinen glitschigen, gallertartigen Leib, wie er sich wand und krümmte und die unmöglichsten Verrenkungen ausführte. Carla hatte das auch schon versucht, aber sie konnte ihren Körper nicht so winden wie der nackte, nasse Erdwurm. Der Wurm kroch in die feuchte, fruchtbare Erde zurück, um der sengenden Sonne auszuweichen, die seinen Leib zu Leder austrocknen würde.

Der kleine weiße Wurm in seiner fruchtbaren, dunklen Umgebung erinnerte Carla an Baby Moses im Schilf. Im Gegensatz zu dem Wurm, der sich in ihrer Hand krümmte und in die Erde zurückschnellte, wurde das Moses-Würmchen immer größer und dicker, als steckte ein Knochen in ihm. Carla hätte das gerne noch einmal gesehen. Ein Wunder. Sie mußte ihn aber erst noch etwas zähmen. Bereits bei der Vorstellung zuzuschauen, wie sich etwas vor ihren Augen veränderte, empfand Carla ein angenehmes Kribbeln! Carla war jedoch enttäuscht, daß sie beim Graben auf nichts anderes stieß, als was die Oberfläche vermuten ließ. Es war einfach immer nur dasselbe. Sie hätte gerne an der Oberfläche gekratzt, um auf eine Höhle zu stoßen. Sie hätte die Erde gerne wie ein Ei gehabt, außen glatt und trocken, innen eine glibberige, nasse Überraschung.

Sie stocherte mit ihrem Finger in dem lockeren Boden herum, in den sich der Wurm verkrochen hatte. Einmal hatte sie bei ihren Ausgrabungen tatsächlich etwas zutage gefördert. Etwas Dunkles, Gefaltetes. Auf den ersten Blick sah es wie ein Klumpen Erde aus. Aber sie konnte es herausziehen und öffnen. Ein dumpfes Reißen von Stoff ließ sich vernehmen. Es war eine graue Decke. An manchen Stellen war sie so brüchig, daß sie bei der bloßen Berührung zerfiel. Sie hatte sie neben den Büschen gefunden, was irgendwie merkwürdig war. Als sie sie aufschlug, sah sie weniger Erde und mehr Decke, da sie innen durch ihre Falten geschützt war. Sie war verschossen und voller Flecken von einem dunkleren Rostrot. Blut.

Gelangweilt von der Erde, drehte sie sich zur Seite und lauschte mit geschlossenen Augen der Muschel. Sie war ihr Lieblingsspielzeug geworden, das sie überallhin mitnahm. Sie machte nicht nur dieses Geräusch, sondern ließ sich auch zum Ausstanzen verwenden wie die Form, die Schwester Köchin für das Gebäck benutzte. Einmal an Ostern hatte Schwester Köchin aus dem Teig Männchen gestanzt. Carla nahm zwei Rosinen für die Augen und drei für die Knopfreihe auf der Vorderseite. Dann steckten sie die Männchen in den Ofen, und am Ostersonntag fielen die Nonnen über sie her.

Sie preßte die Muschel in ihren Arm, preßte ein verschlungenes Muster in ihre Haut, hielt sie sich wieder ans Ohr und beobachtete, wie die Druckstellen wieder verblaßten.

Kla . . . kla . . . kla . . . kla . . . kla . . . Ein ganz anderes Geräusch in ihrem Ohr. Es wird lauter und lauter, bis sie es sogar ohne die Muschel hören kann. Etwas kriecht über die Sonne. Sie öffnet die Augen und starrt direkt darauf.

Er hörte es kommen, lange bevor er es sah. Er saß auf dem Hof, den Fischschwanz hochgelagert, die Hände zusammengebunden. Sein Angebot, sich nützlich zu machen, hatten sie ignoriert.

Die drei Nonnen hatten den Vormittag damit verbracht, die Schafsköttel im Hof aufzulesen. Später war Carla auf die Felder gegangen, um dort weiterzusammeln. Margarita und Iphigenia waren jetzt in der Kapelle. Er hatte sich inzwischen an den Geruch der Schafsköttel gewöhnt. Sie rochen anders als menschlicher Kot oder Hundekot, irgendwie frischer, erdiger. Er dachte darüber nach, ob der Kot von Vegetariern auch so frisch roch. Es mußte die Nacht über geregnet haben, denn das Gras war feucht und die Kacke der Schafe weich und glitschig.

Wenn es nach ihm gegangen wäre, so hätte er einen trockenen Tag abgewartet, es hätte die Sache vereinfacht. Aber sie sagten, für den Garten sei es besser so. Ein nasser Boden ließ sie besser einsickern. Sie breiteten sie darauf aus und ließen sie eine Zeitlang liegen, bevor sie ihre Pflanzen setzten. Sie hatten Saatkartoffeln vom letzten Jahr. Der Mann hatte seine Hilfe beim Umgraben angeboten. »Graben am Tag des Grabens«, sagten sie.

Ignatius vermutete, daß das, was er in seinem Topf deponierte, auch unter den Schafskot gemischt wurde. Viel hatte er während seines Aufenthaltes hier nicht beigetragen. Sein Körper hatte auf den ganzen Streß mit Verstopfung reagiert, ein Versuch, alles zurückzubehalten, sich nicht aufzulösen. Er betrachtete den wachsenden Berg im Pferch. Schafskot konnte er eher ertragen als seinen eigenen.

Hin und wieder kamen sie aus der Kapelle, leerten ihre Vordertaschen auf den Stoß und gingen wieder zurück. Er saß mit geschlossenen Augen da und nahm die Sonne auf, dabei spitzte er die Ohren, um Gesprächsfetzen aus der Kapelle aufzufangen, vor allem solche, die mit ihm und seinem Mißgeschick zu tun hatten. Aber wie immer schwiegen sie. Er hörte ein gelegentliches Blöken, das sich als Echo fortsetzte, Kratzgeräusche gegen Stein, ein kurzes Ächzen der Nonnen, wenn sie sich bückten oder aufrichteten.

Zuerst war das Geräusch ein schwaches, mechanisches Klappern in seiner Hörweite, dann verdichtete es sich. Kla ... kla ... kla ... kla ... kla ... Das Herz hüpfte ihm in der Brust, seine Augen sprangen auf, und da war es. Ein kleiner schwarzer Punkt am Himmel, der sich näher und näher schraubte. Sie kamen, um ihn zu holen. O ja, das war es. Über die Insel führte keine reguläre Flugroute, außer Vögeln hatte er nichts im Himmel gesehen, seit er hier war. Sie mußten seinetwegen gekommen sein. Er hätte am liebsten losgebrüllt, eine große, bunte Fahne geschwenkt, ein Rauchzeichen gegeben. Hier bin ich, hier bin ich. Er konnte sich nur mit Mühe zurückhalten.

Aber natürlich war er nicht der einzige, der das herannahende Brummen gehört hatte. Die Köttel-Sammlerinnen standen jetzt im Hof und blickten in den Himmel. Margarita warf dem Mann einen langen, giftigen Blick zu, als wäre er persönlich für die Störung verantwortlich. Und zu seiner Freude war er das auch.

Obwohl sein Herz gen Himmel stürmte und er in Gedanken bereits dort oben war, im Hubschrauber, gerettet, Arme und Beine frei und alles, was ihn hier unten bedrückt hatte, winzig und klein wie Spielzeug, so hatte sich auf dem Boden rein gar nichts verändert. Er stand immer noch so da, wie ihn die Nonnen hingestellt hatten. Er konnte nichts aufheben und schwenken, er konnte sich nicht rühren. Und was hätte es ihm genützt, wenn er geschrien hätte, sie hätten ihn unmöglich hören können.

Der Hubschrauber war immer noch weit weg, doch er schraubte sich näher. Iphigenia hatte die Hand erhoben, um die Augen vor der Sonne zu schützen, und versuchte, etwas zu erkennen. Ihre Nase zuckte wie die eines Kaninchens. Margarita versuchte die Schafe zu beruhigen, die aufgeregt durcheinanderblökten.

»Die Kapelle«, beschied Iphigenia.

Sie trugen ihn in die Kapelle und stellten ihn vor der heiligen Anna ab.

»Schafe.«

Während Margarita das Lied der Lämmer anstimmte, um die Schafe in die Kapelle zu treiben, verbarg Iphigenia die rote Glut des Feuers unter einem Eimer.

»Carla.« Iphigenia und Margarita blickten sich alarmiert nach ihr um. »Carla.«

Der Ruf wurde durch das Getrappel von Füßen beantwortet, die in den Hof gestürmt kamen. Carla warf Iphigenia und Margarita wilde Blicke zu und stach mit dem Finger in den Himmel. Die drei retteten sich in die Kapelle, als wäre sie ein Luftschutzbunker.

Der Hubschrauber war inzwischen über ihnen und machte einen ohrenbetäubenden Lärm. Sie konnten spüren, wie der Boden unter ihren Füßen bebte. Eine Fliese löste sich, fiel herunter und zerbrach auf dem Kopf der heiligen Anna in tausend Stücke. Es entrang sich ihnen ein kollektiver Aufschrei, und jede betete: »Erlöse uns.«

»Erlöse uns, o Herr, erlöse uns«, betete Ignatius ganz ernsthaft.

Der Hubschrauber tauchte wieder in dem Stückchen Himmel auf. Die Schafe blökten unruhig, während die Menschen die Hände zum Gebet gefaltet hatten und zuschauten, wie die Maschine kam und ging.

»Herr, laß ihn landen«, betete Ignatius, »laß ihn landen. Sie sollen kommen und sich umschauen.« Es fielen ihm unendlich viele Landeplätze ein, die Felder, ja selbst der Hof wären geeignet. Gab es draußen irgendwelche Hinweise auf Leben? Rauch, der vom Feuer aufstieg; vielleicht hatten sie Carla rennen gesehen, die Schafe, wie sie zusammengetrieben wurden? Wie schade, daß sie keine buntgefärbten Wollstränge zum Trocknen aufgehängt hatten. Ignatius sah alles so, als würde er von oben herabblikken. Ein Ring aus dichtem Gestrüpp, die Ruinen eines Klosters, nichts, was sie nicht schon kannten. Es würde vollkommen verlassen, unbewohnt aussehen.

Schließlich zeigte sich der Hubschrauber nicht mehr in den Löchern des Dachs, und das Geräusch wurde schwächer. Er krümmte sich vor Enttäuschung. Komm zurück, komm zurück. Gott hatte seine Hand ausgestreckt, aber Ignatius konnte sie nicht ergreifen. Sie war knapp außer Reichweite.

Der Wagen! Danach hatten sie gesucht! Nach dem in den Felsen eingeklemmten Wagen. »O bitte, lieber Gott, laß sie den Wagen finden. Laß sie landen und sich umschauen. Damit sie sehen, daß ich bis hierher gekommen bin. Damit sie nach mir suchen.« Seine Augen waren fest geschlossen, und er sog die Luft in kleinen Schlucken ein. Er wollte seine Tränen vor ihnen verbergen, sie sollten nicht sehen, wie sehr er seine Rettung herbeisehnte.

Das Geräusch erstarb. Die Maschine war gelandet. Am Strand. Sie inspizierten den Wagen. Sie würden bemerken, daß er nicht einfach stehengelassen worden war, daß Dinge fehlten. Sie würden vermuten, daß er irgendwohin gegangen war, und ihre Suche zu Fuß fortsetzen. Zuerst durch die verlassenen Häuser beim Strand, dann um die Klippen herum. Die Nonnen mußten bei ihrer nächtlichen Expedition Spuren hinterlassen haben. Obwohl es geregnet hatte, mußte es irgendwelche Hinweise darauf geben, daß er zum Kloster hochgegangen war. Sie würden zurückkommen und einen Zugang finden. So würde er vorgehen, er würde landen, jeden Quadratzentimeter inspizieren, jeden Stein umdrehen, um sich selbst zu überzeugen.

Es war schon eine Weile her, daß sich der Hubschrauber in nichts aufgelöst hatte, doch das kleine Häufchen war immer noch in der Kapelle und wartete auf Entwarnung. Niemand sprach, selbst die Lämmer hatten, von der allgemeinen Stille angesteckt, zu blöken aufgehört. Die Nonnen knieten wie zum Gebet, den Mann mit dem Fischschwanz hatten sie gegen die Statue gelehnt. Er blickte zur Großmutter des Herrn empor. Wäre sie nicht gewesen, hätte er die Fliese abbekommen. Wenigstens etwas, wofür er dankbar sein konnte.

Bäng! Alle schreckten hoch. Auf dem Pflaster ertönte metallisches Geschepper. Die Schafe rannten in alle Richtungen und kamen sich ständig in die Quere, während die Nonnen sich die Hände aufs Herz preßten. Ignatius hielt den Atem an und hoffte wider alle Vernunft, daß es etwas mit dem Hubschrauber zu tun habe.

Iphigenia entspannte sich wieder und lachte erleichtert auf. »Eimer.« Allgemeines Aufatmen, eine Last fiel von ihnen ab, Entwarnung in der Kapelle. Sie warteten noch ein bißchen, aber das Zwitschern der Vögel war das einzige Geräusch, das draußen zu hören war.

»Kla ...« Ein scheuer, vorsichtiger Versuch. Carla schaute sich in der Kapelle um und dann zu dem Stückchen Himmel hoch. Sie stand auf. »Kla ...« Mit ausgestreckten Armen drehte sie sich um und ging mit kleinen, schlurfenden Schritten weiter. »Kla ... kla ... kla ... kla ...« Immer kühner und kühner.

Iphigenia stand an der Pforte. Alles war ruhig. Sie ging auf den Hof hinaus, wandte das Gesicht der Sonne zu und drehte sich ebenfalls um, eine langsamere Version von Carla. Der Eindringling war weg. Sie hob witternd die Nase, versuchte einen fremden Geruch auszumachen, etwas, was sie hinterlassen hatten, den Geruch anderer Männer. Aber außer einem Hauch Sprit, der sich auf den Boden gesenkt hatte, nahm sie nichts wahr. Das und die intensive Mischung aus Angst und Erleichterung, die aus der Kapelle kam.

Sie hatten sich in einen Nebel von Gebeten gehüllt, damit der Hubschrauber sie nicht finden konnte. Nun war er weg, und sie waren in Sicherheit. Die Agnes-Schwestern wanderten eine nach der andern aus der Kapelle, um sich wieder ihrer Lebensaufgabe, dem Grasen, zu widmen. Mit einem Hubschrauber hatte Iphigenia nicht gerechnet. Wenn sie kämen, so hatte sie gedacht, dann wie er – mit dem Auto. Ein äußerst seltsamer Anblick. Wie eine Riesenlibelle.

Sie hatte schon einmal einen Hubschrauber gesehen. Der Wind, den er erzeugte, klatschte das Gras an den Boden. Sie und Großmutter waren beim Kartenspielen, Iphigenia rückte gerade die Karten zurecht, die Großmutter mit ihrer zittrigen Hand durcheinandergebracht hatte. Großmutter blickte durch die spitzenumrahmten Fenster, ihr Kopf wackelte, als würde er bereits ihre Mißbilligung ausdrücken. »Taylor«, befahl sie, »frag ihn, was zum Kuckuck er sich da erlaubt.«

»Ja, Gnädigste«, sagte Taylor.

Sie nahm eine Karte von dem Stapel auf dem grünbezogenen Spieltisch, den Rest hinterließ sie wieder als windschiefes Häufchen. Es war die gewünschte Karte. »Rommé mit Zehn«, verkündete sie und warf ihre Karten vor sich auf den Tisch.

Aber Iphigenia hatte das Interesse verloren und war auf die Fensterbank geklettert. Ein Mann kam auf das Haus zu. Er hatte einen weißen Schal umgeschlungen, so daß das eine Ende über seine Schulter hing, und er hatte Glasaugen, die ihm wie die einer Fliege aus der Stirn quollen.

»Was zum Kuckuck machen Sie hier?« fragte Taylor von der Veranda aus.

Iphigenia wurde Zeugin einer höchst ungewöhnlichen Szene. Er häutete sich wie eine Schlange. Zog seine Lederjacke aus, nahm die gläsernen Glotzaugen ab und kam als echter Gentleman darunter hervor, der ein Dinnerjacket und eine schwarze Fliege trug. Ein kleiner, weißer Kragen erhob sich darüber. Er fischte eine Karte aus seiner Tasche. »Reginald Ketteridge. Zu Nancys Polterabend.« Er zeigte Taylor seine Einladung.

»Er hat sich verirrt«, sagte Großmutter. »Es handelt sich um die Verlobung der kleinen Fuller. Machen Sie Tee.«

Taylor führte den Mann ins Haus. Auf Großmutters Aufforderung hin nahm er Platz. Großmutter zeigte sich enerviert über diese Dummheit, sich in der Adresse zu irren, und gleichzeitig so blasiert, als wären für sie junge Männer, die mit Hubschraubern auf ihrem Rasen landeten, an der Tagesordnung.

»Sie kommen zu spät«, ließ sie ihn wissen, »Sie sollten besser anrufen. Taylor?«

Iphigenia sah, wie Taylor die Nummer wählte und die Fullers darüber informierte, daß einer ihrer Gäste, einer, der sich verirrt hatte, sie sprechen wolle. Das Telefon war golden und cremefarben, und auf der Wählscheibe befand sich die Kamee einer Dame, die Katharinenräder drehte, wenn man eine Nummer wählte. Iphigenia mochte den Ton, den das Telefon von sich gab, wenn man den Hörer auf die Gabel legte. Sie legte ihn immer wieder ab, nur um das Bing zu hören. Bis Taylor sie verscheuchte. »Ein Telefon ist kein Spielzeug«, sagte sie mit der Betonung auf »kein« und »Spielzeug«.

Taylor reichte dem Herrn das Telefon. »Reginald Ketteridge«, sagte er in die Sprechmuschel, strich sich das geölte Haar hinters Ohr, steckte die Hand in die Hosentasche und wandte ihnen den Rücken zu, um sein Gespräch zu führen.

Reginald Ketteridges Hubschrauber war grau mit einer roten Schnauze. Der Hubschrauber, der ins Kloster eingedrungen war, war so schwarz und schimmernd wie der

Wagen des Mannes. Iphigenia fragte sich, ob inzwischen alle Maschinen dieser Welt schwarz und schimmernd waren.

Sie würden ihn nicht finden, den Wagen. Er war viel zu tief im Wasser.

Und hier oben? Was würden sie vom Himmel aus sehen? Keine Nonnen, keine Schafe, keinen Rauch, keine Menschenseele. Nur Gestrüpp und verfallene Gebäude. Ruinen. Steine und abbröckelnde Statuen. Wie die Seehunde im Dorf lebten auch sie in Ruinen.

Als das letzte Lamm blökend aus der Kapelle wanderte, erschien Margarita an der Tür. Das Ganze war eine Tortur gewesen. Sie hob den Eimer auf. Kaputt. Wortlos folgte sie Iphigenia.

Iphigenia kümmerte sich um das Feuer. Auch wenn das Kloster von einem Hubschrauber aus wie ein altes, verfallenes Gemäuer aussah, so war es doch ihre Heimat. Es war geweihter Boden. Sie würde nie zulassen, daß daraus eine Ferienanlage gemacht würde. Nie.

Keine Geschichte, keine Strickstunde. Sie hatten ihn ins Bett gepackt und waren – schwupp – wieder verschwunden. Der außergewöhnliche Vorfall von heute würde bestimmt noch nachträglich für Aufregung sorgen.

Ignatius hatte seine Enttäuschung geschluckt, er konnte es sich nicht leisten, sich so schnell geschlagen zu geben. Jawohl! Es gab sie noch, die Welt jenseits der Dornenhecke, und sie hatte nach ihm gesucht. Wenn er dazu in der Lage gewesen wäre, hätte er sich vergnügt die Hände gerieben. Das mußte er sich vor Augen halten und nicht die Tatsache, daß sie ihn nicht gefunden hatten. Sie würden das Auto entdecken. Sie würden mit einem neuen Bodensuchtrupp zurückkommen. Hoffnung umgab ihn wie ein Heiligenschein.

Er beglückwünschte sich, daß er nicht laut herausgeschrien hatte, eine unwillkürliche Reaktion, die ihm zwar Erleichterung verschafft, aber letztendlich zu nichts geführt hätte. Im Moment empfand er Stolz, auch wenn ihn angesichts der zunichte gemachten Hoffnung ein Gefühl der Angst beschlich. Er sah jetzt, wie schlau sie alles eingefädelt hatten.

»Er hat sich nicht anders verhalten als wir«, argumentierte Iphigenia. Diskussionen hatte es schon lange nicht mehr in ihrem Leben gegeben; sie verliefen zäh und ohne die Finesse und Eloquenz, die sie beim Geschichtenerzählen bewiesen. Es fehlte ihnen die Übung. Nie hatte etwas zur Diskussion gestanden, keine Ideen, nichts Neues, mit dem man fertig werden mußte. Wenn sie einmal ihr Gelübde abgelegt hatten, war der Rest ihres Lebens vorbestimmt, es lag vor ihnen wie ein offenes Buch. Müßiges Geschwätz war eine Schwäche. Mit dem Herrn kommunizierte man in kontemplativer Stille.

Zu ihrer eigenen Überraschung kam ihnen manchmal ein fertiger Satz über die Lippen, als wäre er schon immer vorhanden gewesen wie das Teil einer alten Maschine, deren Rad nur einmal angestoßen werden mußte, damit sie arbeitete. Und dann wieder hatten sie die allergrößte Mühe und gingen die Worte durch, als wären es die bunt durcheinandergewürfelten Teile eines Puzzles, die man erst ausprobieren mußte, um zu sehen, ob sie paßten.

Das Auftauchen des Hubschraubers hatte bei Margarita keine größere Überraschung hervorgerufen als Iphigenias Ankündigung eines Besuchers. Auch als der heiligen Anna die Fliese auf den Kopf fiel, war sie nur mäßig überrascht. Sie hatte ihr Potential, sich in Erstaunen versetzen zu lassen, ausgeschöpft. Solange er hier war, würde es diese unangenehmen Vorfälle geben. Die Fliese war nur einer davon. Um sie herum bröckelte ihr Leben ab.

»Ich hab's dir gesagt, andere kommen nach.« Warum strickten sie heute abend nicht? Margarita hätte sich gerne in ihr Strickzeug verkrochen, eine wütende Masche an die andere gereiht.

»Sie sind gekommen und wieder gegangen. Nichts ist passiert.«

Nichts passiert? Hatte Iphigenia denn keine Augen im Kopf? Hatte nicht nur ihr Geruchssinn, sondern auch ihr Verstand unter der Erkältung gelitten? Der Dorn, der in Margaritas Auge so sehr schmerzte, war bei Iphigenia anscheinend besser aufgehoben.

»Sie haben ihn nicht gefunden, sie werden weitersuchen.«

»Vielleicht, aber nicht hier. Er hätte sich ja auch auf dem Weg hierher verirren können. Ein Unfall.«

In der Tat, ein Unfall. Eine ausgezeichnete Idee.

Sie waren Nonnen. Er hatte in ihrer Mitte nichts zu suchen, konnte ihr Leben nicht teilen. Mit Carla war das eine andere Sache gewesen. Es hatte zwar auch eine längere Beratung gegeben, als Margarita das Bündel auf der Türschwelle entdeckte. Was sollten sie mit dem Findelkind tun? Auch wenn sie ein Geschenk Gottes war – konnte man ihr das harte, klösterliche Leben zumuten? Sie beteten über ihr, beratschlagten. Und beschlossen dann, sie so lange zu behalten, bis jemand das Kind zurückhaben wollte. Erst nachdem sie diesen Entschluß gefaßt hatten, wickelten sie sie aus ihren Windeln und entdeckten die Häute zwischen ihren winzigen Zehen. Keiner würde das Kind zurückhaben wollen. Auf der Insel gab es genügend Legenden von Wassergeistern, wilden, dunklen Meereskreaturen mit Haaren, die wie Algen im Wasser hinter ihnen herschwammen. Das beste war, wenn sie die Kirche wie ein Amulett um den Hals trug.

Ein Baby war eine Sache, ein erwachsener Mann eine andere. Die Kerzen brannten ruhig und gleichmäßig. Ein

Insekt flog hinein und brutzelte in dem Wachs. Daß er seine Gegenwart dem Hubschrauber nicht signalisiert hatte, war für Iphigenia der Beweis, daß ihre Überzeugungsarbeit Früchte trug. Margarita hielt ihn jedoch für gerissener. Iphigenia wollte ihm seine Beine zurückgeben.

»Wenn du ihm seine Beine gibst, wird er wegrennen«, sagte Margarita.

»Wir müssen dem Herrn vertrauen.«

Sie hatten schon einmal dem Herrn vertraut. Er hatte ihn nicht daran gehindert, zu fliehen. Während sie Wache hielt.

»Aber Er hat seinen Fluchtversuch vereitelt.«

Margarita starrte auf die Schatten, die die Kerzen warfen.

»Caritas«, plädierte Iphigenia mit ihrer sanftesten Stimme. Von Anfang an hätte Iphigenia lieber auf das Eingipsen verzichtet, aber auch ihr war klar, daß sie ihn in Gewahrsam nehmen mußten. Der Gips war Margaritas Idee gewesen. Nach dem Vorfall mit dem Bader hatten sie sich einen Vorrat an Gips zugelegt. Obwohl alles schon Jahrzehnte zurücklag und die liebe Assumpta schon längst nicht mehr unter ihnen weilte, lastete die Verantwortung für das Hinken ihrer Mitschwester immer noch auf Iphigenia.

»Laß uns nicht richten. Die Zeit, die es braucht, um ein Gewand für ihn anzufertigen. Geben wir ihm soviel Zeit. Ein Gewand nach unseren Vorstellungen, in das wir sein Haar hineinstricken. Ein Gewand, mit dem wir von ihm Besitz ergreifen. Wenn er sich bis zu seiner Fertigstellung ruhig verhält, geben wir ihm seine Beine wieder zurück.«

»Und wenn er Ärger macht?«

Iphigenia zögerte, und ihr Kopf senkte sich beinahe unmerklich. Dann würde sie Margarita entscheiden lassen.

Er schreckte aus dem Schlaf hoch. Das Dunkel, das sein Bett umgab, hatte sich zu einem Körper verdichtet.

»Was wollen Sie?« fragte er und versuchte den Eindringling in Schach zu halten, bis er den Schlaf vollends von sich abgeschüttelt und die Situation im Griff hatte. Sein Herz pochte, und er fühlte, wie ihm der Schweiß auf die Stirn trat. Sie war wieder da. Das Dunkel blieb undurchdringlich.

»Bald«, sagte sie, »bald kommen die Bandagen runter.«

Sie warf ihm diese Neuigkeit hin und wartete, daß er danach schnappte. Als sich seine Augen an die Dunkelheit gewöhnt hatten, konnte er ihre Silhouette erkennen; sie erinnerte ihn an einen Felsen, der ihn als Kind beeindruckt hatte. Seine Familie hatte sich in den Ferien eine einsame Hütte auf einer Landzunge gemietet. Ganz in der Nähe ragten ein paar Felsen aus dem Meer. Sie hießen die Apostel oder die Jünger, so genau wußte er es nicht mehr. Doch er erinnerte sich noch, wie er von dem Wind, der an den Fenstern rüttelte, geweckt wurde, und wie er, nachdem er seinen ganzen Mut zusammengenommen hatte und nachschaute, Zeuge eines Schauspiels wurde, auf das er nicht vorbereitet gewesen war. Die vor der stürmischen See stehenden Apostel waren lebendig geworden und warfen, den Mond im Rücken, riesige Schatten. Es war, als hätte er etwas gesehen, was nicht für seine Augen gedacht war. Und er begriff, warum ihn seine Eltern nachts zur Ruhe mahnten und ins Bett schickten. Weil die Nacht anderen Kreaturen gehörte.

Die Frau am Fenster war Iphigenia; ihr langer Schatten wurde von der Mondsichel auf ihn geworfen. »Bald?« wiederholte er. Ein Hoffnungsschimmer, eine kleine Nachfrage, um Genaueres in Erfahrung zu bringen, doch immer darauf bedacht, nicht zu weit zu gehen, damit sie ja nicht auf den Gedanken kämen, ihren Entschluß wieder zu revidieren. Denn zu einem Entschluß hatten sie sich offensichtlich durchgerungen.

»Wenn das Gewand fertig ist.«

»In einem Tag? Einer Woche?« bedrängte er sie.

Ungerührt stand sie am Fenster.

»Wenn das Gewand fertig ist«, wiederholte sie.

Es gab eine kleine Pause, als wollte sie noch etwas sagen, ein kurzes Anhalten der Luft. Dann hörte er, wie sie sie ausstieß, und hatte den Eindruck, sie würde in sich zusammenfallen. Sie schlüpfte aus dem Zimmer, und das Dunkel schwallte wie Nebel herein, um das Vakuum zu füllen, das sie hinterlassen hatte.

Machen, zunichte machen. Penelope und ihre Strickerei. Die Arbeit des Tages, die nachts wieder rückgängig gemacht wird. Margarita hatte mit dem Mund, aber nicht mit dem Herzen zugestimmt. Das würde etwas länger dauern. Tagsüber war alles nicht so schlimm, sie hatte ihre Arbeit und die gemeinsamen Gebete, um sich abzulenken. Sein Licht erfüllte den Hof. Aber nachts . . . Margarita preßte die Bibel an sich, hatte Angst, die Kerze zu löschen. Das Tier lag auf der Lauer. Sie hatte es beschworen, konnte es aber nicht wieder verschwinden lassen. Es war da, irgendwo im Dunkel, verdichtete sich, nahm Gestalt an.

Die Heilige Schrift. Sie hätte sich am liebsten in sie eingehüllt, damit ihr Wort ihr Fleisch würde. Um ihre Stärke zu spüren, ihren Trost. Ewig und unveränderlich.

Caritas. Margarita brachte die Kerze näher heran und blätterte die Seite in dem schummerigen Licht um. »Die Liebe ist langmütig, gütig ist die Liebe, die Liebe ist nicht eifersüchtig, sie prahlt nicht. Sie handelt nicht taktlos, sie sucht nicht den eigenen Vorteil, sie läßt sich nicht erbittern, sie trägt das Böse nicht nach. Nun aber bleiben Glauben, Hoffnung, Liebe, diese drei; am größten jedoch unter ihnen ist die Liebe.«

Sie würde es versuchen. Mit der Zeit würde er schon seine wahre Natur enthüllen. Dann würde Iphigenie merken, daß manche Tiere sich nie in Menschen verwandeln und daß ein Unfall die einzige Lösung ist.

»Sind eure Sünden auch wie Scharlach, sie sollen weiß werden wie Schnee, sind sie auch rot wie Purpur, sie sollen weiß werden wie Wolle... Doch weigert ihr euch und verharrt im Trotz, dann wird das Schwert euch fressen. Wahrlich, der Mund Jahwes hat gesprochen. Ha! Ich will mich letzen an meinen Feinden und Rache nehmen an meinen Widersachern. Verderben aber den Treulosen und Sündern zumal! Die Jahwe verlassen, gehen zugrunde.«

Margarita hatte die Hand auf Jesaja gelegt, der Schein der Kerze war nur ein kleiner Kreis in dem erstickenden Dunkel. Es fiel ihr schwer, jede Nacht wachsam zu bleiben; sie spürte, wie der Schlaf sie übermannte. Eine dunkle Ebene breitete sich vor ihr aus, eine Wüste mit den fernen Höckern von Sanddünen. Sie stieg in sie hinab, warm und schläfrig. Ein Reiter tauchte auf, ein Punkt, der sich vor ihren Augen bewegte, näher und näher kam wie ein Ball aus Wind. Sie konnte den glühend heißen Sand riechen, den seine Stute aufwirbelte. Doch sie hatte keine Angst, sie würde in den Sand einsinken und sich so vor den Hufen in Sicherheit bringen, wenn er über sie hinwegritt. Je tiefer sie sank, desto heißer wurde es.

Margaritas Lider klappten auf, als sie es roch und spürte. Die Kerze war umgefallen, die Bibel brannte. Instinktiv ließ sie die Hand darauf fallen und wirbelte Rauch und schwarze, papierene Asche auf. Sie hustete und spuckte, richtete die Kerze wieder auf. Sie brannte noch.

Als sie sich von dem Schreck erholt hatte, inspizierte sie den Schaden. In der Mitte einer Seite war ein Kreis eingebrannt. Die Seite darunter war zwar versengt, aber die Worte waren noch leserlich. Nur die Stelle mit der Rache war herausgebrannt. Ein Fingerzeig Gottes! Ein Zeichen, daß die Rache ihre Seele schwärzen würde, wenn sie das Feuer nährte.

Trotz der aufflackernden Gefahr, trotz der Tatsache, daß ihr Bett zum Scheiterhaufen hätte werden können, fühlte sich Margarita erleichtert. Der Herr hatte ihr den Weg gezeigt. Auch wenn die Rachsucht in ihr aufflammte, so mußte sie doch Barmherzigkeit beweisen; sie mußte wie die Jungfrau von Orléans die Flammen ertragen und den Herrn ihren Geist daraus emporsteigen lassen. Wäre sie das Schwert Gottes, so wäre sie das Schwert christlicher Liebe und Barmherzigkeit, ein Schwert, das durch das Feuer der Rache gehärtet worden war.

Sie würde den Rest der Nacht auf dem Boden liegend verbringen, um sich in ihrem Vorsatz zu bestärken. Margaritas Augen brannten hell in ihrem Gesicht, ihre Wangen waren gerötet. Sie verspürte den brennenden Wunsch nach Reinheit, den sie auch als junge Nonne verspürt hatte, diesen Wunsch, den Körper zu einem Gefäß des Guten zu härten. Sie streckte sich auf dem Boden aus und wiederholte immer wieder die Worte der Barmherzigkeit, übte sich in Demut vor dem Herrn.

Sie lag noch danieder, als das erste Licht des Tages sie weckte, ein Rinnsal von Spucke auf dem Boden. Sie getraute sich nicht, die zum Aufstehen notwendigen Bewegungen auszuführen, ihren Körper durch diese Gasse von Schmerzen zu jagen. Sie hörte den Schrei der ersten Vögel. Das Dunkel lichtete sich. Zeit für die Prim. Sie mußte in die Kapelle und beten. Sie würde zusammen mit ihren Schwestern beten, ihre Arbeit machen und das Licht des Herrn betrachten. Den Besuch würde sie so gut sie konnte ignorieren.

Sie wischte sich das Kinn ab und versuchte, auf die Beine zu kommen. Es war genauso schmerzhaft, wie sie es sich vorgestellt hatte.

Es war zwischen Non und Vesper. Carla hatte sich absentiert, Margarita war in der Kapelle und betete. Sie schien in der letzten Zeit ständig zu beten. Iphigenia wandelte im Kreuzgang hin und her, mal im gelben Licht des Nachmittags, mal im Schatten.

Seit Jahrhunderten war es ein Haus Gottes gewesen; es besaß ein ewiges Leben, die Zeit konnte ihm nichts anhaben. Die Tage folgten auf die Nächte, das Licht auf das Dunkel, die Sonne auf den Mond. Sie hatten vergessen, welcher Tag, welcher Monat, ja sogar welches Jahrzehnt es nach dem weltlichen Kalender war. Für sie zählten nur die hohen Feiertage wie Ostern und Weihnachten; sie bestimmten das Jahr. Ostern war der erste Vollmond nach der Tag-und-Nacht-Gleiche im Frühjahr; Weihnachten fiel in die Zeit, wenn die Sonne ihren tiefsten Stand erreichte; geschoren wurde, wenn die neue Wolle die alte verdrängte. Sie gingen zur Kapelle und sangen ihre Stundengebete mit derselben Regelmäßigkeit, mit der sie sich schlafen legten. Den Wechsel des Lichtes, den Lauf der Sonne und des Mondes und die Veränderungen in der Temperatur, in der Feuchtigkeit, in der Luft auf ihrer Haut, all das nahmen sie wahr. Instinktiv wußten sie, wenn es soweit war.

Sie trat in den Hof. Iphigenia konnte das gleichmäßige Gemurmel von Margaritas Gebeten hören, das gelegentliche Blöken der Schafe. Trotz der ständigen Wiederkehr der Tage gab es auch Dinge, die nicht wiederkehrten. Iphigenias Blutungen hatten aufgehört und würden nie wieder anfangen. Ihr Augenlicht war schwächer und ihr Geruchssinn schärfer geworden. Die Agnes-Schwestern würden nie wieder menschliche Gestalt annehmen. Ziegel fielen herunter, flogen aber nicht aufs Dach zurück. Und an manchen Tagen fühlte sie sich besser als an anderen.

Sie hatten jetzt einen Priester, der nicht kam und wieder ging, sondern blieb. Iphigenia wußte, daß Margarita den

Priester nicht in ihrer Mitte haben wollte, aber es war nicht das erste Mal, daß beide Geschlechter in einem Hause Gottes zusammenlebten. In den großen Doppelklöstern des Mittelalters arbeiteten die Laienbrüder auf den Feldern, und die Priester halfen den Nonnen. Regiert wurden sie von reichen und mächtigen Äbtissinnen, die selbst Land besaßen, die sich mit Königen beratschlagten und Ritter in den Kampf schickten.

Wenn sie eine Äbtissin hätten, wie würde sie sich verhalten? Würde sie alle versammeln, damit sie sich in der Kapelle versteckten? Oder wäre sie auf den Eindringling vorbereitet und könnte sich ihm gegenüber behaupten? Hätte sie einfach gesagt: »Unsinn, junger Mann. Wenn Ihr Bischof denkt, er könne aus diesem Kloster ein Ferienhotel machen, wird er sein blaues Wunder erleben.«

Vielleicht genügten ihre Gebete und ihr Bekehrungs-Gewand nicht.

Iphigenia dachte an ihre erste Begegnung mit dem Priester. Sie waren schockiert, ja völlig entgeistert gewesen, als sie ihn den Namen des Teufels aussprechen hörten. »Teufel auch, es war schon wahnsinnig schwer, es überhaupt zu finden.« Aber Iphigenia fiel auch wieder ein, was er noch gesagt hatte: »Es hörte sich jedenfalls so an, als sei das Grundstück unbewohnt.« Er war also in der Annahme gekommen, niemanden hier vorzufinden. Aber dann hatte er von diesem Altenheim gesprochen. Der Bischof hatte damit nichts zu tun, er mußte sich das selbst ausgedacht haben. Die Tatsache, daß eine Schwesternkongregation in dem Kloster lebte, mußte einen Unterschied machen.

Hätte die Äbtissin es vermocht, ihm allein durch den Ton ihrer Stimme Einhalt zu gebieten, oder gab es auch noch andere Möglichkeiten? Für die Schwestern gab es nur Gebete, ihre täglichen Pflichten und die Kontemplation Gottes. Aber für die Äbtissin gab es noch andere

Dinge, Regeln und Bestimmungen, Rechte und Verpflichtungen. Geweihter Boden mußte säkularisiert werden. Und da mußte es doch ein ... ein bestimmtes Verfahren geben.

Zum ersten Mal seit vielen Jahren sah sich Iphigenia vor der Tür zum Arbeitszimmer der Äbtissin stehen. Obwohl der Tod der letzten Äbtissin schon ewig lange zurücklag, war noch keine von ihnen bis zu diesem Teil des Klosters vorgedrungen. Die Zelle der Äbtissin, in der sie anfangs den Priester untergebracht hatten, war eine andere Sache. In ihr war die Äbtissin eine Nonne wie alle andern auch. Aber in ihrem Arbeitszimmer besprach sie die Angelegenheiten des Klosters mit der Außenwelt, mit den Priestern und den kirchlichen Würdenträgern. Es war der Ort, an dem über Regeln und Bestimmungen entschieden wurde. Und wo den Nonnen eine Standpauke gehalten wurde, wenn sie sich nicht daran hielten. In diesen Raum war auch Iphigenia zitiert worden, als sie ohne den Bader zurückgekehrt war.

Iphigenia betrachtete die Maserung des Holzes, zögerte aber, es zu berühren. Durch eine Tür wie diese war Dornröschen getreten. Hatte auch sie gezögert, bevor sie die Schwelle überschritt? Iphigenia stieß die Tür auf.

Der ganze Raum war mit einer Pelzschicht aus Staub überzogen und war so grau wie eine alte Maus, überall hingen Spinnweben von der Decke, den Regalen, dem Schreibtisch der Äbtissin. Und die Heilige Jungfrau in der Nische war in einen Kokon eingesponnen.

In dem Raum gab es keine Gerüche. Alles war still, in der Schwebe, von dem Leichentuch des Schlafs bedeckt. Keine Blätter raschelten, nichts huschte weg, als die Tür aufging. Iphigenia trat ein, Staub stieg ihr in die Nase, obwohl sie sich sehr vorsichtig vorwärts bewegte. Sie ging an der Bücherwand entlang, schaute sich die Titel an.

So viele Bücher, alle mit den gleichen gerippten Rücken. Iphigenia erinnerte sich, wie sie auf diese solide, unerschütterliche Wand aus Büchern gestarrt hatte, während die Äbtissin sich mit ihren Fragen im Kreis bewegte, eine Frage nach der andern stellte, um immer wieder auf dieselben zurückzukommen. »War es wirklich notwendig gewesen, aufs Festland zu gehen? Was würde Ihre Großmutter sagen? Was würde der Bischof sagen? Und was, Schwester Iphigenia, würde Gott sagen?« Und dann die Stille, als das Kreuzverhör beendet war. Aber damit war die Sache nicht ausgestanden.

Iphigenia hob den Vorhang aus Spinnweben hoch und zog einen Band aus dem Regal. *Kanonisches Recht für Schwesternkongregationen.* Ein modriger Geruch entwich ihm wie eine Motte. Sie las:

> Unter welchen Voraussetzungen kann ein Religioseninstitut geschlossen oder aufgehoben werden?
>
> 1. Durch den Austritt all seiner Mitglieder
> 2. Durch das Aussterben all seiner Mitglieder
> 3. Durch Vereinigung mit einem anderen Konvent
> 4. Durch hoheitlichen Akt
>
> Falls die Schließung aufgrund des Austritts oder des Todes aller Konventsmitglieder erfolgt, müssen nach dem Austritt oder Tod des letzten Mitglieds 100 Jahre verstreichen, ehe die Aufhebung rechtskräftig wird. Aufhebung durch Vereinigung eines Klosters mit einem anderen Konvent oder durch hoheitliche Aufhebung können nur mit Genehmigung des Heiligen Stuhls erfolgen.

Nicht jedes Wort war Iphigenia geläufig, aber den feierlichen und unwiderruflichen Ton nahm sie wahr. Aussterben. Als wären sie eine Tierart, auf die man Jagd gemacht hatte oder die ausgestorben war, weil die Welt sich verändert hatte und sie sich nicht anpassen konnten. Aber sie waren nicht tot. Hier in den Steinen und Mauern des Klosters war ewiges Leben. Das Gelübde, das sie abgelegt hatten, galt für immer und ewig.

Die Gemeinschaft war nicht ausgestorben und hatte sich auch nicht mit einem anderen Religioseninstitut vereinigt. Austritt. Das klang wie Abtritt. Sie waren ausgetreten, aber nur für einen Tag. Und was war ein hoheitlicher Akt?

Sie blätterte eine Seite um, das Buch fest in der Hand. Durch die Wärme ihrer Hand entwickelte sich ein schwacher Ledergeruch.

Was geschieht mit dem Eigentum einer aufgelösten Einrichtung?

> Alle zeitlichen Güter einer Ordensniederlassung, bewegliche Güter wie Immobilien, sind Eigentum der Kirche. Deshalb kann bei Aufhebung eines Klosters sein Besitz nicht unter dessen Mitglieder verteilt werden, noch können die Mitglieder den Klosterbesitz anderen religiösen oder caritativen Einrichtungen überlassen, selbst wenn der Diözesanbischof dies gestatten würde. Ebensowenig darf der Bischof den Klosterbesitz oder einen Teil desselben für seine Diözese beanspruchen. Vielmehr hat der Heilige Stuhl über das ganze Vermögen zu bestimmen.

Was bedeutete das? Was würde mit der Heiligen Jungfrau und den Heiligen der Glasfenster geschehen? Sie konnten nicht umfunktioniert werden, und noch weniger konnten sie in einer Ferienanlage bleiben. Die Worte waren wie ein Geheimcode. Iphigenia fühlte sich wieder wie ein kleines Kind, das die Worte ihrer Großmutter auffing, wenn der Rechtsberater bei ihr war.

Der Rechtsberater saß im Arbeitszimmer, sehr aufrecht, mit der Mappe auf den Knien, als getraute er sich nicht, sie anderswo hinzulegen. Häufig war auch Taylor präsent, Großmutters Freundin und Vertraute und zugleich auch Haushälterin. Die Gespräche mit dem Rechtsberater erinnerten Iphigenia an die Bridgepartien der Erwachsenen, bei denen auch ein bestimmtes Vokabular verwendet wurde. Dem Rechtsberater gegenüber gebrauchte Großmutter Worte wie Schlichtung, Immobilie, meine Angelegenheiten, Ansprüche, Urkunden, Grundbesitz. Ja, das war eines davon. Sie erinnerte sich, wie ihre Großmutter mit dem Rechtsberater über die Fullers sprach, die ihrer Tochter Nancy zur Hochzeit ein Grundstück gekauft hatten und dann feststellen mußten, daß die Pachtbauern von nebenan mit ihren Pferdekarren mittendurch fuhren. Na ja, die Fullers hatten sie aufgesucht und ihnen erklärt, daß sie dazu nicht befugt seien. Die Pachtbauern erklärten daraufhin den Fullers, daß eine Zufahrt ihr gutes Recht sei. Sie hätten sich von einem Rechtsanwalt beraten lassen. Ist das die Möglichkeit, Mr. Banks!

Banks. So hieß der Rechtsberater. »Auf Mr. Banks kann man bauen«, pflegte Großmutter zu sagen, wenn sie mit dem Brieföffner aus geschnitztem Elfenbein einen Umschlag aufschlitzte. Iphigenia erinnerte sich an den wundervollen Kupferdruck-Briefkopf auf der Korrespondenz des Rechtsberaters. Iphigenia hauchte dieses Wort so ehrfurchtsvoll, als besäße es besondere Kräfte. Es klang sehr viel gewichtiger als »Briefe«. Den alten Mr. Banks stellte sie sich auch sehr gewichtig vor. Iphigenia war damals zu jung gewesen, um sich an den alten Mr. Banks zu erinnern, aber sie erinnerte sich noch an den jungen Mr. Banks, an seine Aktentasche mit den goldenen Druckschlössern, die so energisch auf- und zuschnappten. Er selbst war ebenfalls ein sehr energischer Mann mit schnellen, gezielten Bewegungen. Iphigenia nahm an, daß auch der Priester in ihrer Verwahrung eine solche Brieftasche in der Welt draußen bei sich hatte. Und wahrscheinlich würde auch er diese gewichtigen, bedeutungsvollen Worte benutzen.

»Mrs. Featheringale am Apparat. Es gibt da eine Sache, die ich gerne mit Ihnen besprechen würde«, pflegte Großmutter am Telefon zu sagen. Daraufhin tauchte Mr. Banks bei ihnen auf. Nach seinem Besuch spielte Iphigenia Rechtsberater. Sie holte sich einen Kasten aus dem Schrank und setzte sich an den Tisch. »Für diese Unterlagen benötige ich Ihre Unterschrift.« Damit ließ sie den Kasten aufschnappen und entnahm ihm imaginäre Schriftstücke. Einmal überredete sie Betty, das jüngste der Fuller-Mädchen, den Rechtsberater zu spielen, aber das klappte nicht. Als Betty den Kasten aufschnappen ließ, sagte sie: »Da sind doch nur Gabeln drin.«

»Gib mir die Korrespondenz«, forderte Iphigenia sie auf.

»Da kriegen wir nur Ärger. Es ist das beste Besteck deiner Großmutter.«

»Ich darf es benutzen, sie hat es mir erlaubt. Gib schon die Korrespondenz her.« Aber Betty wollte nicht. Bei den Fullers durften sie nie mit den Sachen der Erwachsenen spielen, entweder mußten sie in Bettys Kinderzimmer spielen oder draußen im Garten.

Bei ihrer Großmutter konnte Iphigenia jedoch nach Lust und Laune umherwandern. Weil Iphigenia Großmutters Liebling war wie der weiße, wollige Puddles, der an Altersschwäche gestorben war. Sie hatte gedacht, es würde ewig dauern, bis man an Altersschwäche starb, aber dem war nicht so. Eines Tages war Puddles tot. Iphigenia hatte schon die Kadaver von Füchsen und Enten gesehen. Aber die waren von den Jägern abgeschossen worden und immer voller Blut. Puddles lag nur mucksmäuschenstill auf dem Küchenboden.

»Die Hand Gottes«, sagte Großmutter. »Traurig für uns, aber Gott wollte Puddles an Seiner Seite haben.« Großmutter betupfte ihre Augenwinkel mit einem Zipfel ihres Spitzentaschentuchs. Barney hob mit seiner großen Schaufel und seinen großen Stiefeln ein Loch aus und bettete Puddles zur letzten Ruhe.

Danach blickte Iphigenia tagelang immer wieder zum Himmel hoch und musterte die Leute um sich herum. Wer würde der nächste sein – Großmutter? Sie war bedrückt und näßte sogar nachts ihr Bett. Sie wußte, daß sie von Taylor Schelte bekommen würde, aber sie konnte nichts dagegen machen.

Nachts ließ sie die Kerze brennen und versuchte, nicht einzuschlafen, falls Gott im Dunkel hereingeschlichen käme. Aber sie schlief dann doch ein, um kurz darauf aus dem Schlaf hochzuschrecken. Die Kerze war aus, und Iphigenia schluckte das Dunkel – und wenn es Gott auf sie abgesehen hatte? Sie wollte zu Großmutter rennen, aber ihre Angst war so groß, daß sie nicht einmal einen Schrei hervorbrachte.

Iphigenias Verhalten fiel ihrer Umgebung auf, und Taylor schlug vor, Dr. Foley kommen zu lassen. Das jagte Iphigenia einen noch größeren Schrecken ein, denn meistens lag jemand im Sterben, wenn der Doktor kam. Großmutter sagte: »Unsinn, das Kind macht nur eine Phase durch.«

Großmutter setzte sich nachts an ihr Bett, und schließlich erzählte ihr Iphigenia, was sie bedrückte. Großmutter schwieg einen Augenblick, und in ihren Mundwinkeln machte sich ein Lächeln breit. Dann streckte sie die Arme aus, und Iphigenia kuschelte sich an sie und ließ sich von dem Lavendelgeruch und der weichen, papierenen Haut einhüllen.

»Gott war wahrscheinlich einsam, und Puddles sollte ihm Gesellschaft leisten. Eine so verhutzelte, alte Frau wie ich interessiert ihn nicht, und du wirst ihn auch nicht interessieren, nicht solange ich hier das Sagen habe«, meinte sie und klang, als ließe sie nicht mit sich spaßen. Sie drückte Iphigenia noch fester an sich, so daß sich die Nase des Kindes in die Wolle ihrer gehäkelten Bettjacke bohrte, während ihr zitterndes Kinn auf Iphigenias Kopf auf- und abhüpfte. Sie beteten zusammen.

Am nächsten Morgen hatte Iphigenia keine Angst mehr vor Gottes unsichtbarer Hand. Und die Angst vor Gott kam auch nicht wieder zurück. Weil sie nämlich in ihrem Gebet Gott gesagt hatte, daß sie in Seinem Hause leben wolle, wenn sie alt genug sei. Sie hatte Gott jedoch nicht gesagt, daß sie in Seinem Haus ein Auge auf Ihn haben würde, so daß Er sich nicht unbemerkt an sie heranschleichen könne.

Um den Pakt zu besiegeln, hielt sie eine kleine Opfergabe für angemessen. Sie ging in das Ankleidezimmer ihrer Großmutter und zog den Fuchspelz vom Bügel. An dem einen Ende hing der Kopf, am andern baumelten die Pfoten; er roch nach Mottenkugeln. Der Fuchs mußte auch an Altersschwäche gestorben sein, denn sie konnte keine Blutspuren entdecken.

Im Frühnebel lief sie zu dem Geräteschuppen und holte sich Barneys Spaten, sorgsam darauf bedacht, die in Reih und Glied stehenden Geräte nicht durcheinanderzubringen. Eigentlich hatte sie beabsichtigt, Puddles' Grab zu öffnen, wo doch Gott über diesen Kanal schon einmal ein Tier empfangen hatte, aber dann grauste ihr doch vor dem, was sie darin vorfinden könnte. Sie fand einen anderen Platz und fing an, ein Loch auszuheben, wie es Barney getan hatte; sie stellte einen Fuß auf den Spaten und stieß ihn in die Erde. Es war sehr viel mühsamer, als es aussah, und sie schaffte es kaum, durch das Gras zu kommen. Sie beschloß deshalb, den Fuchs im Rosengarten zu begraben, weil dort die Erde schon umgegraben und der Boden weicher war. Es dauerte eine Weile, aber dann hatte sie es geschafft. Das Loch mußte nicht so tief wie das von Puddles sein, denn der Fuchs hatte keine Knochen mehr und war bis auf das glänzende Satinfutter innen leer.

Das Verschwinden des Fuchses kam erst an Weihnachten zur Sprache, als Iphigenia schon gar nicht mehr daran dachte. »Ich kann mir nicht vorstellen, wo er abgeblieben ist«, sagte Großmutter zu Taylor. »Ich hab ihn wohl liegengelassen und kann mich nicht mehr erinnern, wo. Na ja, zumindest ist es nicht der Ozelot.« Dann wandte sie sich anderen Dingen zu.

Obwohl sich innerhalb der Mauern nichts änderte, so ging doch die Welt draußen mit der Zeit, und die Dinge veränderten sich. In den Büchern, die im Arbeitszimmer der Äbtissin an den Wänden standen, war nicht von der Anbetung des Heiligen Herzens, sondern von rechtlichen Fragen die Rede, die sich mit den weltlichen Aspekten des religiösen Lebens auseinandersetzten: Verwaltung, Kauf und Verkauf von Gütern. Selbst wenn sie alles verstehen würde, waren sie vielleicht schon nicht mehr aktuell. Sie konnte dem Priester eines der Bücher zeigen und ihn fragen, was ihn berechtigte, hierherzukommen und die Aufhebung zu beschließen. Aber wie würde sie wissen, ob er ihr bei seinem persönlichen Interesse an der Sache die Wahrheit sagte? Sie brauchte ihren eigenen Rechtsbeistand.

Banks. Der Name lautete Banks Soundso ... Iphigenia versuchte sich an den Briefkopf zu erinnern, den sie vor so vielen Jahren erspäht hatte. Erst Banks und dann ein längerer Name, der mit ... C anfing. Eine komische Schreibweise, eine Gruppe von Buchstaben in der Mitte, die nicht ausgesprochen wurden. Sie versuchte immer wieder, sich zu erinnern, aber sie bemühte sich einfach zu sehr und verhinderte damit, daß der Name von selbst kam. Einem Namen aus einer so fernen Vergangenheit mußte man schon etwas Zeit lassen.

Vielleicht konnte sie Banks Soundso einen Brief schreiben. Aber wie würde er befördert werden? Und wie würde sie eine Antwort bekommen? Vielleicht sollte sie selbst nach draußen gehen und sie aufsuchen. Aber das war unmöglich, sie konnte das Kloster jetzt nicht verlassen.

C. Welche Namen fingen mit C an? Christopher, Cyril, Casimir, Catherine. Iphigenia fielen nur die Namen von Heiligen ein. Aber sie wollte es immer noch erzwingen und schubste den Namen damit nur noch weiter weg.

Sie suchte wieder die Zelle der Äbtissin auf und ging noch einmal durch die Autorelikte. *Verhandlungstaktiken*, ein großformatiges Buch mit vielen Leuten auf dem Umschlag, die um einen Tisch saßen und sich unterhielten. Frauen, die die gleichen Anzüge wie die Männer trugen. Iphigenia blätterte darin herum. Es enthielt ganz neuartige Ausdrücke wie: nonverbale Alarmsignale, persönlicher Raum, Überzeugungsarbeit, Synergie, Gewinnorientierung, Katastrophenszenario, Telekonferenz.

Es war eine ganz neue Welt, ein ganz neues Vokabular. Iphigenia nahm sich jeden einzelnen Gegenstand vor. Als sie auf die Batterie in dem Plastikgehäuse stieß, fing ihre Nase an zu zucken. Nicht alle Überbleibsel waren da, aber das hier war eines, das er selbst mitgebracht hatte, in seiner Tasche. Das Telefon! Sie brauchte keinen Brief zu schreiben, brauchte nicht nach draußen zu gehen. Sie mußte einfach nur einen Anruf tätigen. Banks, C ... und ... Collard. Nein, nicht ganz. Ihre Gedanken kreisten den Namen ein, sie war schon ganz nahe dran. Sie nahm einen Bleistift und fing an, auf ein Stück Papier Namen zu schreiben. Das C zuerst, als hätte sie das Ende eines Fadens gefunden und müßte ihn nur noch aus dem Knäuel ziehen, um den Rest zu entwirren. Col... Collins. Nein. Callaghan. Nein. Aber so ähnlich. Buchstaben in der Mitte, die nicht ausgesprochen wurden. COLQUHOUN. Ja! Das war's! Banks, Colquhoun und Andrews. Das Andrews kam automatisch. ABC, nur nicht in dieser Reihenfolge. Sie sah den Briefkopf genau vor sich, als wäre er auf Papier gedruckt. Jubel erfüllte Iphigenia. Sie überlegte sich nicht, daß Banks, Colquhoun und Andrews wahrscheinlich alle tot waren, daß das Telefon des Mannes nicht funktionierte und daß sie nicht einmal wußte, wo es war. Im Augenblick war ihre Freude so groß, daß sie jede Hürde hätte nehmen können.

Als er am Abend sein Essen zu sich nahm, genoß Ignatius noch einmal in Gedanken die Rettungsaktion. Sie hatten die Suche eingeleitet, und sie würden weitersuchen. Es erfüllte ihn mit Genugtuung, daß der Bischof von seinem Sekretär nicht annahm, er hätte sich wie Bruder Terry einfach abgesetzt. Er fragte, wie umfangreich die Suche war, ob er in den Zeitungen stand: »Priester vermißt«, nein, »Des Bischofs wichtigster Mann vermißt.« »Suche nach dem vermißten Priester immer aussichtsloser.« Nein, das nicht.

Obwohl er verzweifelt gefunden werden wollte, mißfiel ihm der Gedanke, man könne ihn eingegipst und mit zusammengebundenen Händen über sein Essen gebeugt vorfinden. Anfangs wären alle noch voller Mitgefühl, aber dann würden das Getuschel und Gekicher anfangen und er würde noch wochenlang eine Zielscheibe für die Witzeleien im Palais abgeben. Er schob sich eine halbe Steckrübe in den Mund. Am Tisch herrschte eine Spannung, als hätten sie eine Geburtstagsparty für ihn vorbereitet; seine Entführerinnen beeilten sich, das karge Mahl hinter sich zu bringen, begierig, ihr Vorhaben in Angriff nehmen zu können.

Ignatius fragte sich, was für eine Art von Gewandung sie sich für ihn ausgedacht hatten. Ihm war alles recht. Solange er darin von hier weggehen konnte. Er könnte schon morgen weg sein, wenn sie ihm seine alten Priestergewänder zurückgeben würden. Offenbar stand das aber nicht zur Debatte. Es war eine Bewährung, eine Art Probe, auf die sie ihn stellten. »Bis das Gewand fertig ist.«

Als sie die Teller leer geputzt hatten, räumten sie den Tisch ab und brachten die Eingangsgebete und -gesänge hinter sich. Seine Beine juckten einfach höllisch. Er hatte eine grauenhafte Vision von blassen, atrophierten Gliedern voller Maden. Dieser gottverdammte Juckreiz, aber leider war es unmöglich, unter den Gips zu kommen. Statt dessen kratzte er sich am Bauch und brachte so seine überlangen Fingernägel zum Einsatz. Da er sie sich gewöhnlich kurz schnitt, war ihm die Ähnlichkeit mit Vogelkrallen noch nie aufgefallen. Der Daumen und Zeigefinger seiner linken Hand schienen sich zu verdicken und braun zu verfärben. Wahrscheinlich Vitaminmangel oder eine Pilzinfektion.

Er fühlte sich unbehaglich, da Margarita ihn unentwegt anstarrte. Was hatte sie? Sie kratzten sich doch auch ganz ungeniert.

Er bot ihnen seine Hilfe beim Stricken an. Ein Vorwand, um seine Hände frei zu bekommen, sich eine Nadel zu schnappen und mit ihr unter den Gips zu fahren, um sich zu kratzen. Auch sonst konnte sich eine Nadel als nützlich erweisen.

»O nein«, meinte Margarita, »das ist unser Geschenk für Sie.« Sie lächelte, bewies Hochherzigkeit. Der Klang ihrer Stimme ließ den Mann jedoch an die dreizehnte Fee bei der Taufe Dornröschens denken.

»Erzählen Sie eine Geschichte«, sagte Iphigenia.

Das war seine Rolle in dem Stück, eine Geschichte. Da sie den Grundstein zu seinem Gewand legten, mußte die Geschichte sorgfältig ausgewählt werden. Etwas Bedeutungsvolles. Sie mochten Feenmärchen, aber der Anlaß verlangte etwas Gewichtigeres, Substantielleres. Passend wäre etwas aus der Bibel. Mit einer Geschichte aus der Bibel konnte er kaum danebengreifen. Etwas, das sich mit dem Gestrickten verband, ein unsichtbarer Faden, ein Gebet. Sein Beitrag. Nicht das Leben eines Heiligen oder Märtyrers, das ging immer schlecht aus. Eine Geschichte mit einem *happy end*, wie er es sich immer noch erhoffte.

Mit den Nadeln in der Hand warteten sie so gespannt wie die Musiker eines Orchesters auf den Einsatz ihres Dirigenten. Die Wollstränge lagen säuberlich aufgereiht auf dem Tisch, und vor ihnen stand der Korb mit seinen eigenen schwarzen Locken. Es war immer noch ein komisches Gefühl. Sein Haar dort drüben auf dem Tisch, weg von seinem Körper.

Er begann seine Geschichte.

»Es war einmal ein Mann, der hatte mehrere Söhne, und der jüngste, der wußte, daß er einmal von dem Reichtum seines Vaters einen Teil erben würde, fragte ihn, ob er diesen nicht gleich haben könne.« Das Klicken setzte ein und nahm den Rhythmus auf. Trotz seiner ständig jukkenden Beine überkam ihn ein ähnlich wohliges Gefühl, wie am Kaminfeuer im Winter. Er dachte an das Kaminzimmer im Palais, wo er zusammen mit dem Bischof und den anderen Priestern Portwein trank und aus dem schmalen, goldenen Etui des Bischofs, dem Geschenk eines Gemeindemitglieds, Zigaretten angeboten bekam. Ignatius hatte erst als Sekretär des Bischofs mit dem Rauchen angefangen.

Nach dem Abendessen standen die Priester gewöhnlich im Refektorium herum, mit dem Rücken zum Feuer, das ihnen die Hinterbacken wärmte, oder sie saßen in bequemen Ledersesseln, die bei jeder Bewegung zu quietschen anfingen. Sie sprachen über Politik – kirchliche und weltliche –, genauer gesagt, über Politiker und Brüder, die sich wegen sexuellen Mißbrauchs zu verantworten hatten. Manchmal, wenn der Bischof nicht in der Nähe war, wurden Witze darüber gemacht. »Einen After-Eight oder einen Under-Eight?« Ignatius fühlte sich etwas unbehaglich, wenn die Unterhaltung diese Wendung nahm. Er fragte sich, ob er als Kind nicht auch – na ja, nicht gerade mißbraucht, aber vielleicht von den Brüdern zu liebevoll behandelt worden war und einfach nichts bemerkt hatte. »Noch etwas Port, Ignatius?« Die After-Eights lagen auf einem Silbertablett, das ihnen Mrs. Grogan hingestellt hatte. Er mochte die schokoladenbraunen Hüllen, in denen sie steckten, die dünnen Täfelchen aus Schokolade und das kühle Gefühl, das einem die Pfefferminze beim Hineinbeißen vermittelte. Aber er hatte immer auch das Gefühl, sich einem sündigen Vergnügen hinzugeben, vor allem im Anschluß an die Witze. Manchmal ließ er sich auch zu einem Kichern hinreißen, gab aber nie selbst einen Witz zum besten. Gelegentlich hatte er den Verdacht, daß er an den falschen Stellen lachte. Ignatius beschäftigte sich mit höheren Dingen. Er wollte sich zwar nicht über seine Brüder erheben, aber auch nicht auf die Ebene des Gemeinen gezogen werden. Ein weiterer Schluck Portwein half ihm, über dieses Unbehagen hinwegzukommen.

»Machen Sie sich ein paar schöne Tage. Denken Sie daran, auch Gott hat mal eine Pause gemacht«, sagte der Bischof mit einem leichten Zwinkern. Schade, daß nicht mehr junge Männer wie Ignatius zu Priestern wurden. Tatkräftig, gewissenhaft, ehrgeizig, voller Durchsetzungsvermögen und doch seinen Vorgesetzten gegenüber willfährig. »Mieten Sie sich ein Auto, nehmen Sie das Funktelefon. Und packen Sie die Badehose ein. Das Wasser wird zwar noch etwas frisch sein, aber das tut der Seele gut.«

»Und wenige Tage darauf packte der jüngste Sohn seine Sachen und begab sich auf die Reise in ein fernes Land. Es war auf der anderen Seite des Meeres, ein ziemlich merkwürdiges Land, in dem ziemlich merkwürdige Leute lebten. Aber es war der Ort, wo er zu Reichtum kommen wollte. Das Land bot viele Möglichkeiten, sich zu zerstreuen, und so blieb er immer länger und erfreute sich an seinen wohlschmeckenden Früchten. Aber als es dann soweit war und er aufbrechen wollte, entdeckte er, daß er gar nicht dazu in der Lage war, daß er alles, was er von seinem Vater bekommen hatte, durchgebracht hatte und nichts mehr sein eigen nannte, daß er schlechter dran war als die Tiere auf dem Felde, wo er sein Lager aufschlagen mußte, während sie um ihn herumstanden. Um seinen

Bauch zu füllen, hätte er auch die Abfälle, mit denen man die Schweine fütterte, nicht abgewiesen, doch niemand bot ihm etwas an.

Aber die Leute dieses Landes sahen schließlich seine Not, und sie gaben ihm von ihrem Essen und besorgten ihm Kleider, so daß er in das Land seines Vaters zurückkehren konnte. Als er vor dem Haus seines Vaters stand, sagten seine Knechte: Herr, auf der Straße steht ein Bettler. Und der Vater kam in seinen prächtigen Gewändern an die Tür: er sah seinen Sohn in seinem merkwürdigen Aufzug und kam heraus, um ihn willkommen zu heißen. Der Sohn fiel vor ihm auf die Knie und bat ihn um Vergebung.

›Vater, ich bin vom rechten Weg abgekommen, ich bin in die Welt gegangen, übers Meer und habe verloren, was du mir gegeben hast. Aber ich habe meine Pflicht getan und bin zurückgekommen, um dir für immer treu zu dienen. Wenn du mich nicht in dein Haus aufnehmen willst, gib mir einen Platz bei den Tieren.‹

Aber der Vater war glücklich, ihn zu sehen, und er befahl seinen Knechten: ›Bringt das beste Kleid hervor und tut es ihm an und gebt ihm einen Fingerreif an seine Hand und Schuhe an die Füße, und bringt ein gemästet Kalb her und schlachtet's; er war verloren und ist gefunden worden.‹ Und sie fingen an, fröhlich zu sein.

Auch die andern Söhne hörten, wie sie feierten, und einer von ihnen fragte die Magd, was das zu bedeuten habe. Sie sagte: ›Dein Bruder ist gekommen, und dein Vater hat ein gemästet Kalb geschlachtet, daß er ihn gesund wiederhat.‹ Die andern Brüder waren zornig, schließlich hatten sie sich während der Abwesenheit des jüngsten Sohnes um die Herden ihres Vaters gekümmert. Sie wußten, daß der Vater ihm ganz besondere Dinge gegeben hatte, die ihnen allen gehörten. Aber der Vater sagte zu ihnen: ›Söhne, ihr wart allzeit bei mir, und alles, was mir ist, ist euer. Ihr solltet aber fröhlich und guten Mutes sein, denn dieser euer Bruder war tot und ist nun wieder lebendig, er war verloren und ist wiedergefunden.‹«

Klick, klack, klick, klack.

Und auch dieses Mal ließ sich Ignatius, nachdem er in Schwung gekommen war, von der Geschichte mitreißen, tauchte in sie ein und war selbst so fasziniert, daß er die Strickerinnen völlig vergaß. Erst als das Klicken aufhörte, nahm er sie wieder wahr. Das Gestrickte hing von ihren Nadeln. Es war noch zu früh, um seine Form zu erkennen, aber er war ihnen dankbar, daß sie sich für Schwarz entschieden hatten. Er wollte nicht aussehen wie Joseph in seinem scheckigen Mantel, wenn er zum Palais zurückkehrte. Vielleicht würden sie ihm ja auch noch ein Paar feine Wollhosen stricken und eine wollene Jacke, die sich von seiner ursprünglichen Priesterkleidung nicht allzu sehr unterschieden.

Margarita, die sich gewöhnlich am meisten ins Zeug legte, hatte am wenigsten vorzuweisen. »Ein unartiges, verzogenes Kind«, sagte sie, ohne aufzublicken, »er hätte eine Strafe verdient. Eine Strafe! Ein Verschwender und ein Taugenichts!« Sie hielt den Kopf gesenkt und inspizierte irgendwelche imaginären Verunreinigungen in der Wolle.

»Herr, wer darf Gast sein in deinem Zelt? Wer wird bleiben auf deinem heiligen Berg? Wer ohne Tadel einhergeht und recht tut und redet die Wahrheit von Herzen. Wer seinem Freund nichts Böses antut, und seinen Nächsten nicht schmäht.« Die Worte waren Iphigenia einfach herausgerutscht. Eine Ermahnung Margaritas durch das Wort Gottes. Dabei hatte sie sich vorgenommen, ihre Zunge im Zaum zu halten. Bei Margarita war Vorsicht geboten, und sie hatte sie nicht in Gegenwart des Priesters zurechtweisen wollen. Aber die Worte waren einfach in ihr hochgestiegen und wie ein unbeabsichtigter Rülpser entwichen.

Diese alttestamentarischen Worte berührten ihn. Es war ein Zeichen. Gott hatte durch die Nonne zu ihm gesprochen. Gott hatte auch diesen Verlorenen Sohn nicht vergessen, und obwohl er immer noch in einem seltsamen Land gefangen war, so würde er doch in das Haus seines Vaters zurückkehren und mit einem gemästeten Kalb willkommen geheißen werden. Seine Geschichte war von Gott mit Wohlgefallen aufgenommen worden.

Ignatius sah sich gleichzeitig als den verlorenen und den an der Seite seines Vaters verbliebenen Sohn. Er war gewissenhaft und beflissen, tat, was er konnte, war immer höflich und bemüht, dem Bischof zuvorzukommen und seine Befehle auszuführen, noch bevor der sie gab. Ein Mann, der nie den Punkt auf dem i oder den Strich durch das t vergaß. Der sich bemühte, über jede Kritik erhaben zu sein. Soweit er das beurteilen konnte, war weder an seinem Verhalten noch an seiner Person irgend etwas auszusetzen, obwohl es ihm gelegentlich an Humor mangelte. Wenn er inmitten schallenden Gelächters den Aufenthaltsraum betrat, ging die Raumtemperatur zurück, als wäre ein Schwall kalten Nebels eingedrungen.

Er hatte schon immer einen seiner Brüder fragen wollen, warum er nicht ... beliebter war, aber die Tatsache, daß er überhaupt fragen mußte, schien bereits Bestandteil des Problems zu sein. Besser die Pluspunkte zählen – der Bischof nahm seine Bemühungen offensichtlich wohlgefällig auf und trat immer mehr Verantwortung an ihn ab. »Ich glaub, der Bursche hat's auf meinen Job abgesehen«, pflegte er mit den Priestern zu scherzen, woraufhin sie höflich lachten und etwas betreten zur Seite blickten.

Wenn man Ignatius, abgesehen von seiner Humorlosigkeit, etwas vorwerfen konnte – und dies war kein Vergehen im christlichen Sinne –, dann war es sein Zögern, die Barmherzigkeit Jesu auf alle und jeden auszudehnen. Der gute, gerechte Gott des Alten Testaments entsprach eher seinen Vorstellungen. Und der traditionelle Standpunkt, den er gegenüber dem Verlorenen Sohn einnahm, unterschied sich im Grunde kaum von dem so vehement von Margarita vertretenen. Auch er betrachtete den jüngsten Sohn als einen Verschwender. Als einen, der das väterliche Erbe verjubelte, der sich seine Wünsche immer sofort erfüllen mußte. Die anderen Brüder waren zu Hause geblieben und hatten sich abgerackert. Sie hatten sich ihr Erbe verdient, was man von dem Jüngsten beim besten Willen nicht behaupten konnte. Es war einfach nicht gerecht, daß der Jüngste so mir nichts, dir nichts wegging, sein Erbe verpraßte und dann die Frechheit besaß, ohne einen Pfennig in der Tasche zurückzukehren, einen Kniefall machte und wieder in den Schoß der Familie aufgenommen wurde. Und nicht nur aufgenommen, sondern auch noch mit Geschenken überschüttet wurde.

Ignatius fragte sich, wie den Brüdern das gemästete Kalb geschmeckt hatte und ob sie einfach abwarten wollten, bis der alte Mann starb oder sich abwandte, um dann dem begünstigten Bruder den verdienten Nachtisch zu servieren.

Aber sein gegenwärtiges Dilemma ließ ihn dem Verlorenen Sohn gegenüber etwas mehr Barmherzigkeit walten. Vielleicht ging das Mißgeschick, das ihm zugestoßen war, nicht ausschließlich auf sein Konto. Möglicherweise war er doch in der Absicht aufgebrochen, das Vermögen seines Vaters zu vermehren, so wie Ignatius, als er sich auf den Weg hierher machte. Er war in schlechte Gesellschaft geraten, gegen seinen Willen. Er war naiv und ahnungslos, hatte sich aber redlich bemüht. Und schließlich war er ja wieder zu seinem Vater zurückgekehrt, oder etwa nicht? In seiner seltsamen Aufmachung kam er mit leeren Händen zurückgekrochen und mußte sich die Wunden lecken lassen. Ja, er war verschwenderisch, maßlos, unberechenbar, aber sein Vater hatte ihm vergeben. Ohne Einschränkung vergeben.

Seine Beine juckten unter dem Gips. Der Raum war kalt und klamm, er spürte, wie der Nebel und die feuchte Luft von den Feldern hereindrangen. Es gelang ihm nicht einmal, sich das Kaminfeuer im Palais vorzustellen, das süße, warme Aroma des Portweins. Daß er hier gefangengehalten wurde, ohne etwas verbrochen zu haben, war weder fair noch gerecht. Ignatius würde in die Lumpen der Demut gekleidet zurückkommen und vor allen andern seinen Vater um Vergebung bitten müssen.

Carla säte Pflanzen aus. Sie bohrte mit dem Finger ein Loch in den Boden und ließ ein Samenkorn hineinfallen. Es machte ihr Spaß, den Finger in die Erde zu stecken und Dinge in sie zu versenken, damit sie in diesem dunklen, ruhigen Plätzchen von ihr genährt wurden. Alles mögliche passierte mit dem Samen im Boden. Eine Zeitlang tat sich nichts, dann aber brach ganz langsam etwas heraus, ein winziges, gähnendes und sich streckendes Baby. Seine Wurzeln verankerten sich immer tiefer in der Erde, sein Kopf kam an die Oberfläche, suchte die Sonne, wandte sich ihr zu. Einmal hatte sie einen Samen in ihren Körper gesteckt und darauf gewartet, daß er keime. Sie wartete und wartete. Es war ein dunkles, feuchtes Plätzchen wie im Boden, trotzdem kam nichts. Aber es gab Samenkörner, die jahrelang in der Erde schlummerten.

Carla fand es faszinierend, wie Pflanzen ihre Form verändern konnten. Dieses kleine Samenkorn, das sie gerade in den Boden steckte, würde sich von einem festen, kleinen, braunen Punkt zu einem großblättrigen Grün entwickeln. Kartoffeln hatten es ihr besonders angetan. Aus einem einzigen Stückchen Kartoffel würde eine ganze Pflanze kommen – oben mit üppigen, dunkelgrünen Blättern und unten in der Erde mit kleinen, festen Baby-Kartoffeln. Wo kamen diese Blätter her, hatten sie sich in dem Kartoffelstückchen versteckt? Es sah überhaupt nicht nach Blatt aus, es war nicht einmal grün. Bei der Kartoffelernte wühlte Carla mit großem Vergnügen im Boden herum, suchte nach den Babys und wischte die Erde ab, so wie die Agnes-Schwestern ihre neugeborenen Lämmer ableckten. Sie fragte sich, ob sie jemals ihr eigenes Baby ablecken würde. Sie hatte ein komisches Gefühl im Bauch, vielleicht war schon eines drin. Sie schob ihren Bauch etwas vor und nahm die Beine auseinander, um nachzuschauen. Dabei entdeckte sie auf dem Boden ein frisches, dunkelrotes Blutklümpchen. Ein Wunder! Sie war glücklich darüber. Seit dem Winter war kein Blut gekommen. Vielleicht würde sie ein Frühjahrslämmchen finden, wenn sie in ihrem Bauch herumfingerte.

Kein Lamm, nur weiches, schmieriges Blut. Aber das war in Ordnung. Mit Blut ließen sich so viele Dinge machen. Zunächst einmal leckte sie es von ihren Fingern. Die Agnes-Schwestern aßen immer den großen Batzen Blut auf, der nach dem neugeborenen Lamm kam. Dann holte sie noch etwas mehr heraus und verteilte es auf dem Boden, um die Pflanzen damit zu düngen. Schließlich fischte sie ein übriggebliebenes Stückchen Vlies aus ihrer Tasche und steckte es in sich. Wenn es das Blut aufgesaugt hätte, würde sie es wieder herausnehmen und beobachten, wie das frischgefärbte Vlies sich von hellrot nach rostbraun verfärbte.

Blut war nicht das einzige, was sich veränderte. Raupen krochen in Kokons und kamen als Schmetterlinge daraus hervor. Der Geist Gottes senkte sich auf die Erde und wurde als Jesuskind geboren, das wiederum Unser Herr Jesus Christus wurde. Es hatte auch Zeiten gegeben, in denen Pflanzen und Götter und Menschen und Tiere die Gestalt austauschten. Götter wurden zu Stieren, Adlern, Blumen und Schwänen. Athena verwandelte Arachne in eine Spinne. Man mußte nur aufpassen, daß einen keine Hexe verfluchte und für immer in dieselbe Haut verbannte.

Auch Carla konnte von einer Haut in die andere schlüpfen. In ihrem Sündenrock konnte sie jede Gestalt annehmen, die sie wollte. Tote Schwestern schlüpften in die Haut der Schafe. Die lebenden nahmen den Schafen die Wolle weg, um sich daraus eine zweite Haut zu stricken. Und jetzt strickten sie eine Haut für den Mann, damit aus dem Fisch wieder eine zweibeinige Kreatur wurde.

Nach der gestrigen Geschichte vom Verlorenen Sohn

hatte sie ihr Strickzeug hochgehalten, um ihm zu zeigen, wieviel sie zustande gebracht hatte. Und um ihm zu zeigen, daß sie seine kleinen Härchen eingearbeitet hatte. Sie würde alles verstricken und nichts für ihren Sündenrock zurückbehalten. Er schien davon angetan, denn er lächelte. Sie konnte jetzt einen Schritt weitergehen bei seiner Zähmung.

Einen Schatz? Welchen Schatz konnte sie ihm geben? Seine alte Haut? Nein, dadurch würde nur das Geschenk der neuen entwertet. Etwas von den Autorelikten? Auch das schien nicht das Richtige zu sein. Iphigenia wäre vielleicht verärgert. Wie wäre es mit etwas, was er mitgebracht hatte – seine neue Freundin Carla würde ihm einen seiner alten Freunde bringen. Die Zigarettenpackung? Carla konnte sich nicht erinnern, was damit passiert war. Das Telefon? Aber das hatte sie irgendwo weit weg vergraben. Dann fiel Carla etwas ein. Die Batterie. Das war sein eigentlicher Schatz. Am ersten Tag hatte er sie nicht zusammen mit dem Telefon auf dem Tisch liegenlassen, sondern ein besonderes Plätzchen für sie gesucht.

Das Grab der Batterie war nicht weit weg. An der Gartenmauer neben einem vertrockneten, braunen Farnklumpen, der im Winter abgestorben war. Die lebenden Wedel waren so zart und weich, während die toten sofort austrockneten und brüchig wurden und dann wie ein Igel aussahen. Sie drückte den Klumpen mit der Hand zusammen und brach die Wedel zu kurzen Stoppeln ab. Sie ähnelten einem dichten, undurchdringlichen Wald. Carla näherte sich und hielt nach den winzigen Lebewesen Ausschau, die durch ihre riesige, heruntersausende Hand aufgescheucht worden waren. Keine Winzlinge, aber oh, im Dickicht des Waldes versteckt entdeckte sie zwei winzige Triebe – zartes, blasses, durchscheinendes Grün wie die Flügel von Insekten. Oben befand sich ein ganz fest zusammengerolltes Blatt. Auch für den Farn war schließlich und endlich das Frühjahr gekommen. Bald würde es Ostern sein, und alles, was abgestorben war, würde wiederauferstehen. Vielleicht hatte sogar die Batterie ausgeschlagen. Sie fing an zu graben.

Es war unglaublich, wie aus beinahe allem junge Triebe kamen – aus den Felsspalten, zwischen den Steinen der Kapelle, aus der Gartenmauer. Auch an ihr krochen vom Frühjahr beflügelte Weinranken empor.

Und den Mann hatte das Frühjahr durch das Dickicht der Büsche hereinbrechen lassen. Er hatte sich wie die grünen Farntriebe aufgerollt und erhoben. Sie fand es wunderbar, daß er gekommen war. Manchmal überkam Carla ein Gefühl von Traurigkeit. Wenn sie den Schrei einer einsamen Möwe hörte, hatte sie oft das Gefühl, er hätte sich ihr entrungen. Sie hatte die Schwester, die Schafe, die Vögel, die Pflanzen und Gott und Jesus und all die Heiligen, aber unter ihnen war keine zweite Carla. Der kleine Igel mußte sich so gefühlt haben – als der einzige Igel auf der großen, weiten Welt. Er war weggerannt. Und Gott hatte den Mann geschickt. Sie würde ihn zähmen, ihn durch ihr Gurren anlocken, ihm Körner anbieten. Sie würde so nett zu ihm sein, daß er nie wieder gehen wollte.

In der schwarzen Erde stieß sie auf die feste Form der Batterie. Sie wischte den Dreck weg und war irgendwie enttäuscht, als sie entdeckte, daß sie keine Wurzeln geschlagen und auch keine grünen Triebe bekommen hatte. Sie streckte den Finger nach dem jungen Farnwedel aus. Er war so klein und zart, daß sie ihn kaum spürte. Sie konnte dem Frühjahr sofort ein Ende bereiten, wenn sie wollte, die Farnwedel zertreten und abreißen. Aber das wäre gemein. So niedliche, kleine Dinger, sie würde sie weiterwachsen lassen. Vielleicht würde auch in ihr einmal eines wachsen.

Iphigenia wandte sich ab, aber sie hatte das Bild immer noch gestochen scharf vor ihrem inneren Auge, schärfer als die verschwommene Version, die sie wahrgenommen hatte: Carla, die auf dem Boden kauerte und in ihrem Bauch herumstocherte, sie fiel beinahe vornüber, so sehr bemühte sie sich, ihr Inneres zu erforschen. »Kiri, kiri«, kündigte sie sich an. Aber Carla war nicht ansprechbar. »He da, Carla«, versuchte es Iphigenia noch einmal mit dem Gruß aus Carlas Kindheit. Iphigenia war bereits ganz nahe und blickte auf Carla hinunter, die zumindest den Kopf hob.

»Brennholz?« fragte Carla, neugierig, was Iphigenia hier draußen zu suchen hatte. Sie und Margarita kamen gewöhnlich nur heraus, um Holz zu sammeln, um im Garten zu arbeiten oder nach den Schafen zu schauen, nicht aber, um spazierenzugehen.

»Spiel.« Iphigenia ließ sich neben ihr nieder. Carlas schwarze Löckchen wuchsen bereits wieder nach. Sie sahen so wuschelig, so lebendig aus, daß Iphigenia ihr am liebsten durchs Haar gefahren wäre. Sie unterließ es jedoch.

Spiel! Carla war überrascht, aber hocherfreut. Selbst als sie noch ein Kind war, hatte Iphigenia nur ganz selten mit ihr gespielt.

»Ratespiel.«

»Rumpelstilzchen?«

»Nein.«

Ah, das Spiel hatte bereits angefangen.

»Tier, Pflanze oder Mineral?« fragte Carla.

Die einfache Frage verwirrte Iphigenia. Sie wußte nicht, was sie darauf sagen sollte. »Kein Tier und auch keine Pflanze«, entschied sie.

»Findet man es drinnen oder draußen?« lautete Carlas nächste Frage.

»Sowohl als auch.«

»Etwas, was man in die Hand nehmen kann?«

»Ja.« Iphigenias Antwort kam schnell und klang aufmunternd.

»Größer oder kleiner als ein Meßbuch?«

Iphigenia ließ ihre Gedanken zu dem Tag zurückwandern, als sie es zum ersten Mal gesehen hatte. Es hatte einen großen Eindruck auf sie gemacht, obwohl es lächerlich klein war. »Ungefähr dieselbe Größe.«

»Bibel?«

»Kein Buch.«

»Hinweis.«

Iphigenia überlegte sich, welchen Hinweis sie ihr geben konnte. »Schwarz und rechteckig.«

O nein. Nicht schwarz und rechteckig. Diese Sache wollte sie nicht beim Rätselraten preisgeben, nicht den Schatz für den Mann. Den sie ihm noch nicht einmal gegeben hatte. Carla drückte die Batterie in den Boden zurück.

»Keine Ahnung.«

»Schwarz und rechteckig«, wiederholte Iphigenia.

»Keine Ahnung.« Carla blickte mürrisch drein.

»Es gehört dem Mann.«

Iphigenia spielte das Spiel nicht, wie es sich gehörte. Carla hatte nicht einmal nach einem Hinweis gefragt.

»Keine Ahnung.«

»Es paßt in eine Tasche.« Iphigenia wartete noch etwas, aber Carla schien sich nicht mehr länger den Kopf zerbrechen zu wollen. »Gibst du auf?«

Carla gab nicht gerne auf, aber bei diesem Spiel schien es ihr das Beste zu sein. Sie nickte mit gesenkten Augen.

»Es ist das Telefon«, verkündete Iphigenia.

Das Telefon! Nicht die Batterie. Ein Grinsen breitete sich auf Carlas Gesicht aus.

»Weißt du, wo das Telefon ist?« fragte Iphigenia.

Und ob Carla das wußte. Sie stand auf, ergriff Iphigenias Hand, zog sie weg von der Stelle, wo die Batterie begraben lag. »Ich zeig's dir.«

Mit Iphigenia im Schlepptau rannte sie los.

»Carla, Carla«, keuchte Iphigenia, »nicht so schnell.« Sie rang nach Luft, und ihre Wangen waren gerötet. Sie wollte Carlas Enthusiasmus nicht dämpfen, hatte aber alle Mühe, mit ihr Schritt zu halten.

Carla verlangsamte ihr Tempo. Sie war glücklich. Gleich zwei Spielgefährten! Iphigenia und bald auch der Mann. Daß sie es geschafft hatte, die Batterie als Schatz zu behalten, bereitete ihr ein besonderes Vergnügen, und Iphigenia hatte nicht einmal Verdacht geschöpft.

Da sie beim Gestrüpp angelangt waren, mußten sie sowieso langsamer werden. Carla fand den Tunnel, den der Mann geschlagen hatte und der dann von den Schwestern, als sie nach draußen gingen, benutzt worden war. Für Iphigenia sah alles gleichmäßig überwuchert aus, doch es gab einen unsichtbaren Pfad, den nur Carla kannte. Die Zweige, die sich über die freien Stellen streckten, waren grün, saftig und elastisch. Aber sie hatten auch frische, scharfe Dornen.

Carla ließ Iphigenias Hand los und bahnte sich einen Weg, indem sie die neuen Triebe packte und mit den alten Zweigen verflocht. So entstand wieder ein neuer Tunnel. Sie kroch zu der Stelle, an der sie es eingebuddelt hatte, zu dem Loch aus ihrer Kindheit, in das der Mann gefallen war, und dort fing sie wie ein Hund zu graben an; der Boden hinter ihr flog nur so durch die Luft.

»Da!« strahlte sie. Sie wischte sorgfältig die Erde ab, als wäre es Aladins Wunderlampe, und hielt es triumphierend hoch.

Was für ein langweiliges, häßliches schwarzes Ding. Aber Iphigenia war sich sicher, daß sich in ihm, wie in Aladins funzliger alter Lampe, dienstbare Geister verbargen. Als Carla es gegen das unendliche Blau hochhielt, roch Iphigenia den verwirrenden Geruch nach Meer und hörte, wie die Seevögel ins Wasser stießen. Es war genau die Stelle, von der aus sie in die Welt hinabgestiegen waren. Iphigenia brauchte keinen deutlicheren Fingerzeig, daß ihre Vorgehensweise die richtige war.

Carla streckte ihm ihre um einen Gegenstand geballte Faust hin. »Spielen?« forderte sie den Mann mit einem gewinnenden Lächeln auf, den Kopf schräg zur Seite gelegt.

Zumindest hatten sie gute Zähne, zwar etwas angegilbt, aber ansonsten völlig intakt. Sie schienen sie nie zu putzen. Er fuhr sich mit der Zunge über seine eigenen. Bemoost. Bestimmt roch sein Atem. Er hatte schon ganz vergessen, wie sich blankgeputzte, nach Pfefferminz schmeckende Zähne anfühlten. Er blickte auf ihre erdverkrustete Faust. »Was?« fragte er.

Sie kam ganz nahe an ihn heran und öffnete die Hand. Das Echo seiner zornigen Stimme war inzwischen kaum mehr als ein Flüstern.

Na, das war doch was! Verloren, aber wiedergefunden. Sie hatte es irgendwo ausgegraben. Im wörtlichen Sinn, nach ihren Händen und Fingernägeln zu urteilen.

»Ihr Schatz«, half sie ihm freundlich auf die Sprünge.

O.k., o.k. Sie brauchte es ihm nicht auch noch aufs Butterbrot zu schmieren. Die Batterie für das Funktelefon. Die Batterie, nach der er unter den Schafskötteln gesucht hatte. Wie beschämend, sich auf solche Heimlichkeiten einlassen zu müssen. Er hatte keine Ahnung, wie tief er noch sinken würde. »Tief genug, um unter den Bauch einer Schlange zu kriechen«, sagte er mit der Stimme eines amerikanischen Cowboys. Völlig nutzlos, dieses Ding in ihrer Hand, aber es war gut gemeint. Er mußte sich großherzig zeigen. Die Kinder gewähren lassen, alte Kinder mit verdreckten Gesichtern. Doch ihr

Haar sah hübsch aus, jetzt, wo es etwas nachgewachsen war, schimmernde, kleine Löckchen wie die seiner Mutter. Wieso fiel ihm das jetzt erst auf? »Besten Dank«, sagte er huldvoll.

»Spielen?«

»Was?«

»Ihr Spiel?«

»Mein Spiel?«

»Sie bestimmen«, erklärte Carla.

Spiele hatten ihm noch nie viel bedeutet, Schach schon, Spiele, bei denen man seine grauen Zellen trainierte, aber keine improvisierten. Dazu mangelte es ihm an Phantasie. Aber jedes Spiel war besser, als hier auf dem Bett herumzuliegen und sich zu fragen, was es zum Abendessen geben würde. Die kargen Mahlzeiten waren das einzige, worauf er sich freuen konnte, ansonsten gab es für ihn nichts zu tun. Manchmal brachten sie ihn nach draußen, und er saß ein paar Stunden in der Sonne; dann ließen sie ihn wieder den ganzen Tag in seinem Zimmer. Carla schien die aufsteigende Kühle nicht zu bemerken, aber Ignatius fand, daß sein Gipsschwanz eher einer klammen Kälte Vorschub leistete, anstatt zu isolieren. Wenn die Sonne ins Zimmer schien, war es ja erträglich, aber gegen Abend, wenn ein kalter Wind aufkam, fröstelte er.

»Spielen?« Wie ein erwartungsfreudiger, kleiner Hund legte sie ihm einen Stecken vor die Füße und wartete darauf, daß er ihn warf. Und damit er es auch kapierte, rannte sie schon ein bißchen vor.

Ah, es gab doch ein Spiel, das er gerne mit ihr gespielt hätte. Ich sehe was, was du nicht siehst, und das fängt mit A an. Nein, nicht Agnes-Schwester und auch nicht Abtei, sondern Auto. Siehst du es auch? Komm, ich zeig's dir. Es ist draußen. Spielen wir »Auf den Spuren des Großen Häuptlings«. Ich folge dir nach draußen. Es ist ein großes schwarzes Ding, siehst du's jetzt? Na gut, dann gehen wir noch etwas näher ran. Da ist es. Jetzt bin ich an der Reihe. Ein Auto fährt schneller, als ein Mensch laufen und ein Vogel fliegen und Fisch schwimmen kann. Paß auf, Carla. Es ist Ebbe, und die Sandbank schaut aus dem Wasser, du wirst gleich sehen, wie schnell ich bin, wie weit ich komme. Du kannst so schnell sein, wie du willst, ich bin zu schnell für dich. Meine prächtige schwarze Stute. Du bist nur noch ein Punkt, der immer kleiner und kleiner wird, und wenn ich das Festland erreicht habe und die Flut kommt, bist du verschwunden.

Oh, es würde noch eine Weile dauern, bevor er dieses Spiel spielen konnte. Erst die Beine zurück. Wenn sie wollten, daß er sich interessante Spiele ausdachte, mußten sie ihm etwas Nahrhafteres zum Essen geben als Brennesseln und Rüben. Er brauchte Eiweiß, ein großes Stück Schellfisch mit Estragonsoße, einen leckeren Braten mit einer fetten Soße und einem Berg Kartoffeln. Er fragte sich, wie sie sich mit ihrer kargen Kost über Wasser hielten. Bestimmt waren gewisse Mangelerscheinungen verantwortlich für ihre Absonderlichkeiten. Für einige zumindest.

Er war ein schlechter Partner, obwohl sie es ihm wirklich leichtmachte. Sie wußte nicht, welches Spiel man mit einer Batterie spielte, es wäre seine Rolle, ihr das zu erklären. Er schien sich nicht einmal besonders darüber zu freuen. Sie legte den Finger ans Kinn und drehte den Kopf zur Seite, als wäre ihr gerade ein Gedanke gekommen. »Name.« Sie wußte zwar genau, wie das Ding hieß, aber sie wollte, daß er endlich anfing.

»Name?«

»Das da.«

»Es ist eine Batterie. Eine tote Batterie.«

Sie hielt sie an die Nase. »Tot?« Sie war so starr wie etwas Totes, aber sie roch nicht, und Maden gab es auch keine.

Er seufzte, kapitulierte, nahm das Ding in seine behinderten Hände und schlug es gegen den Gips, dachte sich einen Takt aus. Sie lauschte eine Weile auf den Rhythmus und machte dann den Ton nach, indem sie mit der Zunge schnalzte und die Zähne aufeinanderschlug. Dann verlor er das Interesse und hörte auf. Sie mußte ihm noch einiges beibringen. Carla hatte es hundertmal mit dem Igel versucht, aber er lernte nie etwas. »Ihr Schatz«, wiederholte sie bedeutungsvoll und hielt ihm die Batterie unter die Nase.

Es war grausam, war ihr das klar? Ihm seinen nutzlosen Schatz unter die Nase zu halten. Er bewegte sie auf dem Bett auf und ab und schubste sie dann schließlich in ihre Richtung, als wäre sie ein Spielzeugauto. Sie schubste sie zurück. Und so ging es hin und her.

Es war kein interessantes Spiel. Dabei schien er am ersten Tag nur seine Batterie im Kopf gehabt zu haben. Sie war sich sicher, daß er sie für ein bestimmtes Spiel vorgesehen hatte. Hatte er es vergessen oder war er einfach nicht kommunikativ? Als sie den Eindruck hatte, daß ihm das Hin- und Herschubsen keinen Spaß mehr machte, schnappte sie sich die Batterie, rieb sie in ihrer Hand und hielt sie gegen seine Wange, um ihn ihre Wärme fühlen zu lassen.

Instinktiv wandte er den Kopf ab. »Ich weiß ein Spiel«, verkündete er strahlend. »Schatzsuche. Die Suche nach der Batterie.«

Suche nach der Batterie? Aber sie war doch da.

Er sah den fragenden Ausdruck auf ihrem Gesicht.

»Eine neue Batterie, eine, die funktioniert. Im Handschuhfach des Autos. Wir könnten runtergehen und sie holen. Das könnte unser Geheimspiel sein, eines, das nur du und ich spielen.«

Oh, sie war entzückt, den Mann von Geheimspielen reden zu hören, das Problem war nur das Auto. Das Auto war nicht mehr da. Sie beschrieb einen langsamen Bogen in der Luft, verdeutlichte durch ihre Gesten das Entsorgen des Autos, Schritt für Schritt, um schließlich die Hände wie das Wasser hochspritzen zu lassen. Dann schüttelte sie den Kopf, als wäre ein schreckliches Unglück geschehen.

Genial. Sie hatten den Wagen ins Meer gerollt. Der Hubschrauber hatte das Auto nicht entdeckt, weil es nichts zu entdecken gab. Auch sonst war für den Hubschrauber nichts zu sehen, was auf seine Anwesenheit auf der Insel schließen ließ. Einfach genial. Er knirschte mit den Zähnen und schnaubte heftig, um seine Tränen zurückzuhalten. Er hatte das Ganze satt. Wann würden sie ihm sein Abendessen bringen?

Autorelikte, Autorelikte. Carla hatte es vor allem die Box mit den weichen, aprikosenfarbenen Papiertüchern angetan. Wenn man eines herauszog, nahm das nächste seinen Platz ein. Aber die würde sie nicht holen. Der Mann war immer noch hinter der Batterie her. Die Autorelikte wurden in dem Zimmer der Äbtissin aufbewahrt. Die Äbtissin spielte nicht so mit ihr wie die Schwestern. Manchmal lächelte die Äbtissin auf sie herab, wenn sie vorbeiging, aber nie spielte sie »Müllers Kuh« oder »Schweinchen Quietsch« mit ihr, ein Spiel, bei dem die Nonnen Carlas Finger und Zehen berührten und sie unter den Armen kitzelten, bis sie vor Vergnügen zu quietschen anfing. Lange Zeit hatte Carla Iphigenia für die Äbtissin gehalten.

Als Carla die Hand auf die Türklinke legte, hörte sie Geräusche, ein sanftes Grunzen. Sie traute ihren Augen nicht, als sie hineinspähte und Iphigenia in ein Spiel vertieft sah! Sie spielte mit dem Telefon. »He da, Iphigenia«, sagte Carla und riß die Tür auf.

Iphigenia war so vertieft, daß sie Carla nicht gewittert hatte. Und sie war so überrascht, ihre Stimme zu hören, daß sie das Telefon fallen ließ. Hoffentlich war es nicht kaputtgegangen. Auch wenn sie nicht damit umgehen konnte.

Carla und Iphigenia starrten einander an; beide fragten sich, ob eine Erklärung fällig wäre. Sie wußten, daß sie einander bei einer höchst privaten Angelegenheit ertappt hatten.

Iphigenia fing sich als erste. »Suchst du was Bestimmtes?«

Ein breites Grinsen breitete sich auf Carlas Gesicht aus. »Klein und schwarz.«

An einem Tag zwei Spiele mit Iphigenia. Gewöhnlich war Iphigenia an Spielen nicht interessiert, obwohl sie ihr einmal das Dominospiel beschrieben hatte. Carla hatte daraufhin sogar einen Satz Steine angefertigt, kleine aus Brotteig ausgestanzte Rechtecke, die sie mit Punkten versehen hatte. Carla und Schwester Köchin hatten sie im Ofen gebacken, und als Carla sie Iphigenia zeigte, schossen der die Tränen in die Augen. Carla war ratlos, sie hatte gedacht, Iphigenia würde sich über das Geschenk freuen. Carlas Lippen zitterten und ihr Gesicht wurde ganz knittrig. Sie vergrub den Kopf in Schwester Köchins warmen, knusprigen Geruch. Und die große Hand tätschelte ihr den Kopf, während sie ihr versicherte, daß Iphigenia sich gefreut habe. Sie wäre nur so überrascht gewesen, daß sie die Fassung verloren habe. In Schwester Köchins Röcke vergraben hatte Carla nicht bemerkt, wie sich von dem einen schwarzen Gewand zum anderen ein Fragezeichen hinüberschlängelte.

Jetzt, bei dem Spiel mit der kleinen, schwarzen Sache, schien Iphigenia etwas zu fröhlich, zu strahlend. Dabei war das Spiel so einfach. Carla wußte, wenn Iphigenia etwas übte, würde sie sich entspannen und gleich viel besser werden.

Sie kamen auf ihn zu, beinahe im Galopp. Ignatius spürte, wie sein Herz schneller schlug und sein ganzer Körper zu schwitzen und pulsieren anfing. Er hatte sich bei Carla zu weit vorgewagt, und ein Strafgericht stand an. Er bastelte sich für Iphigenia eine Geschichte zurecht, wie er sich als kleiner Junge etwas für seine Mutter ausgedacht hatte, wenn er zu spät von der Schule kam. Ihr Geheimspiel, diesen Gang zum Auto, würde er nicht erwähnen. Sie hatten sich einfach nur unterhalten und die Batterie hin und her geschubst, bis sie auf einmal aus dem Zimmer gelaufen war. Würde Carla mitmachen, um sich ihren Spielgefährten zu erhalten? Eher nicht, nach dem Gesichtsausdruck zu urteilen, mit dem sie auf ihn losstürmten.

Carla und Iphigenia dräuten über ihm. Iphigenia griff in

ihre vordere Tasche und zog etwas heraus ... Ignatius blinzelte ... sein Funktelefon. »Spielen«, befahl sie. Mutter Superiorin beliebte zu spielen? War das die erste von vielen Prüfungen, die sie ihm auferlegten, um festzustellen, ob er auch würdig war, das Gewand zu tragen?

»Was?« fragte er benommen. Das Funktelefon befand sich in ihrer Mitte, eine Maus ohne Fluchtweg.

»Telefonieren«, sagte Iphigenia schlicht und einfach. Als bliebe ihm gar keine andere Wahl.

Er konnte das Ding zwar hochheben, aber seine gefesselten Hände erlaubten ihm nicht, die Finger zu bewegen. »Losbinden?« schlug Carla vor, als sie seine Behinderung bemerkte. Iphigenia nickte. Carla grunzte kurz und schob im Eifer des Gefechts die Zunge heraus, aber sie brauchte nicht lange, um seine Hände zu befreien. Er rieb sich die Handgelenke, um ihre Durchblutung zu fördern, und bewegte dabei die Finger wie eine Spinne, die an einer unsichtbaren Wand hochlief. Als es soweit war, gab ihm Iphigenia das Telefon.

Etwas war im Busch. Und es war für sie wichtig genug, um ihm die Hände loszubinden. Daß er Amok laufen würde, war wohl kaum zu befürchten. Was könnte er schon tun, das Telefon nach ihnen werfen? Er hob es sich ans Ohr. »Hallo?« Carla legte die Hand ans Ohr und tat dasselbe. Iphigenia schaute eine Minute lang zu, dann sagte sie: »In Betrieb nehmen.«

Ein völlig anderes Spiel. Iphigenia betrachtete es offensichtlich nicht als Spielzeug, sie wollte es benutzen. Wen wollte sie anrufen? Den Bischof? Die Rettungsmannschaft? überlegte er sich. »Ohne eine Batterie geht gar nichts. Eine mit Saft.«

»Saft?« wiederholte Iphigenia und dachte an eine Pflanze oder ein Tier.

»Eine aufgeladene Batterie.« Er blickte sie gelassen an. »In dem Handschuhfach des Wagens.«

»Zeigen Sie es uns mit dieser«, sagte Iphigenia. Sie gab ihm die Batterie, mit der er und Carla gerade gespielt hatten.

»Da tut sich nichts«, versicherte er.

»Zeigen.«

Er legte die Batterie ein.

Die Ersatzbatterie war nicht mit dem Wagen zusammen versunken, sie mußten sie hier oben haben. Aber sie waren nicht so dumm und ließen ihn damit spielen, er könnte ja eine Botschaft nach draußen schmuggeln. »Es ist ganz einfach.« Er zeigte es ihr. Sie nahm das Telefon von ihm entgegen und drückte den kleinen Knopf unten, dann tippte sie mit dem Finger die Ziffern ein und hielt sich den Hörer ans Ohr. Diese Prozedur wiederholte sie ein paarmal, um sich die einzelnen Schritte einzuprägen.

»Hochpreiset meine Seele den Herrn, und mein Geist frohlockt in Gott, meinem Heilande. Denn er hat niedergeschaut auf die Niedrigkeit seiner Magd. Denn siehe, von nun an werden mich selig preisen alle Geschlechter.« Alle Widersprüche des Tages lösen sich mit dem Herannahen des Abends auf. Der kühle, heilende Balsam des Abends. Der Wind hat sich gelegt, und Insekten zirpen ihr kleines Lied. Margarita kniet in der Kapelle und singt die Vesper. Ohne die Augen zu öffnen, weiß sie, daß ihre Schwestern nicht gekommen sind.

Zum ersten Mal haben die Worte, die Maria zu ihrer Cousine Elisabeth sagte, einen schalen Geschmack in Margaritas Mund. Beide gingen mit geheiligten Kindern schwanger. Und Elisabeth war dazu noch in hohem Alter schwanger geworden. Margarita erscheint ihr eigener Körper trocken und hohl. Ihr fortgeschrittenes Alter würde nie mit der Fruchtbarkeit Elisabeths gesegnet sein.

Die ganze Vesper über bleibt sie auf einsamem Posten. Sie läßt die qualvolle Kälte in ihre Knie eindringen und sich über ihren ganzen Körper ausbreiten. Carla und Iphigenia sind nicht anwesend, nicht einmal eine Agnes-Schwester leistet ihr Gesellschaft, obwohl sie gewöhnlich hereingewandert kommen, wenn der Singsang ertönt. Margarita muß die Vesper ganz allein rezitieren. Und sie trägt schwer daran.

Sie bringt den letzten Teil rasch hinter sich. Heute abend entbehrt die Vesper der Ruhe, die Widersprüche lösen sich nicht auf, und in ihrem Herzen zucken und winden sich Würmer, die sich in das feuchte, sichere Dunkel des Erdreichs zurückflüchten wollen. Mühsam hievt sie sich aus ihrer knienden Stellung hoch, ihr Hüftknochen knirscht in seiner Pfanne.

Auch im Hof keine Menschenseele. Margarita war allein in seinem gelben Licht. Sie fing an, das Brot fürs Abendessen zu kneten. Durchzuwalken und dabei hin und her zuschubsen und zu boxen, um es geräuschvoll auf den Tisch zu klatschen. Doch immer noch zeigte sich niemand. Carla kundschaftete bestimmt ihre Umgebung aus, schaute nach ihren Pflanzen und Insekten wie eine Krankenschwester auf Visite. Aber Iphigenia? Die Nachmittage pflegte sie im Licht des Herrn zu verbringen, Tee trinkend und die Witterung aufnehmend. Wie Carla machte sie ihre Runde, doch ohne sich zu erheben und umherzugehen. Sie klopfte den Teig, um ihn dann ein zweites Mal kräftig durchzukneten, danach warf sie ihn in die Pfanne. Warum sollte sie hierbleiben und aufpassen, wo keiner einen Gedanken ans Abendessen zu verschwenden schien. Sollte das Brot doch anbrennen. Vielleicht würde der Geruch Iphigenia herauskommen lassen, wo immer sie auch war.

»Hallo, hallo?«

Am Ende des Flurs waren Stimmen zu hören. Margarita rauschte ihn entlang, auf die Zelle des Fischs zusteuernd. Alle Anwesenden blickten hoch, als Margarita den stauberfüllten Sonnenstrahlen, die durch die offene Tür fielen, mit ihrem Körper den Weg versperrte. Carlas Gesicht war hochrot vor Aufregung.

»He da, Carla. Ein Spiel?« Margarita sah sich außerstande, von Iphigenias Gegenwart Kenntnis zu nehmen.

»Spielen?« lud Carla sie ein, ohne den unterdrückten Ärger in Margaritas Stimme zu bemerken.

»Spielen, Carla? Es ist doch Zeit für die Vesper.« Ihre Stimme tropfte. Zu spät für die Vesper, um exakt zu sein. Sie streifte Iphigenia mit einem vernichtenden Blick und nahm ihren verwirrten Ausdruck erfreut zur Kenntnis. Iphigenia hatte die Vesper verpaßt, Iphigenia, die sonst nie etwas verpaßte.

Margarita war so voluminös, daß sie den ganzen Türrahmen ausfüllte; sie spürte, wie sie von ihm wie eine Standuhr eingerahmt wurde. Sie sog die Luft ein und hob die Nase, wie Iphigenia das zu tun pflegte. »Brot brennt an«, sagte sie. Iphigenias Nase zuckte, aber sie roch nichts. Margarita ging den Flur zurück und ließ Iphigenia in ihrem Kielwasser zappeln.

Sie zog sich in ihre Zelle zurück und postierte sich am Fenster, triumphierend und gleichzeitig verärgert. Nicht das kleinste bißchen hatten sie ihn verändert. Statt dessen veränderte er sie, brachte sie vom rechten Weg ab. Sie spielten frivole Spiele mit ihm und vergaßen darüber die Vesper. Plapperten drauflos, ergingen sich in müßigem Geschwätz. Sollte das Brot doch anbrennen, sollten sie doch mit leeren Mägen ausgehen, Margarita hatte es satt, die Dienstmagd zu spielen.

Sie betrachtete die grasenden Schafe, die Agnes-Schwestern, die das Gewitter, das sich im Kreuzgang zusammenbraute, nicht zu bemerken schienen. Wenn sie doch wieder ihre menschliche Gestalt annehmen würden, Teresa, Assumpta, Schwester Köchin und all die andern.

Sie waren ihre wahre Gemeinschaft. Sie fing an, leise vor sich hin zu summen, die Lämmchen-Melodie, und hin und wieder wurden die Töne in das Ohr eines Schafes gespült, das dann den Kopf hob und blökte.

Sie würde sich hochherzig zeigen, wenn Iphigenia käme und sich entschuldigte; sie würde darauf verzichten, ihr den schädlichen Einfluß des Besuchers unter die Nase zu reiben, der *Teufel* und *Verdammt* in ihr Leben gebracht und sogar ihre Andacht gestört hatte. Noch ein bißchen mehr Zeit und Gelegenheit, um sich selbst den Strick zu drehen. Iphigenia würde es dann wie Schuppen von den Augen fallen. Sie würde ihre Mitschwester und den Herrn um Verzeihung bitten.

Eine Zeitlang schaute Margarita den Agnes-Schwestern zu, wie sie am Gras rissen und gelegentlich mit den Ohren zuckten, um ein herumsummendes Abendinsekt zu verscheuchen. Sie sahen so glücklich aus. Margarita hoffte, Gott würde ihren Tod nicht zu lange hinauszögern, damit sie auch eine glückliche Agnes-Schwester werden konnte. Sie beobachtete, wie die Sonne immer tiefer sank, hörte die Vögel zwitschern und vorbeiflitzen. Aber die Schritte Iphigenias, die in ihre Zelle zurückging, hörte sie nicht. Vielleicht bat Iphigenia Gott und nicht Margarita um Vergebung.

Margarita rauschte durch den Kreuzgang zurück. Die Kapelle war leer. Die Heilige Jungfrau und ihre Mutter schauten noch genauso versteinert drein wie vorhin, als sie sie verlassen hatte. Sie ging weiter, huschte von Bogen zu Bogen, um nicht gesehen zu werden, bis sie den Hof überblicken konnte.

Da waren sie, mit den Essensvorbereitungen beschäftigt, als ob alles in bester Ordnung wäre. Ihr Brot hatten sie aus der Pfanne genommen und auf den Tisch gestellt; es hatte eine gleichmäßige goldbraune Kruste, wie Margarita zu ihrem Verdruß feststellte.

Erst am dritten Abend nach der verpaßten Vesper bemerkte Iphigenia, daß ihr Strickzeug aufgetrennt wurde. Sie strickte einen kleinen Fehler in ihre Arbeit, eine Wasserstandsmarke, um sich zu vergewissern. Am nächsten Abend sah sie dann, daß der Fehler verschwunden war und ihre Arbeit im Vergleich zum Abend davor gerade zwei Reihen weiter gediehen war. Das Gewand des Priesters wurde heimlich boykottiert.

Zugegeben, sie hatte die Vesper vergessen, aber deshalb brauchte Margarita sich nicht gleich wie ein Racheengel an der Tür aufzubauen. Es sah schon eindrucksvoll aus, wenn Margarita mit ausgebreiteten Fledermausärmeln im Gegenlicht stand. Hatte sie sich ihren Umhang für die Nacht umgelegt? Iphigenia lag es zwar auf der Seele, daß sie die Vesper versäumt hatte, aber das Hochgefühl, das sie bei der Anleitung zum Telefonieren empfunden hatte, überwog bei weitem. Die Sache wäre bald ausgestanden, danach würde alles wieder wie früher sein.

Margarita mußte jedoch besänftigt werden. Daß sie das Stricken zu sabotieren versuchte, bestätigte das. Iphigenia schwor sich, wachsamer zu sein, auf den Lauf der Sonne, die Unterschiede im Licht und der Temperatur zu achten, alles Dinge, die auf die Stundengebete hinwiesen.

In der Zwischenzeit würde sie ihr Vorhaben vorantreiben. Bedauerlicherweise schien das nur heimlich möglich zu sein. Wenn Margarita schon so einen Wirbel um die verpaßte Vesper machte, was, um Gottes willen, würde sie von Iphigenias waghalsigem Unternehmen halten, mit der Außenwelt in Kontakt zu treten. Margaritas Gemüt befand sich im Augenblick viel zu sehr im Aufruhr, als daß sie etwas anderes als eine Bedrohung darin gesehen hätte. Iphigenia beschloß also zu warten, bis sie mit Ergebnissen aufwarten konnte. Banks, Colquhoun und Andrews, eine Dreieinigkeit von Namen. Sie sagte sie sich immer wieder vor, ihre ganz private Hymne.

Sie steht vor der Tür, schnuppert wie eine Katze, die sich vergewissert, daß die Luft rein ist. Einen Augenblick lang zögert sie, dann tritt sie näher. Auch wenn er ihr den Rücken zugewandt hat und den tiefen Atem eines Schlafenden nachahmt, so ist er doch wach. Erahnt sie das Zucken seiner Augenlider? Jetzt, wo sie sie betreten hat, verdichtet sich die Stille. Er spürt, daß sie zu sprechen anhebt.

»Geht nicht.«

Es dauert einen Augenblick, bis Ignatius begriff, wovon die Rede war. Es gelang ihr nicht, das Telefon in Gang zu bringen. Aber halt, der Gedanke traf ihn wie ein Blitzschlag, wäre es nicht viel besser, wenn sie es schaffte? »Haben Sie die neue Batterie eingelegt?« Eine Andeutung von Blasiertheit, um ihr zu beweisen, daß er sehr wohl wußte, daß sie es hatte.

Daraufhin erfolgte eine Pause, und dann fühlte er im Dunkel das Telefon in seinen Händen. Die Batterie war an ihrem Platz. »Das ist in Ordnung«, sagte er. Das Telefon verschwand wieder aus seinen Händen.

»Erklären Sie noch mal, wie man telefoniert.«

»Es ist ganz einfach. Sie drücken auf die On-Taste und wählen dann die Nummer. Soll ich es für Sie tun?« Was für ein listiger Kavalier.

Er hörte den schwachen Ton, als sie drei oder vier Ziffern tippte. Nicht genug. »Die meisten Nummern sind siebenstellig«, sagte er.

»Siebenstellig?« Iphigenia sah den Briefkopf von Banks, Colquhoun und Andrews zwar nicht mehr genau vor sich, aber sie war sich sicher, daß es keine sieben Ziffern gewesen waren.

»Und dann kommt noch die Vorwahl dazu, wenn Sie ein Ferngespräch führen wollen.«

»Vorwahl?«

Er erklärte ihr, was das ist. »Wohin wollen Sie telefonieren?«

Nach draußen. Iphigenia versucht, die Welt draußen anzurufen. Dann erinnert sie sich an etwas anderes, was Großmutter im Zusammenhang mit dem Rechtsberater zu sagen pflegte: »Mr. Banks kommt heute aus der Stadt vorbei.« »Die Stadt«, meint sie.

Er sagt ihr die Vorwahl.

Sie geht zum Fenster und probiert es aus. Sie muß durchgekommen sein, denn sie macht ein so verdutztes Gesicht und läßt beinahe das Telefon fallen. Ausgezeichnet, denkt Ignatius.

Sie kehrt an seine Bettstatt zurück, das Telefon in der Tasche und wieder ganz souverän. »Ist unser Kloster das einzige, das der Bischof verkaufen will?«

Er hat die Frage gehört, antwortet aber nicht gleich. Von den dreien scheint sie sich als einzige bewußt zu sein, daß es außerhalb dieser Mauern noch eine Welt gibt und daß sie ein Teil davon sind. Es ist das erste Mal, daß sie auf das Thema zu sprechen kommt. Läßt sie sich die Sache doch durch den Kopf gehen? Hängt es mit dem Telefon zusammen? Er muß sich gut überlegen, was er sagt, sein Ziel im Auge behalten. »Es geschieht im ganzen Land, sogar Nonnen, denen die Grundstücke gehören, verkaufen. Es gibt nur noch so wenige von Ihnen – so wenige von uns.« Er schließt sich in die Gemeinschaft der Ordensangehörigen ein.

»So wenige?« wiederholt sie. Die Worte schweben in der Luft, versuchen, an Gewicht zu gewinnen, damit sie auf den Boden kommen können.

»Ja, leider«, sagt er. Und er wechselt die Seite, wendet ihr das Gesicht zu, jetzt, wo er über allgemeine Dinge spricht und sich nicht zu schützen braucht. »Nur noch wenige junge Leute treten einem Orden bei. Religiöse Kongregationen sind Gemeinschaften alter Leute. Sie sterben, und niemand tritt an ihre Stelle.«

»Um so mehr Grund für uns zu bleiben.«

Parieren und angreifen. Die Parade. Er nimmt in ihr eine Intelligenz wahr, die selten zum Einsatz kam. Wo konnte sie in dieser Umgebung logisch argumentieren, ihr Denkvermögen schulen? Mit etwas Übung wäre Iphigenia durchaus in der Lage, sich bei den Kamindebatten im Palais zu behaupten. Er grinst, als er sich Iphigenia in ihrer schäbigen Gewandung und mit ihren schwieligen Füßen in diesem Rahmen vorstellt.

Ignatius erinnert sich, wie anregend doch diese theologischen Debatten waren und was für ein wunderbares Werkzeug Logik sein konnte, wenn man die Existenz Gottes beweisen wollte. Ritual und Zeremoniell waren für die Massen, ein Priester brauchte Antworten. Wenn man einmal den Sprung des Glaubens akzeptiert hatte, war der Rest nur noch eine Frage der Logik.

»Tatkräftiges Angehen, das brauchen wir. Die Probleme der Welt sind vielfältig: Arbeitslosigkeit, Kinder ohne ein Zuhause ... die Kirche ...« Die Kirche befindet sich in einer Krise, Gemeindemitglieder benutzen trotz päpstlicher Edikte empfängnisverhütende Mittel, Brüder fallen um wie Dominosteine, während immer mehr Fälle von sexuellem Mißbrauch bekannt werden, die Autorität der Priester bröckelt.

Die Kirche mit ihrer über das Jahrtausend hinwegreichenden Verbindung zu Jesus Christus. Es hatte schlimme Momente gegeben, Inquisitionen und Herausforderungen, aber die Kirche hatte überlebt. Ihre Kritiker warfen ihr vor, zu rigide, zu starr zu sein, aber sie hatte sich zweitausend Jahre behauptet und über den ganzen Erdball ausgebreitet. Wenn sie wirklich so rigide, so starr gewesen wäre, hätte sie das nicht vermocht. Die Zukunft der Kirche war auch Ignatius' Zukunft. Es hatte zugegebenermaßen schon bessere Jahrzehnte, bessere Jahrhunderte für einen Priester gegeben. Er fand jedoch die Vorstellung, sein Leben, seine Karriere einer Institution verschrieben zu haben, die ihre beste Zeit schon hinter sich hatte, unerträglich.

»Die Kirche muß sich der modernen Welt anpassen.«

»Wir beten für die Welt, aber wir sind kein Teil von ihr. Außer uns lebt niemand hier. Will der Bischof auf einer unbewohnten Insel Häuser und Hospitäler bauen?«

»Nein.«

»Was hat er dann vor?«

Verwirrung liegt in der Luft, sie ist elektrisch aufgeladen. Er wendet ihr den Rücken zu, bevor er antwortet. Und was er sagt, ist eigentlich keine Antwort. Er weiß das, aber er ist der Sekretär des Bischofs und hat es gelernt, diskret und diplomatisch zu sein. »Die meisten kleinen Gemeinschaften erkennen die Selbstlosigkeit, die im Geben an Bedürftige liegt. Es widerspricht dem Gelübde der Armut, daß solche Gemeinschaften von soviel Reichtum umgeben sind.«

»Aber daß das Kloster ein Ferienparadies für Reiche werden soll, widerspricht nicht dem Gelübde der Armut.«

Sie ist durch seine Papiere gegangen. Hat sie vor, sich mit »Luxus-Ressorts« in Verbindung zu setzen, versucht sie, sein Projekt zu sabotieren? »Auch die Reichen brauchen geistlichen Beistand.«

Ein Seufzer, ein Herzschlag. »Was passiert mit den Schwestern, wenn ihr Heim verkauft wird?«

Es wäre ihm lieber, sie würde nicht solche Wörter wie »Heim« gebrauchen. Mit Grundstücken kann er mehr anfangen. »Sie werden gut versorgt sein.« Er will ihr noch einmal versichern, daß ihr Leben sehr viel bequemer sein würde, warmes Wasser, Zentralheizung und so weiter, aber dann fällt ihm ein, wie sie das erste Mal reagiert hatte. »Soweit uns das möglich ist, versuchen wir die Kontinuität Ihres Lebens aufrechtzuerhalten.« Er hält inne und fügt dann hinzu: »Kontinuität in einem andern Haus, mit Schwestern desselben Ordens.«

Es geht ihm einfach nicht in den Kopf. Das Gebilde ist so hauchdünn wie ein Spinnennetz. Wenn man es berührt, löst sich das Ganze auf. Es sind nicht nur sie drei, es sind auch die Agnes-Schwestern, die heilige Anna und die Jungfrau Maria, jedes Gebet, jedes Lied, das in die Steine gesickert ist, jeder einzelne Gedanke, jede Meditation, jedes Vogelzwitschern, jeder Grashalm, jeder Wurm und jedes Insekt. Die Erde selbst. Es ist der Ort und alles, was dazugehört, das Licht und das Dunkel, der Tag und die Nacht, die Generationen von Schwestern, immerwährendes Leben, all das ist in dem Ei des Klosters enthalten.

Wieviel Zeit blieben Iphigenia, Margarita und Carla in ihrer jetzigen Gestalt? Würden ihre sterblichen Hüllen wieder zu Erde werden und ihr Geist als *Agnes Dei*, Lämmer Gottes, wiederkehren, bevor ihre unsterblichen Seelen zum Licht des Herrn emporgehoben wurden?

»Wenn so viele Grundstücke verkauft werden, warum braucht der Bischof dann gerade dieses?«

Es war nicht der Bischof, es war Ignatius. Hierfür war er zuständig, er hatte es entdeckt, er würde die Sache durchziehen.

»Das entscheidet allein der Bischof, ich bin sein Sekretär, ein Angestellter, nichts weiter. Schwester, diese Nächte... Könnte ich eine Kerze und etwas zu lesen haben? Bitte?«

Das Schweigen heult wie ein Sturmwind in seinen Ohren. Sie könnte ein Standbild sein und ihre Stimme das Produkt seiner Einbildung. Vielleicht träumt er dieses Gespräch. Die Stimme ist wie Ebbe und Flut, sie schwillt an und verklingt. Durch das hohe Fenster verschwinden allmählich die Sterne, und der Himmel wird heller. Wie lange ist sie hier gewesen? Eine Sekunde oder die ganze Nacht? Etwas wogt und ächzt wie Wasser, das verdrängt wird, dann bewegt sie sich.

Ihr Schatten fällt auf ihn. »Margarita sagt, wenn wir Ihnen Ihre Beine wiedergeben, laufen Sie weg.«

Er kann seinen eigenen Atem und das erste Vogelgezwitscher hören. Er will nicht über die Rückgabe seiner Beine sprechen, will nicht Gefahr laufen, zu straucheln. Besser, sich auf das zu konzentrieren, was er kann. Er sagt: »Ich würde gerne ein faires Übereinkommen aushandeln, was die Zukunft des Klosters betrifft.« Es soll sich wie eine Schlange in ihren Kopf hineinwinden.

»Eine *fifty-fifty*-Lösung?«

Die Formulierung überrascht ihn, als würde ein Ausländer sprechen. Aber sie hat sich auf seine Art zu reden eingestellt, das ist ein gutes Zeichen. Er würde sie überzeugen, und sie würde die anderen überzeugen. »Fifty-fifty. Ja, so könnte man's nennen.«

Mit einem selbstgefälligen Lächeln beobachtete Ignatius, wie die letzten Fetzen der Nacht sich auflösten. Das Telefon. Ein erhebender Gedanke. Er sog ihn ein, bewegte ihn in seinem Kopf und malte sich die Folgen aus. Ein funktionierendes Telefon hier im Kloster. Er kratzte sich am Bauch, überlegte sich Strategien, wie er seiner habhaft werden konnte. Aber das war ja nicht einmal nötig.

Oh, es war himmlisch, allein der Gedanke daran. Ignatius müßte überhaupt nichts tun, sie würde es an seiner Stelle tun. Was für eine Ironie. Wenn sie das Funktelefon benutzte, würde der Anruf auf die Rechnung des Bischofs gehen.

Er betete, daß es im Palais jemanden gäbe, der ebenso sorgfältig war wie er, der die Abrechnung prüfte, wenn sie hereinkam. Die Nummer der Person, die sie anrief, würde aufgeführt sein. Wichtiger war jedoch die Tatsache, daß überhaupt ein Anruf getätigt wurde. Mit dem Funktelefon. Das Gerät wurde also benutzt. Sie würden Nachforschungen anstellen, ihre Suche wiederaufnehmen.

Er würde ein, zwei Tage warten. Dann würde er darüber nachdenken, wie er an das Telefon käme. Er könnte Carla benutzen. Sich ein Spiel ausdenken.

Verbindungen herstellen, Informationen erhalten, Ideen prüfen, einfacher und billiger, als persönlich zu einem Meeting zu erscheinen, außerdem kann man sich Notizen machen, ohne unhöflich zu wirken . . . Iphigenia hatte die Seite gelesen, wie sich Geschäfte per Telefon erledigen lassen, und geübt, wie man sich am Telefon verhält. Es war ihr noch nie bewußt geworden, wie viele Arten von Fragen es gab – rhetorische, direkte, hypothetische, sondierende, beruhigende, offene, verschlüsselte, weiterführende. Die Morgenvögel sangen bereits aus voller Kehle, und Iphigenia hatte etliche Anrufe getätigt, bis ihr jemand vorschlug, sie solle sich an die Auskunft wenden.

Sie fragte sich, ob der Priester versucht hatte, sie auszutricksen, da die Telefonauskunft nur drei Ziffern hatte. Als sie aber nach Banks, Colquhoun und Andrews fragte, bekam sie dann doch eine siebenstellige Nummer. Iphigenia wiederholte sie so oft, bis sie sie auswendig kannte, dann tippte sie sie ein.

»Banks, Colquhoun und Andrews«, informierte sie die Stimme einer jungen Frau. »Bitte rufen Sie während unserer Geschäftszeiten zwischen neun und halb sechs zurück. Vielen Dank.«

Sie fragte nach Mr. Banks, bekam aber keine Antwort. »Hallo, hallo?« rief sie. Doch die Stimme ignorierte sie. Iphigenia sprach etwas lauter in das Telefon, bekam aber immer noch keine Antwort. Sie drückte die Off-Taste. Sie war erschöpft, vielleicht machte sie etwas falsch. Sie würde es später noch einmal versuchen.

Sie wartete bis nach der Terz. Sie erinnerte sich, daß Mr. Banks nie vor dem Frühstück oder nach dem Abendessen bei ihnen vorbeikam. Gewöhnlich war es um das zweite Frühstück herum. Mr. Banks hatte eine besondere Art, den Zucker in seinem Tee umzurühren; er hielt seinen Löffel am äußersten Ende und ließ ihn kreisen wie ein Hypnotiseur.

Margarita war in der Kapelle geblieben, Carla trieb sich auf den Feldern herum. Iphigenia ging in das Zimmer der Äbtissin, um ihren Anruf zu tätigen. Sie war dort umgeben von Dingen der Welt, den Autorelikten, den *Verhandlungstaktiken*, falls sie sie brauchte.

»Banks, Colquhoun und Andrews, was kann ich für Sie tun?«

»Mr. Banks, bitte«, sagte Iphigenia mit ruhiger Stimme.

Nach einer Pause meinte die junge Frau: »Es gibt keinen Mr. Banks mehr. Kann ich Ihnen vielleicht weiterhelfen?«

Iphigenia hatte vor dem Anruf viel über Mr. Banks nachgedacht, es war ihr klar, daß Mr. Banks junior inzwischen Mr. Banks senior wäre. Aber offensichtlich war er gestorben. »Mr. Banks' Sohn?«

»Es ist der Firmenname, es gibt keinen Mr. Banks mehr. In welcher Angelegenheit rufen Sie an?«

Iphigenia versuchte es mit dem nächsten Namen. »Kann ich mit Mr. Colquhoun sprechen?« Eine feste Stimme wirkt vertrauenerweckend und bringt Sie weiter.

»Einen Augenblick, bitte.«

Iphigenia hörte ein paar Streichinstrumente, dann »James Colquhoun«. Die Stimme eines Gentlemans, tief wie ein Donnergrollen. So wie sie sich die Stimme Gottes vorstellte.

»Mrs. Featheringale am Apparat. Es gibt etwas, über das ich mit Ihnen sprechen möchte.« Obwohl sie es viele Male für sich wiederholt hatte, war Iphigenia überrascht, Großmutters Stimme aus ihrem Mund kommen zu hören.

»Mrs. Featheringale!«

Oh, wie sie diesen flaumigen, an einen Staubwedel, eine Hutfeder erinnernden Namen liebte. Ein Name so lang wie ein ganzer Satz. »Mrs. Featheringales Enkelin«, erklärte Iphigenia.

»Ja. Ja, natürlich«, sagte er. »Sollen wir einen Termin ausmachen, und Sie kommen hier vorbei, oder wäre es Ihnen lieber, wenn ich bei Ihnen vorbeikomme?« Es war merkwürdig. Sie hatte nie mit Mr. Colquhoun korrespondiert, und doch schien er sie zu kennen.

»Wir korrespondieren per Telefon. So lassen sich bequem Verbindungen herstellen, und wir können uns Notizen machen, ohne unhöflich zu erscheinen. Außerdem ist es einfacher und billiger, als persönlich zu einem Treffen zu erscheinen.«

»Ja, natürlich, Mrs. Featheringale. Oder wie darf ich Sie nennen?«

Featheringale war Großmutters Name. Iphigenia kam sich damit komisch vor, als würde sie einen Hut tragen. »Ich bin Schwester Iphigenia.«

»Ja, ja, natürlich.«

Es war wirklich seltsam. Als würde er sie kennen, während sie nichts von ihm wußte. Sie konnte sich nicht einmal ein Bild von ihm machen, so wie von Mr. Banks. Von einer körperlosen Stimme ließ sich kaum ein Eindruck gewinnen – obwohl, wenn sie mit Gott sprach, schien das kein Problem zu sein.

»Wie riechen Sie, Mr. Colquhoun?«

»Wie bitte?«

»Wie Sie riechen.«

»Ich bitte Sie, ich rieche nicht!«

Sie verstand nicht, warum er so empört reagierte, roch doch jeder Mensch. Aber sie erinnerte sich, daß die Leute nicht gern darüber sprachen. Selbst wenn es richtiggehend stank und die Leute die Nasen rümpften, sagten sie nichts.

»Ich wollte Sie nicht beleidigen«, sagte sie zerknirscht. »Es ist nur, weil ... Besteht Ihre Kleidung aus Wolle?«

»Der Anzug ist ein Wollgemisch, das Hemd ist aus Polyester. Die Fliege aus Seide. Dunkelrot, falls Sie das interessiert.«

Eine dunkelrote Seidenfliege. Ein wohlgeformter, grauhaariger Kopf mit einem Seitenscheitel und hinter die Ohren gekämmten Locken. Sehr gepflegt. Ein Toilettenwasser mit einem leichten Blumenduft. Dazu kamen Leder und Birne. Iphigenia sah ihn an seinem Schreibtisch sitzen, einem mächtigen, nach Mahagoni riechenden Möbel.

»Schwester, um was genau handelt es sich?«

Iphigenia hatte während der Großen Stille viel darüber nachgedacht, was sie sagen würde, sie hatte sogar den Herrn um Rat gefragt. Der Herr hatte ihr folgendes gesagt – selbst wenn, und das ist ein großes Wenn, die Neuigkeit von einem vermißten Priester und der Hubschraubersuche von den Zeitungen aufgegriffen wurde und Banks, Colquhoun und Andrews sie gelesen haben, ist nicht anzunehmen, daß das Ziel des Priesters oder die Absicht der Kirche erwähnt wurden. Um dieser Theorie mehr Gewicht zu verleihen, hatte Gott sie darauf hingewiesen, daß nach dem Hubschrauber nichts mehr erfolgt sei und daß die Angelegenheit aller Wahrscheinlichkeit nach *ad acta* gelegt worden sei. Sie sagte also sehr zuversichtlich: »Es dreht sich um den Verkauf unserer Güter.«

»Ah, Sie wollen verkaufen?« Sein Interesse schien geweckt.

»Genau das wollen wir nicht. Ich habe gehört, daß die Kirche, das heißt der Bischof, unser Heim verkaufen will. Was können wir dagegen unternehmen?«

»Schwester ...«, er zögerte. »Sie müssen doch jemanden haben, der Sie in solchen Angelegenheiten berät. Die Mutter Superiorin Ihres Ordens?«

»Mr. Colquhoun, wir leben hier sehr isoliert. Banks, Colquhoun und Andrews sind der einzige Kontakt, den wir haben. Ich würde mich freuen, wenn Sie uns in dieser Angelegenheit beraten könnten. Bitte, machen Sie sich sachkundig, wenn Sie nicht alles parat haben. Ich rufe morgen zurück. Auf Wiederhören.« Iphigenia stellte das Telefon ab. Sie hatte den letzten Teil so schnell wie möglich heruntergerattert. So viele Worte. Es war anstrengend, mit Großmutters Stimme zu sprechen. Sie mußte sich hinlegen, etwas, was sie selten tagsüber tat, doch sie verspürte einen leichten Schwindel.

Sie konnte den Singsang hören. Die Sext. Voller Hingabe und Inbrunst. Die Stunde, zu der die Sonne am höchsten stand, der Höhepunkt des Tages. Mittag. Ein Zeitpunkt, der vom frischen, hoffnungsvollen Anbruch des Tages genauso weit entfernt war wie vom Gefühl der Vollendung, das sich mit dem Abend einstellte. Der Zeitpunkt, zu dem die Versuchung, aufzugeben, am stärksten war.

Sie durfte die Sext nicht verpassen. Trotz der Sterne, die vor ihren Augen tanzten, stolperte Iphigenia den Flur entlang zur Kapelle. Sie kniete neben Margarita und Carla nieder, und als sie den Kopf zum Gebet senkte, fiel sie kopfüber in eine Nacht voller Sterne.

Frisch, voll, rund. Warm. Perlen von weichem Grün, die auf ihren Lippen, ihrer Nase barsten. Sie bewegte den Kopf. Ihre Augen waren offen, aber sie nahm die Dinge nur verschwommen wahr. An ihrem Rücken spürte sie den steinernen Rock der Heiligen Jungfrau. »Und ein Engel trat zu ihr und sprach: ›Sei gegrüßt, du Begnadete, der Herr ist mit dir.‹«

Margarita wurde erkennbar; sie reichte ihr einen Becher Tee; Iphigenia legte ihre Hände darum und trank. Flüssigkeit rann an ihrem Kinn hinunter. Durch das erfrischende, antiseptische Grün des Salbeis hindurch roch sie Blut. Ihre Stirn war ganz verklebt damit. Die Ohren klingelten ihr – eine akustische Version der Sternchen, die sie vorher gesehen hatte.

Ihre Mitschwestern verschwammen in dem Dampf, der aus dem Teekessel hochstieg. Sie hörte Blöken, und in dem Helldunkel der Kapelle entdeckte sie ein paar Agnes-Schwestern, die hereingekommen waren, um ihre Aufwartung zu machen. Iphigenia fühlte sich wie das Jesuskind in der Krippe.

Sie stellte den Becher ab und versuchte sich, auf Margarita und Carla gestützt, aufzurichten. Sie führten sie auf den Hof, wo sie in der Sonne saß, die warmen Pflastersteine unter den Füßen.

»Krank?« Die Stimme, die an Iphigenias Ohr drang, hörte sich alarmiert an. War Margarita besorgt oder schadenfreudig? Iphigenia konnte beides riechen. Sie blickte hoch. Wie ein paar Nächte zuvor dräute Margarita unheilvoll im Türrahmen. Iphigenia blinzelte. Der Geruch nach Schadenfreude verflüchtigte sich. Sie schaute noch einmal. Es war einfach nur die Art, wie Margarita dastand, die Sonne im Rücken.

»Es geht vorbei«, sagte Iphigenia. Sie mutete sich zuviel zu. Es war dieser ständige Streß gewesen, ja nicht die Andachten in der Kapelle zu vergessen und gleichzeitig Großmutter am Telefon zu sein. Die halbe Nacht hatte sie mit dem Priester gesprochen, und in der anderen Hälfte machte sie eine Arbeit, die von Margarita wieder zunichte gemacht wurde. Sie mußte ... wie hieß es in dem Buch? ... delegieren.

Wenn sie krank war und ihre Nase wie eine kleine, graue Maus zitterte, war Iphigenia einfach unwiderstehlich. Carla hätte sie am liebsten gestreichelt, wie ein Haustier an sich gedrückt. »Ekstase?« hauchte sie auf Iphigenias Wange. Iphigenia runzelte gewöhnlich mißbilligend die

Stirn, wenn Carla ihre Ekstasen hatte, aber dieses Mal lächelte sie nur. »Hast du die Heilige Jungfrau gesehen?«

Nicht die Heilige Jungfrau, aber etwas hatte Iphigenia gesehen. »Nun gingen beiden die Augen auf, und sie erkannten, daß sie nackt waren. Deshalb flochten sie Feigenblätter zusammen und machten sich Schürzen.« Vielleicht war das Gespräch mit Mr. Colquhoun daran schuld, Iphigenia hatte einfach das Gefühl, zum ersten Mal bewußt zu sehen, was sie dem Priester angetan hatten.

Es war schrecklich, ihn in Gips einzusperren, im Schafstall abzustellen und dort zu lassen. Die Agnes-Schwestern mußten nie über Nacht im Pferch bleiben. Iphigenia hätte sich am liebsten in der Dornenhecke versteckt, damit der Herr sie nicht sehen konnte. Sie mußten das Unrecht, das sie getan hatten, wiedergutmachen. Sie mußten das Gewand fertigstellen, das ihn aus dem Gips befreite, und ihn als ihren Bruder in Jesus Christus betrachten. Erst dann würden sie ihre ursprüngliche Gestalt wiedererlangen.

Waren die Kerze und der Lesestoff nicht schon ein gewaltiger Fortschritt? In *Lebensläufe von Heiligen und Märtyrern* war ein Bild der heiligen Agnes mit einem Lamm an ihrer Seite abgebildet; das Schwert des Märtyrertums steckte in ihrer Brust, jungfräuliches Haar fiel wie eine Brautschleppe herunter. Im Alter von zwölf Jahren als Christin gefangengenommen, hätte die züchtige Agnes eher den Märtyrertod erlitten, als ihrem Glauben abgeschworen. Sie mußte viele Prüfungen und Folterungen über sich ergehen lassen, wurde mit Zangen, Scheren und anderen Instrumenten mißhandelt. Schließlich wurde sie, standhaft an ihrem Glauben festhaltend, hingerichtet. Manchen Berichten zufolge wurde sie geköpft; andere behaupteten, sie sei verbrannt oder erstochen worden oder einer Kombination von allem zum Opfer gefallen.

So gruselige Tode hatten sie erlitten. Es war ihm noch nie aufgefallen, aber die Christenheit schien nur so zu triefen vor blutigen Verfolgungen, die mit solcher Liebe zum Detail beschrieben wurden, daß es beinahe . . . ja, daß es beinahe obszön war. Gruselige, blutige Tode, bei denen der Körper seiner Würde beraubt wurde; Enthauptungen; Herzen, die aus lebendigen Leibern gerissen wurden; Knochen, die so lange getreten wurden, bis das Mark herausspritzte; in Tierhäute eingenähte Körper, die von Hunden in Stücke gerissen wurden; menschliche Fackeln. Selbst sein Namensvetter, Ignatius, Bischof von Antiochien, rief vor seiner Hinrichtung ekstatisch aus: »Ich bin der Weizen Gottes und muß gemahlen werden von den Zähnen wilder Tiere, damit ich das reine Brot Gottes werde.« Solch willige Opfer.

Peinlich berührt veränderte Ignatius seine Lage und fragte sich, ob auch schon Leute an Juckreiz gestorben waren. Er versuchte, seinen Schmerz in ein erhabenes Vergnügen zu verwandeln. Zur Zeit der römischen Kaiser, als die Christen noch verfolgt wurden, war das eine ganz andere Sache gewesen. Es waren ihre Feinde, die sie verfolgten, und die frühchristliche Kirche ging gestärkt daraus hervor. Zur Belohnung wurden die Märtyrer im Himmel mit offenen Armen empfangen. Sie kamen gleich nach oben, brauchten nicht erst im Fegefeuer herumzuhängen. Betrachtete er selbstauferlegte Pein und Märtyrertum jedoch mit den Augen eines modernen Psychologen, so kamen sie Ignatius eher befremdlich vor. Das Ganze konnte leicht außer Kontrolle geraten. Er dachte an die geheimen Clubs mit Peitschen, Lederriemen und extravaganter Kleidung. Angeblich sollten sich dort manche als Nonnen und Bischöfe verkleiden und sich selbst und anderen harte Strafen auferlegen.

Er versuchte, seine Beine in eine bequeme Stellung zu bringen. Es war ihm nicht gelungen, seine Folter zu genießen. Vielleicht war er zu ungeduldig, aber das Gewand machte nur sehr langsam Fortschritte; zwischen einem Abend und dem nächsten war kaum ein Unterschied festzustellen. Aus irgendeinem Grund spannen sie es aus. Sein kleines Wortspiel entlockte ihm kein Lächeln.

Die Kerzen erfüllten den Raum mit einem warmen Licht. Obwohl sie natürlich kleiner war und aus unregelmäßigen Steinquadern bestand, keine Zentralheizung und auch kein Glas in den Fenstern hatte, unterschied sich die Zelle nicht grundsätzlich von seinem Zimmer im bischöflichen Palais. Er fühlte sich beinahe wie zu Hause. Er blickte noch einmal um sich und pustete dann die Kerze aus.

Es hatte Augenblicke gegeben, in denen er fürchterlich einsam gewesen war, er erinnerte sich nur zu gut daran. Einsam, weil Gott ihn vergessen hatte, einsam unter diesen Wesen, die nicht einmal derselben Spezies angehörten wie er. Aber sie gehörten alle der menschlichen Rasse an, und sie teilten sich ihr Schicksal. Außerdem waren sie erträglicher, ja beinahe schon umgänglich geworden.

Als sie sich an jenem Abend in ihre Zellen zurückgezogen hatten, war Iphigenia noch bei ihr vorbeigekommen, was ganz ungewöhnlich war, und hatte gesagt: »Spielen wir ›Der Schuhmacher und die Heinzelmännchen‹?«

Carla war hoch erfreut, noch in den Genuß eines Spiels zu kommen, stellte jedoch fest: »Wir haben keine Schuhe.«

»Wir haben unser Strickzeug. Wir sind die strickenden Heinzelmännchen, wir stricken und stricken und stricken die ganze Nacht hindurch. Und bis ein Lamm zweimal mit dem Schwanz gewackelt hat, ist das Gewand fertig, dann kommt der Tag der Einkleidung.« Und dann tat Iphigenia etwas, was sie noch nie getan hatte. Sie zauste Carlas Haar. Carla wurde von einem warmen, behaglichen Gefühl durchrieselt. Iphigenia war richtig nett geworden. Auch die Spiele schienen ihr immer mehr Spaß zu machen, je mehr sie übte. Und jetzt spielte sie sogar noch nachts, man stelle sich das vor.

Wenn Carla also jemanden im Strickraum erwartet hätte, dann Iphigenia und nicht Margarita.

Sie setzte sich neben Margarita und nahm ein Strickzeug zur Hand, während sie sich Margarita zuwandte und lächelte. Margarita war so muffig in letzter Zeit. Wenn nur die Wolle der Schafe schneller nachwachsen würde, dann hätte sie was zu scheren. An solchen Tagen sang Margarita immer eine so liebliche Melodie und war glücklich. Carla wartete auf das Klickklack Margaritas, um in es einfallen zu können. Aber sie hörte nichts. Als sie auf Margaritas Strickzeug blickte, sah sie, daß sie alles aufgetrennt hatte. Margarita reihte den Faden wieder auf die Nadeln, den Kopf gesenkt, als würde sie beten.

Na schön. Carla ließ selbst die Nadeln klappern. Strickte vergnügt vor sich hin, flinke Finger, die auf den Nadeln tanzten, ihre Heinzelmännchen bei der Arbeit, immer strickend und strickend. Eine Reihe rechts, eine Reihe links, einmal Federmuster und zwei verschränkt. Ihre Heinzelmännchen-Finger bogen und streckten sich, während sie den Faden um die Nadeln legte und die Maschen von der einen auf die andere wandern ließ.

»Schusters Heinzelmännchen, nicht wahr, Margarita?« Das nächtliche Schweigegebot durfte nicht durch müßiges Geschwätz gebrochen werden, aber Carla wollte Margarita aus ihrem eigenen kleinen Schweigen locken. Sie hatte sich immer Spiele für Carla einfallen lassen. Carla wollte ihr zeigen, wie gern sie sie trotz allem hatte.

Margarita sagte nichts.

»Der Schuster schneidet das Leder zurecht, und am nächsten Morgen steht ein wunderschönes Paar Schuhe fix und fertig da. Eine tolle Überraschung, nicht wahr, Margarita?«

Margarita brummte.

Es war keine sehr aufregende Geschichte, kein böser Zauber, keine bösen Stiefmütter, aber Carla mochte sie trotzdem. Sie schubste die Maschen nach vorne auf die Nadel und fing eine neue Reihe an. Es war ein gutes Gefühl, die Arbeit unter ihren Händen wachsen zu sehen, zwischen Daumen und Zeigefinger, und zu spüren, wie das Wollfett ihre Finger weich und glänzend machte.

Carlas Heinzelmännchen-Finger strickten fleißig weiter. Margarita hatte ihre Arbeit wieder auf den Nadeln, aber sie strickte unglaublich langsam und zupfte ständig an der Wolle herum. Carla begann ein Kinderlied zu summen, ein schnelles, um Margarita anzufeuern. Summen war etwas ganz anderes als Singen. Beim Singen kamen die Töne aus dem Mund. Carla hatte jetzt den Mund geschlossen, und trotzdem waren Töne zu hören. Sie hob die Hand zum Gesicht, um herauszufinden, woher sie kamen. Aus der Nase natürlich. Unter ihrer Nase spürte sie ihren warmen, gesummten Atem.

Sie hatte ungefähr zwölf Reihen gestrickt, als Iphigenia in das Strickzimmer kam. Leise, vorsichtig, kaum die Luft bewegend. Sie setzte sich an den Tisch und nahm Carlas Rhythmus auf. Zufrieden summte Carla weiter. Es war doch eine feine Sache, hier beieinanderzusitzen, die drei Heinzelmännchen des Schusters, die die Nacht durcharbeiteten.

Iphigenia versuchte es, Carla versuchte es, aber Margarita wurde immer schweigsamer. Sie antwortete nur, wenn es absolut nötig war, und ihre Antworten waren so kurz angebunden und mürrisch, daß die beiden sich schon gar nicht mehr trauten, sie anzusprechen. Sie hatte sich hinter ihrem Schweigen verschanzt, sich so weit hinter seine Mauern zurückgezogen, daß sie jeden Annäherungsversuch als störend empfand. Sie war immer pünktlich zur Stelle, verpaßte keine Andacht, erledigte alle ihre Arbeiten. Sie kniete sich hin, wenn sie sich hinknieten; erhob sich, wenn sie sich erhoben, aber sie ignorierte ihr Vorhandensein. Sie hatte sich von ihnen abgewandt. Nur Gott gewährte sie Zutritt, und deshalb bat Iphigenia Gott, sich um Margarita zu kümmern, ihr den Weg zu weisen und sie wieder in ihre Gemeinschaft zurückzubringen.

Laudes. Aus der Dunkelheit ins Licht. Die Laudes kündigten das Geschenk eines neuen Tages an, selbst wenn dieser in dichten Nebel gehüllt war. Die Laudes waren Carlas liebste Andacht. Die Kapelle war anfangs noch dunkel und hallend, aber dann wurde sie zusehends heller, Licht strömte durch die Heiligen der Glasfenster und durch das, was von der Rosette übriggeblieben war. Die heilige Anna, Margarita, Iphigenia, die Agnes-Schwestern, die Blätter auf dem Boden, der Weinlaubkranz der Jungfrau, alles wurde vom Licht des Herrn liebkost. Singet und seid guten Mutes.

An manchen Tagen rannte Carla nach den Laudes oder nach der Prim zu ihren Plätzchen draußen in der Wildnis, legte sich mit hochgeschlagenem Rock und gespreizten Beinen ins Gras und wartete darauf, daß das Licht des Herrn auf sie falle. Oh, wie sie diese Tage liebte, wenn die Sonne schien und keine einzige Wolke am Himmel war. Und oh, wie sehr der Herr Carla an diesen Tagen mit seiner Liebe verwöhnte. Ihre Verstecke, wo der Engel des Herrn sie berührte, waren über das ganze Anwesen verteilt; je nach Tageszeit war es ein anderes. Das weiche, feuchte Gras unter ihr, der Lichtschaft, der in ihren Körper drang, wie er die Heilige Jungfrau durchdrungen hatte. Sie fühlte sein warmes Zucken auf ihrer Haut. An solchen Tagen erstrahlte Gottes Lieblingsengel am Firmament. Er bestand aus Licht und Feuer. Luzifer. Ein blendend heller Engel, der alle anderen überstrahlte: Seraphim, Cherubim, Herrscherthrone; Königreiche, Fürstentümer und die Mächtigen dieser Welt, Tugenden, Engel und Erzengel. Wenn Carla ihn anblickte, füllten sich ihre Augen mit seinem Glanz, bis sie nur noch sein Licht sah.

Es war inzwischen Nachmittag, Carla lag im Gras und veranstaltete eine kleine Denkübung. Telefon. Telefon. Telefon. Wo konnte es sein? Sie hatte die leere Batterie, aber abgesehen von dem Ton, den sie von sich gab, wenn man sie gegen etwas schlug, tat sie gar nichts. Sie bewegte sich nicht und veränderte sich nicht. Ein wirklich totes Ding entwicktelte zumindest einen Geruch oder hatte Maden, und seine Haut wurde dünner. Ein kleiner toter Vogel zum Beispiel verändert sich jeden Tag, wenn man genau hinsieht; zuerst verschwinden seine Federn und dann auch die Haut, bis zum Schluß nur noch ein zerbrechlicher Käfig aus Knochen übrigbleibt.

Carla war begeistert, als der Mann ganz von selbst und ohne weiteres Drängen ein Spiel vorschlug. »Magst du Geheimnisse, Carla?« O ja, ja. »Also, das ist ganz geheim«, sagte er. »Ein Spiel nur für dich und mich. Wir erzählen keiner Menschenseele was davon, einverstanden?«

Sie schaute in dem Zimmer der Äbtissin nach, ging durch die Autorelikte, doch es war nirgendwo. Sie inspizierte die Leute auf dem Bild, die Leute des Mannes, um nachzuschauen, ob das Telefon vielleicht bei ihnen gelandet war, konnte es aber nicht entdecken. Sie ging zu der Stelle, wo sie es eingegraben hatte, doch da war auch nichts.

War es vielleicht draußen? Sie stand auf und stieß die Tür zu dem unendlichen Blau auf. Unglaublich, dieser Wind! Er schlug ihr ins Gesicht, drückte die Lippen zurück und ließ sie die Augen zusammenkneifen. Er preßte die Kleider gegen ihren Körper, so daß die Umrisse ihrer Brüste, die Rundung ihres Bauches, ihre Schenkel sichtbar wurden. Der Wind blies sogar durch die Haare auf ihren Beinen. Kleine Wellen durchliefen sie, als wehte der Wind über Gras.

Sie nahm ihren ganzen Mut zusammen, ging noch einen Schritt weiter und blickte die schwindelerregenden Klippen hinunter. Ihr Herz schlug schneller. In der Tiefe toste und brodelte das Meer und wirbelte weißen Schaum hoch. Sie beugte sich vor, um zu sehen, wo der Schaum hochspritzte, falls eine Seele aus ihm geboren wurde.

Sie könnte ganz einfach weitergehen, so, mit gesenktem Kopf, und sich fallen lassen. Sie könnte die Arme erheben, und Wind würde sie wieder hochtragen. Sie ging wieder zurück, der Wind schob sie förmlich durch den Rahmen der alten Tür. Draußen war das Telefon auch nicht.

Sie ging in das Zimmer des Mannes zurück. »Ich kann es nicht finden«, sagte sie enttäuscht.

»Es gibt noch einen Ort, an den wir nicht gedacht haben.« Sie mochte es, wenn er »wir« sagte.

»Welchen?«

War es unter Iphigenias voluminöser Kleidung vergraben? Hatte sie es bei sich, oder war es woanders versteckt? Wenn er nur wüßte, wann sie ihm einen Besuch abstatten würde. Dann könnte er sagen, jetzt, Carla, geh. Durchsuch ihr Zimmer. In letzter Zeit gab es viel nächtliches Hin und Her. Ignatius erkannte sie an ihrem unterschiedlichen Gang. Das schwere und dann das leichte Auftreten Margaritas, eine Gangart, die ihre Hüfte schonte. Das Huschen Carlas. Und die Lautlosigkeit Iphigenias. Sie war kaum zu hören. Das Privileg des Kermeisters, bei seinem Gefangenen aufzutauchen, wann immer es ihm beliebte. Er bemerkte sie erst, wenn sie mitten im Zimmer war, ihre Flügel einzog und sich niederließ.

Carla hing an seinen Lippen.

Er verspürte ein Gefühl des Triumphes. »Iphigenia.«

»Iphigenia?«

»In ihrer Zelle.«

Diesen Ort gibt es nicht auf Carlas Landkarte. Sie kennt jeden Winkel, jeden Baum, jede Pflanze und jeden Stein, aber Iphigenias Zelle ist für sie nur eine Tür, nichts weiter. Wie das Arbeitszimmer der Äbtissin. Sie schüttelt den Kopf. Sie kann da nicht rein.

O mein Gott, bitte nicht aufhören. Nicht jetzt. Fünf Minuten mit dem Telefon würden schon genügen. Nicht einmal das. Tagsüber oder nachts, es wäre egal. »Aber Carla, ich zeig dir, wie du mit der Welt sprechen kannst und die Welt mit dir, mein Ehrenwort!« Er beobachtet sie genau und lächelt dabei. Sie mag es, wenn er lächelt. Sie läßt es sich durch den Kopf gehen, die Versuchung ist groß. Aber nicht groß genug.

Er lehnt sich zu ihr hinüber, als würde er ihr ein Geheimnis verraten. »Nachts verläßt Iphigenia ihre Zelle. Dann kannst du gehen.«

»Nachts wird gestrickt«, sagt sie, um zu erklären, warum Iphigenia ihre Zelle verläßt.

Iphigenia ist ein größeres Hindernis, als Ignatius gedacht hat.

»Aber vor dem Stricken kommt Iphigenia hierher.«

Hierher, in das Zimmer des Mannes? Iphigenia? Iphigenia ging nicht direkt zum Stricken, um Heinzelmännchen zu spielen, wie Carla es getan hatte.

Der erste Zweifel war gesät. Das Hindernis wird fallen. Sie haben ihm die Beine genommen, und sie haben ihm die Arme genommen, also muß er auf dem Bauch kriechen wie eine Schlange. Er windet sich in ihr Gehirn und beißt zu. »Sie kommt hierher und will alles mögliche über das Telefon wissen. Iphigenia hat es, deshalb kannst du es nicht finden. Ich möchte, daß du diesen Schatz kriegst, Carla. Iphigenia ist nicht deine Freundin. Sie hat dich ausgetrickst. Sie hat dich das Telefon heranschaffen lassen, und jetzt hat sie die Hand drauf.«

Nein, nein, nein. Ihre Babyfäuste hämmern in die Luft. Nein, nein, nein. Sie will das nicht hören. Carla rennt von dem Mann weg, rennt in ihre Zelle. Iphigenia hat sie ausgetrickst, sie überredet, ihr das Telefon zu geben, und sie hat sie überredet, nachts zu stricken. Gerade als Carla dachte, sie sei eine gute Freundin geworden. Iphigenia war eine Hexe. Sie hatte Carla mit dem süßen, roten Apfel eines Spiels geködert. Carla hätte sich erinnern müssen, daß er vergiftet war.

Sie holt ihren Sündenrock heraus. Schon lange nicht mehr hat sie all die festen kleinen Knoten der Kränkungen gesehen, die Iphigenia ihr zugefügt hat. Sie wirft ihn in die Ecke, ein altes, verstaubtes, spinnwebartiges Ding. Rennt hinaus auf die Felder. Rennt und rennt und rennt. Aber sie kann noch so schnell rennen, die Sache mit dem Austricksen folgt ihr. Sie spürt, wie ihr Gesicht sich verzerrt, und ihr Körper bebt. Sie hört ein seltsames Rauschen, als würde sich ein Sturm zusammenbrauen. Es heult durch die Bäume und kommt immer näher. Sie zittert so sehr, daß sie das Gefühl hat, ihre Blätter würden abgerissen.

Sie fällt auf den Boden, kriecht durch das Dickicht. Jetzt ist sie draußen und rennt den Berg hinunter in einen blutroten Sonnenuntergang. Wenn sie aufhört zu rennen, wird sie aufhören, Carla zu sein. Sie wird sich in eine Schaumflocke verwandeln, die auf einem Felsen hängenbleibt, an einer Stelle, wo Iphigenia sie nie findet.

»Wenn einer von euch hundert Schafe hat und eines davon verliert, läßt er dann nicht die neunundneunzig in der Steppe zurück und geht dem verlorenen nach, bis er es findet? Und wenn er es gefunden hat, nimmt er es voller Freude auf die Schultern.«

Die Sonne war beinahe untergegangen, als Iphigenia bemerkte, daß Carla fehlte. Sie hatte sie vorbeirennen sehen, hatte ihre Verstörung gerochen. Zur Vesper war sie nicht aufgetaucht. Manchmal spielte Carla ihre eigenen Spiele, katapultierte sich in eine Geschichte, war Hänsel und Gretel, Goldlöckchen, das schreiend durch die Wälder lief, die Bären auf den Fersen. Dann verwandelte sie sich wieder in Carla zurück und half ihnen beim Abendessen. Doch dieses Mal war es anders.

Sie war nicht in ihrer Zelle, nicht in der Kapelle, nicht im Hof. Iphigenia ging mit witternder Nase auf die Felder hinaus. Keine Spur von Carlas bunten Fetzen. Sie glaubte, eine schwache Witterung von ihr aufzunehmen, sie war sich aber nicht sicher, ob es tatsächlich ein Geruch oder die unauslöschliche Erinnerung daran war.

Durch das Dickicht war ein frischer Tunnel geschlagen, und die Tür nach draußen stand offen. Iphigenia folgte der Geruchsspur, versuchte Carla zu erschnuppern und ihre Nase über den Geruch ihrer eigenen Angst ragen zu lassen.

Iphigenia blickte auf das Meer hinunter, strengte Augen und Ohren an, um etwas zu sehen und zu hören. Aber sie sah nur das Meer und hörte nur den Wind und kreischende Vögel. Carla. Carla.

»Kiri, kiri, Carla?« Der Wind riß ihr Carlas Namen aus dem Mund.

Iphigenia steigt hinab. Sie wird Carla finden. Sie wird nicht ohne sie zurückkommen.

Alles war so still. Selbst die Agnes-Schwestern gaben keinen Ton von sich. Margarita saß im Hof und starrte ins Feuer. Die Vesper war längst vorbei. Sie würde heute abend kein Brot backen, und sie würde den Mund nicht aufmachen, auch nicht, um zu essen. Die Sonne war vom Himmel verschwunden, und weit und breit war keine Menschenseele zu sehen. Sie warf kleine Zweige ins Feuer, sah Teufel hochhüpfen. Sie schloß die Augen und betete, suchte Trost bei dem Herrn. »Gelobt sei Gott, der Vater unseres Herrn Jesu Christi, der Vater der Barmherzigkeit und unser aller Trost.« Die Worte sind so trocken wie Staub, da nichts sie beseelt. Die Mauer um sie herum ist undurchdringlich. Sie ist ganz und gar allein.

»Hallo? Hallo?« Seine Stimme. Sie waren wieder in seinem Zimmer, spielten irgendwelche Spiele und hatten darüber das Abendessen vergessen. »Hallo? Ist jemand da?« Sie nahm eine Kerze und ging durch den Kreuzgang.

Sie würde kein Wort sagen, nur an der Tür stehen.

Aber da war keiner. Außer ihm.

Er bleckt die Zähne. »Ich wollte nur wissen, ob alles in Ordnung ist.« Margarita sagt nichts. »Ich würde Ihnen gern beim Abendessen helfen.«

»Kein Abendessen.«

»Macht nichts, ich hab keinen großen Hunger.«

Sie hatten aufgehört, ihn zu füttern. Ignatius spürt, daß etwas passiert sein muß. Er vermutet, daß Carla Iphigenia von ihrem Telefonspiel erzählt hat und sie nun über ihr weiteres Vorgehen beratschlagen. Er versucht gute Miene zum bösen Spiel zu machen, glaubt aber inzwischen nicht mehr, daß er dieses Gewand in absehbarer Zeit tragen wird. Alles ist durch ein blödsinniges Spiel wieder zunichte gemacht worden.

»Sieht so aus, als ob der Tag vorbei ist, was? Ich lese noch ein paar Seiten vorm Einschlafen. Vielen Dank für die Kerze.«

Sie tritt in das Zimmer, an sein Bett. Es wäre so einfach, er könnte sie nicht daran hindern. Sein Schnurrbart wird immer dichter, um den ganzen Mund herum und bis zum Hals sprießen die Haare. Sogar auf seinen Schultern wachsen sie und auf dem Rücken. Sie starrt auf seine Hände, auf die braunen Klauen.

»Ich fürchte, sie müssen mal geschnitten werden.«

»Nein!« Margarita traut sich selbst nicht mit der Kerze in der Hand. Sie läßt sie stehen und rennt aus dem Zimmer.

Sie tastet sich den Flur entlang, sie muß zurück in ihre Zelle. Außer ihr ist niemand da. Sie haben sie allein mit ihm im Haus gelassen. Sie muß sich in einen engen, kleinen Raum flüchten.

Sie klammert sich an der Wand fest, kratzt mit den Nägeln auf dem Stein, während sie versucht, sich festzuhalten. Der Flur ist endlos. Sie watet durch das Dunkel, bis sie ihre Zelle erreicht hat. Sie schließt die Tür hinter sich und kriecht zu ihrem Bett. Sie kann nichts tun, außer warten. Sie weiß, er wird kommen, er wird sie holen. Sie kann die Nägel, diese polierten Nägel, und die schwarzen Haare, die aus den gestärkten, weißen Manschetten hervorquellen, nicht vergessen.

Richtig fein gemacht hat er sich für diesen Anlaß. Sie riecht das Haaröl und das Toilettenwasser, die seinen

Schweißgeruch überlagern. Sie selbst hatte ihm auf seinen Befehl hin die Nägel geschnitten, damit ihre zarte weiße Haut keinen Kratzer abbekäme. Und sie hatte auch das Öl in sein Haar gerieben, ihn mit dem Toilettenwasser besprüht und die Manschetten gestärkt. All das hatte sie getan, weil sie ihm gehörte und er es so haben wollte.

»Schöne, meine Schöne.«

Sie erinnert sich an die Kristalle des Kronleuchters und daran, wie ihre Tränen sie vervielfachten. Wie konnte ihr Vater sie per Handschlag einfach abtreten? Wie konnte eine Vereinbarung auf Treu und Glauben die Liebe eines Vaters ersetzen? In ihrem weißen Kleid mit der blauen Schärpe, ihren weißen Sonntagsstrümpfen und Schuhen lag sie wie die gebrochene weiße Rose aus dem Märchen auf dem Bett. Eine kleine Puppe in einem großen Sarg. Sie versucht, sich in ihre Kindheit zurückzuversetzen, als ihre Mutter noch lebte und ihr Vater noch ihr Daddy war.

In einem Gasthof nahmen sie ein warmes Essen ein. Der Mann zwinkerte dem Wirt zu, der sie in eine Nische hinter schweren roten Vorhängen führte. Es gab irgendeinen Eintopf, und der Mann bot ihr Rotwein an. Was anfangs noch wie ein freundliches Angebot aussah, wurde bald zur Nötigung. Er lächelte mit seinen vom Rotwein fleckigen Zähnen und seiner purpurfarbenen Zunge, während sie die Hand auf das Kruzifix gelegt hatte, ein Andenken ihrer Mutter. Seine Tatze fuhr über ihr Herz und schob ihre Hand weg. Er drückte ihre knospenden Brüste, prüfte ihre Reife. Dann legte er ihre Finger um das Weinglas.

»Trink, meine Schöne, trink.«

Der dumpfe, säuerliche Geruch ließ sie die Nase rümpfen, und er lachte über ihr kindliches Verhalten. Er tauchte den Finger in den Wein und schob ihn in ihren Mund.

»Trink, meine Schöne, trink, das macht Appetit.« Jetzt, wo er ihre Lippen auseinandergezwängt hatte, flößte er ihr den Wein ein. Das billige Glas splitterte, als er es gegen ihre Zähne drückte. Wein und Blut flossen über ihr Kinn. Er machte ihr Vorwürfe, bis schließlich auch noch Tränen flossen. Sie sei ja noch ein Kind, schimpfte er, was würde ihr Vater sagen? Doch in Wirklichkeit war es das Kind, auf das er es abgesehen hatte.

Er lächelte sein weinrotes Lächeln, dachte an die süße, reife Frucht, deren Säfte ihm entgegenströmen würden. Ja, die Kleine entsprach genau seinen Vorstellungen. Ein, zwei Jahre, und sie würde ein fettes Schweinchen sein. Er kannte den Typ, eine kurze Blüte. »Da, da«, er zog ein riesiges Taschentuch hervor, tunkte einen Zipfel in ein Glas Wasser und betupfte den Fleck, der sich daraufhin noch weiter ausbreitete. »Nächstes Mal nehmen wir ein Babylätzchen mit«, neckte er sie. Völlig starr saß sie in der verrauchten, abgestandenen Luft, ihr Rücken so steif und hölzern wie die Lehne ihres Stuhls, und spürte, wie der Fleck auf ihrer Brust immer kälter wurde.

Er aß seinen Eintopf auf, wischte mit einer Brotrinde den Teller sauber und betupfte sich die Mundwinkel mit der befleckten Serviette. Er war so damit beschäftigt, sich die Fleischfasern aus den Zähnen zu stochern und dann genüßlich zu schlucken, daß er sie überhaupt nicht beachtete. Als er damit fertig war, verließen sie den Gasthof und bestiegen wieder den Einspänner.

Hätte irgendein Mensch ihr einen freundlichen oder auch nur mitleidigen Blick zugeworfen, hätte sie ihr Schicksal in seine Hand gelegt. Aber nichts dergleichen geschah. »Meine Nichte«, sagte der Mann, als er die Rechnung bezahlte. Der Wirt grinste, sagte etwas, und beide Männer lachten. Es war ein Gasthof, in dem häufig Onkels mit ihren Nichten zum Essen gingen. Während die Schöne auf einer mit Schlaglöchern übersäten Straße durchgeschüttelt wurde, hielt sie krampfhaft das Kreuz umklammert, das sie um den Hals trug. Oh, mein Vater, warum hast du mich verlassen?

In ihrer Erinnerung war das Haus braun und mit Möbeln vollgestopft. Als der Einspänner vorfuhr, verließ eine schmallippige, graugekleidete Frau das Haus. »Mrs. James«, sagte er, ohne den Hut zu ziehen. »Sir«, nickte sie. Ihr Blick streifte die Schöne, und ihre Lippen wurden noch schmaler. Dann stieg sie auf ihr Fahrrad und zokkelte, ohne sich noch einmal umzudrehen, die Landstraße entlang.

Zuerst sagte er, es würde ihr mit der Zeit schon Spaß machen, dann, daß es ihre Pflicht sei und ihr Vater es so wolle. Der Lüster wirkte so pompös in dem langweiligen, braunen Raum; die geschliffenen Facetten der Prismen glitzerten wie ein Glaspalast. Oh, wenn doch nur das Gesicht ihres Vaters im Spiegel erschiene, eine Nachricht von ihm käme, daß er krank sei und sie brauche. Wenn der Mann sie nur gehen ließe, wenigstens für ein paar Tage. Aber es gab keine Nachricht, nichts, was sie von diesem Bett geholt hätte.

»Schöne, meine Schöne.« Er knöpfte seine Jacke auf, nahm seine Manschetten ab und legte sie behutsam auf die Kommode. Löste ihre Schnürsenkel, rollte ihre Strümpfe herunter und fuhr mit der Hand an den jungen Beinen entlang, als gälte es, Holz zu schneiden. Sie starrte in den Lüster, sah ihr Spiegelbild in den Kristallen, ein in Bernstein gefangenes Insekt. Sie spürte die kalte Luft auf ihren Schenkeln und auf ihrem Bauch, als er den weißen Spitzenrock hochhob. Sie hatte seine Instruktionen befolgt – sich gebadet, angekleidet, doch außer den Strümpfen nichts darunter angezogen, keinen Schlüpfer, nichts. Er kauerte am Bettende und hielt prüfend ihren Rock hoch.

Sie versuchte, den Rock wieder herunterzuziehen, aber er ließ nicht locker. Dann stülpte er ihn ihr ganz über den

Kopf, so daß sie seinen Blicken vollständig ausgeliefert war. »So eine hübsche Schöne«, sagte er. Er spreizte ihre Beine, als würde er Messer und Gabel auflegen. Ihr Körper rollte etwas zur Seite, als er die Ellbogen auf dem Bett aufstützte und sich zwischen ihre gespreizten Beine drängte. Der Lüster funkelte und glänzte, ein Märchenpalast. Ein Palast aus Eis. Kalte Hände auf ihr, die sie teilten, die die zitternden jungen Falten streichelten. Ein Finger, der sich hineinschob, um ihre Lippen zu öffnen. Stochern, stoßen, eine Zauberhöhle aus Eis, jedes Kristall ein himmlischer Engel. Sie lag da wie gestrandet, ihre Haut schälte sich. Scharen von Engeln in ihren gläsernen Gewändern.

Das Rascheln von Kleidern, die harte Schnalle eines Gürtels, die sich in ihr Bein preßte, dann ein Schmerz wie ein Lanzenstich, der ihren Körper auseinanderriß. Sie wollte keinen Mucks von sich geben, aber der Schmerz ließ sie doch aufstöhnen. Seine Hand legte sich über ihren Mund, eine Hand, die nach Blut roch. Der Lüster schaukelte wie verrückt hin und her, eine Stadt aus Glas, deren Engel ihr zunickten, ihre Stimmen winzige Splitter. Die Last seines Körpers auf ihr, der widerliche Geruch nach Pomade, die ihr Kleid verschmierte. Die Borsten seines Schnurrbarts, die sie am Hals kitzelten und die Engel kichern ließen. Wenn sie sie im Auge behielte, ohne auch nur mit der Wimper zu zucken, würde sie nicht sterben. Seine Stöße schoben sie nach oben, ihr Kopf schlug gegen die Eisenstäbe. Dann der immer schnellere Atem, das schweinische Grunzen, der Speichel, der ihr ins Ohr tropfte, während er die Luft aus ihr drückte und sie so fest an sich preßte, daß sie zu ersticken glaubte.

Er war fertig. Erschlafft, das Tier hatte sich verausgabt. Der Lüster war immer noch da, das Zimmer stumm vor Entsetzen, selbst die Uhr hatte aufgehört zu ticken. Und die Schöne merkte nicht einmal, als er sein Gewicht von ihr nahm.

»Wasch dich.« Die Worte kamen von weit her. Sie zuckte zusammen, als ein nasses Handtuch auf ihren Bauch klatschte. »Wasch dich«, befahl er ihr. Sie machte mit dem säuerlichen Wasser eine Spülung; die Seife biß. Er verließ das Zimmer.

Sie kletterte in das Bett und zog sich die Bettdecke über den Kopf. Ihre Mutter war in den Raum gekommen, sie sprach ihr gut zu, wollte sie trösten, aber sie schämte sich und wollte nicht, daß ihre Mutter sie in diesem Zustand sah.

Es gab noch mehr solche Nächte, sie konnte nicht sagen, wie viele; er kam mit einer Kerze in der Hand und einem »Meine Schöne, meine Schöne« auf den Lippen in das Zimmer, und dann fing alles wieder von vorne an. Bis sie dann eines Nachts mit einer Kerze in sein Zimmer kam, lautlos, ohne das geringste Geräusch zu machen. Sie fuhr mit der Kerze unten an den Bettvorhängen entlang. Als es anfing zu knistern und zu prasseln, rannte sie durch das Feuer und in die Arme der Nonnen.

Sie kann das Feuer riechen und die grausigen Schreie hören. Margarita rennt und rennt.

Der Mond ist riesig, beinahe voll. Der schwachen Geruchsspur folgend, ist Iphigenia bereits im Dorf angelangt, als sie Carla schließlich findet. Auf den Felsen, über die sie das Auto gekippt haben, mit den Robben spielend. Glatte, dunkle Köpfe vor dem silbernen Mondlicht und Carlas wuscheliger. »Carla!« schreit Iphigenia erleichtert und läuft auf sie zu. Die Flossentiere hören es und lassen sich ins Meer fallen. Und bevor Iphigenia sie packen kann, plumpst auch Carla ins Wasser.

»Carla!« Doch der Schrei hält sie nicht auf. Sie passiert Iphigenias Gesichtsfeld, für die es nur noch eines gibt. Sie überschlägt sich nicht wie das Auto, trotzdem umwirbelt sie der weiße Schaum, als sie auf dem Wasser aufschlägt.

Ein Schrei entringt sich ihr, mit dem nassen kalten Schwarz hat ihr Körper nicht gerechnet. Ihr offener Mund füllt sich mit Wasser, dann verschwindet sie.

Es war wie in Zeitlupe. Iphigenia sah jede Einzelheit. »Carla!« Ihr Instinkt trieb sie zu dem Kind. Iphigenia hatte Flügel, flog in das Meer. Es versetzte ihr einen kalten, nassen Schlag, und instinktiv bewegte sie Arme und Beine, um nicht unterzugehen. Sie suchte und suchte, konnte Carla aber nicht entdecken. Wo war sie? Wo war sie? Sie spürte, wie das eisige Wasser in kleinen Wellen an ihr vorbeiplätscherte. Iphigenia schwamm zum Rand der Klippe zurück und hievte sich auf einen Vorsprung, um einen besseren Überblick zu haben. Sie spähte in die Richtung der Strömung, in die Carla getrieben wurde. Warum kam sie nicht zum Luftholen nach oben? Iphigenia wartete voller Wehklagen. Es war viel zu lange. Iphigenia hatte Carlas Geruch verloren. Aber dann sah sie ihr Gesicht im Wasser und tauchte wieder ins Meer.

Das Wasser strömte an Iphigenias Beinen entlang. Es war unerklärlich, aber unter ihrer Kleidung verspürte sie rein gar nichts, keine Kälte, keinen Schmerz, als hätte ihr Wille allein sie dagegen anästhesiert. Sie erinnerte sich, daß die Erschöpfung, die Liebe zu dem Kind, das sie im Dunkeln umschlungen hielt, ihr die Tränen übers Gesicht strömen ließen. Sie vergrub die Nachgeburt, völlig überrascht, als wäre dieser Klumpen Fleisch der Zwilling des Babys. Sie vergrub sie, in das Tuch eingewickelt, auf dem Carla gelegen hatte.

Sie lag auf dem Feld, das Baby an der Brust wie ein kleines Beuteltier. Voller Furcht und Mitgefühl beschnupperten die Schafe sie. Iphigenia betete zu Gott und zur Jungfrau Maria und dankte ihnen für das himmlische Geschenk eines Kindes. Liebe strömte aus ihr heraus.

Frühmorgens, noch vor der ersten Andacht, küßte

Iphigenia die süße kleine Stirn des Babys, wickelte es gut ein und brachte es zu dem Pförtnerhaus.

In seinem Innern Platz machen, um es mit Gott zu erfüllen. Die Schnur aus Fleisch und Blut hatte Iphigenia mit ihren eigenen Zähnen durchgebissen, aber die geistige Nabelschnur, die sie mit Carla verband, konnte sie nicht durchbeißen. Mit Strenge und Zurückhaltung schaffte sie es, daß die Schnur sich in ihrer Magengrube wie eine schlafende Schlange zusammenrollte. Als sie aber Carla ins Meer stürzen sah, hatte sie sich wieder entrollt und war hinter ihr ins Wasser hinuntergeschossen. Iphigenia spürte, wie sie sich in sie hineinschlängelte.

Die Inselbewohner behaupteten, Ertrinkende ließen sich nur schwer retten, weil sie gewöhnlich in Panik gerieten, um sich schlugen und versuchten, ihren Retter hochzuschleudern wie die Seehunde, die sich aus dem Wasser auf einen Felsen katapultierten. Aber Carla hatte sich nicht gewehrt, und Iphigenia befürchtete, sie zu spät gefunden zu haben. Sie preßte Carla an sich wie Tiere ihre toten Babys, wenn sie selbst sich an etwas festhalten mußten, obwohl sie wußten, daß die Seele schon den Körper verlassen hatte.

Sie küßte sie auf die Stirn, küßte ihre blauen Lippen. Iphigenia atmete in kurzen, heftigen Stößen, aber nicht nur aus Erschöpfung. All diese Zeit hatte sie ihre ganze Sehnsucht in Gebete umgewandelt, hatte ihre Liebe Gott und der Gemeinschaft gegeben und war dem Baby ferngeblieben, obwohl ihre Brüste milchige Tränen weinten.

Es war in der Kapelle passiert, sie hatte es gerochen, und ihre gesenkten Augen hatten den Fleck gesehen. Assumpta kam in jener Nacht zu ihr. Sie legte ihre Hand auf Iphigenias Stirn, umgab sie mit ihrer Sanftheit. »Hab keine Angst. Es ist das Wunder der Magdalena. Gott hat dir Milch für das Baby gegeben, du bist gesegnet,

Schwester Iphigenia.« Dann legte sie ihren Stock beiseite und zeigte Iphigenia, wie sie ihre Milch ausdrücken konnte. Abpumpen nannte sie es. Sie nahm sie in einer Tasse mit.

Überlaß sie Gott. Aber Iphigenia konnte nicht. Sie preßte das Kind gegen ihre Brust, stützte ihren Kopf und ihre Knie ab; Carlas Arm baumelte seitlich herunter, den Kopf hatte sie dem Himmel zugewandt, auf ihrem Gesicht lag ein Ausdruck unendlichen Friedens. Pietà. Iphigenias Tränen fielen auf Carla.

Laß los. Sie legte den Körper auf den Boden und tastete nach dem Herz wie bei den Lämmern, die eine schwere Geburt hinter sich hatten. Schwach, unregelmäßig, aber es schlug. Sie drückte auf die Lungen. Atmete ein und aus, während sie ihre Hände auf Carlas Körper preßte und ihr zeigte, wie sie es machen mußte, ihren Atem und ihre Gebete in Carlas Körper hauchend. Sie sang das Lied der Lämmer, um Carlas Geist aus der dunklen Ecke zu locken, in die er sich schwach und erschöpft zurückgezogen hatte. »Lamm Gottes, gesegnet seist du Lamm Gottes!« Sie erfüllte die Luft mit süßen Lockrufen, denen sich Carla einfach nicht verschließen konnte.

Carlas Mund öffnete sich, und eine grünliche Flüssigkeit quoll heraus. Iphigenias Tränen fielen in heißen Spritzern auf Carlas Gesicht. Carla hustete, und noch mehr Flüssigkeit kam aus ihrem Mund. Ihre Augen klappten auf. Sie drehte sich auf die Seite und erbrach sich noch einmal; die Flüssigkeit rann an dem Felsen hinunter ins Meer zurück.

Iphigenia rieb Carlas kalte Hände, ihre eisigen Füße. Auch Iphigenia zitterte, während ihr die Tränen übers Gesicht liefen, eine Schleuse, die sich geöffnet hatte. Der Anblick von Iphigenias aufgelöstem Gesicht erfüllte Carla mit ehrfürchtiger Scheu. Sie streckte die Hand aus und berührte es.

»Seht meine Hände und meine Füße, daß ich es selbst bin! Rühret mich an und seht, daß ein Geist nicht Fleisch und Bein hat, wie ihr es an mir seht.«

Es ging auf Mittag zu, als Iphigenia und Carla zurückkamen. In der Nacht hatte es geregnet, und sie waren in den Ruinen des Dorfes untergekrochen. Das Kloster war ruhig. Zu ruhig. Die Luft schien in Fetzen herunterzuhängen. Etwas Schlimmes mußte passiert sein.

»Fuchs?« meinte Carla.

Iphigenia erinnerte sich, wie ein Fuchs eine der Agnes-Schwestern erbeutet hatte.

»Ein Fuchs«, hatte Schwester Köchin verkündet, die sich mit Füchsen auskannte. Gehen nachts auf die Pirsch. Auch Iphigenia kannte die Gewohnheiten von Füchsen. Sonntags nach der Messe wurde gejagt. Sie betrachtete den Fuchs jedoch nicht als Raubtier. Vielmehr war er derjenige, auf den Jagd gemacht wurde. Die Hunde bellten, trieben den Fuchs in die Enge und standen hechelnd über ihm. Dann kamen die Leute auf ihren Pferden angeritten und nahmen die Beute mit. Ein besonders hübscher roter Fuchs wärmte Großmutters Hals.

Was sie an jenem Vormittag erwartete, war der Schauplatz eines Gemetzels. Gemetzel war auch das Wort, mit dem die Äbtissin die entsetzliche Stille beschrieb, den Anblick zweier lebloser, blutüberströmter Schafe; dem einen, einem Lamm, war der Kopf abgerissen, und der Boden war übersät mit Wollbüscheln, eine Blutspur führte in die Büsche. Der Rest der Herde drängte sich zusammen, ihre Felle zitterten, wußten sie doch mehr als die Schwestern. »Das reinste Gemetzel«, sagte die Äbtissin und blickte eine Erklärung suchend gen Himmel.

Iphigenia witterte. »Kein Fuchs.« Es war ein anderer Gestank, der über dem Kloster hing. Es war Feuer und Rauch. Verbranntes Fleisch.

Sie liefen schnell zu den Gebäuden. Niemand im Hof, niemand in der Kapelle. Margaritas Zelle war leer.

Der Gestank kam aus dem Zimmer des Priesters, und er war so intensiv, daß Iphigenia dachte, ihr würde übel.

Neben der Tür lag eine schwelende Decke, auf dem Boden eine umgekippte Kerze. *Lebensläufe von Heiligen und Märtyrern* war nur noch ein Häufchen schwarzgesprenkelter Asche. Der Körper des Priesters lag unbedeckt auf dem Bett. Am auffallendsten war, daß seine Hände mit Wollballen umwickelt waren, so groß wie Boxhandschuhe.

Carla stampfte die schwelenden Stellen der Decke aus, während Iphigenia den Priester einer Untersuchung unterzog. Er atmete noch, und unter seinen Lidern bewegten sich die Augäpfel. Neben dem Bett stand ein Behälter mit einer grünen, süßlich riechenden Salbe. »Carla?« Carla kam und roch auch daran. Es roch wie die Mixtur, die sie das erste Mal für seine verbrannte Hand verwandt hatte.

Im Hof brannte noch das Feuer, eine dünne Rauchsäule stieg aus dem Teekessel. Margarita hatte sich um alles gekümmert.

»Kiri, kiri.« Carla und Iphigenia gingen die überwucherten Wege mit den Kreuzen entlang, unter denen die sterblichen Hüllen verstorbener Schwestern ruhten. Alles triefte noch vom Regen der letzten Nacht. »Kiri, kiri.«

Auf einem entfernten Feld bei der Hecke erspähten sie ein Trüppchen Schafe. »Kiri, kiri.«

Die Schafe hoben die Köpfe und blökten ihnen zu, wollten aber nicht näher kommen. Iphigenia und Carla liefen zu ihnen hinüber, bei jedem Schritt quietschte das schwammige Gras unter ihren nackten Füßen. Warum drängten sie sich so zusammen? In der Luft erschnupperte Iphigenia nur Schafe und das Nachspiel des Regens. Nein, da war noch etwas anderes. Eine schwache Spur von Blut? War eines von ihnen verletzt, oder war es ein anderes Wesen? »Bäh«, blökte Schwester Agnes Teresa. »Bäh«, blökte Assumpta.

Iphigenia teilte die Herde und strich im Vorbeigehen den Schafen über die Köpfe. Als sie entdeckte, was sich in ihrer Mitte befand, stockte ihr der Atem. Dicke Hinterbeine und seitlich abgespreizte Vorderbeine bildeten ein Kreuz, auf dem ein beschmutztes Vlies lag. Der typische Geruch nach Margarita verlor sich im Gras und in nasser Wolle. Doch es war Margarita, die sich in eine Agnes-Schwester verwandelte.

Sie lag völlig regungslos da, von dem nassen Gras aufgesogen. Iphigenia und Carla näherten sich auf allen vieren und schnupperten an ihrer Mitschwester, berührten ihre Haut. Aus Margaritas Mund kamen schwache, kleine Worte, ihre Lippen bewegten sich kaum. »Da habe ich dir meine Sünde bekannt, nicht länger verbarg ich dir meine Schuld.« Seele, Geist, Herz, Blut, Leber, Muskeln, alles hatte seinen angestammten Platz vergessen und war in ihrem Mund, um diese Worte auszusprechen.

»Kiri.« Sie hauchten ihren warmen Atem auf ihre Wange.

Doch sie machte weiter mit ihrer Litanei und beachtete ihre Mitschwestern überhaupt nicht.

»Margarita.« Sie berührten ihr Haar, ihre Arme, nahmen ihre Hände in die ihren.

»Lamm Gottes, o Margarita, gesegnetes Lamm Gottes«, flüsterten sie ihr ins Ohr.

»Da habe ich dir meine . . . meine . . .« Die Litanei verlor sich. Ihr Geflüster hatte den Rhythmus unterbrochen, sie aus ihrer Trance geholt. Ein Auge zuckte und klappte auf. Sie sog hörbar die Luft ein, gab einen kurzen Schnarcher von sich, als würde sie gerade aufwachen.

Iphigenia und Carla rieben ihr vorsichtig die Arme, massierten ihr die Beine. Sie versuchte, sich zu bewegen, war aber noch nicht soweit. Die Agnes-Schwestern versammelten sich um sie und stupsten sie mit ihren Schnauzen an, hauchten ihren warmen Schafsatem auf sie. Iphigenia und Carla machten sich daran, sie hochzuheben, eine Aufgabe, die durch das Gewicht der nassen Wolle noch erschwert wurde. Schließlich gelang es ihnen, sie auf die Füße zu stellen, und Margarita, Iphigenia, Carla und die Herde der Agnes-Schwestern bildeten eine lange Prozession in den Hof zurück.

Carla warf ein paar belebende Kräuter in den Topf. Sie kochten zwar ihren Spezialtee, aber keine bekam mehr als ein paar Schlucke herunter.

»Ich bin müde«, sagte Margarita.

»Weiß der Himmel, Margarita, das sind wir alle.«

Und so legten sich am hellichten Tag und mitten im Frühjahr alle drei Schwestern schlafen.

Es gab keine Laudes, keine Prim, keine Terz, keine Sext, keine Non, keine Vesper und auch keine Komplet. Das Klosterleben, bei dem jede Runde dem von der vorherigen Runde vorgezeichneten Pfad folgte, diese Kugel, die sich so wundervoll gleichmäßig drehte, daß sie stillzustehen schien, war aus dem Rhythmus geraten und eierte noch ein paarmal hin und her, um dann völlig zum Stillstand zu kommen. Wie tot lag sie da, ein vergessenes Kinderspielzeug.

Sie hatten die Last des Klosterlebens abgeworfen. Die Kapelle war leer, und das Aufrollen der Weinranken auf dem Haupt der Heiligen Jungfrau war die einzig sichtbare Bewegung. Ein Nebelschleier senkte sich herab, und mitten im Frühling versank das Kloster in einen tiefen Schlaf; alle, die es bewohnten, hielten ihren Winterschlaf.

Sogar Ignatius steckte in einem Kokon. Es gab Augenblicke während dieser einlullenden Ekstase, in denen er sich rührte und beinahe an die Oberfläche driftete, doch dann sackte er wieder ab.

Er befand sich in einem Taxi und wurde durch eine Straße chauffiert, die so hell und golden schimmerte wie Licht auf Metall. Und der Himmel war in der Tat ein aus glänzenden Metallplatten zusammengesetzter Baldachin. Hübsche, grünbelaubte Bäume säumten die Straße, deren Häuser mit ihren Giebelverzierungen irgendwie deutsch aussahen. Geklonte Lebkuchenhäuschen. Die Straße war breit und verlassen, und der Taxifahrer, der sich nie umdrehte, sagte immer wieder: »Ich möchte Ihnen was zeigen«, während sie sich immer weiter und weiter von dem Ziel des Priesters entfernten. Erst als er eine Turmuhr mit großen römischen Ziffern entdeckte, bemerkte Ignatius, daß er bereits zwanzig Minuten zu spät für seinen Termin war, obwohl er sich nicht mehr erinnern konnte, mit wem er eigentlich verabredet war. Es erstaunte ihn nicht, daß der Taxifahrer weiße Boxhandschuhe trug und eine Art Fischschwanz hatte. Jedesmal, wenn er aufwachte, hatte Ignatius das Bedürfnis, gleich wieder zu schlafen, zumindest so lange, bis er seine Reise beendet hatte.

»Kein Gedenken bleibt den Früheren, aber auch den Späteren, die kommen, wird kein Gedenken bleiben bei denen, die noch später sind.«

Als Iphigenia aufwachte, begrüßte sie eine frische Brise, und gleißendes Sonnenlicht strömte durchs Fenster. Der Rauch hatte sich verflüchtigt. Die Luft war rein, und die Vögel zwitscherten wieder. Am Fenster war ein Geflatter und ein Plumpsen zu vernehmen. Eine Möwe hatte sich niedergelassen, weiß und wohlgenährt und sehr ordentlich mit ihrem grauen Schmuckrand. Sie hatte etwas Eßbares im Schnabel. Trockene Speisereste.

Iphigenia ging in den Hof. Das Feuer war ausgegangen, und das Wasser im Teekessel war verkocht. Wie lange hatte sie geschlafen? Einen Tag, zwei Tage? Sie ging in die Kapelle. Die ewige Kerze war beinahe zu einem Stumpf heruntergebrannt. Drei Tage?

Sie holte eine neue Kerze von dem Stapel, den sie den Winter über angelegt hatten, und entzündete sie an der alten. Die neue war beinahe so groß wie die heilige Anna. Sie bewegte die Kiefer, fuhr sich mit der Zunge um den Mund, räusperte sich, um den morgendlichen Schleim zu lösen. Iphigenia war durstig und trank Regenwasser aus einem Eimer. Alle Eimer waren am Überlaufen. Während sie schlief, mußte ein sehr sanfter Regen niedergegangen sein, denn sie hatte nichts gehört. Sie suchte in ihrer Tasche nach einer Brotkruste und fand das Telefon. Sie schnupperte, sah nach dem Stand der Sonne. Ja, in der Welt draußen war es Zeit fürs Frühstück. Der richtige Augenblick, um bei Banks, Colquhoun und Andrews durchzuläuten.

Ihre Finger tippten die Nummer. »Mr. Colquhoun, bitte«, sagte sie und räusperte sich noch einmal.

»Schwester. Wie geht es Ihnen?« Er begrüßte sie wie einen lang vermißten Freund. »Ich habe mich sachkundig gemacht.«

»Nehmen Sie gerade Ihr Frühstück ein?« fragte Iphigenia.

»Entschuldigung, was meinen Sie?«

»Kuchen und Tee. Weite Porzellanschalen mit geschwungenen Griffen. Untertassen.«

»Na ja, ich arbeite gewöhnlich bis Mittag durch. Meine Sekretärin bringt mir ab und zu eine Tasse Kaffee.«

»Trinken Sie jetzt auch Kaffee?«

»Wenn Sie's ganz genau wissen wollen, ich male Kreise und fülle sie aus. Eine alte Gewohnheit, so kann ich mich besser konzentrieren.« Iphigenia zog auch mit dem Finger Kreise auf den Tisch, um sich besser in ihn einzufühlen. »Ich habe in Ihrer Angelegenheit Erkundigungen eingezogen, Schwester. Wenn das Grundstück dem Bischof gehört, kann er theoretisch damit machen, was er will. Aber«, beeilte er sich hinzuzufügen und klang schon hoffnungsvoller, »es stehen uns noch ein paar Möglichkeiten offen. Sie können Beschwerde einlegen, ich könnte dem Bischof in Ihrem Auftrag schreiben. Gründe ließen sich schon finden. Ist es ein historisches Gebäude? Dann könnten wir versuchen, es unter Denkmalschutz stellen zu lassen.«

»Unter Denkmalschutz?«

»Das würde natürlich eine Weile dauern, wir müßten an der richtigen Stelle anklopfen, wahrscheinlich würde sich auch die Presse dafür interessieren.« Er erklärte Iphigenia, was das bedeutet. Sie begriff nur zu gut. Leute würden kommen, Fotografen. War doch ein Besucher schlimm genug.

»Was sind die anderen Möglichkeiten?«

»Vielleicht gibt es ein paar Maschen im Gesetz. Könnten Sie mir eine Kopie des Vertrags zukommen lassen?«

»Vertrag?«

Es war nicht das erste Mal, daß Iphigenia die Schwelle zum Büro der Äbtissin überquerte, doch beim Durchgehen der Papiere hatte sie das Gefühl, noch eine andere

Grenze zu überschreiten. Ein Vertrag, der einer Person für einen bestimmten Zeitraum die Besitzrechte für ein Grundstück überträgt, gewöhnlich gegen ein Pachtgeld, das für das Land, die Gebäude usw. gezahlt wird – das mußte Mr. Colquhoun gemeint haben. Ein solches Dokument konnte sich nur im Sekretär der Äbtissin befinden. Der Sekretär war nicht verschlossen. War auch nicht nötig. Keine Schwester hätte je gewagt, das zu tun, was Iphigenia jetzt tat. Obwohl alles schon Jahre zurücklag, die Äbtissin seit langem tot war und Iphigenia selbst erst vor kurzem ein Buch aus dem Regal genommen hatte, hatte sie beim Durchsuchen der Schubladen dennoch das Gefühl, etwas Heimliches, Verbotenes zu tun. Es hinderte sie aber nicht, den Spinnwebvorhang zu teilen und die erste Schublade herauszuziehen, der ein Geruch nach altem Leim und Tinte und das hanfähnliche Aroma von Papier entströmte.

Iphigenia hatte den Tod von drei Äbtissinnen erlebt. Sie hatte noch nie wirklich darüber nachgedacht, welche Gestalt die Äbtissinnen nach ihrem Ableben annahmen. Als Schafe schienen sie nicht zurückzukehren. Zumindest hatte noch keine der Agnes-Schwestern die für eine Äbtissin charakteristischen Führungseigenschaften aufgewiesen.

Bei der Suche nach dem Vertrag stieß Iphigenia auf etwas Merkwürdiges. Auf einen Brief, der den im Kupferdruck hergestellten Briefkopf von Banks, Colquhoun und Andrews trug. Sie starrte darauf. Wie kamen Banks, Colquhoun und Andrews in die Schublade der Äbtissin? Zuerst dachte sie, ihre Phantasie würde mit ihr durchgehen, daß sie sich den Briefkopf einbildete, hatte sie doch gerade eben mit ihnen telefoniert. Nein, das war es nicht, sie fühlte sich nach ihrem langen Schlaf ausgesprochen frisch, ein bißchen hungrig vielleicht, aber ganz und gar klarsichtig.

Noch merkwürdiger war, den Namen Featheringale in dem Schreiben zu entdecken. Featheringale Trust. Der Brief war zwar an die Äbtissin adressiert, betraf aber die verstorbene Mrs. Featheringale und ihre Enkelin.

»In dem bei unserer Firma hinterlegten Testament wurde uns von der Erblasserin Mrs. Featheringale die Verwaltung und Verwertung ihres Vermögens übertragen. Die Begünstigte, ihre Enkelin, Sr. Iphigenia von dem Kloster der heiligen Agnes, ist berechtigt, sich auf schriftliche Anweisung das ihr zustehende Erbe ganz oder teilweise von uns übergeben zu lassen. Mit vorzüglicher Hochachtung, Richard Banks.«

Die Tinte war verblichen, in den Knicken des Briefes hatte sich Staub angesammelt, trotzdem schien der Brief in Iphigenias Hand förmlich zu vibrieren. Natürlich wußte Iphigenia, was ein Trust war, aber der Featheringale Trust mit großem T schien eine besondere Bedeutung zu haben. Sie blickte zwar nicht ganz durch, doch die Entdeckung dieses Briefes war bestimmt von einer ähnlichen Tragweite wie die Entdeckung des Kopfes der heiligen Agnes, einer weinenden Jungfrau Maria, des Leintuchs Christi. Iphigenia verließ das Arbeitszimmer der Äbtissin, den Brief in der Tasche.

Im Hof setzte sie sich an den Tisch und aß einen Apfel, jeden Bissen langsam und gründlich kauend, und versuchte, die Bedeutung des Briefes zu verdauen. Margarita und Carla hatten sich noch nicht blicken lassen, aber Iphigenia hielt es für unwahrscheinlich, daß sie mit dem Brief mehr anzufangen wüßten als sie. Von seiner Wichtigkeit war sie nach wie vor überzeugt.

Sie nahm ihn mit in ihre Zelle und legte sich auf ihr Bett, den Brief auf der Brust. Die Worte waren inhaltsschwer und farblos, aber unter dem Staub und der verblaßten Tinte des Briefes war etwas Helles, Leuchtendes. Ihre Nase zuckte, als sie die Witterung aufnahm. Sie verspürte dieselbe Hochstimmung wie bei ihrem Entschluß, das Telefon zu benutzen.

»Mr. Colquhoun.«

»Ich weiß nicht, ob er noch da ist. Wen darf ich melden?«

Es war dasselbe Mädchen, mit dem sie heute morgen gesprochen hatte. Iphigenia erkannte ihre Stimme, und sie, erkannte sie nicht ihre?

»Guten Tag, Schwester.«

»Mr. Colquhoun, ich habe einen Brief gefunden.«

»Den Vertrag.«

»Nein. Einen Brief von Ihnen. Na ja, einen Brief von Banks, Colquhoun und Andrews, es geht um ...« Iphigenia legte ihren Finger unter die Worte und las sie laut ab, um ja keinen Fehler zu machen, »... um den Featheringale Trust.«

»Ja-ah«, sagte er vorsichtig.

»Was bedeutet Trust mit großem T?«

»Ein Rechtsverhältnis, bei dem eine Person einer zweiten ein Recht unter der Bedingung überträgt, daß sie die ihr anvertrauten Interessen uneigennützig wahrnimmt.«

»Jetzt weiß ich so viel wie vorher. Drücken Sie sich bitte etwas verständlicher aus«, tadelte sie ihn.

»Schwester, ich weiß nicht genau, worauf Sie hinauswollen. Der Featheringale Trust ist Ihr Erbe. Was im einzelnen vorgesehen ist sowie unsere Rolle als Treuhänder nach Mrs. Featheringales Ableben muß Ihnen bekannt sein. Ich ging davon aus, daß Sie in voller Kenntnis der Sachlage hier angerufen haben.«

»Ich bin erst jetzt auf diesen Brief gestoßen. Er ist an die Äbtissin adressiert.«

»Was den Gepflogenheiten entspricht«, sagte er. »Hat sie denn nicht mit Ihnen darüber gesprochen?«

Der Brief, in dem ihr mitgeteilt wurde, daß ihre Großmutter gestorben sei, war am Erscheinungsfest angekommen. Nach der Morgenmesse hatte die Äbtissin Iphigenia zu sich in ihr Arbeitszimmer kommen lassen und ihr gesagt, sie habe zwar die Erlaubnis, auf die Beerdigung zu gehen, doch würde sie ihr davon abraten. »Es wäre für Sie eine sehr lange, sehr traurige Reise. Ich fände es vernünftiger, wenn Sie hier für Ihre Großmutter beten.« Die Erinnerung an die Sommersonnenwende war gerade sechs Monate alt, für Iphigenia wie für die Äbtissin. Es war nicht Iphigenias Schuld gewesen, daß sie aufs Festland hinüber mußte, um den Bader zu holen, und daß es so lange gedauert hatte. Die Äbtissin hatte ihr keine Buße auferlegt, aber irgendeinen Grund mußte es schon geben für Iphigenias flackernden Blick und ihre ramponierte Tracht.

Ein paar Tage nach Großmutters Beerdigung kam ein Brief, in dem ihr mitgeteilt wurde, daß sie abgesehen von dem Haus, das der treuen Taylor vermacht worden war, Großmutters Alleinerbin war. Für Iphigenias Großmutter wurde eigens eine Messe abgehalten, und die Äbtissin bot sich an, Großmutters Rechtsbeistand zu schreiben, damit er sich um die Angelegenheit kümmere.

Iphigenia erinnerte sich an das Treffen mit der Äbtissin, an die angespannte Atmosphäre, und sie erinnerte sich auch, daß das Wort »reich« gefallen war, aber in welchem Zusammenhang? Du bist eine reiche Frau. Deine Großmutter ist als reiche Frau gestorben. Hatte die Äbtissin das gesagt? Meinte sie damit geistigen Reichtum? Das Gelübde der Armut in einer Gemeinschaft, in der für den Lebensunterhalt gesorgt war und Besitz keine Rolle spielte, war das Wort »reich« ohne Bedeutung. Iphigenia hatte versucht, sich auf das, was die Äbtissin sagte, zu konzentrieren, aber die Trauer um die Großmutter war zu groß, um ihr wirklich folgen zu können.

»Wieviel habe ich eigentlich geerbt?« platzte Iphigenia heraus.

»Nun, um die genaue Summe herauszufinden, müßte ich erst durch die Akten gehen«, erwiderte Mr. Colquhoun. »Aber grob geschätzt sind Sie schon ein paar Millionen Pfund schwer.«

»Ist das viel?«

Er lachte. »Schwester, Sie sind eine sehr reiche Frau.«

Nein, das war unmöglich. Sie war eine Nonne, hatte ein Gelübde der Armut abgelegt, sie konnte nicht reich sein.

»Schwester, sind Sie noch dran?«

»Ja.«

»Rufen Sie mich am Dienstag zurück, wenn Sie den Vertrag gefunden haben. Wir machen heute früher Schluß wegen der Feiertage.«

»Die Feiertage?«

»Ostern. Na ja, die spielen für Sie wohl keine besonders große Rolle«, scherzte er.

Ostern? Durch Mr. Colquhoun, einen Mann, der der Welt draußen angehörte, erfuhr sie, daß Ostern war? Iphigenia ließ das Telefon auf den Boden fallen. So plötzlich? Wie konnten sie die subtilen Anzeichen, daß die Tage länger wurden, daß der Mond verschiedene Phasen durchlaufen hatte, übersehen haben? Iphigenia erinnerte sich wieder an das Rund des Vollmonds, als sie Carla gesucht hatte. War ihre Routine durch das Auftauchen des Priesters dermaßen durcheinandergeraten, oder waren sie schon seit Jahren aus dem Takt? Sie hatten noch nicht einmal mit dem Fasten angefangen. Je länger sie darüber nachdachte, desto größer wurde ihre Panik. Erst dieser Reichtum und dann auch noch Ostern, das sich völlig unbemerkt angeschlichen hatte. Als sie zur Begrüßung des Priesters Fleisch aufgetischt hatten, war da schon Fasten angesagt gewesen?

Sie holte tief Luft. Gott würde Verständnis haben. Sie hatten während ihres langen Schlafes keinen Bissen zu sich genommen. Dieser totale Verzicht würde die verpaßte

Fastenzeit wettmachen. Noch war es nicht zu spät. Sie konnten noch durchstarten. Iphigenia machte sich an die Arbeit.

Als Margarita aufwachte, war sie von den Strahlen der Sonne umflossen. Das Zimmer erschien ihr verändert. Leichter, spärlicher möbliert. Es pulsierte so rhythmisch wie das langsame, ruhige Ticken einer alten Standuhr. Sonntags nach dem Essen pflegten sie alle ein Nickerchen zu halten. Mummy und Daddy, ihr Bruder Tom, sie alle verteilten sich im Haus, jeder suchte sein Schlafeckchen auf. Margarita postierte links und rechts einen Engel, schloß die Augen und sang ein Liedchen für sie. Dann wurde es still, und man hörte nur noch die große Uhr. Tick, tack, tick, tack.

Carla rieb sich die Augen und streckte sich. Der Geruch nach Teig und Johannisbeeren stieg ihr in die Nase. Sie lief auf den Hof. Margarita und Iphigenia waren bei der Arbeit, die Arme voller Mehl wie damals Schwester Köchin. Auf dem Tisch war ein Tablett mit Pfefferkuchenmännchen.

»Ostern!« jubelte Carla. Sie mußte ewig lange geschlafen haben, die ganze Fastenzeit hindurch. »Sonntag?« fragte sie, besorgt, die Passion und die Osternacht verschlafen zu haben. Dann entdeckte sie den Eimer und die Seife für die Fußwaschung. Wunderbar. Sie war gerade zum richtigen Zeitpunkt aufgewacht, alles fing erst an.

»Zur Matutin gefesselt, zur Prim geschmäht,
Zum Tode verurteilt zu der Terz,
Ans Kreuz genagelt zu der Sext; zur Non
die heilige Seite durchstochen
Zur Vesper abgenommen vom Kreuz,
Zu Grabe getragen zur Komplet

Und fortan bittet er seine Kirche, die sieben Horen einzuhalten.«

Ignatius war inzwischen hellwach, er hatte leichte Kopfschmerzen und einen trockenen Mund. Sogar der appetitanregende Duft nach Frischgebackenem reichte nicht aus, um seinen Speichelfluß anzuregen. Er bewegte den Kiefer hin und her, schluckte ein paarmal, um seine Kehle zu befeuchten. Wie lange hatte er geschlafen? Nach seinem Hunger zu urteilen, mußten es mehrere Tage gewesen sein. Doch er hatte jedes Zeitgefühl verloren; er erinnerte sich nur noch an eine Taxifahrt und irgendeinen nicht eingehaltenen Termin.

Er hörte Gesänge; seine Kerkermeisterinnen hielten ihre Andacht. Es wurde dunkel draußen. Vesper. Aber welcher Tag?

Er blickte auf seine umwickelten Hände, sah eine Flamme hochlodern. Doch sein Gedächtnis ließ ihn im Stich, als er sich genauer vergegenwärtigen wollte, was vorgefallen war. Die Taxifahrt und die verpaßte Verabredung hatten sich ihm sehr viel deutlicher eingeprägt. Obwohl der schimmernde Himmel und die Lebkuchenhäuschen ihn entzückten, ärgerte er sich immer noch über die eigene Saumseligkeit.

Die Vespergesänge waren von himmlischem Wohlklang, aber der Vers, der ihm beim Aufwachen ans Ohr gedrungen war, hatte einen bitteren Nachgeschmack hinterlassen. Er war gefesselt und geschmäht worden. Jetzt war Vesper, also höchste Zeit, ihn abzunehmen. Und zur Komplet? Seine Hände waren bandagiert, und neben dem Bett stand eine Salbe. Zumindest hatten sie seine Wunden versorgt. Mit Wunden kannten sie sich aus, rief er sich grimmig in Erinnerung.

Eine weitere Duftwolke nach Gebackenem. Würden sie sich jemals bequemen und ihm etwas zu essen bringen?

Was stand auf dem Speisezettel? Er hatte Lust auf Fleisch. Gleich wäre es soweit, der Lammbraten mit den gerösteten Kartoffeln und Zwiebeln, den grünen Bohnen und der Bratensoße würde auf den Tisch kommen, gefolgt von Pudding mit Weinbrandbutter, Kaffee und Pfefferminz-Schokoladeplätzchen. Rotbackige Butler würden mit einem kleinen Liedchen auf den Lippen die silbernen Platten mit den silbernen, kuppelförmigen Deckeln auftragen. Lustige Butler wie aus dem Bilderbuch, mit bestrumpften Beinen, karierten Westen und Schuhen mit silbernen Schnallen.

Er blickte sich in dem Zimmer um. Seine Wunden waren zwar versorgt worden, aber das war auch alles. In der Ecke lag eine verkohlte Decke, auf dem Fußboden entdeckte er einen Aschehaufen. Es mußte gebrannt haben, und sie hatten es nicht einmal für nötig gehalten, ihn in ein anderes Zimmer zu bringen oder eine neue Decke zu holen. Es war einfach ein Skandal!

»Ein neues Gebot gebe ich euch: Liebet einander! Wie ich euch geliebt habe, so sollt auch ihr einander lieben.«

Margarita bewegte ihre frischgewaschenen Zehen hin und her und sang die Antiphon, Iphigenia kniete mit dem Wollbausch vor Carla, als die Fußwaschung durch ein »Hallo, hallo?« unterbrochen wurde.

Sämtliche Aktivitäten kamen zu einem plötzlichen Halt. Sie schauten einander an und fragten sich, wo diese seltsame, aber gleichzeitig auch bekannte Stimme herkam.

»Vater John!« rief Carla. Sie hatten ihn völlig vergessen. »Ein Priester zu Ostern!«

Der Glorienschein, der Margarita beim Aufwachen umgeben hatte und der sich während der ganzen Vorbereitungen und der Fußwaschung gehalten hatte, löste sich plötzlich auf. Alles fiel ihr wieder ein, das Feuer, die Buße im Gras. Sie hatte es nicht tun wollen, die Flamme war aus ihrer Erinnerung übergesprungen und außer Kontrolle geraten. »Es gab ... Ich ...« Der Wollbausch in Iphigenias Hand tropfte auf den Boden. »Es gab da einen Unfall. Er ... der ... Priester ist verbrannt.«

»Nur die Hände«, sagte Carla. »Du hast ihn versorgt. Wir haben es gesehen. Komm.«

Sie gingen mit Margarita auf sein Zimmer, postierten sich an der Tür und blickten zu ihm hinüber.

»Es ist wegen des Abendessens«, sagte er.

Margarita hatte geglaubt, sie hätte ihn auf dem Gewissen. Und da war er, wiederauferstanden. Staunen erfüllte sie. Sie blickte auf seine bandagierten Hände. Es mußte Carla gewesen sein. Aber Carla schüttelte den Kopf. Du, Margarita.

Sie hoben den Priester aus seinem Bett, brachten ihn nach draußen und schoben ihm das Essen in den Mund. Dann kniete Iphigenia vor ihm auf den Boden. Seine Füße konnte sie schlecht waschen, da sie in Gips steckten, also wusch sie ihm das Gesicht. Ihre Hand tauchte den Bausch ins Wasser, drückte ihn aus und fuhr ihm damit sanft über die Stirn, um die Augen und über die Wangen. »Glaube, Liebe und Hoffnung, diese drei mögen bei dir sein; am größten jedoch unter ihnen ist die Liebe.«

Es war nicht so schlimm, daß sie die Fastenzeit verpaßt und nicht bemerkt hatten, wie die Tage allmählich länger wurden. Es war Ostern, und zum ersten Mal seit vielen Jahren hatten sie einen Priester in ihrer Mitte.

Freitag. Der Altar war entblößt, das Kreuz entfernt und das Ewige Licht in eine Nische außer Sichtweite gestellt worden. Der Priester wurde gegen den Altar gelehnt und las die Passion Jesu. Ignatius hatte den ganzen Tag lang im Meßbuch geblättert und war die Worte durchgegangen, die er sagen mußte. Dieses Mal wollten sie keine Strickgeschichte hören, sondern hatten ihn gebeten, die Osternacht mit ihnen zu feiern.

Wenn er die Augen schloß, konnte er an jedem beliebigen Ort sein. Während seiner Seminarzeit hatte er oft an die erste Ostermesse gedacht, bei der er den Vorsitz übernehmen würde. Ein Gottesdienst in einer großen Kathedrale, Statuen mit Heiligenscheinen aus echtem Gold, die Gewänder aus feinstem Leinen. Bischöfe, Kardinäle, vielleicht sogar der Papst wären anwesend, während Ignatius seines Amtes waltete. Seine Brüder in ihrem roten Ornat vor dem Altar kniend, die vollen Klänge eines großen Chores, jeder eine Kerze in der Hand, und bei der letzten Note des Gesangs wäre dann die letzte Kerze gelöscht worden, und Schweigen hätte die Kathedrale erfüllt.

Vater Ignatius öffnete die Augen und blickte auf seine Herde – drei barfüßige alte Nonnen und ein Trupp Schafe. Als die Nonnen zum Gebet niederknieten, fielen ihm ihre weißen Knöchel auf. Die Sohlen ihrer frisch gewaschenen Füße waren bereits wieder schmutzig. Diese halbverfallene, zugige Kapelle, diese zusammengewürfelte Gemeinde – nie hätte er sich träumen lassen, daß er an einem Ort wie diesem die Messe zelebrieren würde. Trotzdem. »Wo zwei oder drei in meinem Namen versammelt sind, da bin ich mitten unter ihnen.« Die Worte, die er in diesem entlegenen Winkel sagte, waren dieselben Worte, die auch in den prächtigsten Kathedralen der Welt verkündet wurden. In diesem Augenblick war jede Kirche der ganzen Christenheit, die kleinste wie die größte, erfüllt von der Passion Jesu.

»Bei diesen Worten ging Jesus mit seinen Jüngern hinaus, auf die andere Seite des Baches Kidron. Dort war ein Garten; in den ging er mit seinen Jüngern hinein. Auch Judas, der Verräter, der ihn auslieferte, kannte den Ort, weil Jesus dort oft mit seinen Jüngern zusammengekommen war.« Vater Ignatius führte seine Gemeinde auf dem Pfad, auf dem Christus von Gethsemane nach Golgatha gegangen war. Die Nonnen, denen dieser Weg bekannt war, antworteten ihm. Als der Priester fragte: »Wen sucht ihr?«, verwandelten sie sich in die Gerichtsdiener der Pharisäer und die Soldaten mit ihren Fackeln, Laternen und Waffen und antworteten: »Jesus von Nazareth.«

Und als Pilatus fragte: »Welche Anklage erhebt ihr gegen diesen Menschen?«, antworteten ihm die Nonnen: »Wenn er kein Verbrecher wäre, hätten wir ihn dir nicht ausgeliefert.« Und als Pilatus sie vor die Wahl stellte, bildeten die Nonnen die Menge, die brüllte: »Ans Kreuz, ans Kreuz!«

Und sie kreuzigten ihn.

In der Kapelle wurde es still, Iphigenia, Margarita, Carla, die Agnes-Schwestern, die heilige Anna und die Heilige Jungfrau, alle waren in dem Dunkel der Kapelle vom Leiden Jesu durchdrungen.

Samstag. Sie räumten die Asche des alten Feuers weg und bereiteten ein neues vor, sammelten Zweige von Apfelbäumen und warfen duftende Kräuter auf das geschichtete Holz. Dann warteten sie in stiller Besinnung.

Der Mond stand bereits hoch am Himmel, als Iphigenia beschloß, das Feuer müsse entzündet werden, als Startzeichen für die Osternachtwache. Ignatius beobachtete, wie sie mit einer kleinen flackernden Kerze an das Holz trat. Die anderen senkten ehrfürchtig die Köpfe und atmeten den aromatischen Rauch ein. Dann hoben sie sie wieder, die Gesichter sanft und weich im Schein des Feuers.

Iphigenia gab die Kerze Carla, die die Prozession anführte. Margarita und Iphigenia hoben Ignatius in die Sänfte ihrer Arme und trugen ihn wie einen Karnevalskönig in den dunklen Schoß der Kapelle. Dort setzten sie ihn vor dem Altar ab. An diesem vertrauten Ort übernahm Ignatius wieder seine Rolle als Priester.

»Christus ist glorreich auferstanden vom Tod. Sein Licht vertreibe das Dunkel der Herzen.«

Der Hall seiner Stimme stieg zum Deckengewölbe der Kapelle hoch und entwich durch die Löcher in die Nacht. Als er »Christus, das Licht« rief und sie »Dank sei Gott« antworteten, entzündete Carla erst die Kerzen um die heilige Anna und die Heilige Jungfrau herum und danach die restlichen Kerzen der Kapelle. Bald war das Dunkel mit flackerndem Licht erfüllt. Die Heiligen der Glasfenster wurden lebendig, die Engel fingen an zu tanzen, und Stimmen erklangen.

»Frohlocket, ihr Chöre der Engel!
frohlocket, ihr himmlischen Scharen.«

Das Exsultet nahm seinen Verlauf, bis Ignatius spürte, wie sein Gesang sich zusammen mit dem der Gemeinschaft erhob und gen Himmel stieg. Eine weiße Taube öffnete ihre Flügel, und ihr Geist schwebte in der Luft. Halleluja, halleluja, halleluja. Sein Atem kam tief von innen, aaaaaaaaaah, stieg in seiner Kehle hoch, in seinen Mund, wo er ihn mit seiner Zunge antippte, llelu llelu llelu. Und dann kam er heraus, warm, voll, in der Gestalt von Worten, und flog zurück zu Gott. Halleluja.

Sonntag. Kurz vor der Dämmerung hörte der Gesang auf, und die Nonnen versammelten sich vor dem Priester.

»Als der Sabbat vorüber war, kauften Maria aus Magdala, Maria, die Mutter des Jakobus, und Salomé wohlriechende Öle, um damit zum Grab zu gehen und Jesus zu salben. Am ersten Tag der Woche kamen sie in aller Frühe zum Grab, als eben die Sonne aufging. Sie gingen in das Grab hinein und sahen auf der rechten Seite einen jungen Mann sitzen, der mit einem weißen Gewand bekleidet war.«

Margarita trat aus der Dreiergruppe und nahm seine Hände. Verschwunden war der grimmige Ausdruck, mit dem sie sich ihm das letzte Mal genähert hatte. Ihr Gesicht war völlig entspannt, beinahe glückselig. Sie wickelte die Wolle von seinen Händen, wickelte und wickelte, bis sie das Leichentuch aus Vlies entfernt hatte. Ignatius hielt seinen Blick fest auf die Gesichter der anderen beiden Nonnen gerichtet, da er nicht unbedingt sehen wollte, was Margarita enthüllen würde.

Er hatte die Geschichte eines Heiligen gelesen, der auf einem Scheiterhaufen verbrannt worden war, den Namen hatte er vergessen. Kurz danach war er aus dem Schlaf hochgeschreckt und hatte bemerkt, daß seine Binden brannten und seine Hände von einem Flammenkranz umgeben waren. Er mußte über dem Buch eingeschlafen sein und die Kerze umgeworfen haben.

Er spürte die leichte Berührung ihrer Hand auf seiner. Die Binden waren weg. Er sah das Erstaunen auf den Gesichtern der Nonnen. Jetzt blickte auch Ignatius auf seine Hände. Sie waren so zart und rosa wie neugeborene Mäuse. Es war, als würden sie ihm nicht gehören. Und doch waren es seine Hände. Er streckte seine glatten, rosa Finger aus, spürte das Ziehen der neuen Haut. Er spreizte sie und bewegte seine Hände, als würde er Handschuhe anprobieren. Dann machte er eine Faust, und seine Knöchel fingen an zu schimmern; seine Handrücken fühlten sich wie Glacéleder an.

Seine Nägel waren immer noch lang und krumm, aber die Pilzinfektion, die die Verfärbung verursacht hatte, war zurückgegangen, so daß auch seine Nägel rosa schimmerten. Margarita nahm seine Hände und drehte sie herum; sie traute ihren Augen nicht.

Die ganze Geschichte mit dem Feuer hätte ein Traum sein können, wären da nicht die leichten Druckstellen der Binden. Ignatius hatte einmal das Foto eines Hiroshima-

Opfers gesehen und erinnerte sich noch deutlich an das Blumenmuster eines Kleides, das wie eine Tätowierung in den Arm seiner Trägerin gebrannt war. In den Ringen um sein Handgelenk konnte man den Abdruck der Binden erkennen.

»Halleluja, halleluja, halleluja
Die Rechte des Herrn ist erhoben.
Ich werde nicht sterben, sondern leben,
um die Werke des Herrn zu verkünden.«

Ignatius brach zusammen und weinte. Er löste sich in Wasser auf, das wie die Gezeiten auf- und abschwoll. Der aufgebockte Fisch, der er so lange gewesen war, tummelte sich jetzt in der Flut. Er hielt sich seine neuen Hände vors Gesicht. Tränen tauften sie. Zum ersten Mal seit seiner Priesterweihe, nein, zum ersten Mal in seinem ganzen Leben, hatte er die Wiederauferstehung als die ewige Erneuerung des Lebens erfahren.

Es gab eingelegten Käse und geröstetes Brot, Kartoffeln und gekochte Brennesseln. Eine Flasche Wein und Pfefferkuchenmännchen. Ignatius wunderte sich über das Fehlen des Paschalamms, fand sich aber schnell damit ab. Die Vorstellung, ein Tier zu essen, mit dem er eben noch die Ostergebete gesprochen hatte, behagte ihm sowieso nicht. Sein Körper schien kein Bedürfnis nach Fleisch zu haben. Mehr als einen Mundvoll Brennesseln bekam er sowieso nicht hinunter.

Leichtigkeit, ja sogar Anmut lagen in ihren Tischmanieren, verglichen mit dem Reinschaufeln, das ihn bei ihrem ersten gemeinsamen Mahl so abgestoßen hatte. Vielleicht lag es nur daran, daß alle so erschöpft waren. Sie hatten während der Osterzeit kaum etwas gegessen, dafür aber das Angebot an geistiger Nahrung wahrgenommen.

Erschöpft, aber glücklich. Ignatius lächelte, ihm war der Schlußsatz seiner Schulaufsätze eingefallen, in denen er über seine Ferienerlebnisse berichtete.

Und er bemerkte, daß auch Margarita lächelte. Ein ängstliches, flattriges kleines Lächeln wie das eines scheuen Kindes. Als sie den Blick senkte und die Hand nach einem Pfefferkuchenmännchen ausstreckte, rief Carla: »Geschenk!« Sie stand auf und verließ den Tisch.

Margarita hatte noch nicht einmal den Arm ihres Lebkuchenmännchens abgebissen, da war sie auch schon wieder zurück, die Hand hinterm Rücken versteckt.

»Oestrusei«, verkündete sie.

Er blinzelte. Sie meinte wohl Osterei.

»Oestrusei«, wiederholte sie.

Er hatte also richtig gehört. Oestrusei, ganz eindeutig. Ignatius fragte sich, ob er einen roten Kopf bekommen habe. Er nahm einen Schluck Wein. Damit ließe sich sein Erröten erklären. Oestrus war eines jener Worte, das er und ein paar andere Jungen, mit denen er eine wissenschaftliche Untersuchung durchführen sollte, im Wörterbuch nachgeschlagen hatte. Oestrus war ihm im Gedächtnis geblieben, weil es so schwierig zu finden gewesen war. Zuerst hatten sie unter »Ö«, dann unter »E« und schließlich unter »Oe« gesucht. »Eine regelmäßig wiederkehrende Periode sexueller Bereitschaft bei weiblichen Säugetieren, nicht jedoch beim Menschen, in der Eisprung und Paarung erfolgen.« Die Definition hatte eine ganze Reihe neuer Worte enthalten, die sie gerade nachschlugen, als Bruder Carmody hereinkam und sich freute, daß sie so emsig arbeiteten und keine Papierflieger machten.

Carla schien eine Geschichte zu erzählen. Er hatte den Anfang verpaßt, verspürte aber keine Lust, sie zu bitten, noch einmal von vorne anzufangen. Etwas über eine Göttin, die sich mit einer Schlange paarte und ein goldenes Ei legte, aus dem die Erde ausgebrütet wurde. »Und die

Menschen ehrten Eastre in dem Monat, wenn das Frühjahr auf die Erde zurückkehrt. Auch die Auferstehung unseres Herrn Jesu ist nach ihr benannt.«

Ignatius hatte den quälenden Verdacht, daß das, was sie da sagte, stimmte. Im Gegensatz zu »Pascua« stammte das Wort »Ostern« weder aus dem Griechischen noch aus dem Lateinischen. Er hatte immer angenommen, es habe etwas mit »Osten« zu tun, mit den Heiligen Drei Königen, die bekanntlich aus dem Morgenland gekommen waren. Aber das war eigentlich eine ganz andere Geschichte. Ostern, das wichtigste Ereignis im Kirchenjahr, war nach einer heidnischen Göttin benannt. Er leerte seinen Becher Wein, obwohl ihm bereits schwindlig war.

Sie holte die Hand aus ihrem Versteck, und siehe da, auf ihrem Handteller lag ein Osterei, so rot wie die Eier, die er und seine Schwestern vom Osterhasen bekommen hatten. Ignatius lachte, erleichtert, wieder auf bekanntem Territorium zu sein. Er dankte ihr für das Geschenk.

Vielleicht waren seine neuen Hände etwas überempfindlich, das Ei wies jedenfalls seltsame Höcker auf. Er inspizierte es genauer und entdeckte, daß er eine Kartoffel in der Hand hielt. Dann stieg ihm der Geruch nach Blut in die Nase. Es war auf keinen Fall rote Farbe. Wo dieses Blut herkam, wollte er sich gar nicht erst ausmalen.

Auf Ostern folgte die Freudenzeit bis zum Pfingstfest. Sie sangen das Halleluja und feierten die Oktav, die acht Tage nach Ostern.

Es war ein so schönes Ostern gewesen, ein Priester hatte den Gottesdienst geleitet, und alle Spannungen hatten sich in Wohlgefallen aufgelöst. Iphigenia, Carla und Margarita waren wieder eine Gemeinschaft. Deshalb hatte Iphigenia ihre Bürde allein getragen. Doch sie fing an, immer schwerer auf ihr zu lasten. »Leichter kommt ein Kamel durch ein Nadelöhr hindurch als ein Reicher in das Reich Gottes hinein.«

Es ging auf Mittag zu, im Kloster herrschte Frieden. Die kleine Truppe war im Hof. Margarita hielt stille Zwiesprache mit Agnes Teresa; der Priester hatte Garn um die Hände, das Carla in Stränge flocht. Iphigenia suchte das Arbeitszimmer der Äbtissin auf. Der geeignetste Ort, um über ihren ungewollten Reichtum nachzudenken.

Es gab auch noch einen anderen Grund. Der Priester war zwar von der österlichen Hochstimmung ergriffen, doch Iphigenia bezweifelte, daß er deshalb seine Pläne, das Kloster zu verkaufen, aufgeben würde. Sie hatte zwar den schicksalträchtigen Brief gefunden, der sie zur Erbin machte, doch der Vertrag war ihr noch nicht untergekommen. Für die Welt draußen war Ostern vorbei, und Mr. Colquhoun war bestimmt wieder in seinem Büro.

Auch Iphigenia wurde wieder tätig. Sie nieste. Das Arbeitszimmer der Äbtissin war so schrecklich verstaubt, also warum nicht die Spinnweben entfernen. Während sie bei ihrem ersten Besuch die Spinnweben noch behutsam beiseite geschoben hatte, um die Schublade aufziehen zu können, fuhr sie jetzt erst einmal schwungvoll mit der Hand darüber und säuberte eine größere Fläche von dem klebrigen grauen Zeug. Anschließend wischte sie sich die Hand am Rock ab.

Als sie mit der obersten Schublade ganz und mit der zweiten ungefähr zur Hälfte fertig war, stieß sie auf den Brief der Treuhandgesellschaft. Sie fing da an, wo sie aufgehört hatte. War sie trotz ihres Vermögens noch eine echte Nonne, ein Vermögen, das sie noch nie gesehen hatte und das irgendwo weit weg war, in mehreren – was hatte Mr. Colquhoun gesagt? – ja, in mehreren Aktenordnern gesammelt war?

Sie suchte weiter und hatte dabei ein Auge auf die Briefe des Bischofs von Ferns und Manner. Gewöhnlich ging es um Reparaturen, aber dann fiel ihr die Antwort auf ein Schreiben der Äbtissin in die Hände, in dem von einer speziell gesponnenen Wolle die Rede war, einem Geschenk des Klosters der heiligen Agnes in Rom. Iphigenia erinnerte sich an die Ankündigung der Äbtissin, daß sie Garn von denselben Schafen bekämen, die auch die Wolle für das Pallium des Papstes lieferten.

Aber es war nie angekommen. Die Äbtissin hatte gesagt, sie wolle Nachforschungen anstellen. Und jetzt las Iphigenia die Antwort des Bischofs, in der er versprach, der Sache auf den Grund zu gehen.

Auch in der zweiten Schublade kein Vertrag. Iphigenia ging zu den Schubladen auf der anderen Seite. Wenn sie ihren Reichtum einfach ignorierte, wäre das in Ordnung? Wenn er einfach draußen in der Welt bliebe, könnte sie dann hier drinnen ihrem Gelübde treu bleiben, das sie zur Armut verpflichtete? Noch mehr Briefe wegen Reparaturen. Sie schaute sich die handgeschriebenen Briefe schon gar nicht mehr an, da sie annahm, daß der Vertrag mit der Maschine getippt war. Iphigenia fragte sich, wie eine Lücke im Gesetz wohl aussah und ob sie sie erkennen würde, wenn sie darauf stieße.

In der untersten Schublade fand Iphigenia etwas, was definitiv kein Brief war, ja, nicht einmal Papier. Ein kurzer Griff aus Leder, der mehrere Lederschnüre zusammenhielt. Sie rätselte über seinen Zweck. Neben dem Geruch nach Leder eine Andeutung von Blut, das die Enden der Schnüre entfärbt hatte. Nun wußte sie, was sie in der Hand hielt – eine Peitsche für rituelle Selbstgeißelung. Sie ließ sie in die Schublade zurückfallen. Das reichte, sie wollte nicht weiter in den Sachen der Äbtissin herumwühlen.

Mit einer ausholenden Handbewegung wischte sie die Spinnweben und den Staub von der Schreibtischplatte. Wie viele Jahre hindurch hatte sich der Staub auf ihr abgesetzt, so still und leise, daß es niemandem aufgefallen war? Vielleicht war der Vertrag überhaupt nicht hier, vielleicht hatte nur der Bischof ein Exemplar. Welche Möglichkeiten gab es noch – das Kloster unter Denkmalschutz zu stellen? Aber das bedeutete Besucher. Zumindest müßte jemand kommen, der das Kloster schätzte. Seinen Wert feststellte. Das ganze Geld. Ihre Nasenflügel bebten. Als sie sich entschloß, das Telefon zu benutzen und als sie den Brief der Treuhandgesellschaft entdeckte, hatte sie dasselbe Gefühl überwältigt. Zwei Fliegen auf einen Schlag. Grandios. Sie hoffte nur, daß ihre bebenden Nasenflügel sich nicht irrten.

»Hatten Sie ein schönes Ostern, Schwester?«

»Ja, vielen Dank, Mr. Colquhoun. Und Sie?«

»Ausgesprochen erholsam. Ich fuhr zu meinem Landhaus. Für den Lachs war es noch zu früh, aber wir haben schöne Spaziergänge am Fluß entlang gemacht. Ich nehme an, Ihr Anruf bedeutet, daß Sie den Vertrag gefunden haben?«

»Nein. Aber ich glaube, ich habe eine Lücke im Gesetz gefunden.«

»Tatsächlich?«

»Könnten Sie mir noch einmal sagen, wie groß mein Vermögen ist?«

»Ein paar Millionen.«

»Reicht das, um das Kloster zu kaufen?«

Er lachte. »Vermutlich könnten Sie die ganze Insel kaufen.«

»Das Kloster reicht. Mr. Colquhoun, ich möchte einen Kauf tätigen, ich möchte das Kloster kaufen. Bitte unternehmen Sie die nötigen Schritte, sobald es Ihnen möglich ist.«

Mr. Colquhouns Lachen schlug in betroffene Stille um.

»Sind Sie noch dran, Mr. Colquhoun, können Sie mich hören?«

»Ja, Schwester.« Sie sah ihn vor sich, wie er an seiner Fliege nestelte, sie lockerte.

»Gibt es ein Problem?«

»Nein, es ist nur, na ja . . . das ist wahrhaftig eine Lücke, was Sie da gefunden haben, Schwester.« Seine Stimme wurde geschäftsmäßiger. »Wissen Sie, wer mit dem Verkauf beauftragt ist?«

»Wenn Sie ein paar diskrete Vorstöße beim Bischof machen können. Es ist der Bischof von Ferns und Manner. Und bitte, Mr. Colquhoun, ich möchte anonym bleiben. Ist das möglich?«

»Natürlich. Der Featheringale Trust ist eine juristische Person, wir würden es als Treuhänder erwerben. Wir wenden uns an den Verkäufer im Auftrag eines nicht genannten Klienten. Wir unterzeichnen auch den Verkaufsvertrag. Der Bischof wird den Namen wahrscheinlich nie auf dem Vertrag sehen. Aber mit solchen Details gibt er sich wohl sowieso nicht ab. Es ist eine Abmachung zwischen dem Anwalt des Bischofs und uns. Bevor ich die Sache in Angriff nehme, sollten aber noch ein paar Dinge geklärt werden.«

Sie waren gerade mit dem Essen fertig. Carla und Margarita und vor allem der Priester selbst fanden es ziemlich merkwürdig, daß Iphigenia der Meinung war, er müsse unbedingt einen Mittagsschlaf halten. »Ich weiß, Sie fühlen sich wieder wohl, aber bei Verbrennungen kann es... kann es zu verspäteten Reaktionen kommen.« Es klang nicht sehr überzeugend, aber Carla und Margarita kapierten, daß Iphigenia ihre Gründe haben mußte, wenn sie ihm diesen Mittagsschlaf aufdrängte.

Nachdem sie den Priester abgeschoben hatte, versammelte Iphigenia ihre Mitschwestern wieder auf dem Hof. Auf ihre Verlautbarungen gespannt, saßen sie da.

»Sie überlegt es und kauft einen Acker«, verkündete Iphigenia.

Erwartungsvoll blickten sie sie an und warteten darauf, daß sie fortfahre. »Sie sorgt für Wolle und Flachs und schafft mit emsigen Händen.« Sie erkannten das Lob der tüchtigen Frau. Buch der Sprichworte, Kapitel 31. Aber dafür lohnte es sich kaum, den Priester zu seinem Bett zurückzutragen.

»Meine Großmutter wird das Kloster kaufen«, sagte Iphigenia schließlich.

Damit konnten sie noch weniger anfangen. Margarita machte sich allmählich Sorgen wegen Iphigenia. In der letzten Zeit waren die merkwürdigsten Dinge vorgefallen. Vielleicht verloren sie alle den Verstand. Wie konnte Iphigenias Großmutter noch leben? Margarita war sich sicher, daß sie eine Totenmesse für Iphigenias Großmutter gehalten hatten, vor vielen, vielen Jahren.

»Eine Großmutter?« meinte Carla. Daß Iphigenia oder die anderen Nonnen Mütter und Väter und Großmütter haben konnten, war ihr noch nie in den Sinn gekommen. Sie sprachen nie über sie, zumindest nicht mit Carla. Deshalb hatte sie angenommen, alle Schwestern seien ein Geschenk Gottes, Findelkinder wie sie, die eines Tages auf der Schwelle des Klosters gelegen hatten.

»Meine Großmutter hat der Herr schon vor vielen Jahren zu sich gerufen. Aber sie hat Geld hinterlassen.«

»Wo?« fragte Margarita, die an einen Krug oder einen

Strumpf dachte. Wie war Iphigenia auf ihn gestoßen, war er irgendwo im Kloster versteckt gewesen?

»Bei ihrem Rechtsberater.«

»Rechtsberater?«

Je mehr Iphigenia erklärte, desto weniger schienen ihre Mitschwestern zu verstehen. Sie hielt inne. Holte ein paarmal tief Luft. Sie überforderte sie. Wie sollten sie auch verstehen, wo sie doch von den Gesprächen mit Mr. Colquhoun und dem Brief der Treuhandgesellschaft überhaupt nichts wußten.

Sie reihte alles chronologisch aneinander und versuchte, so gut es ging, die Geschichte zu erzählen. Es dauerte eine Ewigkeit, denn jedesmal, wenn sie eine Sache erklärt hatte, mußten zehn weitere Dinge erklärt werden. Aber schließlich hatte sie es geschafft. »Wir können also bleiben, und niemand kann uns von hier vertreiben, nicht einmal der Papst.«

Carla staunte. All das war durch das schwarze Rechteck zustande gekommen. Carla sah, wie Iphigenia das Telefon aus der Tasche holte. Da war es endlich, nach all der Zeit. Carla ließ ihre Finger darauf zukriechen. Sie zog die Antenne heraus und drückte die Tasten. Das hatte sie schon gelernt. »Hallo, hallo?« Aber sie hörte nichts. »Sieben Tasten«, sagte Iphigenia.

Tüt, tüt, tüt, tüt, tüt. Was für einen Ton es von sich gab, wie eine Drossel im Apfelbaum, die nach ihrem Gefährten rief.

»Hallo?«

»Hallo? Hallo?« zirpte sie.

»Mit wem spreche ich?« Die Stimme klang unwirsch, mürrisch.

»Hallo? Hallo?«

Die Stimme verstummte und wurde durch einen ähnlich unangenehmen Ton ersetzt wie der, den das Auto gemacht hatte.

»Hallo? Hallo?«

Aber die Stimme war weg. Carla war enttäuscht von dieser Stimme von draußen. Mit einem so schroffen Ton hatte sie nicht gerechnet. Aber sie würde sich ihre gute Laune nicht dadurch verderben lassen. Sie war in ein Geheimnis eingeweiht worden; sie und Iphigenia und Margarita hatten ein Geheimnis. Sie legte den Finger an die Lippen und blickte zur Zelle des Priesters hinüber. »Streng geheim, was, Iphigenia?«

»Ja«, lächelte Iphigenia, »wir dürfen nichts sagen.«

»Was wird aus ihm?« fragte Margarita.

Er würde so lange ihr Gast bleiben, bis ihnen Mr. Colquhoun bestätigte, daß der Kauf getätigt worden war. »Dann lassen wir ihn gehen.«

Eine glänzende Idee, dachte Margarita.

Sie nahmen ihren uralten Rhythmus wieder auf. Die Heilige Jungfrau, die heilige Anna und die Heiligen der Glasfenster genossen am nächsten und am übernächsten Tag siebenmal die Gesellschaft der Nonnen, den Klang ihrer Stimmen, ihrer Gesänge und ihrer Gebete. Aber obwohl die Einhaltung der Gebetszeiten dem Leben im Kloster wieder seinen ewigen Kreislauf bescherte, schoß doch ein Meteor geradewegs auf es zu.

»Haben Sie etwas Neues in Erfahrung gebracht, Mr. Colquhoun?«

»Ich habe angerufen. Eine äußerst merkwürdige Geschichte, ich muß schon sagen.«

»Merkwürdig?« Was meinte er damit?

»Sie fragten, woher ich wüßte, daß Sie verkaufen wollen. Anscheinend haben sie noch keine Anzeige aufgegeben. Da Sie nicht genannt werden wollen, konnte ich Sie kaum als Quelle angeben.« Iphigenia spürte, wie sich in ihrer Brust ein kribbelnder Warnknoten bildete. »Ich sagte also nur, daß jemand sein Interesse an dem Grundstück signalisiert habe. Dann erzählten sie mir eine ziemlich aberwitzige Geschichte. Von einem Priester, dem Sekretär des Bischofs, der aufbrach, um sich das Grundstück anzuschauen, aber nicht wieder zurückgekommen ist. Ist dieser Priester bei Ihnen aufgetaucht?« Der Knoten in Iphigenias Brust zog sich immer fester zusammen. Sie erinnerte sich daran, daß man beim Telefonieren die »Körpersprache« des andern nicht sehen kann. Was in dem Buch als Nachteil beschrieben wurde, war jetzt ein ausgesprochener Glücksfall. Sie war heilfroh, daß Mr. Colquhoun sie nicht sehen konnte. »Hallo, Schwester, sind Sie noch dran?« Sie mußte einen Laut von sich gegeben haben, denn er fuhr fort: »Sie haben meine Anfrage eher mißtrauisch aufgenommen. Banks, Colquhoun und Andrews ist eine sehr angesehene Kanzlei. Wir haben in all den Jahren nie ein Geschäft getätigt, das auch nur den leisesten Zweifel an unserer Redlichkeit hätte aufkommen lassen. Wenn ich Sie vertreten soll, Schwester, müssen Sie Ihre Karten offen auf den Tisch legen.«

»Natürlich, Mr. Colquhoun.«

»Mir wurde gesagt, der Bischof möchte den Besitz der Kirche besser nutzen, aber bevor dieses Grundstück verkauft werden kann, braucht er das Gutachten seines Sekretärs. Sie haben einen Suchtrupp losgeschickt, von dem Priester fehlt aber noch immer jede Spur. Angesichts meiner Nachfrage überlegen sie sich, ob sie weitere Suchaktionen folgen lassen sollen. Wenn Sie mit dieser Person in irgendeiner Weise Kontakt haben oder Genaueres wissen, sollten Sie mich in unser aller Interesse davon in Kenntnis setzen.«

Iphigenia schnappte wie ein Fisch nach Luft. »Natürlich, Mr. Colquhoun.« Zügig beendete sie das Gespräch.

Sie eilte in ihre Zelle, um sich zu erholen, das Telefon ließ sie vorsichtshalber auf dem Tisch im Hof liegen, falls noch ein Rest an Energie in ihm steckte, die es ihm ermöglichte, eine Botschaft an Mr. Colquhoun weiterzuleiten. Das Herz klopfte ihr bis zum Hals, und ihr nach Ingwer riechender Schweiß stieg ihr in die Nase.

Sie legte sich aufs Bett, atmete tief ein und aus, die Hände über dem Herzen gekreuzt, damit es sich beruhige. Nach all dem, was vorgefallen war, dem Feuer, dem Auseinanderbrechen ihrer Gemeinschaft und ihrer Versöhnung, dem Zusammenflicken ihrer Strukturen, ihrer Mitteilung an ihre Mitschwestern, daß sie das Kloster kaufen könnten und alles wieder in bester Ordnung wäre – und nun das. Wenn es sich leicht durcheinanderbringen ließ, war das Gleichgewicht des Lebens in der Tat eine äußerst fragwürdige Angelegenheit.

Sie würden den Priester nicht festhalten können, bis der Verkauf getätigt war. Der zweite Suchtrupp würde gründlicher sein. Sie würden landen, würden sich an Ort und Stelle überzeugen. Die Gemeinschaft konnte sich nicht ewig verstecken. Und sie könnten auch ihn nicht ewig verstecken. Der verschwundene Priester mußte wieder auftauchen.

Sie ruhte auf dem Bett und beobachtete den Himmel. Bald war es Zeit für die Sext. Sie würde die Angelegenheit mit ihren Schwestern besprechen, und zusammen würden sie einen Plan aushecken.

Mit Brot, Käse und Apfel-Chutney beladen betrat sie Ignatius' Zelle.

»Gefällt es Ihnen bei uns?« fragte sie.

Ehrlich gesagt, war er eher verärgert. Sie ließen ihn einfach in seiner Zelle schmoren, während sie sich im Hof Gesellschaft leisteten und dabei ihrer Arbeit nachgingen. Er war der Priester, der die Ostermesse für sie gehalten hatte, und sie behandelten ihn wie ein Kind, wie ein Haustier, das man ins Bett bringt, damit es seinen Nachmittagsschlaf hält, als wäre er nicht in der Lage, den Tag über wach zu bleiben. Doch besser als vorher war es allemal. »Es war . . . eine interessante Erfahrung.«

Seine Antwort schien ihr zu gefallen. Sie gab ihm den Teller mit dem Essen. Er tunkte den Käse in das Chutney, legte ihn auf ein Stück Brot und verschlang es. Gefallen, nein, aber zumindest wurde er versorgt.

Die liegengebliebenen Strickarbeiten wurden mit neuer Energie in Angriff genommen, und der Priester spielte wieder die Rolle des Geschichtenerzählers.

»Das Pfefferkuchenmännchen!« rief Carla. Das letzte war beim Abendessen verspeist worden, sie hatte es noch in bester Erinnerung. Der Geschmack lag ihr noch auf der Zunge. »Geschwind, geschwind, halt dich ran, denn keiner ist schneller als der Pfefferkuchenmann«, gluckste Carla, um ihm auf die Sprünge zu helfen.

Ja, er erinnerte sich an den Reim, aber wie fing die Geschichte an? Er wurde verfolgt von ... der Frau des Bauern?

»Es war einmal ein dickes, fettes Pfefferkuchenmännchen, das wurde verfolgt ...«

»Nein, nein, nein«, brüllte Carla. Wie konnte er es nur dermaßen durcheinanderbringen. »Eines schönen Tages buk Schwester Köchin ein Blech voller Pfefferkuchenmännchen.« Nach dieser Starthilfe widmete Carla sich wieder zufrieden lächelnd ihrem Gestrick.

»Ja, richtig«, sagte Ignatius. »Als es an der Zeit war, sie herauszuholen, öffnete sie die Ofentür, und ein Pfefferkuchenmann sprang vom Blech und rannte aus der Küche. ›Geschwind, geschwind, halt dich ran, denn keiner ist schneller als der Pfefferkuchenmann‹, rief er ihr zu. Auf seinem Weg warf er einen Topf mit Bohnen um ...«

»Einen Eimer mit Wasser«, berichtigte ihn Carla.

Er funkelte sie wütend an. »Vielleicht möchtest du die Geschichte weitererzählen?«

Anscheinend war er eingeschnappt. Sie hätte ihn nicht unterbrechen dürfen. Sie senkte den Kopf und konzentrierte sich auf ihr Strickzeug.

»Er warf einen *Eimer mit Wasser* um«, sagte er betont, »und rannte aus der Küche. Ein Schaf lief ihm über den Weg. Er kam angeschossen und landete zwischen seinen Hinterbeinen. Das Schaf ärgerte sich, daß es beim Grasessen gestört worden war, und heftete sich an seine Fersen. ›Geschwind, geschwind, halt dich ran, denn keiner ist schneller als der Pfefferkuchenmann.‹ Inzwischen waren die Bauersfrau, nein, ich meine, Schwester Köchin und das Schaf hinter ihm her. Er rannte über die Felder und den Berg hinunter, er voran, die anderen fröhlich hinterher. Auf halbem Weg stieß er auf ein Kaninchen. ›Was für ein lächerliches Stummelschwänzchen‹, sagte er zu dem Kaninchen im Vorbeirennen, und auch das Kaninchen folgte ihm. Er kam zu einem riesengroßen See. Doch er konnte nicht ins Wasser springen, weil er sich dann aufgelöst hätte.

Just in diesem Augenblick tauchte ein listenreicher Fuchs auf. ›Schnell, Pfefferkuchenmännchen, spring auf meinen Rücken, ich bring dich auf die andere Seite.‹ Der Pfefferkuchenmann schaute sich um. Seine Verfolger hatten ihn schon beinahe eingeholt. Er sprang also auf den Rücken des Fuchses.

Als sie halbwegs über dem Wasser waren und der Pfefferkuchenmann die Gefahr bereits vergessen hatte, sang er wieder kühn: ›Geschwind, geschwind, halt dich ran, denn keiner ist schneller als der Pfefferkuchenmann.‹

›Was sagst du da, Pfefferkuchenmann? Ich kann dich nicht hören. Komm etwas näher ran.‹ Der Pfefferkuchenmann kroch am Rücken des Fuchses hoch und wiederholte seinen Reim.

›Was sagst du, Pfefferkuchenmann? Komm an mein Ohr, damit ich dich verstehen kann.‹ Der Pfefferkuchenmann kroch hoch zu den spitzen Ohren des Fuchses.

›Geschwind, geschwind, halt dich ran, denn keiner ist schneller als der Pfefferkuchenmann.‹ Aber der Fuchs schien ihn immer noch nicht zu verstehen. Dummer, schwerhöriger, alter Fuchs. Der Pfefferkuchenmann kam so nahe, daß er dem Fuchs direkt ins Ohr schauen konnte. ›Geschwind, geschwind, halt dich ran‹, brüllte er in das seltsame Labyrinth von Gängen und Windungen, ›denn keiner ist schneller als der Pfefferkuch . . .‹ Der Fuchs riß das Maul auf und, schwupp, war das Pfefferkuchenmännchen verschwunden. Das war das Ende des Pfefferkuchenmännchens.« Ignatius lehnte sich zurück.

Alle schienen noch auf etwas zu warten. »Und . . .«, ermunterte ihn Carla.

»Und . . .«, er dachte angestrengt nach, »und der Fuchs

schwamm ans andere Ufer und lebte glücklich und zufrieden bis an sein Lebensende?«

»Nein, nein, nein«, sagte Carla in dem Ton, in dem sie den Igel zurechtgewiesen hatte. »Als er das Pfefferkuchenmännchen gegessen hatte, kam der Fuchs zurück. Ihm war nämlich das Schaf eingefallen. Wo Schafe sind, gibt es auch Lämmer. Leise schlich er hinter dem Schaf und Schwester Köchin den Hügel hoch und wartete, bis es dunkel wurde. Dann machte er sich über das Lamm her und hinterließ ein wüstes Gemetzel. Den Nonnen blieb nichts anderes übrig, als den Fuchs zu töten. Danach lebten die Agnes-Schwestern wieder in Frieden.« Sie lächelte ihm vergnügt zu. Dann legten alle ihr Strickzeug nieder und seufzten. So hatte es seine Richtigkeit.

Sein schneller, munterer Rhythmus hatte sie viel zustande bringen lassen. Sie kamen mit dem Strickzeug zu ihm, um es abzumessen. Es war schon ziemlich lang. »Bald kommt der Tag der Einkleidung«, kündigten sie an.

Sie brachten ihn in sein Bett zurück. Seine Beine steckten zwar immer noch im Gips, aber die Hände wurden ihm nicht mehr gefesselt. Nur die Kerze hatten sie nicht ersetzt, doch er hielt es für besser, nicht nach einer neuen zu fragen. Er verschränkte die Arme hinter dem Kopf. Bald kam der Tag der Einkleidung. Beine. Und dann würde er gehen.

Die Dunkelheit verdichtete sich, und er wußte, das Iphigenia hereingekommen war. Ihr letzter nächtlicher Besuch lag schon eine Weile zurück.

»Viel Arbeit, um das hier in ein Ferienparadies zu verwandeln«, sagte sie.

Er verlagerte sein Gewicht. Er sagte nichts, doch er hatte verstanden.

»Die Hecke muß geschnitten werden. Und der Pfad neu angelegt. Schwimmbecken. Golfplatz.«

Das war nur der Anfang. Es gab zwar viel zu tun, aber es

lohnte sich. Der Ort war beinahe zu schön, um wahr zu sein. Ein Spielplatz für die Reichen und Berühmten.

»Und wir sind auch noch da. Wir könnten ein Problem werden. ›Kirche verjagt drei ältere Nonnen‹, zitierte sie eine imaginäre Schlagzeile. Die Sache mit den Zeitungen hatte sie von Mr. Colquhoun.

Ignatius hatte sich bereits ähnliche Schlagzeilen ausgemalt und hätte dieses Thema lieber nicht erörtert.

»Wir haben uns erkundigt. Sie sind hierhergekommen, um das Grundstück zu schätzen. Einen Käufer gibt es noch nicht.« Er war verärgert. Das ging sie alles nichts an. Es war sein Projekt, er war zuständig. »Das stimmt doch, nicht wahr, Vater Ignatius?« Er spürte, wie ihm im Dunkeln das Blut in den Kopf schoß. Es stimmte, verdammt noch mal, aber wie war sie dahinter gekommen? Hatte sie tatsächlich mit dem Bischof telefoniert und eine Geschichte zusammengesponnen? Schlimmer, hatte der Bischof zugehört? Er bemerkte, daß sie ihn zum ersten Mal Vater Ignatius genannt hatte. Doch statt dadurch ihre Hochachtung zum Ausdruck zu bringen, schien diese Anrede seine Autorität eher zu untergraben. Es war, als hätte sie ihn beim Onanieren erwischt.

Unaufgefordert ließ sie sich auf sein Bett plumpsen. Er mußte sich mit der Hand abstützen, damit er nicht auf sie zurollte. »Wir sind heute abend nicht gerade gesprächig, was?« Sie beugte sich über ihn, pickte einen Fussel von seinem Arm und deckte ihn dann zu. Allmächtiger! »Eine Geschichte?«

Er öffnete den Mund, seine Reaktion auf diese Frage erfolgte schon beinahe automatisch. Aber nein, Iphigenia wollte *ihm* eine Geschichte erzählen.

»Es waren einmal drei Schwestern, die in einem großen Haus hoch auf einem Hügel lebten. Die Jahre kamen und gingen, sie beteten zu Gott, kümmerten sich um ihre Schafe und verstrickten die Wolle. Eines Tages kriegten sie Besuch. Seit Jahren hatten sie keine Besucher gehabt, und ihre Überraschung war groß. Sie hießen ihn jedoch willkommen, ehrten den Gast.

Als er von ihrem Fleich gegessen und von ihrem Wein getrunken hatte, sagte er ihnen, daß das Haus verkauft würde und daß sie gehen müßten. Gehen? Es war absurd.

›Schneiden wir ihm das Herz aus dem Leib und begraben ihn im Wald.‹ ›Mästen wir ihn und schlachten ihn.‹ Aber irgendwie schien keiner dieser Vorschläge eine Lösung zu sein. Er versuchte, sie zu überlisten und wegzurennen. Dabei verletzte er sich, sie brachten ihn zurück und pflegten seine Wunden. Sie banden ihn fest, um seinen unbändigen Geist zu zähmen. Sie beteten und beteten.

Und mit der Zeit erinnerte sich eine der Schwestern, daß ihre Großmutter, die eine gute Fee gewesen war, einen Helfer gehabt hatte. Sie mußten ihn nur anrufen. Aber das war nicht so einfach. Ihre Stimmen drangen zwar an das Ohr Gottes, aber nicht an das des Helfers. Doch es gab einen Weg. Etwas, was der Besucher aus seiner Welt mitgebracht hatte. Sie lernten seine Zauberbox nutzen, legten ihre Stimme hinein, und dieses Mal konnte der Helfer der Großmutter sie hören.

Dieser Helfer war ein sehr, sehr gütiger Elf und die Großmutter eine sehr, sehr weise Frau. Sie hatte dem Elf einen Topf mit Goldstücken anvertraut. Er sollte darauf aufpassen, bis das Gold gebraucht würde. Jetzt war es soweit. Die Lösung war so klar wie Kloßbrühe. Wenn das Haus zum Verkauf stand, mußte es gekauft werden. Und die Käufer würden die Schwestern sein!«

Iphigenia ging zum Fenster und blickte in die Nacht hinaus. Der Ostermond nahm ab, eine Hälfte war bereits im Schatten. Sie wandte sich ihm zu. »Für die Schwestern ist das ein glückliches Ende, aber es gibt ja auch noch den Mann in der Geschichte. Was wäre für ihn ein glückliches Ende?«

Er wartete, damit sie es ihm sagte.

Aber auch Iphigenia wartete.

»Sie geben dem Mann neue Kleider und schicken ihn zurück.«

»Eine gute Idee, aber damit ist noch nicht alles geklärt. Wird der Mann das Kloster als Spielplatz für die Reichen empfehlen?«

»Nein«, murmelte er.

»Pardon? Ich habe Sie nicht gehört.«

Er seufzte und wiederholte es lauter.

»Aber«, meinte Iphigenia und hob den Finger, »damit ist es nicht getan. Weil der Mann dann mit seiner Mission gescheitert ist. Und die Geschichte für ihn nicht glücklich endet. Was muß er tun, damit das Ende für alle glücklich ist?«

Es war spät, ihm war nicht nach fröhlichem Rätselraten zumute. Er war nicht Ödipus, auch wenn Iphigenia sich für die Sphinx hielt. »Keine Ahnung«, sagte er. Er wollte sie nur loshaben, damit er schlafen konnte.

»Auch wenn Ihnen die Antwort nicht gleich einfällt, es gibt eine. Sowohl für die Schwestern als auch für den Mann ist von Anfang an eine Lösung in der Geschichte enthalten. Sie haben Zeit bis morgen früh.« Und damit verschwand sie.

Er war völlig übermüdet, fand aber keinen Schlaf. Sie war gegangen und hatte ihn auf dem Rätsel sitzen lassen. Er konnte es vor sich sehen, einen unförmigen Klumpen mit glühenden Augen. Wenn er sich nichts einfallen ließe, dann würde der Klumpen langsam den ganzen Raum ausfüllen. Was hatte sie gesagt? Hilfe von unerwarteter Seite. Woher sollte diese unerwartete Hilfe schon kommen? Die massiven Steinwände blieben stumm. Als er aus dem Fenster blickte, versteckte sich der Mond hinter einer Wolke.

Obwohl Ignatius in der Geschichte bestimmte Muster

wiedererkannte, fand er sie nicht tröstlich. Vielleicht lag es an der Art, wie sie sie erzählt hatte. Ignatius fiel auf, daß sie zwar immer gesprächiger geworden war, aber noch nie eine Geschichte erzählt hatte.

Das offene Ende baumelte vor seinen Augen. Er nahm eine bequeme Stellung ein. Versuchte sie ihm tatsächlich weiszumachen, daß sie irgendwo einen Schatz versteckt hatten, mit dem sie das ganze Kloster kaufen konnten? Sie bluffte nur. Die Farce mußte ein Ende nehmen. Es wäre sein gutes Recht, sie alle zur Rechenschaft zu ziehen. Trotz der Entspannung, die Ostern mit sich gebracht hatte, war es eine Tatsache, daß sie ihn hier gegen seinen Willen festhielten. Er war zwar der Gefangene, aber eigentlich gehörten sie eingesperrt.

Doch er würde sie nicht anzeigen. Er würde nicht herumerzählen, daß er die ganze Zeit über von drei alten Nonnen gefangengehalten worden war.

Er hatte Zeit bis morgen früh. Und dann? Würden sie ihn zum Tod verurteilen, so wie der Sultan es mit Scheherazade getan hatte? Das war seine Rolle, Scheherazade, die sie jede Nacht unterhalten mußte. Und wie Scheherazade versuchte er seinen Kopf zu retten, indem er sein Publikum in seinen Bann zog.

Sie gab ihm die Chance, sich sein eigenes Happy-End auszudenken. Er ging die Geschichte noch einmal Punkt für Punkt durch. Am nächsten Morgen, als Iphigenia erschien, hatte er weder ein Auge zugetan noch eine Lösung gefunden. »Ich hab keine Ahnung«, wimmerte er.

Sie schien es ihm nicht zu verübeln. »Ist doch ganz einfach«, strahlte sie.

Es war einfach. Einfach, haarsträubend, unmöglich, absurd. Doch er war wieder auf dem Hof, mit dabei. Erst jetzt wurde ihm bewußt, wie erschöpft er war. Sein Gehirn war völlig ausgebrannt, eine Überholung war dringend nötig.

Der Morgen war kalt und neblig. Sie hatten schon gefrühstückt, aber der klamme Nebel hatte sich noch nicht gelichtet. Er verschlang die Schwestern, die Schafe, die Bäume, die Felder, die Gebäude.

»Das war doch, was Sie wollten?« Iphigenia schälte sich aus dem Nebel und legte das Telefon auf den Tisch. Benommen starrte er darauf. Es schien so lange her, daß er mit Carla seine schlauen Spielchen gespielt hatte. Und da war es, das Telefon, das er mit seiner ganzen Schläue nicht hatte beibringen können. Allein bei seinem Anblick fühlte er hysterisches Gelächter in sich aufsteigen. Er versuchte, sich zusammenzureißen, biß sich auf die Inennseite seiner Lippe und stellte sich den Bischof und die anderen Priester vor, wie sie im Palais um den Kamin herumstanden. Aber selbst das reizte ihn nur noch mehr zum Lachen. Er räusperte sich, nahm das Telefon in die Hand und versuchte, geschäftsmäßig zu erscheinen.

»Den Bischof, bitte.« Man sagte ihm, der Bischof sei nicht zu sprechen. »Vater ... Vater Ignatius am Apparat.« Er ließ die Bombe platzen.

»Ignatius? Wo stecken Sie, was zum Teufel ist passiert? Der Alte hat Sie mit einem Hubschrauber suchen lassen.« Es war Dominic, einer von denen, die Knabenwitze erzählten. Die drei Schwestern dräuten über ihm, so nahe, daß er ihren Atem spürte.

»Das ist eine lange Geschichte. Ich sollte besser mal mit dem Bischof sprechen.«

Der verhinderte Bischof war plötzlich doch zu sprechen. »Ja?« sagte er. Kaum vernahm Ignatius die Stimme des Bischofs, sah er ihn auch schon vor sich. So rosig wie Ignatius' neue Hände, schütteres, weißes Haar, durch das die Kopfhaut schimmerte wie bei einem Baby. Der Bischof sah aus, als hätte er seine Windeln nie abgelegt. Was überhaupt nicht zu der klaren, respektheischenden Stimme paßte. Dominic mußte dem Bischof gesagt haben, daß Ignatius am Apparat war, aber bevor er sich nicht persönlich überzeugt hatte, verhielt der Bischof sich neutral.

»Vater Ignatius, Exzellenz.«

»Wo sind Sie? Ist alles in Ordnung?«

Ignatius blickte wieder hoch. Wie konnte er dem Bischof begreiflich machen, daß er statt Beinen einen Fischschwanz hatte und daß er den Atem von drei verrückten Frauen im Nacken spürte?

»Ja, ja«, blubberte Ignatius, sich auf die Lippen beißend. Die Nonnen legten einen so heiligen Ernst an den Tag. Es war stärker als er; die Anstrengung, die es ihn kostete, sich das Lachen zu verkneifen, ließ ihn am ganzen Körper beben.

»Entschuldigen Sie, Exzellenz, aber die Verbindung ist ganz schlecht. Ich rufe sofort zurück.« Er legte das Telefon auf den Tisch, scheuchte die Nonnen weg und lachte, bis ihm die Tränen kamen. Die Nonnen blickten einander an. Nicht einmal Carla fand es komisch. Der Anblick ihrer strengen Mienen reizte ihn erst recht zum Lachen. »Ich kann nicht«, keuchte er.

»Vielleicht hilft die Kapelle«, sagte Iphigenia.

Sie stellten ihn vor dem Altar auf, wo er die Messe gehalten hatte, und das half dann auch. Sein Gelächter verebbte, und er war nur noch todmüde. Er wandte sich von der Heiligen Jungfrau ab, damit ihr lächerlicher Kopfputz nicht einen neuen Anfall auslöste, und rief den Bischof zurück. »Tut mir leid, Exzellenz. Ja, alles ist in Ordnung. Nun ja, fast alles.« Jetzt, wo die Schwestern etwas Platz um ihn herum gemacht hatten und nicht mehr mit den Ohren am Telefon klebten, sprach es sich leichter.

»Ich hatte einen Unfall und kann von Glück sagen, daß ich mit dem Leben davongekommen bin. Ich ... ich war bewußtlos. Hab mir ein Bein gebrochen. Beide«, fügte er hinzu, an sich herunterblickend. »Ich hatte keine Gelegenheit, früher anzurufen. Das Auto ist im Meer gelandet, tut mir leid.« Diese letzte Bemerkung stimmte zumindest.

Nachem er sich wieder gesammelt hatte, staunte Ignatius einfach nur, wie leicht ihm alles über die Lippen ging. »Zum Glück hatte ich den Unfall auf dem Rückweg, ich war also in der Lage, mir das Kloster genauer anzuschauen. Oder vielmehr das, was davon übrig ist«, schmückte er aus. »Ich glaube nicht, daß sich da was machen läßt. Meiner Meinung nach müßte enorm viel investiert werden, eine Straße wäre unumgänglich, die Gebäude selbst sind in einem schlimmem Zustand, außerdem gibt es noch einen kleinen Friedhof – das ist auch ein Problem. Geweihte Erde. Die Reste müßten entfernt werden. Auf den Klippen hat sich eine Seehundkolonie angesiedelt. Das bedeutet Ärger mit den Umweltschützern. Wenn die Medien Wind davon bekommen ... Aber ich habe auch eine gute Nachricht. In einem Pub kam ich mit jemandem ins Gespräch, einem ziemlichen Exzentriker.« Ignatius räusperte sich und schluckte. Teile der Geschichte fand selbst er schwer zu schlucken. Er sah sich nach einem Halt suchend im Wasser herumzappeln. Wenn er jetzt aufhörte zu schwimmen, würde er untergehen. »Wir tranken ein, zwei Gläser. Anscheinend war er hier in der Gegend, um sich nach einem Grundstück umzuschauen. Ein Grundstück weit weg von allem, wie er sich ausdrückte. Natürlich habe ich erwähnt, daß ich gerade von einem solchen Ort käme, und wir gingen ins Detail. Er schien sehr interessiert und meinte, er wollte sich die Sache anschauen.«

Ignatius' Gesichtsausdruck veränderte sich, als er hörte, was der Bischof zu sagen hatte. Er blickte mit weit aufgerissenen Augen zu Iphigenia hinüber. »Tatsächlich? Ein Mann der schnellen Entschlüsse, was? ... Featheringale Trust?« Er schien fassungslos. Was hatte Iphigenia da angezettelt? Wie konnte der Bischof einen so lächerlichen

Namen wie Featheringale ernst nehmen? »Nein, ist mir nicht bekannt... Na ja«, er versuchte seine Stimme zu senken, damit die Nonnen ihn nicht verstehen konnten, »wir haben uns den Investoren gegenüber zu nichts verpflichtet, aber ich bin mir sicher, wenn wir den Treuhändern vom...«, er konnte den Namen kaum aussprechen, »vom Featheringale Trust sagen, daß wir noch einen weiteren Interessenten haben, bekommen wir einen guten Preis dafür. Und das ohne große Anstrengungen.«

Jetzt war der Bischof an der Reihe.

»Kann ich noch nicht sagen«, antwortete Ignatius. »Bald. Nein, nein, nein, auf keinen Fall. Alles ist in bester Ordnung, meine Schwester fährt mich.« Er blickte zu den Nonnen hoch. Wann? »Wenn ich wieder auf den Beinen bin. Ich werde Ihnen Bescheid geben.« Ignatius schaltete das Telefon aus. »Er wollte mir ein Auto vorbeischicken.«

»Ihr Bischof ist sehr besorgt«, bemerkte Iphigenia.

»Und er wird ziemlich mißtrauisch werden, wenn ich nicht bald zurückkomme.«

Sie hatte gewußt, daß der Stein ins Rollen käme, wenn der Kontakt zwischen dem Bischof und seinem Priester erst einmal hergestellt war. Wieviel Zeit benötigte sie, um sicherzugehen, daß der Verkauf sich nicht rückgängig machen ließe? Iphigenia schnappte sich das Telefon und tippte Mr. Colquhouns Nummer.

»Mr. Colquhoun? Ihnen steht vielleicht ein Anruf des Bischofs oder einer seiner Leute ins Haus. Wundern Sie sich nicht, wenn man dort den Eindruck hat, Sie würden einen exzentrischen alten Millionär vertreten.«

Mr. Colquhoun lachte. »Aber das tu ich doch, Schwester, das tu ich doch.«

Daraufhin erfolgte ein verwirrtes Schweigen. »Ich kann Ihnen nicht folgen.«

Er hob zu einer Erklärung an, überlegte es sich dann

aber doch anders. »Entschuldigen Sie, Schwester, fahren Sie fort.«

»Ich möchte, daß der Kauf so schnell wie möglich getätigt wird und meine Anonymität gewahrt bleibt. Wie lange, schätzen Sie, wird es dauern?«

»Sie haben ja ein rasantes Tempo«, lachte er. »Unter normalen Umständen gibt es eine Bedenkzeit, in der es sich der Käufer und Verkäufer noch anders überlegen können. Und dann muß ich auch noch ein paar Papiere verkaufen, aber ich denke nicht, daß das lange dauert.« Er hielt inne. »Ich mach mir nur noch Gedanken wegen dieser anderen Geschichte. Dadurch könnte sich alles verzögern.«

»Welche andere Geschichte?«

»Der verschwundene Priester. Wie ich schon sagte, sie wollten erst verkaufen, wenn sich der Fall aufgeklärt hat.«

Iphigenia blickte auf den Priester. »Sie werden sehen, dieses Problem löst sich ganz von selbst.«

»Sie scheinen ja gut informiert zu sein, Schwester.«

Es war, als hätte Taylor sie bei etwas Verbotenem ertappt, was Großmutter verpflichtete, so zu tun, als wolle sie sie bestrafen. Großmutter wurde nie richtig böse, aber es machte ihr Spaß, Iphigenia verlegen herumdrucksen zu sehen. »Nur in kirchlichen Angelegenheiten. In allen anderen Dingen verlasse ich mich auf Sie, Mr. Cloquhoun. Falls Sie vom Bischof nichts hören, könnten Sie ihn dann bitte anrufen? Ich werde . . .« Für einen Augenblick war es still, als hätte ihr Herz einmal ausgesetzt zu schlagen. »Mr. Colquhoun?«

»Ja.«

»Ich werde demnächst wieder anrufen. Auf Wiederhören!«

Im Kloster herrschte ein so geschäftiges Treiben wie seit Jahren nicht mehr. Es wurde gewischt und gewachst, abgestaubt und gebohnert, als stünde ein ganz großes Ereignis ins Haus. Und ein großes Ereignis war es auch. Aber es fand anderswo statt und bestand aus einem Stück Papier, das sie nie zu Gesicht bekämen. Margarita und Iphigenia hoben ihre Rockzipfel und staubten die heilige Anna und die Heilige Jungfrau ab. Carla kletterte hoch und wusch vorsichtig die Glasfenster; sie spuckte auf eine Bibelseite und wischte den Heiligen liebevoll den Schmutz aus den Augen und den Engeln den Staub von den Flügeln. Die Agnes-Schwestern rieben ihre wolligen Leiber an den Wänden und dem Gestühl, ein Versuch, auch sie von ihrem Schmutz zu befreien und zu polieren, und hinterließen dabei überall ihre kleinen Wollbüschel. Sogar der Priester durfte mithelfen; er polierte mit seinen neuen, rosafarbenen Händen kleinere Gegenstände blank. Vom Zelebrationstisch wurden die Flecken von Opferblut und Verschüttetem geschrubbt; die Bohnen der Agnes-Schwestern wurden aufgelesen und auf die Gartenbeete verteilt. Carla steckte sogar ihren Kopf in den Trog, fuhr sich mit den Fingern durch die neuen Locken, um sie zu entwirren, und schüttelte sich dabei wie ein Hund, alles um sich herum naß spritzend.

Sie erlebte etwas Großes, Wichtiges. Obwohl sie es nicht sehen konnte, nahm sie es überall wahr wie den Atem Gottes. Iphigenia hatte ihr erklärt, was »Verkauf« bedeutete, aber im Leben der Gemeinschaft ähnelte nichts auch nur im geringsten dieser Sache, und sie hatte immer noch Probleme damit. Doch das hinderte sie nicht, sich voller Begeisterung in die Vorbereitungen für den Verkauf zu stürzen. Es war wie die Weihnachten ihrer Kindheit, als sie noch ihre Krippenspiele ausführten. Carla war jedes Jahr das Jesuskind. Ganz still lag sie in der Krippe und sog den Duft des Heus ein.

Inzwischen war ihre Zahl zu klein. Da sie nur zu dritt waren, müßten sie ständig die Rollen wechseln, um Maria und Joseph, das Jesuskind, die Heiligen Drei Könige, die Hebammen, die Ochsen darzustellen. Carla hatte versucht, die Agnes-Schwestern mit einzubeziehen, aber sie verloren schnell das Interesse und wanderten weg, um weiterzugrasen. Jetzt war es wieder wie an Weihnachten, und dabei hatten sie gerade erst Ostern gefeiert!

Das Arbeitszimmer der Äbtissin erzielte das beste Ergebnis. Es war so lange her, seit es betreten worden war, wenn man von Iphigenias Stippvisiten absah. Mit ihren Wollballen wischten sie sämtliche Spinnweben weg. Wie viele Bücher es dort gab, alle dunkelrot und mit hübschen Goldlettern auf den Rücken. Carla war enttäuscht, daß sie keine Bilder enthielten. Aber ihre Freude war groß, als sie hinter einem Spinnwebschleier eine Madonna entdeckte. Nach getaner Arbeit traten sie zurück und betrachteten ihr Werk. Ein ganz neuer Raum. Es war kein Schlafzimmer, und es war auch keine Backstube. Aber obwohl ihr sein Verwendungszweck nicht ganz klar war, erschien der Raum Carla genau richtig zu sein für das, was Iphigenia getan hatte. »Blumen auf den Tisch!« Carla erinnerte sich an diese Einzelheit der Zimmerpflege. Sie lief hinaus, um einen Strauß Butterblumen zu pflücken.

Niemand kam, aber Iphigenia sagte, sie würden es erfahren, wenn der »Verkauf durch sei«. Durch was, durch das Nadelöhr? Alles war sehr mysteriös und aufregend – neue Worte, neue Ideen und Aufregung wegen Dingen, die sie nicht sehen konnte. Das Gewand des Mannes war fertig, sie warteten nur den richtigen Augenblick ab, um ihn einzukleiden.

Als sie mit dem Putzen, Schrubben und Bohnern fertig waren, kehrte Iphigenia in das Arbeitszimmer zurück, um Mr. Colquhoun noch einmal anzurufen. Sie saß an dem Schreibtisch der Äbtissin und versuchte, sich Mr. Colquhoun an dem seinen vorzustellen, als er ihr sagte, daß sie die notwendigen Schritte unternommen hätten, daß der Bischof aber die Rückkehr seines Sekretärs abwarten wolle, bevor die Transaktion abgeschlossen würde.

»Und wann rechnet der Bischof damit?« sondierte Iphigenia das Terrain.

»Bald. Der junge Mann scheint sich großer Beliebtheit zu erfreuen, alle warten auf seine Rückkehr. Der Autoverleih eingeschlossen. Sie haben einen Wagen verloren. Anscheinend ist er ins Wasser gefallen. Die Leute von der Versicherung wollen sich unbedingt mit dem Priester ins Benehmen setzen. Sie könnten ungeduldig werden und ihre Nachforschungen ohne ihn anstellen.« Iphigenia hörte ihr Herz wummern. »Sind Sie sich sicher, Schwester, daß Sie nichts wissen, was diese Angelegenheit erhellen könnte?«

»Wir beten, daß der Priester wohlbehalten zurückkehrt«, brachte Iphigenia hervor. »Versuchen Sie bitte in der Zwischenzeit, den Kauf so weit wie möglich voranzutreiben.«

Es knackte, dann war die Leitung tot. Sie atmete ganz bewußt ein paarmal tief ein und aus, als wären ihre Lungen zu müde, um es von selbst zu tun. Sie hatte große Mühe gehabt, Mr. Colquhoun zu verstehen; das diffuse Prickeln in ihrer Brust war bis in ihre Ohren hochgestiegen und dann ins Telefon. Manchmal war Mr. Colquhouns Stimme überhaupt nicht mehr zu hören gewesen.

Sie konnten nicht warten, bis der Verkauf getätigt war, sie mußten den Priester sofort gehen lassen. Iphigenia versammelte ihre Mitschwestern um sich.

»Es ist Zeit für die Einkleidung.«

Die letzte Einkleidung lag unendlich lange zurück. Carla liebte die schönen weißen Hochzeitskleider, die die Nonnen trugen, bevor sie ihre schwarze Tracht anlegten. In ihren fließenden Gewändern knieten sie vor dem Prälaten, die Brautführerinnen entfernten den Schleier, und der Bischof schnitt mit seiner kleinen, silbernen Schere eine Locke ab. Carla erinnerte sich, daß sie am Tag der Einkleidung Honigbiskuits gebacken hatten, und brachte es auch Iphigenia gegenüber zur Sprache, da es ihr ja entfallen sein könnte. Iphigenia lächelte müde. Sie war vor allem mit der Frage beschäftigt, ob sie sich noch an die Worte erinnern würden.

Die Nonnen haben sich ins Strickzimmer begeben, um das neue Gewand des Priesters zu holen. Carla öffnet den Schrank, und alles kommt ihr entgegen. Schürzen, Westen, Röcke, Decken. Alles, was sie je gestrickt haben, rein weiße Kleidungsstücke und bunte. Carla lacht, überwältigt von dieser Wollawine, die ausreichen würde, um alle Nonnen dieser Welt einzukleiden. Sie zieht das Gewand des Priesters heraus. »Das brachte das Faß zum Überlaufen«, meinte sie grinsend zu Margarita und Iphigenia.

Iphigenia starrt darauf. Auf die Millionen und Abermillionen von winzigen Maschen, Reihe um Reihe. Sie hört das ruhige Klicken der Nadeln, ihre Stimmen, die singen und Geschichten erzählen, bevor die Große Stille sich auf sie senkt. Carla und Margarita fangen an, alles wieder einzuräumen. Aber Iphigenia starrt immer noch. Auf ihre eigenen abgetragenen Kleidungsstücke, während um sie herum all diese Dinge in den unterschiedlichsten Farben und Mustern verstreut sind. Und alles im Dienste des Herrn, doch versteckt in einem Schrank, so daß der Herr es nicht einmal sehen kann.

Sie bringen Ignatius in den Hof und bauen sich vor ihm auf, eine Dreieinigkeit von Prälaten. Sie haben ihre alten Kleider abgelegt und sich in duftiges Weiß gewandet.

Den ganzen Morgen über hatte es ihn beschäftigt.

Wenn der Gips weg war, könnte er gehen, wohin er wollte. Aber er fühlte sich eher beklommen als erleichtert. Jetzt, wo der Augenblick gekommen war, auf den er so lange gewartet hatte, wußte er nicht, ob er bereit war. Er atmete tief ein und vertraute auf die Weisheit seines himmlischen Vaters.

Die Nonnen kannten nicht die Worte, die bei der Einkleidung eines Priesters gesprochen wurden, also benutzten sie die bei den Schwestern üblichen.

»Was fragt man?« erkundigten sie sich.

»Man erbittet die Barmherzigkeit Gottes und die Gnade des heiligen Gewandes.«

»Erbitten Sie das von ganzem Herzen?«

»Ja, ich erbitte es.«

Ignatius hielt die Augen gesenkt und versuchte den Ernst zu beweisen, der dem wirklichen Anlaß entsprochen hätte.

»Gott gebe Ihnen Beständigkeit, meine Tochter«, sagten sie zu ihm.

»Mein Sohn«, murmelte Ignatius vor sich hin.

Er mußte jetzt das weiße Gewand gegen das schwarze eintauschen.

Margarita übernahm das Entkleiden. Gutmütig lächelnd näherte sie sich ihm mit der Heckenschere. Er wandte den Kopf ab, um nicht von dem grellen Licht geblendet zu werden, das die Klingen reflektierten.

Sie stand vor seine Füßen und betrachtete den weißen Gips, der nicht mehr ganz so strahlend weiß und sauber war wie zu Anfang. Margarita erinnerte sich an das Eingipsen, als sie seine Beine immer wieder umwickelt hatte, damit sie zusammenblieben, und wie sie in der Absicht, ihn darin einzukerkern, ausgiebig Gips darauf geklatscht hatte. Und nun würde sie ihn wieder daraus befreien.

Sie ging um den Gips herum, um ihre Aufgabe abzuschätzen. Am besten fing man natürlich ganz oben an. Sie war jetzt auf der Höhe seiner Hüfte. Ignatius bemerkte das leichte Zittern ihrer Hände. Instinktiv legte er seine Hände schützend auf seinen Penis. Doch sie war schon wieder unten bei den Füßen und klopfte den Gips nach einer hohlen Stelle zwischen den Füßen ab. Aber sie war zu gründlich gewesen, innerhalb des Fischschwanzes waren die Füße wie siamesische Zwillinge zusammengeschweißt.

Sie beschloß, den ersten Schnitt an der Seite zu machen. Sie schob ein Blatt der Schere zwischen den Gips und seine Haut.

Die Kälte des Metalls ließ ihn zusammenzucken. Er mußte sich vollkommen ruhig verhalten, damit sie ihre Aufgabe ohne Fehler durchführen konnten. Das ist der Augenblick, auf den er gewartet, den er sich so sehnlichst herbeigewünscht hatte. Er weiß, es muß geschehen, trotzdem hat er den Eindruck, bei lebendigem Leibe gehäutet zu werden. Der Gipsverband ist so sehr ein Teil von ihm geworden, daß er sich auf die Lippe beißen muß, um nicht laut »Halt« zu schreien.

Die Hände über dem Bauch gefaltet, schauen Iphigenia und Carla zu.

Schnipp, schnapp. Mit einem unangenehm harten Geräusch, als würde Metall über Stein kratzen, dringt die Schere in den Gips. Margaritas Hand stemmt sich gegen den Verband, um mehr Halt zu haben, und bald ist sie völlig in ihre Arbeit vertieft. Sie summt sogar den beim Scheren üblichen Singsang. Carla und Iphigenia stimmen ein. Die Agnes-Schwestern nähern sich neugierig. Schnipp, schnapp. Der Schnitt geht inzwischen schon bis zum Knie.

Ignatius fühlt die kühle Luft auf seinem Schenkel. Ohne seine Haltung zu verändern, reckt er den Kopf ein wenig, um in den ständig sich verbreiternden Spalt zu spähen. Schnipp, schnapp. Jetzt fühlt er das Blatt der Schere an der Außenseite seiner Wade. Schnipp, schnapp, am Knöchel, auf dem Fußrücken und an der anderen Seite seines Beins. Sie tritt zurück. Es ist soweit.

Der Priester lag völlig regungslos da, während Carla und Iphigenia den schmutzig weißen Panzer hochhoben, um seine Beine zu befreien. Sie starrten auf die weißen Beine mit den schwarzen Haaren, die so platt an der Haut klebten, als wären sie eingeritzt. Das Muster, das sie auf seinen großen Zehen bildeten, glich einer Seeanemone.

Seine Beine waren dünner, viel dünner, als Ignatius sie in Erinnerung hatte. Es waren merkwürdige, unbekannte Wesen. Er versuchte, die Zehen zu bewegen, aber nichts rührte sich; die Nerven und Ganglien in diesem Teil seines Körpers empfingen den Befehl seines Gehirns nicht. Carla hielt die Hand über sein Bein, um sich zu vergewissern, ob er auch nichts gegen eine Berührung einzuwenden hatte.

Es war nur der Hauch einer Berührung, aber sie durchzuckte ihn wie ein Stromstoß. Doch er wehrte sich nicht. Sie fuhr ein paarmal vorsichtig über seine Beine, entzückt, wie gehorsam sich die Härchen auf der zarten, feuchten Haut aufrichteten.

Aber nicht nur die Härchen richteten sich auf. Der Stromstoß, der durch seine Beine fuhr, durchzuckte auch seinen Penis. Seine hohlen Hände erwiesen sich als unzureichende Bedeckung. Carla machte runde Augen, aber sie hatte gelernt, Baby Moses in seinem Schilfkörbchen nicht zu berühren.

Iphigenia brach den Bann. »Das Gewand, Carla.« Das Kleidungsstück lag ordentlich zusammengefaltet auf dem Tisch. Carla wagte noch einen kurzen Blick in seine Richtung und schnappte sich dann das Gewand, um es in seiner vollen Länge hochzuheben.

»Da«, sagte Carla atemlos. Ohne großes Zeremoniell zogen sie ihm das Kleidungsstück über den Kopf und strichen es an seinem Körper glatt. Er war wieder bekleidet; sein Körper war eingehüllt in feine Wolle, die überhaupt nicht kratzte. Margarita näherte sich wieder mit der Schere und schnippste ein paar Haare ab.

»Er wird Segen empfangen vom Herrn und Erbarmen von Gott, dem Erlöser.«

Sie hatten ihn eingekleidet, er hatte die Worte des einfachen Gelübdes wiederholt. Er war eine Nonne geworden.

Er fiel nicht in das Gebet der Nonnen ein, sondern sprach das Gebet des heiligen Ignatius von Loyola.

»Seele Christi, heilige mich.
Leib Christi, mach selig mich.
Blut Christi, berausche mich.
Wasser der Seite Christi, wasche mich.
O gütiger Jesus, erhöre mich.
Verbirg in deine Wunden mich.
Laß nimmer ...«

Ignatius konnte nicht weiterbeten. Wie hatte er diese Worte nur so erbaulich, so erhebend finden können? Leiden und Wunden und Blut und Schwären. Das war nicht das Gebet für einen Mann, der gerade seine menschliche Gestalt, seine Würde, wiedererlangt hatte.

Ignatius saß mit ihnen beim Abendessen, den Rücken kerzengerade aufgerichtet, die Füße auf dem Boden. Er fühlte sich groß und elegant in seiner neuen Garderobe. Das Gewand ähnelte einem Talar, und man mußte schon genau hinschauen, um die von den Nonnen eingewebten Muster zu erkennen. An jenem Abend wurde weder gestrickt, noch wurden Geschichten erzählt. Und nach dem Abendessen verfielen alle vier in tiefstes Stillschweigen.

In den darauffolgenden Tagen wurde ein neues Programm aufgestellt – die Beine des Priesters mußten für seine Rückkehr in die Welt trainiert werden. Sie gingen mit ihm über die Felder, anfangs noch zu zweit, damit sie ihn abstützen konnten, später überließen sie ihn dann Carla.

»Hier an dieser Stelle hab ich Sie zum ersten Mal gesehen«, sagte sie und führte ihn zu der Stelle im Dickicht. »Auf allen vieren«, fügte sie hinzu und fragte sich, ob er es noch einmal machen würde, wenn sie ihn daran erinnerte. »Sie haben ›verdammt‹ gesagt«, erzählte sie ihm, das Wort flüsternd. Aber er wollte weitergehen. Sie erzählte ihm die Geschichte seines Aufenthalts im Kloster, führte ihn zu all den Orten, an denen er eine Spur hinterlassen hatte, zeigte ihm, wo er die Batterie hingelegt hatte; das Loch, in das er gefallen war; den Pferch, alles.

Sie setzten sich ins Gras, und die Sonne ließ die verschiedenen Muster seiner Tunika hervortreten. Carla zählte die verschiedenen Strickarten auf und führte ihn rund um das Gewand, wie sie ihn im Kloster herumgeführt hatte. »Rechte und linke Maschen, Lochmuster mit Spitze, filigrane Lochmuster, Patent, verschränkt gestricktes Patent, Zopf und Rippen, Ajour, Biesen, Intarsien, einfache Zöpfe, Dreier-Zöpfe, Karo, Schlangen, Rhomben und Zackenlinien, Perlmuster, Flechtmuster, Noppen, Double-face, Smokarbeiten, Pompons, Quasten, Fransen und die Rippenmuster der Fischerpullover«, fügte sie abschließend hinzu.

Sie bot sich auch an, ihm die verschiedenen Techniken zu erklären, aber er sagte, er sei erschöpft und würde sich lieber etwas hinlegen. Aus eigenem Antrieb, mitten am Nachmittag.

Vor seiner Abreise mußte Ignatius noch einen letzten Anruf tätigen. Dem Bischof seine Rückkehr mitteilen, damit er das gemästete Kalb für ihn schlachtete.

Was einfach nur die Ankündigung seiner Ankunft hätte

sein sollen, erwies sich als ziemlich kompliziert. Da er inzwischen genügend Zeit zum Nachdenken gehabt hatte, stellte der Bischof seinem Sekretär sehr viel eingehendere Fragen, Fragen, denen Iphigenia nicht immer zuvorkommen konnte. Warum hatte man ihn nicht in ein Krankenhaus gebracht? Wo genau hatte der Unfall stattgefunden? War er gemeldet worden? Noch unangenehmer war, daß der Bischof mit Ignatius' Schwester telefoniert hatte, um sich zu erkundigen, wann sie ihn zurückfahren würde. »Sie hat anscheinend noch nicht mit Ihnen gesprochen, Vater?«

Ignatius schluckte. »Hmm, ja . . ., ich hab versucht, sie zu erreichen. Sie war wohl gerade einkaufen.« Ignatius war überzeugt, daß ihm der Bischof inzwischen alles mögliche zutraute. Er schloß die Augen und erschauderte bei dem Gedanken, daß sie, ähnlich wie über Bruder Terry, ihre Witze über ihn machen würden, während sie ihren Portwein schlürften.

»Hat noch jemand Zugang zu dem Telefon?« wollte der Bischof wissen.

Nein. Ja. Was sollte er sagen?

»Eine Telefonrechnung ist gekommen. Mit dem Funktelefon wurde ein Anruf getätigt. Dominic war sehr gewissenhaft. Er hat die Nummer angewählt, aber dort kannte sie niemand.«

Was er sich erhofft und vor Ostern immer wieder ausgemalt hatte, war eingetreten. Nur daß es nun das letzte war, was Ignatius wollte.

Ein Anruf? Einer nur? Der Anruf von seinem Zimmer aus? »Vielleicht eines der Kinder«, erfand Ignatius. Er mußte zurück und die nächste Rechnung abfangen, die, auf der die Gespräche mit den Featheringale-Trust-Leuten verzeichnet waren. Dominic würde bestimmt der Sache nachgehen wollen, versuchen, sich beim Bischof einzuschmeicheln, Ignatius' Stelle einnehmen.

Er lenkte die Aufmerksamkeit des Bischofs von der Telefonrechnung ab. »Exzellenz, meine Retter sind einfache Fischer. Außer ihrem Boot besitzen sie kein Fahrzeug. Was den Unfall betrifft…«, er warf Iphigenia einen Blick zu. Die Geschichte mußte für sie ebenso einsichtig klingen wie für den Bischof. »So kann ich da leider keine genauen Angaben machen. Es war eine enge Straße, die um die Klippen führte; es war neblig, und es regnete. Ich bin einfach geradeaus gefahren.« Der Bischof wollte eine ungefähre Beschreibung des Ortes, den Namen einer Kirche, eines Dorfes, eines Städtchens, irgend etwas. »Neenish«, Ignatius nannte das letzte Dorf, durch das er gekommen war. Oder zumindest dachte er, es hieße so. Der Name klang merkwürdig. Er könnte jeden x-beliebigen Namen nennen, es würde keinen Unterschied machen. Es waren doch nur Namen für irgendwelche gottverlassenen Käffer.

Die Unterhaltung war noch aus einem anderen Grund schwierig. Die Stimme des Bischofs driftete immer wieder weg, und im Hintergrund nahmen die Störgeräusche überhand. Die Batterie war am Ende. Wenn er zurück war, könnte er sie wieder aufladen. Strom! Fernsehen, Computer, Taschenrechner, Zentralheizung, Verkehrsampeln, Autos, Busse, Züge, Satelliten, Kinos, elektrische Geräte. Oh, er konnte es kaum erwarten.

»Ich würde mich gerne waschen«, sagte Ignatius am Abend vor seiner Abreise. Sie blickten vom Kneten hoch. Er hatte gedacht, sie würden vielleicht ein Becken mit heißem Wasser füllen, auf dem Feuer stand nämlich ein Kessel voller Wasser, statt dessen deuteten sie einfach nur auf den Trog. Er seufzte und ging zu ihm hinüber. Kaltes Wasser, aber besser als nichts. Er tauchte einen Fellbausch ins Wasser und drückte ihn aus. Nein. Eine Katzenwäsche genügte nicht. Morgen würde er zurückgehen.

Er trug den Eimer und den Fellbausch aus dem Hof, weg von den Essensvorbereitungen. In den unendlichen, blaßblauen Himmel starrend fragte er sich, wie weit er eigentlich sehen konnte. Eine Meile, zehn Meilen? Was war die Grenze für das Auge in einem grenzenlosen Himmel?

Ein paar Agnes-Schwestern hatten sich um ihn herum versammelt. Für sie roch er jetzt wie die anderen. Seinem Gewand entströmte ihr eigener Geruch; sein Haar vermischte sich mit ihrem Vlies.

Er zog das Gewand aus und legte es über einen Busch. Dann schüttete er sich den Eimer über den Kopf, und das Wasser strömte an ihm herunter. Die Schafe verstreuten sich in alle Richtungen. Wie erfrischend! Sein Körper belebte und straffte sich. Breitbeinig stand er auf dem Boden und ließ sich weder von der Kraft des Wassers noch von der kalten, prickelnden Brise auf seiner Haut stören. Er rieb sich mit dem Vlies ab und blieb noch eine Minute länger stehen, um die Elemente auf seinem Körper zu spüren. Dann legte er wieder seine Gewänder an.

Als er den Eimer und das Vlies hochhob, sah er Carla splitternackt dastehen, den Eimer über dem Kopf und in seine Richtung grinsend. Er wandte sich schnell ab, aber das Bild hatte sich ihm bereits eingeprägt. Er wünschte, er hätte es nicht gesehen. Nicht weil es sein Schamgefühl verletzte, sondern weil es wie eine unfreiwillige Parodie seiner selbst wirkte.

Während er sich die Rüben in den Mund schaufelte, blickte er von einer zur andern. Ihre frischen weißen Kleider waren bereits wieder schmuddelig. Wie ähnlich sie sich doch sahen. War es der Ausdruck um den Mund herum, der sich beim Essen einstellte, wenn ihre Kiefer arbeiteten – Argwohn, Wachsamkeit? Er konnte es nicht sagen.

Auch wenn das Mahl sehr ruhig verlaufen war, herrschte in Ignatius' Innerem doch großer Aufruhr. Er war voller Erwartungsfreude und konnte kaum still liegen. Die letzte Nacht in seiner asketischen Steinzelle, der letzte Schlaf auf diesem harten, schmalen Bett. Morgen wäre er draußen. Er lag im Dunkeln und versuchte, seine Erwartungen etwas zu dämpfen. Richtig entspannen würde er sich erst, wenn er von der Insel weg war. Bis zu dem sicheren Hafen des bischöflichen Palais war es noch eine gute Strecke Weg, doch im Augenblick konnte er nur daran denken, das Meer zwischen sich und die Nonnen zu legen. Sie würden am Strand stehenbleiben; sie würden nicht folgen.

Wieviel von dem, was sich wirklich zugetragen hatte, würde er dem Bischof erzählen? Der letzte Gedanke, der ihm vor dem Einschlafen durch den Kopf ging, war, daß er dem Bischof erzählen konnte, was er wollte.

Er sank weg. Zuerst war da dieser bernsteinfarbene Schleier, doch dann trat das Bild klar und deutlich im Licht der Abendsonne hervor. Volle Brüste, die Arme erhoben, die Brustwarzen aufgerichtet unter dem glitzernden Wasser, das über die Rundungen ihres Bauches strömte, dichtes, gelocktes Schamhaar, stämmige Beine, die mit dem Boden verwurzelt schienen. Dunkle Augen, die ihn durch die Wassertropfen hindurch anblitzten, seine Gegenwart zur Kenntnis nahmen. Ein unbekümmertes Spiel mit dem Wasser, als wäre ihre Nacktheit ganz selbstverständlich. Ein Bild reiner Wollust.

Abrupt wachte er auf, seine Hände umklammerten seinen Penis, als wolle er ihn erwürgen. Er hatte Carla nur ganz kurz gesehen, bevor er den Blick abwandte, aber anscheinend hatte das schon gereicht. Er löste seine Hände und setzte sie der kalten Nachtluft aus, entzog ihnen die warme, gemütliche Decke. Morgen. Er verwandelte sein pulsierendes Verlangen in die Kraft, die er für die Reise brauchen würde.

Geräusche drangen an sein Ohr. Schritte und Geflüster. Sie gingen im Flur auf und ab. Ignatius war inzwischen hellwach und wartete darauf, daß sie in sein Zimmer kämen. Aber dann hörte er, wie die Schritte sich entfernten und ein leiser Singsang aufstieg. Sie waren in der Kapelle. Es war schon beinahe hell. Zeit genug. Er ließ seine Hände unter der Decke verschwinden. »Seele Christi, heilige mich. Leib Christi, mach selig mich. Blut Christi, berausche mich, Wasser der Seite Christi, wasche mich.« Wasche mich, wasche mich, wasche mich. Schneller und schneller, bis er den qualvollen Stau und danach die süße Erlösung spürte, während er seinen Samen dem Herrn weihte.

Iphigenia zuckte zusammen. Der plötzliche Geruch verstopfte ihr die Nasen wie ein Klumpen alter Käse. Sie konnte kaum darüber hinwegatmen. Sie blickte in die anbetenden Augen der Jungfrau, atmete die Frische ihrer grünen Ranken ein, bis der Geruch sich irgendwo niederließ und einer unter vielen Gerüchen wurde. Seit er wieder über seine Beine verfügte, hatte er sich angewöhnt, die Kapelle aufzusuchen. Er hielt sich im Hintergrund, kam nie nach vorne, um sich mit ihnen zusammen hinzuknien.

Nach den Laudes gab es ein hektisches Hin und Her – ein Picknickkorb wurde hergerichtet, Dinge herbeigeschafft. Ignatius stand im Kreuzgang und sah zu. All diese Vorbereitungen galten seinem Aufbruch, doch er wurde nicht aufgefordert, mitzuhelfen, oder gefragt, was er brauche. Erst als sie damit fertig waren, winkten sie ihn zu sich.

Auf dem Tisch neben dem Korb entdeckte er ein Paar Schuhe, seine Schuhe und seinen Priesterkragen. Wunder über Wunder. Ihm kamen beinahe die Tränen bei ihrem Anblick, als wären sie lang vermißte Freunde, totgeglaubt und wiederauferstanden. Er wollte sie an sich drücken, doch sie verstauten sie in dem Korb.

»Essen für den Weg, Kleidung für Ihre Welt.«

Er fragte sich, was mit seinen Socken geschehen war.

Es war Mittag, als die vier unten angekommen waren. Der Nebel hatte sich aufgelöst, aber der Strand stand noch unter Wasser. Da sie die Gezeiten nicht kannten, beschlossen sie einfach zu warten.

Ignatius war zu ruhelos, um sich hinzusetzen und aufs Meer zu blicken, obwohl er sich nichts sehnlicher wünschte, als den Damm auftauchen zu sehen. Er entfernte sich von der Gruppe und stieg den Hügel auf der gegenüberliegenden Seite hoch. Der Ort zog ihn magisch an. Es war die Stelle, wo sein Wagen steckengeblieben war. Inzwischen war nicht die geringste Spur von ihm zu entdecken. Er schaute sich nach den Schwestern um und glaubte einen Augenblick lang, eine Formation von Findlingen vor sich zu haben, so regungslos standen sie da. Er war aus dem Auto gestiegen, hatte den Alarm eingeschaltet und sich auf den Weg gemacht. Mehr als eine oder zwei Stunden hatte er nicht eingeplant, danach wollte er wieder aufs Festland zurück.

Er blickte den Hügel hoch. Vom Kloster war nichts zu sehen. Die Insel schien von Gestrüpp überwuchert. Erst wenn man näher kam, entdeckte man auch andere Farben, wilde Blumen und unterschiedliche Schattierungen von Grün, das in der Nähe des Baches satter und bei den Klippen spärlicher und robuster war. Er setzte sich auf den Boden und blickte zum Festland hinüber. Er konnte den verlassenen Gasthof und andere Gebäude ausmachen. Bald.

Dann entdeckte er ihn, das Wasser über dem Streifen Sand war heller, und je weiter es zurückging, desto deutlicher trat der Damm hervor; es war, als würde man bei der Entwicklung eines Fotos zuschauen. Jetzt ragte er ganz eindeutig aus dem Wasser und erstreckte sich bis zum Festland. Sein Nachhauseweg. Er rannte darauf zu.

Die Schwestern standen am Rand des weißen Sandes und überreichten ihm ihre Abschiedsgeschenke. Ignatius hatte das absurde Gefühl von Fähnchen und vielen Menschen, als würde er an Bord eines Ozeandampfers gehen.

Sie legten ihm den steifen, engen Kragen um den Hals. Und sie gaben ihm seine Schuhe mit neu gestrickten Schnürsenkeln zurück. Er zog sie jedoch nicht an, sondern verknotete die Schnürsenkel und warf sie sich über die Schulter. Sie gaben ihm die restlichen Honigbiskuits, eine Flasche Wasser, Brot, gekochte, kalte Rüben, alles in Schaffell eingeschlagen. Er steckte seine Wegzehrung in die Tasche, die sie umsichtigerweise in seinen Talar gestrickt hatten. Alles war getan, er brauchte sich nur noch zu verabschieden.

Sollte er ihnen die Hand schütteln und sich bei ihnen für ihre Gastfreundschaft bedanken? Nichts schien passend. Er blickte noch einmal hoch, da er seinen Augen mißtraute, und versuchte, doch die Umrisse des Klosters in dem Grün auszumachen.

»Ich hebe meine Augen empor zu den Bergen,
woher wird
Hilfe mir kommen.
Er läßt deinen Fuß nicht wanken,
der dich behütet, er schläft nicht.
Am Tag wird dich nicht versehren die Sonne,
nicht schaden
dir der Mond.
Vor allem Übel wird Jahwe dich bewahren,
er behütet dein Leben.
Jahwe behütet dein Gehen und Kommen,
von nun an bis in die Ewigkeit.«

Alles war gesagt.

Iphigenia und Margarita beobachteten, wie sich die Gestalt auf dem Pfad durchs Wasser entfernte. Doch Carla untersuchte die Abdrücke, die er hinterließ. Sie trat mit ihrem Fuß in den ersten Sandschuh. Dann in den nächsten und den übernächsten, bis auch sie sich auf der Sandbank entfernte.

Iphigenia spürte ein Ziehen an der Schnur, als Carla immer weiter hinausging. Eine elastische Schnur, sie ließ sich dehnen, ohne jemals zu reißen. Sie bemerkte, daß sie auch mit dem Mann eine Schnur verband. Wie lange würde diese sich dehnen lassen? Sie hatten seine Tasche mit einer Wegzehrung gefüllt, die in das Vlies ihrer Gebete eingeschlagen war. Sie hoffte, er würde ihre Gebete nicht beiseite schieben, wenn er das Wasser überquert hatte und in die Welt zurückgekehrt war.

Die Sonne stand schon weit im Westen, als zwei winzige Gestalten die andere Seite erreichten, zuerst die eine, dann die andere. Iphigenia hielt Ausschau, aber Margarita mußte ihr sagen, was es zu sehen gab.

»Wird sie ihm folgen?« fragte sie.

Iphigenia schien sie nicht gehört zu haben. Sie starrte nach drüben, sah aber etwas anderes. Ein junges Mädchen, das mit seinen Mitschwestern in einem großen Haus auf dem Hügel lebte.

Eines Tages, am Tag der Sommersonnenwende, wurde eine der Schwestern krank, und das Mädchen mußte Hilfe holen. Es rannte, so schnell es konnte, den Hügel hinunter, einmal, um den Bader für seine Mitschwester zu holen, und dann, weil es ihr Spaß machte, durch den strahlenden Sommertag zu laufen.

Im Dorf stieß sie auf einen Fischer, der seine Netze flickte. Seine Haut war glatt und braun wie dunkle Eierschalen; seine Augen erinnerten sie an dunkelviolette Pflaumen. Das Haar fiel ihm in schwarzen Wellen auf die Schulter. Sie beobachtete seine flinken Finger, die gleitende Bewegung seines Armes, die Wölbung seiner glitzernden Brust. Er lächelte ihr zu, und sie sah seine Zähne, die wie poliertes Elfenbein schimmerten. Das Meer hinter ihm war so hell wie eine Silberfolie, und seine Haut glühte in dem Licht der späten Nachmittagssonne. Sie erzählte ihm von ihrem Auftrag.

»Hier ist bestimmt keiner«, sagte er, »alle sind drüben.« Sie war von der Schönheit des jungen Fischers so überwältigt, daß sie den Lärm der feiernden Menge, der übers Meer herüberschwappte, überhaupt nicht bemerkt hatte, doch jetzt hörte sie ihn ganz deutlich. Zwischen ihrer Insel und dem Festland lag eine Sandbank, und bei Ebbe konnte man die andere Seite zu Fuß erreichen. Doch jetzt war die Sandbank unter Wasser. »Das Wasser geht erst heute nacht wieder zurück«, sagte der junge Mann. »Aber ich rudere gleich rüber, wenn du willst, nehme ich dich mit.« Sie zögerte. Daß sie so weit gehen würde, war nicht eingeplant. Aber er behandelte sie mit Respekt und hatte keine Hintergedanken. Er bemerkte nicht einmal das hübsche Mädchen unter der alles verhüllenden Tracht.

Sie wartete, bis er sein Netz geflickt hatte, dann raffte sie ihre Röcke und stieg zu ihm ins Boot. Stocksteif und mit gesenkten Augen saß sie da, denn sie war noch nie mit einem jungen Mann auf so engem Raum zusammengewesen. Und sie bemerkte, wie fest sich seine Füße gegen den Boden stemmten, wie merkwürdig gespreizt sie waren, und daß die Zehen durch Schwimmhäute miteinander verbunden waren.

Sie hörte das Schlagen und Ziehen der Ruder, und eine leise Musik, die sie einhüllte, als würde das Wasser das Boot übers Meer singen. Sie getraute sich nicht, auf seine Lippen und die Salzperlen auf seinen Wangen zu blicken. Die Musik des Meeres vermischte sich jetzt mit der Musik und dem Gelächter vom Land, mit dem Lärm der Stimmen, den Instrumenten, den Sprüchen und Liedern, und wenig später, als das Boot auf dem Strand auflief, spürte sie eine dumpfe Erschütterung. Sie war mehrere Stunden unterwegs gewesen, aber die Zeit schien stillzustehen, als würde das gedämpfte Licht der Sommersonnenwende für immer anhalten. Sie wußte nicht einmal, daß es der Tag der Sommersonnenwende war. Für sie war es der Tag des heiligen Aloysius Gonzaga. Und in drei Tagen würden die Schwestern die Geburt von Johannes dem Täufer feiern.

Der Fischer schien zu wissen, daß der Gasthof nicht der richtige Ort war für ein Mädchen, das in einer solchen Tracht steckte, und meinte, sie solle beim Boot warten. »Ich geh rein und hol den Bader«, sagte er. Sie wartete also am Strand neben dem Boot, bis es schließlich dunkel wurde, doch nichts deutete darauf hin, daß das ausgelassene Treiben sich seinem Ende näherte. Zweimal ging sie hinüber und spähte durch die beschlagenen Fenster des Gasthofs, aber sie konnte ihren Fischer nicht entdecken. Sie fragte einen Mann, der herausgetorkelt kam, wo der Bader sei. »Er muß da drin sein«, sagte er und stieß beinahe das Bierfaß neben der Tür um.

Sie war noch nie zuvor in einem Gasthof gewesen, aber da sie nun schon über das Wasser gekommen war und es bis hierher geschafft hatte, wollte sie nicht unverrichteter Dinge wieder abziehen. Die Leute boten ihr Wein an. Es roch nach Fisch und Öl, vermischt mit Bier. Das Gelächter und die Stimmen waren sehr laut. »Ich suche den Bader«, sagte sie. »Er muß hier sein!« lautete die Antwort, als sie sich endlich Gehör verschafft hatte. Doch sie fand ihn nicht. Auch den Fischer konnte sie nicht finden. Als sie die Leute nach ihm fragte, kannte ihn keiner.

Das Mädchen kehrte zu der Stelle zurück, wo die Sandbank auftauchen würde. Sie hatte in dem Gasthof ein Glas Wein getrunken, und die Musik klang ihr noch in den Ohren. Am liebsten hätte sie auf dem Sand getanzt. Die Luft war so wohltemperiert, daß sie weder schwitzte noch fror. Das Meer plätscherte sanft gegen das Ufer. In einer solchen Nacht öffnet sich die Tür zwischen den Welten. Das Mädchen blickte hoch und sah das milchige Gefunkel der Sterne und die zarte Sichel des Mondes. Als sie auf den Strand blickte, bemerkte sie, daß auch im Meer die Sterne funkeln.

Sie hielt die Zehen ins Wasser. Es war so kalt und prikkelnd auf ihrer Haut wie der Champagner, den sie einmal bei ihrer Großmutter getrunken hatte. Sie bekam Lust, ihren ganzen Körper in das perlende Dunkel zu tauchen. Also legte sie ihre Häute ab, eine nach der anderen, und ließ sie am Strand zurück. Sie empfand nicht die geringste Scham oder Verlegenheit und lief immer tiefer und tiefer ins Wasser. Zuerst verschwanden ihre Zehen, dann ihre Knie, ihr Bauch, ihre Brüste, ihre Arme und schließlich ihr Kopf.

Als sie wieder auftauchte, um die samtweiche Nacht einzuatmen, erspähte sie ein weiteres Häufchen abgelegter Häute am Ufer und hörte den Plumpser eines Wesens, das ins Wasser sprang. Sie hielt den Kopf unter Wasser, um nach ihm zu schauen; ob sie in dem dunklen Blau etwas sehen würde oder nicht, war ihr gleichgültig, so entzückt und verzaubert war sie. Wie frisch und belebend das Wasser war, als es sich über ihrem Kopf schloß, wie lebendig sie sich fühlte, wie jede Pore ihres Körpers prickelte.

Und sie konnte auch unter Wasser etwas erkennen. Den Umriß dieses Wesens, das sich auf sie zubewegte. Ihre Hände streckten sich ihm entgegen, und sie spürte sein Haar, das wie Algen durch das Wasser strömte. Und dann spürte sie auch seinen Mund auf ihrem und war überrascht, wie warm und feucht er war. Wie schnell ihre Arme auf ihn zuruderten, wie geschmeidig sein Körper war. Bald spürte sie auch seine Lippen, das sanfte Saugen einer Seeanemone, eine Kette von Küssen. Und sie spürte, wie ihr ganzer Körper von den Schätzen seines Mundes geschmückt wurde, wie er sich an den Spitzen ihrer Brüste festsaugte und sie umschmeichelte.

Sie mußte ab und zu an die Oberfläche gekommen sein, um Luft zu holen, aber sie erinnerte sich nicht daran. Das Meer umfing sie und trug sie wie ein Bett. Sie erwiderte seine Küsse, schwamm in seinem Mund, während seine hohlen Hände sich wie Muscheln um sie legten. Wie ein Ruder, das durchs Wasser gezogen wurde, drang er in sie ein, während sie ihn wie eine Seeanemone ansaugte und gefangenhielt. Voller Staunen stellte sie fest, daß er sie ausfüllen konnte, daß sie in ihrem Inneren Platz für ihn hatte. Sie spürt die Verzückung, ruft und wird gerufen, sucht und wird gesucht, hebt und wird gehoben, umschlingt und wird umschlungen. Sie gibt ihm die Brust und empfängt seine Milch.

Als sie erschöpft voneinander ließen, küßte er sie sanft, ihr Gesicht in seinen Händen, ein Kuß zur Erinnerung. Iphigenia trug den Samen in sich, ein Sandkorn, das sich in eine Perle verwandelte.

»Ich weiß nicht, ob sie zurückkommt«, sagte sie.

»Sollen wir warten?«

»Wir lassen das Vlies hier. Damit sie den Weg findet, wenn sie zurückkommt. Gott beschütze sie«, flüsterte sie so leise, daß nur Gott sie hören konnte.

»Und er?« fragte Margarita.

»Wär's dir recht, wenn er käme?«

»Er könnte uns ab und zu einen Besuch abstatten. Wie früher die Priester.«

Sie machten sich auf den Rückweg. Es war ein schöner Abend ohne Regen. Iphigenia verbrachte die ganze Nacht in der Kapelle und betete mit Maria, der Mutter Gottes, und der heiligen Anna, der Mutter Marias.

»Gabriel, Uriel, Michael...« Carla rannte beinahe den Hügel hoch und sammelte dabei die Engel ein. Was für eine Nacht, was für eine Nacht! Sie war in der Welt draußen gewesen und hatte eine braune Flasche und ein verwittertes Ruder mitgebracht. Als sie die Insel erreichte, leckte das Wasser bereits ihre Fußspuren hinter ihr auf. Aber sie wußte, wo die Sandbank war und daß sie manchmal sichtbar war und manchmal nicht. Sie konnte jederzeit der Welt einen Besuch abstatten, sie mußte nur warten, bis der Weg auftauchte.

Sie ging durch das morsche Tor, durch das Dickicht, über die Felder, auf denen der Tau glitzerte, und über den nach Brot duftenden Hof. Sie kniete neben ihren Mitschwestern in der Kapelle nieder, zum Bersten voll mit Geschichten.

In den folgenden Tagen telefonierte Iphigenia noch einmal mit Mr. Colquhoun. »Der Bischof hat es sich nicht anders überlegt?«

»Bislang nicht.«

»Vielen Dank für alles, was Sie getan haben, Mr. Colquhoun«, sagte Iphigenia, »wir würden uns freuen, wenn Sie uns mal besuchen kämen.« Sie konnte Mr. Colquhouns Antwort nicht verstehen, da die Batterie in den letzten Zügen lag und entweder nur Störgeräusche oder gar nichts zu hören war. Als sie dann endgültig den Geist aufgegeben hatte, wurde das Telefon zu einem weiteren Relikt, das den Rest seines Daseins auf dem Schreibtisch der Äbtissin verbringen würde.

Sie strickten die Geschichte des Priesters, jede einen Teil, bis alle Teile zusammen die vollständige Geschichte ergaben.

Das Gestrüpp wucherte wieder über das Tor, und bald war es auch wieder Winter. Ein plötzliches Geräuch, ein Windstoß, das Splittern eines Zweigchens ließ das Gebet in ihrer Brust anschwellen. Im Frühjahr legten sie Gabeln auf und saßen im Hof, zum Festland hinüberblickend und nach Besuchern Ausschau haltend.

Vater Ignatius wurde zum Sekretär der Bischofskonferenz ernannt und gesellte sich an Ostern des folgenden Jahres zu seinen rotgewandeten Mitbrüdern; er hätte nur den Arm ausstrecken zu brauchen, um den Heiligen Vater zu berühren, so dicht stand er neben ihm. In der dunklen Kirche erinnerte er sich, wie sich das aus seinem Haar und ihrem Vlies angefertigte Gewand anfühlte, an den Tagesablauf im Kloster, an den Rhythmus ihres Lebens. Und als die Kerzen entzündet werden und das *Exsultet* beginnt, sieht er Carla in einem Lichtstrahl auf sich zukommen. In ihrem Gefolge Iphigenia und Margarita, die Agnes-Schwestern, die Heilige Jungfrau, die heilige Anna und die Heiligen der Glasfenster, die Würmer und die Vögel. Schimmernd.

»Was von Anfang an war, was wir gehört
und mit unsern Augen gesehen haben,
Was wir betrachtet und was unsere Hände
betastet haben, vom Wort des Lebens
Was wir gesehen und gehört haben,
das verkünden wir auch euch, damit
auch ihr Gemeinschaft habet mit uns.
Und dieses schreiben wir, damit unsere Freude
vollkommen sei.«

Danksagung

Ich möchte dem australischen Rat für die finanzielle Unterstützung danken; Jenny Darling für ihre Vermittlung an den richtigen Verlag; meinem Verleger Patrick Gallagher und seinem Team bei Allen & Unwin; George Mannix, Julian Miller und Michael Witts für das wachsame Auge, mit dem sie die Entstehung des Manuskripts verfolgten; und vor allem Susie Rourke, der auch nicht das leiseste Blöken der Schäfchen entging.

SERIE PIPER

Jerome K. Jerome

3 Männer im Boot

… ganz zu schweigen vom Hund. Roman einer Themsefahrt. Aus dem Englischen von Arnd Kösling. 249 Seiten, SP 2451

Vor hundert Jahren veröffentlichte Jerome K. Jerome, Meister der abstrusen Verwicklung und grotesker Situationen, diesen Klassiker des englischen Humors, der zum National- und Säkularepos avancierte. Was machen drei junge, hypochondrische Freunde samt einem neurotischen Foxterrier, wenn sie dem Wetter und ihren Frauen entfliehen wollen und wilde Abenteuer suchen? Sie packen Blazer, Hut und Schlips ein und fahren in einem Ruderboot auf der Themse in die Wildnis hinaus. Doch sie haben den Büchsenöffner vergessen, die Zahnbürste ist unauffindbar, und wenn sie einem Schild begegnen, auf dem steht »Achtung! Gefahr! Nicht hier entlang!«, dann steuern sie schnurstracks in ihr Verderben. Das Ergebnis ist immer dasselbe: Tumult an Bord, Durcheinander im Gepäck und die Bestätigung, daß die Welt der Gegenstände dem Menschen feindlich ist.

Nigel Williams

2½ Männer im Boot

Roman einer modernen Themsefahrt. Aus dem Englischen von Arnd Kösling. 243 Seiten. SP 2452

Als zwei Herren vom Finanzamt vor Nigel Williams' Tür stehen und 28 000 Pfund einfordern, flüchtet er mit zwei Freunden auf die Themse und rudert von London bis nach Oxford. Zwar kann er einen tibet- und amazonaserfahrenen Dokumentarfilmer gewinnen, aber der dritte Mann wird zum Problem. Denn Alan, ein BBC-Manager, der überhaupt nur durch das Versprechen, ein Handy mitnehmen zu dürfen, an Bord zu bringen ist, rudert nur kurz und obendrein widerwillig mit. Deswegen zählt er bestenfalls als halbe Portion. Ob sich die talentfreien Wassersportler regelwidrig die Themse aufwärts schleppen lassen, mit dem Anrufbeantworter von Salman Rushdie telefonieren oder sich gegenseitig in die Schlaflosigkeit schnarchen und vom Luftröhrenschnitt mit dem Büchsenöffner träumen: Männer am Rande des Nervenzusammenbruchs!

Ingvar Ambjörnsen

Ausblick auf das Paradies

Roman. Aus dem Norwegischen von Gabriele Haefs. 208 Seiten. SP 2575

Elling, zweiunddreißigjähriger Frührentner, hat sich das Leben nach dem Tod seiner Mutter ganz gut eingerichtet: Im Zentrum steht seine heimliche Liebe zur norwegischen Ministerpräsidentin Gro Harlem Brundtland, er sammelt und archiviert alles, was über sie in der Zeitung steht. Gelegentlich ausbrechende erotische Phantasien sind ihm eher peinlich. Außerdem hat er sich ein teures Fernglas gekauft. Wenn er das auf den Nachbarblock richtet, kann er Abend für Abend verfolgen, was sich hinter den erleuchteten Fenstern abspielt, reichlich Stoff für Geschichten, Lebensläufe und ausgedachte Ereignisse. Doch Ellings Phantasien werden immer absurder, seine Spekulationen immer abenteuerlicher, die Realität kommt ihm immer mehr abhanden, zuletzt steht das Sozialamt vor der Tür. – Ingvar Ambjörnsen verheimlicht nicht, daß in diesem komischen und hinterhältigen Roman ein wenig Hitchcock grüßen läßt. Mit sanfter Perfidie steigert er die Irritation der Geschichte zum beklemmenden Finale.

Ententanz

Roman. Aus dem Norwegischen von Gabriele Haefs. 256 Seiten. SP 2578

»Ein literarisches Idiotenporträt höchsten Ranges – Elling ist der Fürst Myschkin der norwegischen Sozialdemokratie.«
Der Spiegel

Blutsbrüder

Roman. Aus dem Norwegischen von Gabriele Haefs. 255 Seiten. SP 2776

Ein hinreißender Schelmenroman um Elling, den liebenswerten Kerl mit der wundervollen Macke. Mit seinem Kumpel Kjell verläßt Elling die Psychiatrie und nimmt in Oslo wieder den Kampf mit dem Alltag auf. Lustig wird es aber erst, als die beiden eines Tages ihre Nachbarin Reidun kennenlernen, in die sich Kjell auf der Stelle verliebt. Zu dritt werden sie bald eine richtige kleine Familie.